Für Cassandra
– in Erinnerung an wunderschöne Tage in London
und unseren Schrank

W0241424

Kapitel 1

„Alyssa …“ Die Stimme des jungen Mannes bebt und ein Flackern liegt in seinen Augen. Der Moment ist gekommen. Mein Herz schlägt schneller. Der Bräutigam in spe sinkt auf die Knie. Niemand außer mir bekommt mit, dass seine Hand vor Aufregung so sehr zittert, dass er beinahe den Ring fallen lässt.

„Gemeinsam sind wir vor vier Jahren auf diese unglaubliche Reise aufgebrochen. Du weißt, wie sehr ich dich liebe. Du bedeutest die Welt für mich. Ich wünsche mir, dass unser Weg nie endet. Willst du meine Frau werden?“

In zweihundertneunundfünfzig Metern Höhe wird es so still, dass man die berühmte Stecknadel fallen hört.

Meine Nerven flattern, ich unterdrücke ein Stöhnen. Der gigantische Weihnachtsbaum, der die rundum verglaste Aussichtsplattform des *The View from The Shard* ziert und so dicht mit goldenen und blauen Kugeln behangen ist, dass man die Nadeln kaum sieht, verschwimmt vor meinen Augen. Verstohlen blinzle ich die Tränen weg.

Zugegeben. Es hört sich schräg an, aber ich habe eine Schwäche für Heiratsanträge. Ich liebe meinen Job als Gästehostess unter anderem auch wegen der vielen Heiratsanträge, die ich zu sehen bekomme. Es ist jedes Mal aufs Neue herzergreifend, wenn die alles entscheidende Frage gestellt wird.

Sag ja!

Aus den Augenwinkeln registriere ich, wie die Mutter des jungen Mannes nervös mit ihrem Sari raschelt. Der Vater presst die Zähne so fest aufeinander, dass sein Gesicht unter dem Turban wirkt, als litte er unter einem Migräneanfall.

Die Angebetete hingegen lässt sich nicht aus der Ruhe bringen. Sie ist die Göttin des Pokerface. Noch nicht einmal das glamouröse Setting mit den silbernen Laternen und den Marry-Me-Leuchtbuchstaben im Hintergrund scheint sie zu beeindrucken. Seit der junge Mann vor ihr auf die Knie gesunken ist, hat sie kein einziges Mal geblinzelt. Inzwischen frage ich mich, ob sie wie andere Sterbliche überhaupt atmet.

„Ja", haucht die Braut in spe schließlich und wirft gekonnt das dunkle, seidig glänzende Haar zurück. Unser Fotograf lässt die Kamera klicken. Die Anspannung in meiner Brust löst sich. Ich unterdrücke ein erleichtertes Stöhnen. Puh, das war ja mal die reinste Zitterpartie!

Das zukünftige Hochzeitspaar küsst sich. Das Stichwort für mich, im Hintergrund dezent Champagnerflöten zu füllen und sie dem Brautpaar und den Schwiegereltern auf einem silbernen Tablett zu kredenzen. Leise Musik klingt aus den Lautsprechern, und John Legend säuselt mit sanfter Soulstimme *All of me.* Tausende von Rosenblättern bedecken das dunkle Parkett. Dazwischen stehen unzählige weiße LED-Kerzen und flackern täuschend echt vor sich hin.

Ich muss sagen, vor dieser Kulisse einen Heiratsantrag unterbreitet zu bekommen, hat schon etwas. Dabei zähle ich nicht einmal zu denen, die von Heirat und Ehe träumen, oder die sich erst mit Mr. Right an ihrer Seite komplett fühlen. Mittlerweile bin ich nicht mal mehr davon überzeugt, dass es den Einen überhaupt gibt.

Die Wolken lichten sich und die untergehende Sonne taucht den Himmel in ein Meer aus Rot- und Orangetönen. Zu meinen Füßen glitzern die Londoner Weihnachtslichter, und die hoffnungslose Romantikerin in mir gerät bei dem Anblick erneut in

Verzückung. Abgesehen davon, dass ich eine Schwäche für Heiratsanträge besitze, finde ich London in der Vorweihnachtszeit zum Dahinschmelzen schön.

Ich liebe die festliche Beleuchtung und den Glitzer überall. Und dann erst die Schlittschuhbahnen und die Weihnachtsmärkte mit all den Leckereien. Mein persönliches Highlight sind die mit dunkler Schokolade überzogenen Biskuits in der Fortnum's Christmas Arcade. Ich könnte Tonnen davon essen. John Lennon soll so auf die Kekse abgefahren sein, dass er sich für ein Fernsehinterview in Chocolate Olivers bezahlen ließ.

Der Timer an meinem Handgelenk vibriert. Höflich mache ich meine Gruppe darauf aufmerksam, dass ihre exklusive Buchungszeit der Aussichtsplattform in fünf Minuten endet. Mit einem verbindlichen Lächeln bedanke ich mich bei meinen Gästen, dass sie *The View from The Shard* als Event-Location gebucht haben, und erkundige mich, ob alles zu ihrer Zufriedenheit war. Der Vater des zukünftigen Bräutigams will mir einen Zwanzig-Pfund-Schein zustecken, den ich jedoch nicht annehmen darf. Ich rücke den Krawattenknoten meiner Polyesteruniform zurecht und gebe ihnen noch einen Tipp für den attraktivsten Rückweg mit auf den Weg. Von unserem stillen Örtchen im 68. Stock aus ist der Blick durch die Panoramascheiben in die Tiefe spektakulär. Das darf man sich nicht entgehen lassen. Mit einem stets professionell-freundlichen Lächeln verabschiede ich mich und eile zurück.

Im Gehen krempele ich die Umschläge meiner Bluse hoch, damit ich mich gleich in die Arbeit stürzen kann. Mir bleiben exakt acht Minuten für den Turnaround, sprich, um hier oben klar Schiff zu machen. Das ist sportlicher als bei Ryan Air, aber Zeit ist bekanntlich Geld. Punkt siebzehn Uhr muss die Plattform wieder für die Allgemeinheit zugänglich sein.

Es ist Viertel nach fünf, als ich den letzten Müllsack wegsperre und mich auf den Weg zum Open Skydeck auf der obersten Ebene mache. Schneidende Kälte empfängt mich. Ein schlecht gelaunter Novemberwind pfeift durch das halb offene Dach. Wir hatten hier oben schon Schnee, während das restliche London Nieselregen abbekam. Mein Atem hängt in kleinen weißen Wölkchen in der Luft. Über mir leuchten Sterne, die trotz der Lichtverschmutzung in London zum Greifen nah erscheinen.

Ich wende mich einer Familie mit zwei kleinen Kindern zu. Das Mädchen ist etwa sechs und deutet aufgeregt auf die glitzernden Weihnachtslichter von London. Vor Begeisterung hört sie gar nicht auf zu plappern. Der Junge ist kleiner und weigert sich, vom Arm seines Vaters zu klettern, als dieser ihn auf dem Boden absetzen will. Ich trete neben die beiden und deute auf die Skyline, damit der Kleine nicht direkt nach unten in die Tiefe blickt. Als er hört, wie man die Gebäude nennt – Käsereibe, Skalpell und Walkie-Talkie – kichert er ausgelassen vor sich hin. Ich empfehle dem Vater, die App zu installieren, mit der man am Weihnachtsabend live tracken kann, wo sich Father Christmas mit seinem Schlitten gerade über Großbritannien befindet. Das ungläubige Staunen, mit dem die Kinder mich ansehen, geht mir direkt ins Herz. Ich liebe es, wenn meine Begeisterung für das Panorama auf die Besucher abfärbt und ich dazu beitragen kann, dass sie unvergessliche Momente erleben.

Eine halbe Stunde bevor wir schließen, ist nicht mehr viel los auf dem Skydeck. Die verbliebenen Besucher halten sich lieber im 68. Stock auf, wo es kuschelig warm ist. Ich schlendere an der Dekowand mit dem großen Weihnachtskranz vorbei auf die Bar zu. Trish empfängt mich mit einem Lächeln. Ihre feuerroten Haare, die sie in ihrer Freizeit zu wilden, vom Kopf abstehenden Zöpfchen und Strähnchen stylt, sind heute zu einem ordentlichen Pferdeschwanz gebunden. Der Pony fällt ihr akkurat in die Stirn.

„Hi Trish." Da uns gerade keiner beobachtet, lehne ich mich mit dem Oberkörper gegen die Theke und hebe abwechselnd die Fersen, um Blut in meine müden Waden zu pumpen. „Wie läuft der Champagner-Absatz?"

Trish verdreht die grünen, leicht hervorstehenden Augen. „Hör bloß auf. Ich langweile mich zu Tode. Wir sollten im Winter

Glühwein verkaufen. Den würden sie uns bei dem Wetter aus der Hand reißen. Aber mich fragt ja niemand."

„Glühwein, keine schlechte Idee." Ich überlege. „Vielleicht schaue ich auf dem Heimweg am Churchill Arms vorbei und gönne mir einen Becher."

Trish schaut mich an, als wäre bei mir eine Schraube locker. „Dein Ernst, Sally? Samstagabend ist dort die Hölle los. Vor allem, wenn die Weihnachtsbeleuchtung eingeschaltet ist. Dieses Jahr sollen es fünfundneunzig Weihnachtsbäume und über zwanzigtausend Energiesparleuchten sein."

„Vielleicht lasse ich das mit dem Glühwein und gehe gleich nach Hause." Ich unterdrücke ein Gähnen. „Ich könnte einen gemütlichen Abend auf dem Sofa einlegen und Weihnachtskarten basteln. Dabei schaue ich mir die Weihnachtsspecials von Downton Abbey an und esse Mince Pies von Marks and Spencer, bis mir schlecht wird."

Bei dem Gedanken an Mince Pies läuft mir das Wasser im Mund zusammen. Wenn mich nicht alles täuscht, müsste auch noch etwas von dem leckeren Shepherd's Pie da sein, den Tante Patricia gebacken hat.

„Klingt großartig. Am liebsten würde ich mit dir tauschen." Trish seufzt. „Jack holt mich gleich unten mit dem Auto ab. Ich muss superpünktlich Schluss machen. Wir fahren nach Bromely."

„Was macht ihr in Bromley?" Ich hebe eine Augenbraue.

„Brettspielabend bei Jacks Oma. Das zieht sich immer endlos. Dabei hasse ich Monopoly." Trish verdreht vielsagend die Augen. „Zum Glück kann ich morgen ausschlafen. Diese vielen Überstunden sind mörderisch. Hoffentlich ist die Grippewelle bald vorbei."

„Wem sagst du das", stimme ich ihr zu und sehe mich in Gedanken schon gemütlich zu Hause die Füße hochlegen.

Trish schnappt sich ein sauberes Geschirrtuch und poliert eine blitzsaubere Champagnerflöte. „Wie läuft es mit deiner Mission? Hast du jemanden gefunden, der dich zum alljährlichen Weihnachtsbesuch bei deinen Eltern begleitet?"

„Noch nicht." Leichte Panik überfällt mich bei dem Gedanken, dass die diesjährigen Feiertage bei meiner Familie in Dorking sich zu einem ähnlichen Desaster entwickeln könnten wie im vergangenen Jahr. Noch einmal stehe ich das nicht durch. Ich bin fest entschlossen, dieses Jahr in Begleitung bei meinen Eltern zu erscheinen. Ich muss nur noch jemand finden, der sich am Weihnachtsabend von mir aufs Land verschleppen lassen will.

Ich schenke Trish einen flehenden Blick. „Was ist mir dir? Kannst du nicht mitkommen?"

„Nicht freiwillig." Sie schüttelt den Kopf. „Außerdem sind wir bei meinen zukünftigen Schwiegereltern eingeladen."

„Komm schon, Trish." Ich setze die Art von Blick auf, mit dem ich meinen Dad immer dazu gebracht habe, meine Lieblingssendung im Fernsehen zu sehen, obwohl längst Schlafenszeit war. „Bitte!"

„Vergiss es", erklärt sie und bleibt standhaft. „Ist deine Mutter noch immer nicht darüber hinweg, dass du mit Steve Schluss gemacht hast?"

Gedankenverloren nehme ich eine Papierserviette und falte sie zusammen. Dann klappe ich sie wieder auseinander und streiche alles glatt. „Ich weiß nicht, was sie schlimmer findet. Das, oder die Tatsache, dass ich nach London gezogen bin."

„Hey …" Trish lässt das Polieren sein und hält meine Hände fest. „Hör auf, dir ein schlechtes Gewissen zu machen. Dass du jetzt bei deiner Tante lebst, heißt nicht, dass du sie mehr liebst als deine Mutter."

„Das sieht Mum anders." Missmutig zucke ich die Schultern.

„Letztes Weihnachten hast du nur mit legendären Mengen an Gin und Glühwein ertragen", erinnert Trish mich. „Die Hälfte der Zeit musstest du Babysitter für deine Nichte spielen, während die Kleine das Haus verwüstet oder deine Haare mit Glitter und Lametta verziert hat. Die restliche Zeit hast du damit verbracht, in der Küche zu stehen und zu verhindern, dass deine Mum einen Nervenzusammenbruch bekommt, weil das Weihnachtsessen nicht ganz so perfekt wird."

Cornelia Engel

Weihnachtlich verliebt in London

CORNELIA ENGEL

Weihnachtlich verliebt in London

ROMAN

Cornelia Engel,
Austr. 4, 96047 Bamberg

Lektorat: Ina Solowij | www.kompassundfeder.de
Korrektorat. Ellen Rennen www.texpertin.de
Covergestaltung: ©authors-assistant
(Britt Toth https://authors-assistant.com)
unter Verwendung von Elementen von Canva.com
Layout und Satz: Stefanie Scheurich,
Schrift- und Bildmaterial: freepik.com

„Erinnere mich bloß nicht daran." Ich schlage die Hände vors Gesicht und spähe zwischen den Fingern hervor. „Bitte komm mit, Trish! Und wenn es nur für einen Tag ist!"

Sie sieht mich aufrichtig bekümmert an. „Tut mir leid, Süße. Jack bringt mich um, wenn er allein zu seinen Eltern muss. Außerdem, suchst du nicht eine männliche Begleitung?"

Ich seufze. „Das war der ursprüngliche Plan. Inzwischen ist mir das egal. Hauptsache, ich muss da nicht allein hin. Sonst hagelt es den ganzen Abend Kommentare darüber, dass ich mein Leben angeblich nicht auf die Reihe kriege."

„Klingt furchtbar." Trish seufzt mitleidig. „Wie wäre es mit Mike? Hast du ihn schon gefragt?"

Ich zögere. Mike ist ein Kollege von uns. Er ist fünfundvierzig, hat einen deutlichen Bauchansatz, schulterlange, blonde Locken und lässt keine Gelegenheit aus, schlechte Witze zu reißen. Vermutlich ist Mike ziemlich der einzige Mensch in ganz London, der an Weihnachten nichts vorhat und sofort Ja sagen würde. Aber wenn ich Mike mitbrächte, wäre es der sichere Beweis für meine Familie, dass mein Leben dem Untergang geweiht ist.

„Mal sehen", erwidere ich ausweichend. Ich drehe mich um, weil ich nachsehen will, ob neue Gäste gekommen sind. Mein Blick fällt auf die Dekowand. Normalerweise ist dort eine sehr ansprechende Blumendeko aufgebaut, die den Touristen als Fotohintergrund dient. Jetzt aber hängt da ein drei Meter großer Weihnachtskranz mit riesigen goldenen Kugeln. Vor der Wand bemerke ich einen Mann, der regungslos dasteht, den Blick auf etwas oder auf jemanden gerichtet. Von hier aus kann ich das nicht erkennen, denn ein Pfeiler versperrt mir die Sicht. Er trägt einen kurzen grauen Wollmantel mit hochgeschlagenem Kragen und hat dunkles, kurz gelocktes Haar. In der Hand hält er einen Panamahut, die andere steckt in seiner Manteltasche. Unwillkürlich muss ich grinsen. Mit schlafwandlerischer Sicherheit kann ich vorhersagen, was gleich geschehen wird: Er wird auf die Knie fallen und um die Hand seiner Freundin anhalten.

Was spontane Heiratsanträge betrifft, haben wir dem London Eye mittlerweile den Rang abgelaufen. Was mich nicht wundert. Im Riesenrad ist das Risiko größer, sich bis auf die Knochen zu blamieren, falls die Angebetete nein sagt. Einem Freund von mir ist das passiert. Es war die schlimmste halbe Stunde seines Lebens, denn so lange dauert eine Fahrt.

Allerdings soll das nicht heißen, dass die Erfolgsrate bei uns größer ist. Auch hier auf dem Skydeck haben wir schon so manche vernichtende Niederlage miterleben müssen. Deswegen nennen Trish und ich die Stelle mit dem überdimensionalen Weihnachtskranz das *Bermudadreieck.*

Trishs Stimme reißt mich aus meinen Gedanken. „Was hat er denn vor? Wenn das ein Heiratsantrag werden soll, muss er sich beeilen. Wir schließen gleich." Sie deutet auf den Mann, der jetzt bestimmt schon fünf Minuten stocksteif dasteht. Obwohl er uns aus etwa zehn Metern den Rücken zuwendet, kann ich seine Anspannung förmlich spüren.

„Keine Ahnung, was er da tut. Ist er allein oder in Begleitung? Ich sehe das nicht von hier aus." Ich recke den Hals. Langsam kommen mir Zweifel an meiner Theorie. Wie jemand, der die Frage aller Fragen stellen will, sieht er nicht aus. Sonst hätte er doch schon längst die Initiative ergriffen, oder?

Trish hängt das Geschirrtuch zurück an den Haken und gähnt gelangweilt. „Ich jedenfalls werde nicht heiraten. Das ist pure Geldverschwendung. Die Hochzeitsfeier kostet ein Vermögen, und am Ende läuft es doch auf eine Scheidung hinaus."

„Trish!" Entsetzt starre ich sie an. „Lass das bloß nicht Jack hören. Er schwärmt schon seit Ewigkeiten davon, Flitterwochen auf den Seychellen zu machen."

„Ha! Wenn du wüsstest, wie viel Geld Jack jeden Monat für Sportklamotten, Eiweißdrinks und die Mitgliedschaft in diesem irrsinnig teuren Fitnessstudio ausgibt, wäre dir klar, dass er sich zwischen den Seychellen und einer Hochzeitsfeier entscheiden muss. Beides können wir uns nicht leisten. Und ich werde mich bestimmt nicht für die nächsten drei Jahre verschulden", erwidert Trish mit finsterer Miene. Ich blinzle. Mir war nicht bewusst gewesen, dass ich ein Reizthema anschneide.

„Ich verstehe deinen Punkt", murmle ich und wende den Kopf, um zu sehen, ob der Mann in dem Mantel noch immer versucht, einen Rekord im Regungslos-vor-sich-Hinstarren hinzulegen.

Auf einmal kommt Bewegung in die Sache. Überrascht halte ich den Atem an. Er sinkt auf die Knie. Ungewöhnlich langsam, aber vielleicht hat er ja Probleme mit dem Meniskus.

„Trish ...", zische ich.

„Versuch nicht, mich umzustimmen ..."

„Blödsinn!" Ich wende mich wieder zu Trish um und deute unauffällig hinter mich. „Unser Freund hat sich endlich entschlossen. Er ist vor ihr in die Knie gegangen. Kannst du jetzt etwas sehen? Sagt sie ja? Ich wette, sie ist hübsch. Wer einen Panamahut trägt, hat sicher eine sehr elegante, stylische Freundin."

„Interessante Theorie. Aber ich muss dich enttäuschen. Hinter dir ist niemand. Anscheinend ist er bereits nach unten gefahren."

„Aber gerade eben war er noch da." Ungläubig drehe ich mich um meine Achse.

Ach du Schande!

Er liegt flach auf dem Boden. Wie es aussieht, ist er im Knien mit dem Oberkörper nach vorne weggekippt. Die Arme liegen eng an seinem Körper und er gibt keinen Laut von sich.

Kapitel 2

Reflexartig sprinte ich los und versuche in aller Eile zu rekapitulieren, was ich im Erste-Hilfe-Kurs gelernt habe.

„Sir?“ Besorgt gehe ich neben ihm in die Hocke. „Alles in Ordnung?“

Er macht keine Anstalten den Kopf zu heben und stöhnt benommen. Sein Atem geht flach und viel zu schnell, auf seiner Stirn glitzern Schweißperlen. Rasch greife ich nach seinem Handgelenk, um den Puls zu fühlen. Dabei steigt mir der Duft seines sehr angenehmen, teuren Rasierwassers in die Nase.

„Haben Sie Schmerzen in der Brust? Ist Ihnen übel? Haben Sie Probleme mit dem Herzen, oder leiden Sie an Unterzucker?“ Ich mustere ihn kritisch. Unter seiner Blässe macht er einen fitten, sportlichen Eindruck. Außerdem scheint er mir zu jung für eine Herzattacke. Ich schätze ihn auf Mitte dreißig. Wobei ihn der akkurate braune Vollbart vermutlich älter macht.

Er schüttelt kaum merkbar den Kopf.

Ich versuche ruhig zu bleiben und rufe mir ins Gedächtnis, wie eine Herzdruckmassage funktioniert. Nur für den Fall der Fälle. Diese Lehrgänge sollten viel regelmäßiger wiederholt werden. Im Ernst. Wer erinnert sich nach sechs Monaten denn noch daran, wie eine Wiederbelebung funktioniert?

Seine Hand zuckt in meiner, und ich bemerke, dass ich ganz vergessen habe, sein Handgelenk wieder loszulassen. Rasch ziehe ich den Arm zurück.

Mit einem leisen Stöhnen hebt er den Kopf.

„Niedriger Blutdruck?“, rätsele ich weiter. So langsam gehen mir die Ideen aus. Ich greife zu meinem Walkie-Talkie. „Es wird wohl besser sein, wenn ich den Rettungsdienst verständige.“

„Nein.“ Er wehrt entschieden ab. Der Gedanke ist ihm sichtlich unangenehm. Stöhnend rollt er sich auf die Seite und versucht sich aufzusetzen.

Es klappt beim zweiten Anlauf.

Na bitte. Erleichtert atme ich aus. Er sieht schon etwas besser aus, zumindest kehrt wieder Farbe in sein Gesicht zurück. Unsere Blicke begegnen sich, und in meinem Nacken beginnt es zu kribbeln. Eine Locke ist ihm in die Stirn gefallen. Seine Hand zittert noch ein wenig, als er sie zurückstreicht.

„Es geht schon wieder.“ Er mustert mich mit einer Mischung aus Verlegenheit und Anspannung. Seine Augen sind braun, mit noch dunkleren Sprenkeln.

„Sicher?“ Besorgt hebe ich eine Augenbraue.

Er weicht mit dem Blick aus. „Ich hatte wohl einen Panikanfall.“

„Oh, okay …“ Ich versuche, gelassen zu klingen, obwohl ich mir nicht sicher bin, was nach einer Panikattacke zu tun ist und wie lange es dauert, bis sie wieder abklingt. Am besten tue ich so, als ob nichts weiter passiert wäre. Was im Grunde auch stimmt. Also sage ich: „Machen Sie sich keine Gedanken. Sie sind nicht der Erste, der hier oben ein Problem mit der Höhe hat. Der Blick nach unten ist schwindelerregend.“

Er schüttelt den Kopf. „Ich bin mir nicht sicher, ob es daran lag.“

„Soll ich Ihnen vielleicht etwas zu trinken holen?“

„Das wäre nett.“

Ich nicke und springe auf.

Trish empfängt mich mit vor Neugierde geweiteten Augen. „Und? Was ist mit ihm?“

„Panikattacke oder so. Keine Ahnung. Kannst du mir bitte ein Glas Wasser geben?“

Sie füllt ein Glas und reicht es mir.

„Brauchst du Hilfe? Wenn du möchtest, könnte ich ein wenig länger bleiben“, bietet sie an.

„Nein, geh nur“, sage ich und denke an Jack, der unten im Auto auf sie wartet. Bei dem Verkehrschaos um diese Zeit ist das kein Vergnügen.

„Sicher?“ Sie schürzt die Lippen.

Ich nicke. „Ich komme klar.“

„Du hast was bei mir gut!“ Sie schließt die Kasse ab, kommt hinter der Theke hervor und haucht mir einen Luftkuss zu, bevor sie in Richtung der Aufzüge verschwindet.

Trish hat es mit dem Wasser zu gut gemeint. Als ich zurück zu dem Besucher gehe, schwappt etwas davon auf den Kunstrasen.

„Hier. Bitte schön.“ Ich reiche ihm das Glas, woraufhin er sich mit einem höflichen Lächeln bedankt. Ich weiß nicht, was es ist, aber etwas an seiner Ausstrahlung gibt mir Rätsel auf. Vorhin wirkte er unsicher, fast verletzlich, und irgendwie süß. Ein Typ, mit dem man sich gut auf einen Drink verabreden könnte. Jetzt schließt sich der feine Riss in seiner Fassade wieder, und er kommt mir steif und distanziert vor.

Ich sehe ihm schweigend zu, wie er das Wasser in einem Zug hinunterkippt. Sein Adamsapfel gleitet auf und ab.

„Geht es?“, frage ich nervös, denn die Zeit drängt allmählich.

„Einigermaßen. Danke ...“ Er unterbricht sich und schielt auf mein Namensschild. „Danke, Sally Thompson.“

„Gerne.“

„Ich glaube nicht, dass wir einander vorgestellt wurden“, sagt er und reicht mir die Hand. Sein Händedruck ist fest und selbstbewusst und hinterlässt ein Kribbeln auf meiner Haut. „Mein Name ist Gregory Farrington. Greg, wenn Sie möchten.“

„Angenehm.“ Der Name löst einen dumpfen Hall in meinem Gehirn aus, aber ich komme nicht darauf, wo ich ihn schon einmal gehört habe. Ich atme durch. „Greg, wir schließen gleich. Ich muss Sie leider bitten, sich zu den Aufzügen zu begeben.“

„Großer Gott." Er lacht heiser auf. „Ich glaube nicht, dass ich es schaffe, einen Fahrstuhl zu betreten. Zumindest nicht jetzt."

Damit hatte ich nicht gerechnet. Verwirrt blinzele ich ihn an. „Aber irgendwie müssen wir Sie nach unten bringen."

Er reicht mir das leere Glas und wirkt auf einmal sehr entschieden. „Vergessen Sie das mit dem Lift, wenn Sie nicht möchten, dass ich eine weitere Panikattacke erleide. Ich habe eine ausgesprochene Abneigung gegen Aufzüge", erklärt er. Sein Akzent klingt *posh* und erinnert mich an Hugh Grant. Wahrscheinlich waren beide auf den gleichen Upperclass-Internaten. Greg und mich trennen Welten.

„Was ist verkehrt an Aufzügen?", frage ich und schüttle den Kopf.

„Haben Sie *Down – Fahrstuhl in den Tod* gesehen?"

„Äh, nein. Ich glaube, das wäre bei meinem Jobprofil eher ungünstig." Großer Gott! Innerlich verdrehe ich die Augen. Macht er sich eine Vorstellung davon, wie oft ich in der Arbeitszeit den Lift benutze?

Einen Moment schweigen wir beide. Die gedämpfte Loungemusik im Hintergrund wird abgelöst von der Durchsage, dass hier oben jetzt Schluss ist.

Mein Hirn arbeitet auf Hochtouren. Wie aus heiterem Himmel taucht urplötzlich eine Szene aus meiner Kindheit vor meinem inneren Auge auf, die ich aus meinen Erinnerungen schon so gut wie verdrängt hatte. Ich war acht Jahre, wir waren auf einer Wanderung auf der Isle of Skye unterwegs, und ich sollte einen schmalen Grat in den Quiraing überqueren. Nachdem ich über den Rand der Klippe nach unten geblickt hatte, weigerten sich meine Füße, sich zu bewegen. Mir kommt eine Idee.

„Hier." Entschlossen ziehe ich eine Packung Kaugummi, die ich für Notfälle wie diesen immer parat habe, aus meiner Jackentasche und reiche sie ihm. „Nehmen Sie eines."

Zögernd schwebt seine Hand in der Luft. „Bestehen Sie darauf?"

„Absolut."

„Warum?"

„Kaugummikauen ist ein probates Mittel gegen Angst“, behaupte ich und wiederhole damit die gleichen Worte, die mein Vater damals am Quiraing zu mir gesagt hatte. Bei mir hatte der Trick hervorragend funktioniert.

„Ist das wissenschaftlich belegt?“

„Vertrauen Sie mir“, erkläre ich. Für Diskussionen fehlt mir die Geduld.

„Ist das ein Vorschlag oder ein Befehl?“ Er sieht mich nervös an.

„Wollen Sie, dass ich Sie nach unten bringe, oder soll das der Sicherheitsdienst übernehmen?“ Ungeduldig wedele ich mit den Kaugummistreifen. Mein neuer Freund Greg hat wirklich das Zeug, die einfachsten Dinge zu verkomplizieren.

„Na gut. Es wäre mir unangenehm, den Sicherheitsdienst bemühen zu müssen.“

„Also dann“, erwidere ich und überlasse ihm kurzerhand die Kaugummipackung. „Na los, kommen Sie!“

Wir betreten den Fahrstuhl und die Türen schließen sich.

Ich bemerke, wie Greg trotz des Kaugummis heftig schluckt, und mustere ihn besorgt.

Bitte flipp jetzt nicht aus, flehe ich in Gedanken und hoffe, dass wir die nächsten Sekunden ohne ein weiteres Drama überstehen.

Kapitel 3

Mit einem kaum spürbaren Ruck rauscht der Aufzug los. Greg starrt auf die in der Decke des Lifts eingebaute Videoanimation. Dabei schluckt er erneut. Die futuristische Computergrafik, auf dem die immer höher werdenden Wände des *The Shard* zu sehen sind, tut seinen Nerven offensichtlich nicht gut. Das Kaugummi allein hat leider nicht die erhoffte Wirkung. Ich muss einen anderen Weg finden, ihn abzulenken. Entschlossen baue ich mich vor ihm auf, sodass er gezwungen ist, mir in die Augen zu sehen. Dann krame ich das unnütze Wissen heraus, das mir Reddit täglich auf meiner Fahrt zur Arbeit via Smartphone serviert.

„Was schätzen Sie, wie viel Geschenkpapier wird an Weihnachten im ganzen Land verbraucht?"

Greg wirft mir einen zweifelnden Blick zu. „Keine Ahnung. Viel, nehme ich an."

„Sechzig Millionen Quadratkilometer", kläre ich ihn auf. „Wie viele Geschenke kommen in Summe in dem Lied *The Twelve Days of Christmas* vor?"

Greg seufzt entnervt. Seinem Gesichtsausdruck nach zu urteilen, hält er mich inzwischen für plemplem. „Woher soll ich das wissen?"

„Dreihundertvierundsechzig!"

„Die Schenkerei an Weihnachten ist völlig übertrieben", gibt Greg schlecht gelaunt zurück. „Konsum über Konsum."

Während die meisten Menschen in der Weihnachtszeit in guter Stimmung sind, scheint Greg kein Faible für diese Jahreszeit zu besitzen. Schon allein aus diesem Grund könnten wir nie Freunde werden. Und wegen des Upperclass-Tons, mit dem er das Wort Weihnachten ausspricht, *Chris-T-Mas,* während jeder normale Mensch in London *Chrismas* sagt.

„Warum merken Sie sich diesen Unsinn?" Er kaut wie wild auf seinem Kaugummi, aber immerhin haben wir es ohne Panik in den 33. Stock geschafft, wo wir den Lift wechseln. Ich gehe mit Greg ein paar Meter weiter und drücke auf den Knopf des nächsten Aufzugs.

Greg räuspert sich. „Testen Sie jetzt wieder meine Allgemeinbildung?"

„Wir können ein anderes Thema nehmen", schlage ich vor, aber gerade ist mein Hirn so leer, dass mir nichts einfällt. Außer Fakten zum *The Shard*. Aber wenn ich von der Höhe des Gebäudes erzähle, den vierundvierzig Lifts und den elftausend Glasteilen, aus denen es besteht, bekommt er nur wieder Panik.

Die Aufzugtüren öffnen sich. „Was haben Sie an Weihnachten vor?", frage ich, ganz ohne Hintergedanken. Das Thema eignet sich hervorragend für Small Talk. Wirklich jeder hat etwas dazu zu sagen. Der Lift rauscht mit sieben Metern pro Sekunde nach unten, also haben wir es gleich geschafft.

„Nichts", murmelt Greg einsilbig.

„Wie, nichts?" Ich bekomme runde Augen. „Kein Familienbesuch? Kein Weihnachtsessen? Kein Truthahn? Sie müssen doch *irgendetwas* vorhaben? Was sagt denn Ihre Freundin dazu?"

Mit einem durchdringenden Blick hebt er die Hand, an der kein Ring steckt. „Weder verheiratet oder geschieden. Verlobt auch nicht. Meine letzte Beziehung ist vor sieben Monaten in die Brüche gegangen. Und ich bin weder auf Tinder oder auf der Suche nach einem Date. Möchten Sie noch etwas wissen?"

Autsch. Mit schießt die Röte in die Wangen. So wie er es formuliert, klingt es fast, als hätte ich vor, mich ihm an den Hals zu werfen. Was nie passieren wird. Dafür ist er mir viel zu schnöselig, auch wenn ich zugeben muss, dass ich ihn anziehend finde.

Bevor mir eine passende Antwort einfällt, öffnen sich die Türen des Lifts und wir sind im Erdgeschoss angekommen.

„Erdgeschoss", verkünde ich fröhlich und setze mich damit über seine letzte Bemerkung hinweg. „Na bitte. War gar nicht so schlimm, oder?"

Greg blinzelt, dann dämmert ihm anscheinend, dass er die Fahrt überlebt hat. Er atmet tief aus und tritt an meiner Seite aus dem Lift. Einen Moment lang stehen wir unschlüssig voreinander. Zwei Schauspieler in einem Theaterstück, denen der Text ausgegangen ist und die keinen Plan haben, wie es jetzt weitergehen soll.

Greg dreht den Hut in seiner Hand. Er lächelt schief, was ihn mir wieder ein wenig sympathischer macht. „Es tut mir leid. Dort oben, auf der Aussichtsplattform ... Ich habe vollkommen überreagiert. Normalerweise macht es mir nichts aus, einen Aufzug zu benutzen. Es muss wohl an den Nachwirkungen meiner Panikattacke gelegen haben. Jedenfalls, danke für die moralische Unterstützung."

Unsere Blicke begegnen sich. Für einen winzigen Moment spüre ich einen Funken zwischen uns hin und herspringen. Vielleicht bilde ich es mir auch nur ein, denn gleich darauf ertönt eine letzte Durchsage, dass wir schließen, aus den Lautsprechern. Der Augenblick ist vorbei. Greg räuspert sich und starrt angestrengt auf seine Füße, die in sehr eleganten Herrenschuhen stecken.

Betont gleichmütig zucke ich die Schultern. „Keine Ursache. Sehr gern."

„Also dann ... Auf Wiedersehen, Sally", sagt er und blickt abwesend durch mich hindurch. So als wären seine Gedanken in einer ganz anderen Welt unterwegs. Bestimmt ist er erleichtert, mich loszuwerden. Was mich nicht wundert, nachdem unsere Begegnung von einigen ziemlich peinlichen Augenblicken überschattet war.

„Cheers, Greg." Ich winke ihm zum Abschied zu und verschwinde in den Personalräumen, um meine Dienstkleidung abzulegen und Stoffhose und Bluse gegen Jeans und Sweatshirt zu tauschen. Mein knurrender Magen erinnert mich daran, dass ich seit dem Frühstück nichts gegessen habe, aber die Aussicht auf Tante Patricias Sheperd's Pie lässt mich aufatmen. Schnell streife ich meine Dienstjacke ab und hänge sie in meinen Spind. Ich nehme meine Handtasche heraus, in der sich mein Smartphone befindet, um nachzusehen, ob ich verpasste Anrufe habe. Nichts. Noch nicht einmal eine WhatsApp. Schulterzuckend schiebe ich das Handy in die Gesäßtasche meiner Jeans. Als ich das Band mit meinem Dienstausweis daran in meine Handtasche gleiten lasse, höre ich aufgeregte Stimmen im Foyer.

Eine davon gehört Greg. Inzwischen erkenne ich ihn an seinem Upperclass-Akzent. Nur wenige Menschen in London sprechen in diesem aristokratischen, forschen Ton.

Der Tonfall im Foyer wird hitziger. Mir schwant nichts Gutes, also lege ich meine Handtasche zurück in den Spind und eile nach draußen.

Greg und Mike, mein Kollege mit den lockigen, schulterlangen Haaren, stehen sich heftig gestikulierend gegenüber. Mike wirkt leicht verzweifelt, obwohl er sonst alles mit Humor nimmt.

„Kann ich helfen?" Rasch dränge ich mich zwischen sie, als gälte es, eine Schlägerei unter Schuljungs zu verhindern.

Mike blickt mich dankbar an. „Sally, wärst du so freundlich, dem Herrn zu erklären, dass Gegenstände, die nicht mit auf die Aussichtsplattform genommen werden dürfen, nicht hier unten gelagert werden. Daher bin ich auch nicht verantwortlich dafür, wo sich der Schirm dieses Herrn befindet. Ich habe keine noch so verflixte Idee, was damit passiert ist."

Ich wende mich um und sehe Greg ins Gesicht. „Greg? Wo liegt das Problem?"

Greg sieht mich vorwurfsvoll an und ich spüre, wie ich unter seinem Blick etwas kleiner werde. Er kann wirklich sehr anklagend schauen. Ein missmutiger Zug spannt sich um seine Mundwinkel. „Ich hätte gern meinen Schirm zurück. Die Dame, die vor einer Stunde hier unten Dienst am Einlass hatte, hat mich darauf hingewiesen, dass ich den Schirm nicht mit nach oben nehmen kann. Also hatte ich sie darum gebeten, ihn für mich aufzubewahren, was sie auch getan hat. Es ist ein beiger James Smith and Sons mit poliertem Ahorngriff."

Ich verkneife mir die Bemerkung, dass die Kollegin sich damit entschieden zu weit aus dem Fenster gelehnt hat und es uns eigentlich nicht erlaubt ist, Gegenstände, die den Sicherheitsvorschriften nicht entsprechen, hier unten zu bunkern. Selbst wenn sie von einer Luxusmarke stammen. Wir haben keinen Platz dafür. Für das Verhalten meiner Kollegin gibt es nur zwei Möglichkeiten. Entweder hat Greg sie mit einem finsteren Blick niedergestarrt, oder er hat seinen Upperclass-Charme spielen lassen. Wobei mir Letzteres wahrscheinlicher erscheint. Ich zweifle kein bisschen daran, dass Greg unglaublich liebenswürdig und überzeugend sein kann, wenn es darauf ankommt. Nachdenklich reibe ich mir die Stirn. „Na schön. Mike, hast du mal hinter den Counter gesehen? Vielleicht liegt der Schirm dort?"

Mike verschränkt die Arme vor der Brust. So unkooperativ habe ich ihn bisher noch nie erlebt. „Da ist er nicht. Und auch sonst nirgends, wie ich dem Herrn bereits versichert habe."

Moment mal. Ich meine mich zu erinnern, vorhin beim Umziehen aus dem Augenwinkel einen Gegenstand in einer der Ecken gesehen zu haben, der nicht dort stehen sollte. Allerdings sterbe ich inzwischen vor Hunger und habe in der Eile nicht wirklich darauf geachtet. Mit einem tiefen Ausatmen streife ich mir das Haar hinter die Ohren und werfe Mike einen beschwörenden Blick zu. „Kein Problem. Ich sehe rasch in der Damenumkleide nach. Ich bin gleich zurück."

Wusste ich es doch.

In der Ecke steht ein beiger, teuer aussehender Stockschirm.

Schnell werfe ich mir den Mantel über und schlage den Spind

hinter mir zu. Mit dem Schirm in der Hand eile ich zurück ins Foyer. Triumphierend werfe ich mich in Pose und halte Greg den Schirm entgegen. „Tadaa!"

„Danke schön." Greg lächelt mir zu. Er sieht sehr vorteilhaft aus, mit Hut, Mantel und Schirm. Es gibt nicht viele Männer, die so herumlaufen können, ohne dabei wie ein Schönling zu wirken, aber Greg trägt den Look mit sensationeller Nonchalance.

Ich habe den Gedanken noch nicht zu Ende gebracht, als ich bemerke, wie sein Blick einen Moment zu lange an mir hängen bleibt. Er steht wie angewurzelt da. Die Verblüffung in seinem Gesicht könnte nicht größer sein. Seine Mundwinkel zucken. Schlagartig wird mir bewusst, dass es nicht meine positive Ausstrahlung ist, die das Lächeln in seinem Gesicht breiter werden lässt, sondern mein Mantel. Ich habe ihn vergangenen Herbst auf dem Vintage Clothing Market in Portobello Green entdeckt und liebe ihn, weil er so warm und fluffig ist. Er stammt von einem angesagten Modelabel und ist aus neonpinkem Kunstfell. Abgesehen davon, dass der Reißverschluss gelegentlich hakt, ist er perfekt.

Bereit, meinen geliebten Mantel zu verteidigen, nehme ich das Kinn ein winziges Stück höher. „Was ist?"

„Haben Sie einen rosa Eisbären getötet?"

„Haha." Ich werfe ihm einen verärgerten Blick zu und überreiche ihm den Schirm. „Hier. Ich finde, er passt zu Ihnen. Elegant, aber zu steif für meinen Geschmack."

„Autsch. Das hat gesessen." Greg zwinkert amüsiert. Er scheint über die Fähigkeit zu verfügen, über sich selbst lachen zu können. „Ich entschuldige mich für meine unangebrachte Bemerkung. Friede?"

„Friede", sage ich, halbwegs versöhnt. Ich will noch etwas hinzufügen, aber Mike scheucht uns mit ausgebreiteten Armen auf den Ausgang zu.

Draußen regnet es. Greg spannt seinen Schirm auf und hält ihn über mich. „Wohin müssen Sie?"

„Westbourne Park." Ich drücke mich näher an ihn, um nicht nass zu werden.

„Selbstverständlich begleite ich Sie zum Eingang der U-Bahn-Station."

„Das müssen Sie nicht." Ich werfe ihm einen raschen Blick von der Seite zu. Wir sind uns so nahe, dass ich winzige Lücken in seinem Bart entdecke, an Stellen, wo das Haar nicht regelmäßig wachsen will.

„Ich bestehe darauf. Das ist das Mindeste."

„Wie Sie meinen." Ich zucke die Schultern.

Er betritt die Rolltreppe eine Stufe hinter mir, was dazu führt, dass er sich mit dem Schirm etwas nach vorne über mich beugen muss und ich seinen Atem an meinem Ohr spüre. Es sind nur ein paar Schritte zur Unterführung. Als wir im Trockenen stehen, tritt Greg einen Schritt zurück. Wieder hat er diesen leicht grüblerischen Blick. „Vielen Dank, Sally, es war wirklich nett, dass Sie das für mich getan haben."

Ich winke ab, als wäre nichts gewesen. „Kein Problem."

„Also dann." Er deutet eine Verbeugung an.

„Also dann." Ich nicke ihm zu. Dann angle ich nach dem Schulterriemen meiner Handtasche, um schon mal die Oyster Card hervorzukramen.

Das heißt, ich möchte nach meiner Tasche greifen. Aber sie hängt nicht an meiner Schulter.

Meine Handtasche!

Mein Herz schlägt schneller, mein Körper schüttet Adrenalin aus.

Portemonnaie, Oyster Card, Schlüsselbund, der Dienstausweis, den ich durch den Scanner ziehen muss, um das Gebäude betreten zu dürfen ... Alles, was ich zum Überleben brauche, ist in meiner Handtasche.

Und jetzt ist sie nicht da!

Panik steigt in mir auf. Ich bemühe mich, das Zittern meiner Hände unter Kontrolle zu bringen, und versuche mich zu erinnern, wo ich sie gelassen habe.

Die Erkenntnis trifft mich schlagartig. Es fühlt sich an, als würde ein Eimer mit eiskaltem Wasser über meinem Kopf ausgekippt.

Mist. Mist. Mist.

Die Tasche hängt in meinem Spind in der Umkleide. Ich habe nicht mehr daran gedacht, als ich Gregs Schirm holte.

Kapitel 4

„Was ist passiert?“, fragt Greg, als ich auf dem Weg zurück an ihm vorbei sprinte.

„Handtasche vergessen“, rufe ich und dann „Verflixt“, als ich nicht aufpasse und mitten in eine Pfütze trete. Meine weißen Converse Trainers saugen sich trotz der Imprägnierung mit Wasser voll. Sofort sind meine Zehen durchnässt.

Greg holt mich ein und hält schützend den Schirm über mich. „Ist Ihr Kollege noch da?“

„Ich hoffe es“, gebe ich zurück. Über die Möglichkeit, dass Mike schon nach Hause gegangen ist, möchte ich gerade nicht nachdenken. Denn dann stünde ich zu Hause vor verschlossener Tür.

Die Rolltreppe vor dem *The Shard* ist leer. Greg und ich nehmen sie im Gleichschritt. Oben angekommen, stürze ich auf die Drehtür zu und hämmere mit den Fäusten dagegen.

„Mike! Mike, wo steckst du? Bist du noch da? Mach bitte auf!“ Angespannt starre ich durch das Glas in das dunkle Foyer.

Das dunkle Foyer starrt zurück.

Es dauert einen Moment, dann holt mich die nackte Wahrheit ein.

Mike ist nicht mehr im Gebäude.

Und Tante Patricia ist zu meinen Eltern aufs Land gefahren, um mit Brooke, der Tochter meiner Schwester Lindsey, Lebkuchenanhänger für den Christbaum zu backen.

Im Klartext bedeutet das, dass ich mir vier, wenn nicht fünf Stunden bei eisiger Kälte um die Ohren schlagen muss. Ich kann noch nicht einmal in einen Pub gehen und etwas essen, weil ich keine Bezahlfunktion auf dem Handy installiert habe. Und ohne Oyster Card muss ich zu Fuß nach Notting Hill laufen. Das sind über sechs Meilen.

Dabei will ich nur nach Hause und in mein Bett. Nach dem anstrengenden Tag, der in einer Rettungsaktion für Greg gipfelte, bin ich so erledigt und frustriert, dass ich mich glatt hinstellen und heulen könnte.

Ich bewahre Haltung und fresse meine Emotionen in mich hinein. Das rächt sich, denn dafür steigt nun Zorn in mir auf. Das hässliche Wutmonster in mir reckt sein Haupt. Mein Gesicht fühlt sich heiß an, als ob sich das Blut in meinem Kopf staut. Ich bin so sauer, dass ich platzen könnte. Auf mich und auf das Leben, das mir gerade ziemlich unfair erscheint. All das ist nur passiert, weil ich diese Extrameile für Greg gegangen bin. Wann lerne ich es endlich, meine eigenen Bedürfnisse vor die der anderen zu stellen? Lindsey hat damit keine Probleme. Vermutlich verläuft ihr Leben deshalb genau nach Plan.

Eine Hand tippt mir vorsichtig von hinten auf die Schulter. „Alles gut? Ist jemand da, der Ihnen aufsperren kann?“, fragt Greg.

Mit erhitzten Wangen drehe ich mich um. Meine angeborene Höflichkeit verrutscht. Unbeabsichtigt entlädt sich mein angestauter Zorn über Greg. „Nein! Nichts ist gut! Meine Tasche ist da drin. Ausgerechnet heute. Das hat mir gerade noch gefehlt. Und alles nur, weil Sie so einen Stress um den Schirm gemacht haben.“

„Wie? Bin ich jetzt etwa daran schuld?“ Greg zieht ein Gesicht, als falle er aus allen Wolken.

„Wer sonst? So ein blöder Mist!“ Ich weiß, dass es unfair ist, was aus meinem Mund kommt. Aber es geht gerade nicht anders.

„Es tut mir ja wirklich sehr leid für Sie“, sagt Greg beherrscht. „Aber lassen Sie die Kirche doch bitte mal im Dorf. Ich würde vorschlagen, Sie beruhigen sich erst einmal. Atmen Sie ein paarmal tief durch.“

„Ich will mich aber nicht beruhigen.“ Ich stampfe mit dem Fuß auf wie Rumpelstilzchen.

Er sieht mich stumm an und scheint zu begreifen, dass er besser keine weiteren Appelle an meine Emotionen richtet.

Sein Schweigen nimmt mir den Wind aus den Segeln. Auf einmal ist es ganz leer in mir. Der Schockmoment ist vorbei und ich merke, wie albern ich mich aufführe. Verlegen starre ich auf meine durchnässten Sneakers. „Tut mir leid. Ich wollte nicht ausrasten“, murmle ich betreten.

„Wo genau liegt denn das Problem?“, erkundigt er sich ausgesucht höflich.

„Mein Geld und mein Haustürschlüssel sind in meiner Tasche. Meine Tante, bei der ich wohne, ist zu meinen Eltern aufs Land gefahren und kommt frühestens in vier Stunden zurück.“ Ich schiele verlegen zu ihm hoch.

„Verstehe. Wir finden eine Lösung für dich, Sally.“ Er nickt und wechselt ganz selbstverständlich zu einer vertraulicheren Ansprache. „Gibt es eine andere Möglichkeit, ins Gebäude zu kommen?“

„Ich könnte den Sicherheitsdienst rufen. Aber das kostet ein Vermögen.“

„Hm.“ Er rückt sich den Hut zurecht und schaut mich nachdenklich an.

Der Blick seiner dunklen Augen bringt einen Damm in mir zum Einsturz. Unüberlegt sprudeln die Worte aus mir heraus. „Ich wohne in St Lukes Mews, Notting Hill. Das ist die Straße mit dem rosa Haus, die durch den Film *Tatsächlich … Liebe* berühmt wurde. Unser Haus ist blau, nicht pink. Zum Glück, denn sonst hätten wir ständig Horden von Touristen vor unserer Tür, die ein Selfie schießen, weil sie es mit dem Haus aus dem Film verwechseln. Ich liebe die Gegend, auch wenn mein Zimmer die Größe eines begehbaren Schranks hat. Dafür gibt es eine Dachterrasse.“ Obwohl er mit britischer Höflichkeit geduldig zuhört, breche ich ab und erspare ihm weitere Details.

Eine Weile stehen wir uns schweigend gegenüber.

„Ich habe eine Idee!", ruft Greg dann und sieht mich triumphierend an, als wäre ihm die Antwort auf die Millionen-Pfund-Frage in einer TV-Show gekommen. „Du sagtest, dein Geldbeutel und der Schlüssel sind in deiner Tasche. Aber was ist mit deinem Handy? Hast du es bei dir?"

Ich nicke schwach.

„Gut." Gregs Lächeln wird breiter. „Warum rufst du nicht deine Tante an und erklärst ihr, was passiert ist? Vielleicht kann sie gleich losfahren, statt später. Oder es gibt einen Ersatzschlüssel, von dem du nichts weißt, und der bei den Nachbarn liegt."

Ich verschlucke mich vor Schreck und versuche, es durch einen Hustenanfall zu überspielen.

Was Greg nicht ahnt, ist Folgendes: Ich kann unmöglich meine Tante anrufen und ihr beichten, dass ich ohne Haustürschlüssel dastehe.

Es wäre das Tüpfelchen auf dem I der Peinlichkeiten in meinem Leben. Bei jedem Familientreffen würden sie die Geschichte wieder aufwärmen und sich vor Lachen ausschütten. Und das bis zum Ende meiner Tage. Meine Familie hat einen schrägen Sinn für Humor. Noch heute amüsieren sie sich köstlich über einen Zwischenfall, als ich in der dritten Klasse war. Auf dem Nachhauseweg bin ich in den falschen Bus eingestiegen. Die Polizei musste mich von Guildford zurück zu meinen Eltern kutschieren. Im Polizeiauto.

Sogar Schwerverbrechen verjähren in dieser Familie früher als Blamagen.

Nein, beschließe ich und klopfe mir mit der Faust gegen die Brust, weil ich ja noch immer vorgebe zu husten. Es gibt bereits zu viele Dinge, für die ich mich vor meiner Familie schäme. Dabei bin ich nicht grundsätzlich chaotisch, auch wenn meine Eltern und Lindsey in mir das schwarze Schaf der Familie sehen. Ich habe nur meine eigene Vorstellung vom Leben. Tante Patricia ist die Einzige in der Familie, die mich nicht für einen hoffnungslosen Fall hält. Zumindest *noch* nicht. Allerdings könnte sich das ändern, wenn sie meinetwegen den Besuch bei Mum abbrechen muss.

Es geht nicht. Ich kann Tante Patricia nicht anrufen. Das steht völlig außer Frage. Lieber wandere ich stundenlang im Nieselregen umher.

„Tolle Idee", höre ich mich sagen, als ich wieder Luft bekomme. „Ich Dummchen. Natürlich, das ist es! Wieso ist mir das nicht selbst eingefallen?"

Dass ich bei dieser fetten Lüge nicht vom Blitz getroffen werde, ist mir ein Rätsel. Aber hier stehe ich und strahle Greg freudig an. „Ich rufe sie gleich an. Vielen herzlichen Dank für deine Hilfe. Das war wirklich nett. Aber jetzt lass dich bitte nicht länger aufhalten. Ich komme wunderbar zurecht. Und es tut mir wirklich ausgesprochen leid, dass ich mich eben so aufgeregt habe. Das war unnötig."

Ich rechne damit, dass er sich verabschiedet und geht, erleichtert, diese Irre endlich los zu sein. Aber Greg rührt sich nicht von der Stelle.

„Wirklich, es ist in Ordnung. Mach dir keine Sorgen um mich", wiederhole ich und nicke unaufhörlich mit dem Kopf wie eines dieser Figürchen, die man auf das Armaturenbrett im Auto klebt.

„Ach was, auf die paar Minuten kommt es nicht an", erklärt Greg hilfsbereit. „Nachdem es *mein* Schirm war, der den ganzen Ärger verursacht hat, werde ich dich auf keinen Fall hier stehen lassen, bevor du mit deiner Tante gesprochen hast."

Unruhig trete ich von einem Fuß auf den anderen. Verflixt. Warum muss Greg jetzt ausgerechnet den Ritter rauskehren? Was mache ich denn nun? Lieber laufe ich nackt durch den Hyde Park, als in Dorking anzurufen. Aber das braucht Greg nicht zu interessieren.

Natürlich könnte ich behaupten, mein Akku wäre leer. Aber so wie ich Greg einschätze, schreckt ihn das nicht ab. Bestimmt würde er mich in den nächsten Handyladen schleppen, ein Ladekabel für mich besorgen und so lange neben mir stehen bleiben, bis ich diesen verflixten Anruf tätige.

Ich sitze in der Falle. Hätte ich mir den Schock über den Verlust meiner Handtasche doch bloß nicht anmerken lassen.

„Nur zu. Ich habe Zeit“, meint Greg aufmunternd. Offenbar interpretiert er mein Zögern vollkommen falsch.

Verzweifelt schicke ich ein Stoßgebet zum Himmel und flehe darum, dass Tante Patricia a) ans Handy geht und b) niemandem erzählt, weshalb ich anrufe. Was sie zu einer Heiligen machen würde.

Unter Gregs aufmunterndem Blick greife ich unter meinen Mantel und ziehe das Handy aus meiner Jeans. Alles in mir kribbelt, als würden Ameisen über meinen Körper laufen. Ich muss mich bewegen. Während es in der Leitung klingelt, tigere ich auf dem Platz vor dem Foyer hin und her. Dass ich dabei in den Regen gerate, wird mir erst bewusst, als Greg mir hinterherläuft und mir den aufgespannten Schirm in die Hand drückt. Er selbst flüchtet sich unter das Vordach beim Foyer. Was beides äußerst aufmerksam und umsichtig von ihm ist. Ein Gentleman durch und durch, das muss man ihm lassen.

„Hallo?“ Tante Patricia meldet sich. Im Hintergrund sind die Stimmen meiner Mutter und meiner Schwester zu hören. Dazu läuft der Fernseher.

„Tante Patricia? Gott sei Dank! Ich bin's“, sage ich erleichtert.

„Sally! Alles gut? Im Kühlschrank steht Essen für dich. Du hast doch hoffentlich nicht vergessen, dass ich bei deiner Mutter bin?“

„Nein, das weiß ich. Es ist nur, also, es gibt ein Problem“, setze ich an.

In diesem Moment höre ich meine Mutter sagen: „Mit wem telefonierst du, Patty? Ist das Sally? Gib mir mal den Hörer!“

„Bloß nicht!“, flehe ich inbrünstig. Ein Gespräch mit meiner Mutter ist mehr, als ich augenblicklich vertragen könnte. „Sag, dass die Verbindung schlecht ist.“

„Die Verbindung ist schlecht, Mabel“, flunkert Tante Patricia. „Sally sagt, sie meldet sich morgen bei dir.“

„Was möchte Sally denn?“, will Mum wissen. „Sag ihr, sie wird hier dringend bei den Weihnachtsvorbereitungen gebraucht. Ich möchte nicht wieder sämtliche Kisten mit dem Christbaumschmuck allein vom Dachboden schleppen müssen. Außerdem hat sie Brooke versprochen, Weihnachtskarten zu basteln und mit ihr Encanto zu schauen. Warum kommt Sally nicht morgen zum Mittagessen vorbei? Es gibt Würstchen im Speckmantel."

„Sie muss arbeiten, Mabel", improvisiert meine Tante, wofür ich sie glatt knutschen könnte. „Was ist?", setzt sie leise und an mich gewandt hinterher.

„Schlüssel vergessen", seufze ich und stapfe mit großen Schritten weiter, Richtung Rolltreppe.

„Entschuldige! Wohin gehst du?", ruft Greg mir hinter her. Als ich mich umdrehe, sehe ich ihn unter dem überdachten Eingang stehen und aufgeregt winken. Anscheinend hat er Sorge, dass ich ihn vergesse und mitsamt dem Schirm türme. Ich signalisiere ihm mit Daumen hoch, dass ich ihn nicht vergessen habe, woraufhin Gregs Miene sich augenblicklich entspannt. Gerade als ich meiner Tante beichten will, dass ich in der Klemme stecke, grätscht meine Mutter im Hintergrund dazwischen.

„Oh nein, was ist? Steckt sie wieder in Schwierigkeiten?", höre ich sie sagen. Anscheinend hat sie meinen letzten Satz mitbekommen.

„Was ist los?", erkundigt sich Tante Patricia. Im Hintergrund höre ich meine Mum atmen. Sie hat diese Eigenart, die Luft geräuschvoll durch die Nase zu saugen, wenn sie angespannt ist.

„Oh, ich war ein Bier trinken und dachte, ich hätte meinen Schlüssel vergessen", schwindle ich drauf los und bemühe mich, unbeschwert zu klingen. „Aber hoppla, da ist er ja! Ganz unten am Boden meiner Tasche. Gerade wiedergefunden."

Eine Gesprächspause entsteht.

„Aha", meint Tante Patricia schließlich. „Also ist alles gut?"

„Alles bestens!", versichere ich überschwänglich. „Ähm ... Wann kommst du denn zurück?"

„Wir wollten noch zu Abend essen und mit Brooke einen Film

sehen. Allzu lange werde ich aber nicht bleiben. Vermutlich bin ich nach Mitternacht zurück."

„Was?" Ich reiße erschrocken die Augen auf. „So spät erst?"

„Es wird allerhöchstens ein Uhr, garantiert nicht später."

Benommen starre ich vor mich hin.

„Sally? Bist du noch dran?"

„Ähm, ja, alles gut. Ich dachte nur gerade darüber nach, ob ich noch mal in den Pub auf ein Pint gehe. Hab einen schönen Abend, Tante, und Grüße an alle."

Ich lege auf und spaziere zu Greg zurück.

„Und?", will er wissen.

„Sie kommt." Ich zucke die Schultern.

„Hervorragend. Und wann?"

„Gegen eins."

„Das sind noch fast fünf Stunden." Er wirkt zerknirscht, wie er so dasteht, den Hut in der Hand. Mein schlechtes Gewissen, weil ich ihn vorhin so angeblafft habe, wird gleich noch viel größer. „Weißt du was? Wir schlagen uns die Zeit gemeinsam um die Ohren. Ich bleibe bei dir und bringe dich später bis zu deiner Haustür."

„Das musst du nicht", verteidige ich meine feministischen Ideale. „Du musst dich nicht um mich kümmern. Ich komme klar. Es wäre nett, wenn du mir zehn Pfund leihen würdest. Dann könnte ich mir Pommes und eine Cola kaufen. Und ein Einzelticket für die Tube. Du bekommst das Geld zurück."

„Keinesfalls", erwidert er strikt und mustert mich besorgt, als hätte ich verkündet, eine Mission zum Mars antreten zu wollen. „Ich lasse dich nicht nachts allein durch London laufen. Kommt nicht infrage."

Ich winde mich und starte einen letzten Anlauf, obwohl mir schwant, dass es nicht viel nützen wird. Greg geht ganz in seiner Rolle als Beschützer auf. „Das ist wirklich sehr edel von dir. Aber ganz im Ernst. Ich brauche keinen edlen Ritter. Die stellen sich letztlich auch nur als Vagabunden heraus, die bei der ersten Möglichkeit über alle Berge sind." Ich lache, als hätte ich mir einen Scherz erlaubt. Obwohl es der Wahrheit, wie ich sie kenne, ziemlich nahekommt.

Greg setzt sich den Hut auf, was ihn sehr entschlossen wirken lässt. „Das mag auf andere zutreffen."

„Das freut mich." Ich lächle schief und ergebe mich meinem Schicksal. Über was um alles in der Welt sollen wir uns in den nächsten fünf Stunden unterhalten? Ich bin viel zu erschöpft, um Small Talk mit einem Fremden zu machen. Aber die Suppe habe ich mir eingebrockt. Jetzt muss ich sie auslöffeln. Also setze ich ein unbekümmertes Lächeln auf und wende mich an Greg. „Und was schlägst du vor?"

„Wie wäre es mit einem Happen zu essen und einem Drink? Ich zahle natürlich."

„Das ist sehr nett von dir. Aber fühle dich bitte nicht dazu verpflichtet. Ich gebe dir das Geld gern zurück."

„Keine Sorge. Ich wollte ohnehin etwas essen gehen. Es wäre mir eine Ehre, dich einzuladen."

„Die Ehre ist ganz meinerseits", erwidere ich. Wir Briten sind so höflich.

Er nimmt mir den Schirm ab und hält ihn galant über mich. Greg riecht ausgesprochen gut, bemerke ich, als ich mich bei ihm einhake.

Wir gehen Richtung Themse und keiner von uns sagt etwas.

Ich schiebe die Hände in meine Manteltaschen und spähe zum London Brigde City Pier hinüber, wo wie jedes Jahr der Weihnachtsmarkt aufgebaut ist. Der Schein von Lichterketten funkelt mir entgegen. Mit der wunderschönen Aussicht auf die bekannte Skyline im Hintergrund und den hübschen Holzhütten sieht alles sehr stimmungsvoll aus. *Christmas by the River* zählt meiner Meinung nach zu den romantischsten Weihnachtsmärkten in London. Vom Skydeck aus kann ich beobachten, wie sich die Besucher dort drängen und blaue Lichterketten an den Hütten und in den Zweigen der Bäume leuchten. Manchmal glaube ich, den

Duft von gebrannten Mandeln und Würstchen bis in den 72. Stock zu riechen. Mein Magen grummelt behaglich. Bei der Aussicht auf Glühwein und leckeres Street-Food kommt mir mein Schicksal plötzlich gar nicht mehr so schlimm vor.

Ich deute zum Ufer. „Da vorne gibt es einen netten Weihnachtsmarkt. Wollen wir uns vielleicht dort etwas zu essen holen? Die frittierten Kartoffelspiralen sollen köstlich sein. Hmmm ..." Ich schnuppere genüsslich in die Luft. „Ich kann den Glühwein und die gebrannten Mandeln schon riechen."

Greg sieht mich an und legt die Stirn in Falten, als verstehe er nicht, wie ich auf die Idee komme, dorthin zu gehen.

„Weihnachtsmärkte sind nicht mein Ding", meint er dann.

„Dein Ernst?", platze ich heraus und kann nicht glauben, was er da sagt. Ich könnte ihm auf der Stelle eine ganze Reihe von Gründen nennen, warum Weihnachtsmärkte das Beste überhaupt am Winter sind: geröstete Kastanien, der Geruch von Zimt, die funkelnden Lichter an den Buden und den Karussells. Dann die geschmückten Bäume, die Sternsinger, die schönen Weihnachtslieder, die zauberhaften Geschenke, die es überall zu kaufen gibt. Jedes Mal, wenn ich einen Weihnachtsmarkt betrete, fühle ich mich wie Mary Poppins. Ich brauche nur mitten in das Bild hinein zu hüpfen und lande in einem Märchen. Vor allem, wenn es dann auch noch zu schneien beginnt.

„Wie kann man Weihnachtsmärkte nicht mögen?" Irritiert hebe ich die Hände.

Wir verlangsamen unsere Schritte. An der Art, wie er die Stirn kräuselt, merke ich, dass er gründlich über die Frage nachdenkt. Schließlich bleibt er stehen und schiebt sich den Hut in den Nacken. „Es ist zu viel los um diese Uhrzeit. Ich hasse es, mich durch die Massen zu drängen und ständig aufpassen zu müssen, dass kein angetrunkener Idiot Glühwein über mich verschüttet."

„Na schön", seufze ich. Irgendwie hätte ich es mir denken können. Wahrscheinlich leidet Greg nicht nur unter Höhenangst, sondern auch unter Platzangst. Oder er mag keine Menschen.

Meine Zehen werden allmählich eisig in den durchgeweichten Schuhen und ich reibe meine Füße an den Schienbeinen, um etwas Wärme hineinzubekommen. „Was schlägst du vor?"

„Lass uns weiter Richtung Innenstadt gehen", sagt Greg. „Sicher finden wir auf dem Weg einen netten Pub."

Ich übersetze das in meinem Kopf. *Nett,* gleichbedeutend mit *langweilig*. Ich könnte wetten, dass Gregs Vorstellung von einem unterhaltsamen Abend erheblich von meiner Vorstellung abweicht, aber was soll's.

Greg bietet mir seinen Arm an, ich hake mich ein, weil es unter dem Schirm bequemer ist.

Kapitel 5

Wir schließen uns einem Pulk von Fußgängern an und überqueren die Borough High Street, auf der um diese Zeit dichter Verkehr herrscht. Um uns herum hupt es und die Luft ist voller Abgase. Ich will stehen bleiben und einen Blick durch das Schaufenster eines Fast Food Lokals werfen, aber Greg zieht mich weiter. Wie ein Spürhund, der eine Fährte aufgenommen hat, lotst er mich in eine schummrige Seitenstraße, in die ich freiwillig keinen Fuß gesetzt hätte. Zu meinem Erstaunen finden sich dort aber eine ganze Reihe Restaurants. Es riecht nach italienischer Pasta und nach indischem Curry. Schließlich finden wir eine Kneipe, die Greg geeignet erscheint: Ye ol' Hop Barrel, das alte Hopfenfass. Es hat eine grüne Holztäfelung und über den Sprossenfenstern hängt eine dicke Girlande aus künstlichen Tannenzweigen mit roten Kugeln daran. In die Scheibe der Eingangstür hat jemand mit weißer Schrift sehr ordentlich *Merry Christmas* gemalt. Greg zuckt kurz, als er es liest, lässt sich aber nicht davon abhalten, den Pub zu betreten. Ich vermute, er mag Weihnachten nicht besonders.

Biergeschwängerte, warme Luft und Stimmengewirr schlagen uns entgegen. Es riecht, wie es in einem Londoner Pub eben riecht. Plüschig und urgemütlich. Wir schieben uns an den Leuten vorbei, die sich an der Bar drängen. Dann finden wir einen freien Tisch im hinteren Bereich, wo es deutlich ruhiger zugeht, und hängen unsere Mäntel dort an einen Haken an der Wand.

Greg reicht mir die Speisekarte, damit ich als Erste einen Blick hineinwerfen kann. Das Licht der Hängelampe über unseren Köpfen fällt auf sein Gesicht und ich bemerke, dass er ungewöhnlich schöne Augen hat. Braun, mit einem sanften, introvertierten Blick, der nicht so recht zu seinem dandyhaften Äußeren und seinem selbstbewussten Auftreten passen will. Ich frage mich, ob Greg weniger von sich selbst überzeugt ist, als er vorgibt zu sein.

Ich spüre ein Flattern im Magen und konzentriere mich auf die Gerichte, die auf der Karte stehen.

„Schon gewählt?", will Greg wissen, als ich ihm die aufgeschlagene Karte zuschiebe.

Ich nicke.

„Was nimmst du?"

„Burger, mit Pommes und Salat. Dazu ein Cider. Wenn das für dich in Ordnung ist?", schiebe ich hinterher. Ich habe bewusst darauf geachtet, eines der preiswerteren Gerichte zu bestellen.

Greg sieht mich an, nicht die Speisekarte. „Ich nehme dasselbe", erklärt er dann, ohne überhaupt einen Blick auf die Menüauswahl geworfen zu haben.

„Ernsthaft?" Irritiert versuche ich in seinem Gesicht zu lesen, was in ihm vorgeht. Will er mich beeindrucken, indem er so tut, als hätten wir beide den gleichen Geschmack, oder ist er zu bequem, sich zu entscheiden?

„Warum nicht?", fragt er. „Ich mag Burger und Pommes."

Ich grinse ihn an. „Ist das Zufall? Oder richtest du dich bei deinen Dates immer danach, was dein Gegenüber isst?"

„Nicht immer. Aber das erspart mir, dass ich nach der Hälfte Teller tauschen muss, obwohl ich mit meinem Essen glücklich bin", erklärt er schulterzuckend. „Abgesehen davon esse ich nicht gern von fremden Tellern. Und ... nur fürs Protokoll: Das hier ist kein Date."

Meine Ohrläppchen glühen. Ich rutsche verlegen auf meinem Stuhl herum. „Ähm ... Wie kommst du auf die Idee, dass ich ein Date mit dir möchte?"

Er blickt gequält. „Das wollen die meisten Frauen. Glaub mir. Und mit Dates habe ich ziemlich miese Erfahrungen in letzter Zeit gesammelt."

Ich verkneife mir zu sagen, dass ich mir das denken kann. Greg sieht gut aus und seiner Kleidung nach zu urteilen, besitzt er Geld und hat eine herausragende Karriere in Aussicht. Das erklärt vermutlich, warum die Dates so schauderhaft waren.

„Nur mal rein aus Interesse ... Wer sagt, dass ein Date mit mir kein Potential hätte?", platze ich aus purer Neugierde heraus.

„Nimm es nicht persönlich. Du bist sicher eine tolle Frau, aber ich glaube nicht, dass wir füreinander geschaffen wären." Er dreht den Kopf minimal in die Richtung, in der unsere Mäntel hängen. Mein Blick folgt seinem.

Er braucht nichts zu sagen. Ich verstehe auf Anhieb, was er meint.

Der elegante hellgraue Wollmantel, der aussieht, als wäre er für ihn in der Savile Row maßgeschneidert worden, und daneben mein schrilles Fellmonster vom Secondhand.

Er und ich in Kombination, das wäre absurd.

Die Bedienung kommt und Greg bestellt für uns beide. Dann lehnt er sich zurück und schaut mich interessiert über den Tisch hinweg an. „Also, Sally Thompson, wie ist dein Job auf der Aussichtsplattform? Bist du glücklich damit?"

Überrascht ziehe ich die Augenbrauen zusammen. „Warum willst du das wissen?"

„Ich möchte dich besser kennenlernen."

Etwas liegt in seinem Blick, das schwer zu beschreiben ist, aber es lässt mich glauben, dass er sich wirklich für mich interessiert, auch wenn er mir gerade versichert hat, dass wir nicht auf einem Date sind. Ich zögere mit der Antwort, unsicher, wie viel ich von mir preisgeben soll. Es ist nicht so, dass es meine Berufung wäre, im 72. Stock zu stehen und den ganzen Tag zu lächeln, aber ich brauchte einen Job und im *The Shard* suchten sie neue Mitarbeiter. Außerdem mache ich es nur nebenbei. So lange, bis ich eine Möglichkeit finde, mir ein Studium im sozialen Bereich zu finanzieren. Aber will ich Greg das alles verraten? Sein Blick ruht auf mir, er wartet auf eine Antwort.

„Es macht Spaß", behaupte ich also leichthin. „Du triffst ständig neue Leute. Manchmal ist es stressig, besonders an Tagen, an denen die Lifte nicht richtig funktionieren. Dafür ist die Aussicht fantastisch. Man lernt viel über die umliegenden Gebäude und die Geschichte Londons."

Er schweigt und sieht mich an. Schließlich nickt er. Aber etwas in seinem Blick löst bei mir das Gefühl aus, dass er mich durchschaut.

Das Bier kommt und wir prosten uns zu.

Greg wischt sich dezent mit dem Daumen Schaum vom Mundwinkel. „Wenn ich das vorhin richtig verstanden habe, lebst du bei deiner Tante in London? Und deine Familie wohnt auf dem Land?"

„Das ist richtig." Ich halte die Hand um mein Bierglas gelegt und reibe über die Tropfen an der Außenseite. „Ursprünglich stamme ich aus Dorking. Ich wohne erst seit sechs Monaten in Notting Hill."

„Was hat dich gereizt, in die Großstadt zu ziehen?"

Was für eine Frage! Verblüfft mache ich runde Augen. „Du warst noch nie in Dorking, oder?"

Greg schüttelt den Kopf.

„Dachte ich mir. Sonst wüsstest du, wie grauenvoll langweilig, verschlafen und spießig es da ist. Jeder weiß alles über jeden und du kannst noch nicht einmal nackt und betrunken um den See laufen, ohne dass es am nächsten Tag in der Lokalzeitung steht."

Sein amüsierter Blick trifft mich.

„Nicht, dass ich das je tun würde", wehre ich ab. Es war ein Fehler, davon anzufangen. „Das war meine Freundin Myra. Ich hatte ihr gleich gesagt, sie soll es lassen, weil es Ärger gibt. Aber anders als sie hatte ich auch keine halbe Flasche Gin intus."

„Natürlich nicht." Sein Grinsen wird breiter. „Mit Familie meinst du deine Eltern, oder?"

Ich nicke, froh, dass er ein anderes Thema anschlägt. „Meine Eltern und meine ältere Schwester, mit ihrem Mann und ihrer kleinen Tochter."

„Klingt nett."

Ich hebe lahm die Schultern. „Nett ist eine Umschreibung von langweilig."

Seine Augen funkeln voller Ironie. „Entschuldige. Du fasst mein Kompliment also als Beleidigung auf?"

„Na ja …" Meine Finger sind feucht vom Bierglas und ich male mit dem Zeigefinger Kringel auf den Tisch. Für einen Moment hänge ich in der Luft. „Also, wenn ich über mein Date sage, es war nett, dann meine ich, der Kerl ist ein langweiliger Typ, mit dem ich nie etwas anfangen würde."

Er lacht auf. „Gut, dass wir auf keinem Date sind."

Jetzt bin ich doch sehr erleichtert, dass wir das zuvor geklärt haben.

„Es geht mich nichts an, aber bist du wegen deiner netten, sprich langweiligen Familie vom Land in die Stadt geflüchtet?"

„Ist es eine Gewohnheit von dir, Leute auszufragen?", brumme ich, weil ich mir inzwischen wie bei einem Bewerbungsgespräch vorkomme. Dabei bemerke ich, dass ich unbeabsichtigt schroff klinge. Also schiebe ich hinterher: „Meine Familie war *einer* der Gründe, nach London zu ziehen."

„Verstehe." Greg wirft mir einen langen Blick zu. „Ich komme auch nicht mit meinen Eltern aus."

„So meinte ich das nicht. Ich mag meine Familie wirklich. Nur nicht *immer,* und besonders nicht um die Weihnachtszeit, wenn alle ständig etwas von mir wollen." Mir wird heiß und ich nehme den Schal ab, den ich immer noch um den Hals trage.

Greg starrt meinen Weihnachtspulli mit dem rot-grünen Norwegermuster und dem aufgestickten Alpaka in Weihnachtsmannmütze, Sonnenbrille und Schal an. Schließlich nickt er. „Weihnachten ist grauenvoll."

„Eigentlich liebe ich die Festtage", widerspreche ich. „Aber es nervt schrecklich, wenn die Familie dir im Nacken sitzt und du als Single zu den Verlierern zählst. Noch dazu, wenn du keinen richtigen Job hast."

Bevor ich in Versuchung komme, von vergangenem Weihnachten zu berichten und davon, wie schrecklich es für mich war, wird unser Essen serviert. Greg faltet seine Serviette auf und legt sie auf seine Knie. Ohne zu überlegen, nehme ich meinen Burger in beide Hände, drücke kräftig zusammen und beiße hinein. Greg dreht seinen um, sodass die Unterseite des Brötchens nach oben zeigt.

„Was tust du da?", frage ich, während mir Sauce über das Kinn tropft.

„Das hier ist die beste Methode", versichert Greg mit ernster Miene und lässt den Burger vor sich in der Luft schweben. „Ich habe es recherchiert. Wenn du ihn umdrehst, werden die Soßen und Säfte von der dickeren und robusteren Oberseite des Brötchens aufgefangen, welche nicht so schnell aufweicht, ein höheres Gewicht trägt und dem Burger allgemein mehr Stabilität verleiht. Außerdem ist das Erlebnis für die Geschmacksnerven feiner, weil die Zunge erst mit den Gewürzen und Saucen in Berührung kommt."

Beinahe verschlucke ich mich an meinem Brötchen und wünschte, ich hätte nie gefragt.

Ich hatte recht. Greg ist ebenso steif wie sein Schirm.

Gut, dass wir auf keinem Date sind. Spätestens jetzt würde ich schreiend davonlaufen.

Schweigend essen wir. Schwungvoll klatsche ich Ketchup auf meine Pommes und überlege, ob ich Greg fragen soll, was er denn beruflich macht. Aus Höflichkeit, weniger aus Interesse. Bestimmt ist es etwas grauenvoll Langweiliges, so wie Banker oder Jurist. Aber dann schießt mir ein anderer Gedanke in den Kopf. „Sag mal, was wolltest du eigentlich auf dem Skydeck, wenn du die Höhe nicht verträgst? Zuerst dachte ich, du wärst einer dieser Typen, die vor dem Weihnachtskranz in die Knie gehen und ihrer Freundin einen Heiratsantrag machen, aber offensichtlich warst du allein dort oben."

Greg nimmt das Tütchen mit dem Ketchup in die Hände und öffnet es vorsichtig mit zwei Fingern. Dann drückt er einen winzigen Klecks heraus, lässt ihn auf eine Fritte tropfen und schiebt sie sich in den Mund. Er kaut und tropft einen Klecks auf die nächste Fritte, bevor er antwortet: „Ich arbeite gerade an etwas und muss den Kopf frei kriegen." Klecks ... wieder nächste Fritte. „London gibt mir manchmal das Gefühl zu ersticken. Über den Dächern bekomme ich besser Luft. Von oben werden die Dinge klarer. Liegt wahrscheinlich an dem Abstand."

Zum ersten Mal an diesem Abend habe ich das Gefühl, dass wir zumindest etwas gemeinsam haben. Mir geht es nämlich ähnlich. Der Blick vom 72. Stock in die Ferne lässt meine Gedanken zur Ruhe kommen. Alles erscheint mir klarer, weniger verworren und bedrohlich. Mir wird bewusst, dass sich die Welt nicht ausschließlich um mich dreht.

Kurz, ich verstehe, was Greg mir sagen will.

„Früher bin ich in die Tate Modern gegangen. Im Sky Garden hat es mir auch gefallen. Nur hilft das mittlerweile nicht mehr. Liegt an der Vorweihnachtszeit und dem ganzen Rummel. Also dachte ich, ich versuche es mit Londons höchstem Aussichtspunkt." Er tropft wieder Ketchup auf eine Fritte und zitiert mit sonorer Stimme Dickens: *„Es war die beste aller Zeiten, es war die schlimmste aller Zeiten, es war der Frühling der Hoffnung, es war der Winter der Verzweiflung, wir hatten alles vor uns, wir hatten nichts vor uns ..."*

Du meine Güte. Meint er das im Ernst? Ich starre ihn verdattert an. Weihnachten ist die wundervollste Zeit im Jahr. Sofort habe ich den Klassiker von Andy Williams im Ohr und muss an Schlittenglöckchen, Mistelzweige und geröstete Marshmallows denken. „Warte. Du findest Geschenke übertrieben und Weihnachtsmärkte magst du auch nicht. Dafür zitierst du Dickens, obwohl der Weihnachten quasi erfunden hat. Das ergibt doch keinen Sinn. Was ist dein Problem?"

Greg zuckt nur müde mit den Schultern und schaut seltsam abwesend durch mich hindurch.

Ich zögere. Ich meine, diesen Blick schon einmal gesehen zu haben, kann mich aber nicht erinnern, wann und wo das gewesen sein soll. Greg und ich sind uns mit Sicherheit nie zuvor begegnet.

Außer natürlich ...

Plötzlich klingelt es in meinem Kopf. Das Aussehen, der Name ...

„Moment mal." Ich wische mir die fettigen Finger an der Serviette ab und nehme einen Schluck von meinem Cider. „Bist du vielleicht berühmt oder so?"

„Ein bisschen." Ohne aufzublicken, stippt er mit der Fritte Krümel vom Teller, als wäre es ihm unangenehm, erkannt zu werden.

Wow, also doch! Vor Aufregung spüre ich ein Flattern im Magen. Obwohl ich in London wohne, ist mir noch nie jemand Berühmtes über den Weg gelaufen. Einmal meinte ich, Colin Firth beim Einkaufen in der Oxford Street entdeckt zu haben, aber beim näheren Hinsehen war er es doch nicht.

„Was machst du? Bist du internetberühmt? Schauspieler? Royal?", taste ich mich vor.

In aller Seelenruhe lässt Greg wieder einen Ketchupklecks auf eine einzelne Fritte tropfen. Meine Nerven vibrieren vor Anspannung. Am liebsten würde ich ihm das Tütchen aus der Hand reißen, damit er endlich mit dieser Marotte aufhört und weiterredet.

„Ich schreibe", entgegnet er schlicht.

Ausdruckslos sehe ich ihn an.

Und dann fällt bei mir der Groschen. Schwankend zwischen Entsetzen und Erstaunen lehne ich mich zurück.

Jetzt weiß ich, warum mir dieser in sich gekehrte, grüblerische Blick so bekannt vorkommt.

Dieser Blick hat mir vor vielen, vielen Jahren von Postern an den Wänden meiner Klassenkameradinnen entgegengeleuchtet.

Ich muss zugeben, dass er sich immer noch ziemlich ähnlichsieht: die braunen, lockigen Haare, das schmale Gesicht, die Nase … Der Bart macht ihn tatsächlich um einiges älter, aber kein Zweifel: Er ist es. Wie konnte ich den Namen nur vergessen?

Gregory Farrington. Schriftsteller – deswegen also zitiert er Dickens. Das Enfant terrible der Popkultur. Der Typ, der mit sechzehn einen Sunday Times Bestseller geschrieben und Weihnachten den Todesstoß versetzt hat. *Fire up Christmas.* Ein One-Hit-Wonder, würde man in der Musikszene sagen. Der Titel rangierte wochenlang auf Platz Nummer eins der Bestsellerlisten. Danach kam nichts mehr.

Auf einmal kommen alle Gefühle in mir wieder hoch. Während meine Freundinnen unsterblich in den hübschen Jungen mit dem rebellischen und zugleich verletzlichen Ausdruck im Gesicht verliebt waren und sonst was darum gegeben hätten, ihm die Zunge in den Hals stecken zu können, hat mein 13-jähriges Ich ihn gehasst, weil er nicht nur mir, sondern meiner gesamten Generation Weihnachten madig geredet hat.

In *Fire up Christmas* rechnet Greg mit seinem Vater ab, einem ehemaligen Familienminister und Mitglied des Kabinetts. In dem Buch macht er seinem Hass auf seinen Vater Luft und lässt Weihnachten mit den in seiner Sicht verlogenen Werten im wahrsten Sinne des Worts verbal abfackeln.

Ich lehne mich zurück und atme tief durch.

Greg ist der Grinch.

Er sitzt mir gegenüber und lächelt verlegen.

Ich glaube, ein Teil von mir hasst ihn immer noch.

Kapitel 6

„Du bist das also", sage ich, nachdem ich mich von meinem Schock erholt habe.

„Ich bin das." Er nickt.

„Du hast Weihnachten für mich zerstört, als ich dreizehn war", erkläre ich vorwurfsvoll und schiebe meinen halbleeren Teller beiseite.

„Das tut mir leid. Falls es dich tröstet, ich habe damals einige wütende Briefe von Lesern bekommen." Er drückt das Ketchup-Tütchen ordentlich von hinten aus, aber es kommt nichts mehr heraus.

„Hmm …", mache ich gedehnt und versuche mich zu erinnern, was damals passiert ist. Aber ich kriege es nicht mehr genau zusammen. Auf jeden Fall gab es einen Riesenskandal um Gregs Vater. Als Familienminister kommt es nicht sonderlich gut bei den Wählern an, wenn man sich von seiner Frau trennt. Und dann noch an Weihnachten.

„War das damals nicht so, dass dein Vater eine Affäre hatte?", taste ich mich vorsichtig vor und rechne damit, dass Greg komplett abblockt.

„Korrekt." Er nickt. „Mein Vater hatte etwas mit einem vollbusigen Starlet laufen. Es war kein Ausrutscher, sondern ging über Jahre."

„Wow." Das hatte ich nicht mehr in Erinnerung. „Und die ganze Zeit über wusste deine Mutter nichts davon?"

„Nein. Einen Tag vor Weihnachten ließ mein Vater die Bombe platzen und erklärte meiner Mutter, dass er die Scheidung möchte. Direkt im Anschluss flog er mit seiner neuen Freundin nach New York, um dort die Feiertage mit ihr zu verbringen." Greg schnaubt gereizt durch die Nase.

„Scheiße", sage ich mitfühlend.

„Du sagst es."

„Hat er es dir erzählt oder deine Mutter?"

„Machst du Witze?", sagt er. Es klingt sehr zynisch.

Auweia. Da steckt wohl mehr dahinter, als ich geahnt hatte. „Tut mir leid." Ich beiße mir auf die Lippe. „Ich hätte nicht fragen sollen."

„Du hast das Buch nicht gelesen", sagt er. Eine Feststellung, keine Frage.

Ich schüttle den Kopf. „Ja." Das stimmt zwar nur zum Teil, aber er braucht nicht zu wissen, dass ich den Roman nach dem ersten Drittel in die Ecke geworfen habe. „Aber alle meine Freundinnen."

„Ich habe es aus der Presse erfahren", erklärt Greg genervt.

Ich fingere an meinem Armband herum. Vor meinem inneren Auge blitzen Erinnerungen an die Schlagzeilen auf. „Ach, stimmt! Du warst an dem Tag im Internat. Eton, richtig?"

„Harrow."

„Du warst so wütend, dass du den Weihnachtsbaum in der Aula der Schule abgefackelt hast", stelle ich fest.

„Es hat mir ziemlichen Ärger eingebracht. Die Presse hat meine Familie und mich in der Luft zerissen. Ich war in einer schlimmen Phase."

Immer mehr Details tauchen in meinem Geiste auf. „Warte. Hattest du nicht zu der Zeit Probleme mit Drogen?"

„Das war erst später und es waren keine harten Drogen, sondern Cannabis. Ich hatte in schöner Regelmäßigkeit Tobsuchtsanfalle, weil ich das Auseinanderbrechen unserer Familie nicht verarbeiten konnte. Einmal habe ich in meiner Wut die Inneneinrichtung meines Zimmers in Harrow zu Kleinholz verarbeitet. Daraufhin musste ich zu einem Therapeuten gehen." Greg verzieht das Gesicht.

„Hat es geholfen?"

„Was glaubst du, warum ich angefangen habe zu kiffen?"

Er wirkt so unglücklich, als er das erzählt, dass ich am liebsten über den Tisch greifen und mitfühlend seine Hand streicheln möchte. Aber dann lasse ich es, weil ich nicht weiß, wie er darauf reagieren würde.

„Einmal gab es sogar eine Demonstration gegen mich." Greg greift sich ein Stäbchen Pommes und betrachtet es nachdenklich, bevor er es sich in den Mund steckt. „Ein paar Mädchen hatten sich aufs Schulgelände geschlichen. Sie hatten sich als Santa Clause verkleidet und rohe Eier gegen mein Zimmerfenster geworfen. Es fühlte sich demütigend an."

„Hast du deswegen aufgehört zu schreiben?" Ich begreife, dass er nicht länger über seine Schulzeit reden möchte, und bohre nicht weiter nach, obwohl ich noch tausend Fragen hätte.

„Ich habe nicht aufgehört. Im Gegenteil. Ich arbeite gerade an einem neuen Roman."

„Gibt es wieder ein Fest, das du deinen Lesern vermiesen möchtest?", witzle ich, weil die Luft zwischen uns in den letzten Minuten viel zu schwer geworden ist. Ich zwinkere ihm zu, damit er weiß, dass ich ihn auf den Arm nehme. „Wie wäre es zur Abwechslung mit dem Valentinstag? Damit könntest du alle Frischverliebten schwer treffen. Oder nimm Halloween. Das mochte ich ohnehin nie."

„Ich liebe deinen Humor", sagt er todernst und grinst gleich darauf breit. „Und fürs Protokoll: *Fire up Christmas* war für viele ein Befreiungsschlag. Ich bekam Wäschekörbe voller Briefe, in denen meine Leser mir versichern, welch ungeheuren Einfluss ich auf ihr Leben hatte. Ich wurde zu einem Leuchtturm für meine Leser, weil ich in dem Buch offen über meine Ängste, meine Wut und meine Enttäuschung vor dem Hintergrund eines mit

Lügen behafteten Festes schreibe. Der Roman war ein Meilenstein, der das Lebensgefühl einer Generation wiedergab und ungeschönt über die Schwierigkeiten berichtete, erwachsen zu werden." Er wirkt wieder ernst, wie er das sagt, beinahe beleidigt, sodass ich mir das Schmunzeln verkneife.

„Okay." Ich betrachte ihn nachdenklich. „Und worüber schreibst du jetzt, wo du erwachsen bist?"

An der Art, wie er sich zurücklehnt und kurz in sich geht, bevor er antwortet, ahne ich, dass ich mich auf einen längeren Vortrag einstellen muss.

Greg räuspert sich umständlich. „In meinen Romanen bemühe ich mich um eine Auseinandersetzung mit der Wahrheit. Diesmal geht es um eine Aussöhnung mit der Vergangenheit. Unter anderem auch mit Weihnachten. Wir leben in schwierigen Zeiten. Unsere Generation sehnt sich nach Hoffnung und nicht nach Postapokalypse. Das wahre Leben ist schwer genug. Zwischen Klimakrise, künstlicher Intelligenz und Virtual Reality bleibt kaum Raum für Träume. Mit Anfang dreißig suchen viele nach einem neuen Zugang zu ihrem Ich, nach neuem Mut und neuen Werten. Deshalb geht es in dem neuen Roman um die Aussöhnung der Hauptfigur mit sich selbst und auch mit Weihnachten."

Wow. Ich bin sprachlos. Damit hätte ich nicht gerechnet. Ich bemerke, wie Greg mich mustert, und bemühe mich, eine kluge und zugleich unverfängliche Frage zu stellen. Sein Ego scheint empfindlich zu sein, wie ich in der Zwischenzeit bemerkt habe.

„Wann soll das Buch erscheinen?"

„Nächsten Oktober. Meine Agentin hat das Exposé an einen großen Verlag verkauft."

„Cool. Und wie weit bist du schon?"

„Ich arbeite gedanklich am Einstieg."

„Du hast also noch nicht angefangen", stelle ich fest und nicke verständnisvoll. Das mit dem Rumtrödeln kenne ich von mir. Ich drücke mich seit Tagen erfolgreich davor, Weihnachtskarten an Freunde und Verwandte zu schreiben. Nicht, weil es mir egal ist, sondern weil ich für jeden Menschen ganz besondere Worte finden möchte. Und dann fällt mir nichts ein. Nachdenklich kaue ich an einer inzwischen weichen Fritte und werfe Greg einen tröstenden Blick zu. „Na ja, ist ja auch noch eine Menge Zeit bis dahin. Fast ein Jahr."

„Schön wäre es", stöhnt Greg. „Die Deadline ist Ende Februar. Bis dahin muss ich dreihundertfünfzig Seiten liefern. Der Verlag sitzt mir im Nacken und will das erste Kapitel sehen."

„Dann solltest du wohl besser mal loslegen."

Greg zieht die Augenbrauen zusammen wie ein Schuljunge, der gerade dabei erwischt wurde, zum wiederholten Mal die Hausaufgaben nicht erledigt zu haben. „Warum stellen es sich alle so einfach vor, einen Bestseller zu landen?"

„Entschuldige, ich wusste nicht, dass ich damit einen wunden Punkt berühre", sage ich und streiche mir eine Strähne hinters Ohr. „Aber du hast gerade von einem Exposé gesprochen. Das ist doch dieses Ding mit der Kurzbeschreibung und diesem Bewerbungsschreiben oder so?"

Er nickt. „Die Visitenkarte des Manuskripts sozusagen, ja."

„Genau. Also dachte ich, die Geschichte steht."

„Im Grunde schon", windet er sich. „Alles fängt mit den Figuren an. Die stehen auch bereits lebendig vor mir. Aber anders als bei meinem ersten Roman unterhalten sie sich nicht mit mir."

Mir fällt vor Verblüffung das Salatblatt von der Gabel. „Du redest mit Menschen, die nur in deiner Fantasie existieren?"

„Für mich sind sie durchaus real", verteidigt er sich. „Aber wenn ich am Computer sitze, herrscht Leere in meinem Kopf. Ich starre die weiße Seite an und bekomme Panikausbrüche."

„So wie vorhin auf dem Skydeck?"

„So ähnlich."

„Also war deine Schreibblockade der Grund für deinen Besuch im *The Shard*? Du hast gehofft, dass die Inspiration im 72. Stock auf dich wartet?", kombiniere ich messerscharf.

Greg schiebt das Glas mit dem Cider auf der Tischplatte umher. „Es ist nur eine vorübergehende Schreibkrise. Keine Blockade …“

„Meinetwegen.“

„… was ja wohl verständlich ist, nachdem mich die Sunday Times als Jungstar einer neuen Generation gehypt hat. Damals entstand ein ungeheurer Medienrummel. Ich war Gast in sämtlichen Talkshows. Jetzt erwarten alle von mir, dass ich wieder so ein großes Ding raushaue.“

„Du hast Schiss zu versagen?“

„Du verstehst das nicht“, behauptet Greg stur und bestätigt damit indirekt, dass ich recht habe. „Ich versuche, in das richtige Feeling für die Geschichte zu kommen, damit alles authentisch rüberkommt.“

„Aha. Indem du Weihnachtsmärkte meidest? Das ist eine sehr clevere Strategie.“ Unauffällig angle ich mit der Zunge nach einem Karottenstreifen, der sich zwischen meinen oberen Zähnen verfangen hat.

„Ich recherchiere sehr gründlich. Im Internet beispielsweise.“ Pikiert schiebt Greg sich eine Locke aus der Stirn. „Außerdem flaniere ich oft den ganzen Tag durch London. Sogar über Weihnachtsmärkte, wenn gerade nicht viel los ist. Dabei nehme ich die Stimmung auf und fertige Notizen an. Ich sitze in Cafés, lausche Unterhaltungen, mache Charakterstudien von Menschen in der Vorweihnachtszeit. Und zwar sehr gründlich. Aber ich *fühle* es noch nicht.“

Augenblicklich entstehen in meinem Kopf Bilder. Greg, wie er gut gekleidet, mit Schirm und todernstem, leicht abwesendem Gesichtsausdruck an einem der Tische im weihnachtlich geschmückten Covent Garden sitzt und sich stundenlang an einer Tasse Tee festhält. Greg, wie er stocksteif abends an der Bar eines Pubs sitzt, das Notizbuch vor sich, und die Leute in der Kneipe beobachtet, statt mit ihnen ins Gespräch zu kommen. Greg, wie er über das Winter Wonderland im Hyde Park schlendert, ohne sich vor einem einzigen Fahrgeschäft in die Schlange einzureihen.

Ohne Witz. Ich sehe es glasklar vor mir. Dabei kennen wir uns noch keine zwei Stunden.

„Die Sache ist die: Erfahrungen kann man sich nicht abschauen, man muss sie *durchleben*", erkläre ich weise. Ich muss es ja wissen, schließlich habe ich in den letzten beiden Jahren einiges an Übung, was das Thema betrifft. Obwohl ich weiß Gott auf das meiste davon hätte verzichten können. Vor allem, was Erfahrungen mit Männern betrifft, die sich nicht an ihre Versprechen halten. Entschlossen schiebe ich die Erinnerung an meinen Ex-Freund beiseite. „Was man nicht selbst erlebt hat, kann man nicht fühlen. Das ist, als würdest du einen Liebesroman schreiben, ohne je verliebt gewesen zu sein. Oder eine neue Version des Kamasutras, ohne ... Na ja. Egal, lassen wir das." Mitten im Satz breche ich ab und erröte unter Gregs äußerst gespanntem Blick. Verflixt. Wo kam das denn auf einmal her? Warum muss ich bei einem Cider mit Greg, den ich kaum kenne, an Sex denken? Aus lauter Verlegenheit stütze ich die Ellbogen auf den Tisch, ziehe die Strickbündchen meines Weihnachtspullis bis über meine Fingerknöchel und betrachte meine Fingernägel. Am Daumen splittert der rote Lack ab.

„Worum geht es überhaupt in dem Roman?", frage ich, bevor ich noch mehr peinliches Zeugs fasle.

„Er handelt von einem Schriftsteller, der in eine Sinnkrise gerät und im vorweihnachtlichen London eine außergewöhnliche Frau kennenlernt. Die Begegnung mit ihr verändert sein Leben", erklärt Greg. Er tippt mit dem Finger gegen seine Lippen. Sicher denkt er gerade an eine Kussszene, die in dem Roman vorkommen soll.

„Ähm ... Du hast übrigens etwas Karotte zwischen den Zähnen", erklärt er mir freundlich.

„Oh. Danke." Keine Ahnung warum, aber Greg hat das Talent, ständig Dinge zu sagen, mit denen ich nicht im Geringsten rechne. Wir sind wirklich sehr unterschiedlich.

Die Pommes sind in der Zwischenzeit kalt und weich geworden.

Ich beschließe, dass ich satt bin, und schiebe den Teller beiseite. Dann sehe ich mich nach einem Zahnstocher um, aber bedauerlicherweise ist die schöne Tradition, einen kleinen Vorrat davon in einem Fässchen auf den Tisch bereitzustellen, wohl zusammen mit der Titanic untergegangen. Hinter vorgehaltener Hand angle ich mit der Zunge die Karotte aus den Zähnen. „Es wird also ein Liebesroman?"

Greg verzieht schmerzlich das Gesicht. „Wusstest du, dass Buchgenres nur existieren, damit der Buchhändler weiß, in welches Regal er den Roman stellen soll?"

Also ein Liebesroman. Habe ich es mir doch gedacht. Ich sage nichts, weil Greg sonst bestimmt wieder empfindlich reagiert.

Eine Pause entsteht, die von dem Stimmgewirr um uns herum gefüllt wird. Aus den Lautsprecherboxen klingen Weihnachtslieder. Ich muss lächeln, als *It's the most wonderful time of the year* in der Version von Mandy Moore läuft. In Gedanken trällere ich das Lied über die glücklichste Zeit des Jahres mit.

Und dann passiert es schon wieder. Mit unverblümter Offenheit plappere ich drauf los. „Sag mal, wie willst du denn über die vielen romantischen Dinge schreiben, die man in der Weihnachtszeit in London unternimmt, wenn du überhaupt nicht weißt, wie es sich anfühlt? Für mich klingt das nicht sonderlich authentisch. Solltest du dafür nicht lieber mal ins Wasser springen, statt vom Beckenrand aus zuzuschauen?"

Greg hebt eine Augenbraue. „Wovon genau sprichst du, wenn du von romantischen Dingen redest?"

„Oh Gott. Du hast keine Ahnung!"

„Moment mal, das stimmt so nicht." Er wischt sich die Finger an der Serviette sauber und knüllt sie zusammen.

Als ob! So gut kenne ich ihn inzwischen, um zu ahnen, dass er mir etwas vormacht. Vielleicht sogar sich selbst. Ich stelle ihn also auf die Probe.

„Okay. Angenommen, ich wäre deine Freundin. Was ich nicht bin …", flechte ich ein, als ich seinen skeptischen Blick bemerke.

„Aber angenommen. Was würdest du heute Abend mit mir unternehmen, vier Wochen vor Weihnachten?“

„Ist das eine Fangfrage?“

„Ein Wissenstest“, erwidere ich trocken.

„Schön.“ Er streicht sich mit der Hand über den Kragen seines schwarzen Rollkragenpullovers. „Wir könnten ins Theater gehen. Oder zu einer Vernissage.“

„Zählt nicht.“ Ich schüttle den Kopf. „Zum einen kann man das das ganze Jahr über machen. Zum anderen ist es nicht romantisch.“

„Also schön ... Vielleicht würden wir einfach zu Hause bleiben und einen Weihnachtsfilm sehen?“

Ich sehe ihn mit großen Augen an. „Dein Ernst? Du bist ein hoffnungsloser Fall.“

„Danke. Das hilft mir wirklich sehr.“

Ich tippe mit dem Zeigefinger gegen mein Kinn und überlege. Dann habe ich eine Idee, wie ich Greg helfen kann. Ich greife nach einer unbenutzten Serviette und lege sie vor mich hin. „Hast du zufällig einen Stift da?“

„Sicher. Was hast du vor?“

Ich grinse. „Lass es mich mal so sagen: Ich schreibe dir einen Plan, wie du Weihnachten verstehen lernst.“

Kapitel 7

Ich muss meine Frage nach dem Stift ein weiteres Mal wiederholen, bevor Greg aufhört, die Serviette anzustarren. „Darauf willst du schreiben?“

„Warum nicht? Sie ist schließlich noch nicht benutzt.“

„Auf einer Serviette kann man nicht vernünftig schreiben. Ich frage mal am Tresen nach, ob wir einen Zettelblock bekommen können. Einen Stift bringe ich auch gleich.“ Er steht auf, organisiert einen Block und holt etwas aus seinem Mantel. Es ist ein sehr edel aussehendes, büttengeschöpftes Notizbuch mit marmoriertem Einband und ein Montblanc-Füller. „Hier“, sagt er und hält mir das teure Schreibgerät entgegen. Ehrfürchtig betrachte ich den dunkelblauen Lack, in dem Gregs Name eingraviert ist. Ich bin froh, dass er uns einen Block organisiert hat, denn meine Gedanken in sein elegantes Notizbuch zu kritzeln, erscheint mir unpassend. Zögernd greife ich nach dem Füller, ziehe die Kappe ab und beginne in Druckbuchstaben eine Überschrift auf dem Block zu verfassen: *Gregs romantische Weihnachtsliste*. Mit kritischem Blick begutachte ich meine Worte. Dann streiche ich alles wieder durch und schreibe stattdessen: *Wie ich in vier Wochen lerne, Weihnachten zu mögen*. Viel besser.

„Das ist ein Witz, oder?“, stößt Greg aus.

„Ich schreibe mit einem Montblanc-Füllfederhalter, der als der heilige Gral unter den Schreibgeräten gilt. Den benutzt man, wenn etwas wichtig und ernst ist, wie du als Schriftsteller weißt. Also nein, kein Witz."

Greg grinst ironisch. „Ich kann die Bedienung fragen, ob sie uns einen Werbekugelschreiber leiht."

„Vertrau mir. Es wird nichts Schlimmes. Keine peinlichen Challenges oder so", beruhige ich ihn. „Aber wenn du weiter den Grinch spielst, spukt dein Gehirn auch keine brauchbaren Ideen zum Fest der Liebe aus. Ich will mir nichts anmaßen, aber meiner Meinung nach könnte es durchaus sein, dass hier der Grund für deine Schreibblockade liegt."

„Schreib*krise*", verbessert Greg erneut, aber diesmal klingt er ziemlich kleinlaut. „Und du irrst dich. Es liegt nicht an meiner Einstellung, sondern an der Welt da draußen. Du sprichst vom Fest der Liebe. Schau dich doch um."

Er deutet unauffällig auf den Nebentisch und ich folge seinem Blick.

Ein junges Pärchen sitzt sich gegenüber. Beide haben Handys in der Hand und tippen schweigend auf dem Display herum. Auf mich wirkt es, als hätten sie der Welt da draußen mehr zu sagen als dem Menschen, der ihnen gegenübersitzt.

„Die meisten Menschen schaffen es heutzutage nicht, ein echtes Gespräch zu führen", sagt er. „Sie kriegen es nicht hin, das Telefon beiseitezulegen und dem anderen in die Augen zu sehen. Und dann soll eine Liste mir dabei helfen zu verstehen, wie großartig Weihnachten ist?"

Unsere Blicke begegnen sich. Eigentlich stehe ich nicht auf braune Augen, aber Gregs Augen haben etwas, das mich gefangen nimmt. Sanft und ausdrucksvoll, dabei immer ein wenig grübelnd. Ich muss mich regelrecht zwingen, mich aus dem Blickkontakt zu lösen. Mit einem Flattern im Magen greife ich zu dem teuren Füller und kritzle ein paar Zuckerstangen auf den Block.

„Hör zu. Ich habe keine Ahnung, wie man ein Buch schreibt, daher kann ich dir dabei leider auch nicht helfen. Aber ich liebe Weihnachten und spüre es tief in meinem Herzen. Ich kann dir also einige meiner Rituale nennen, die mich in Weihnachtsstimmung kommen lassen. Natürlich kann ich nichts versprechen, aber meine Hoffnung wäre, dass du das Fest dabei aus einem anderen Blickwinkel siehst. Und wenn das passiert, dann hast du doch eigentlich schon gewonnen, oder?“ Ich lächle, unsicher, weil ich nicht weiß, ob das, was ich sage, nicht völlig lächerlich klingt. Meine Theorie beruht lediglich auf einem Bauchgefühl. Und das sagt mir, dass Greg ein netter Mensch ist, der sich gerade selbst im Weg steht.

Greg greift zu seinem Cider und nimmt einen großen Schluck. Dann atmet er tief durch. „Schön. Einen Versuch ist es wert. Wie sieht dein Plan aus?“

„Wow.“ Im ersten Moment kann ich kaum glauben, dass er das tatsächlich gesagt hat. Mein Herz schlägt ein klein wenig schneller. „Du findest die Idee also gut? Heißt das, du willst es versuchen?“

„Da ich um Wochen dem Zeitplan hinterherhinke und der Gedanke an die Deadline mich um den Schlaf bringt ... Ja, ich bin dabei.“

Beschwingt greife ich wieder zu dem Füller. Schwer und bedeutungsvoll liegt er in meiner Hand, als warte er nur darauf, dass etwas Weltbewegendes aus seiner Feder fließt. Urplötzlich verkrampft sich mein Gehirn. Sämtliche Ideen, die ich gerade hatte, sind wie im Nebel verschwunden. Ansatzweise kann ich nachempfinden, wie Greg sich fühlt, obwohl ein Roman wohl heutzutage am PC entsteht und nicht mehr mit der Hand geschrieben wird. Am liebsten würde ich zum Nachdenken auf dem Stift herumkauen, was aber nicht infrage kommt. Ich brauche dringend etwas zu knabbern, damit mein Hirn Ideen ausspuckt.

„Bin gleich wieder da“, murmle ich und verschwinde an die Bar, um mit einer Schale Erdnüsse zurückzukehren. Mit Schwung werfe ich eine Handvoll in den Mund. Mein Blick fällt auf Gregs schwarzen Rollkragenpulli und ich schreibe:

Punkt 1: Weihnachtspulli tragen

Greg verrenkt sich den Hals, um mitlesen zu können. „Weihnachtspulli? Warum das denn?“

„Weil du damit besser in Weihnachtsstimmung kommst“, erkläre ich und schreibe eifrig weiter.

Punkt 2: Christmas Carol Singing am Trafalgar Square

„Ha! Abgehakt. Das habe ich mir bereits angesehen“, erklärt Greg triumphierend.

„Das dachte ich mir“, kommentiere ich lapidar und setze *laut mitsingen* hinter den Punkt.

„Ach, komm schon. Das ist doch albern. Ich singe höchstens unter der Dusche. Und bei geschlossenen Fenstern.“

„Fängst du jetzt an, jeden einzelnen Punkt zu diskutieren?“ Ich hebe eine Augenbraue.

„Nein, aber ...“

„Kommen wir zur nächsten Aufgabe“, unterbreche ich ihn schnell.

Schlittschuhlaufen auf der Eisbahn am Somerset House, notiere ich als dritten Punkt.

„Einfach.“ Schulterzuckend wirft Greg sich ebenfalls eine Handvoll Erdnüsse in den Mund. „Ich war an der Uni ziemlich gut im Eishockey.“

... dazu romantisches Date mit einer Begleitung deiner Wahl, setze ich dahinter und höre, wie Greg seufzt.

„Können wir es nicht beim Eislaufen belassen? Warum willst du mich auch noch verkuppeln?“ Er kaut auf seinen Erdnüssen und legt die Stirn in Falten. „Zweck dieser Liste ist, mir über meine Schreibblockade zu helfen. Von verlieben war nicht die Rede.“

„Du sollst dich nicht in die Person verlieben, mit der du Schlittschuh läufst, sondern in Weihnachten und in die Stimmung rund um das Fest“, erwidere ich. Immerhin scheint er für sich akzeptiert zu haben, dass er wirklich in Schwierigkeiten steckt, sonst würde er nicht von einer Blockade sprechen. Wir sind auf einem Weg.

Punkt 4: Weihnachtsbaum kaufen und eine Unbekannte unter dem Mistelzweig küssen

Die Idee mit der Unbekannten kam mir, weil Greg mich schon eben so merkwürdig angesehen hat, als ich den Punkt mit dem Schlittschuhlaufen erweiterte. Am Ende kommt er noch auf die Idee, mich als Begleitung mitzuschleppen. Was beim Schlittschuhlaufen noch okay wäre, beim Küssen allerdings weniger.

Greg zu küssen, ist eine ganz schlechte Idee.

Wobei er vermutlich ziemlich gut küssen kann. Er hat schön geschwungene, volle Lippen, die wie zum Küssen geschaffen sind. Sein Bart glänzt seidig weich, bestimmt pflegt er ihn mit Bartöl. Und dass Greg unheimlich gut riecht, habe ich vorhin schon bemerkt, als er den Schirm über mich gehalten hat und ich mich bei ihm eingehakt habe. Meine Fantasie geht mit mir durch und ich stelle mir vor, wie Greg mich erst sanft und dann immer hitziger küsst. Ob er unter all der Steifheit auch eine leidenschaftliche Seite besitzt?

„Warum eine Unbekannte?" Gregs Stimme unterbricht meine Gedanken, bevor sie weiter auf Abwege geraten.

„Ähm ..." Benommen starre ich ihn an und nage an meiner Unterlippe, während ich krampfhaft nach einer Erklärung suche. „Weil der Kuss zuvor einen Flirt erfordert. Und einem romantischen Flirt mit einer Unbekannten liegt ein ganz besonderer Zauber inne. Vor allem in der Weihnachtszeit ..." Meine Wangen röten sich und mir wird bewusst, dass ich mich gerade um Kopf und Kragen rede, dennoch spreche ich weiter. „Außerdem hast du gesagt, dass dein Romanheld im Buch auf eine Unbekannte trifft, die sein Leben verändert. Also lebst du dich mit diesem Kuss quasi in die Szene ein, und darum geht es doch, oder nicht?"

Greg sieht mich ausdruckslos an, seine Lippen sind leicht geöffnet.

Okay, rein logisch gesehen war das kein einwandfreier Argumentationsaufbau, aber schließlich sind wir hier nicht im Debattierclub der Schule. Ich stelle mich darauf ein, dass Greg meinen Einwand systematisch zerpflückt, aber dann nickt er mir zu.

„Du hast recht. Wenn ich die Szene, in der sich beide begegnen, glaubwürdig rüberbringen möchte, sollte ich wissen, wie es sich anfühlt, sich aus dem Zauber des Augenblicks heraus unter dem Mistelzweig zu küssen, bevor ich darüber schreibe."

Schon wieder überrascht er mich, denn das hätte ich ihm jetzt nicht zugetraut. Was kommt da sonst noch?

„Also ist der Punkt genehmigt?", frage ich, nur um sicherzugehen.

„Genehmigt." Er nickt.

Wieder ertappe ich mich dabei, eine Handvoll Erdnüsse in meinen Mund zu stopfen. Gott, bin ich froh, dass ich nicht Romanautorin bin. Ich hätte glatt zehn Kilo mehr auf den Rippen, bevor ich beim Happy End wäre. Kauend überlege ich, dann greife ich wieder zum Füller.

Punkt 5: Baum schmücken und darunter campen

„Mit der Unbekannten von Punkt vier oder allein?", erkundigt sich Greg, der inzwischen den Bogen raushat, meine Schrift überkopf zu lesen.

„Das bleibt dir überlassen", erkläre ich großzügig und setze gleich noch Punkt 6 dahinter:

Eine ganz persönliche Weihnachtstradition begründen.

„Kinderspiel", meint Greg schlicht. „Das bekomme ich hin. War es das mit der Liste?"

„Warte …" Ich lasse den Montblanc einen Augenblick in der Luft schweben, dann setze ich hinzu:

Punkt 7: Unter Menschen gehen und mit eigenen Händen etwas Gutes tun.

Als ich Gregs entsetzten Blick auffange, weiß ich, dass ich ins Schwarze getroffen habe. Damit locke ich ihn aus der Komfortzone, mehr noch als bei Punkt vier, wo es darum geht, eine Unbekannte unter einem Mistelzweig zu küssen. Punkt sieben scheint für einen introvertierten Autor wie Greg, der Menschenmassen scheut, eine echte Herausforderung zu sein.

Und prompt, während ich noch gar nicht richtig zu Ende gedacht habe, höre ich ihn sagen: „Wie wäre es stattdessen mit einer Spende für eine wohltätige Organisation? Du darfst gern etwas aussuchen."

„Ein indisches Sprichwort besagt: Wahres Glück besteht darin, andere glücklich zu machen", verteidige ich meinen Punkt. „Und damit ist bestimmt nicht gemeint: Mach eine Online-Überweisung und klicke auf Senden."

Schweigend liefern wir uns ein Blickduell.

„Okay. Wie wäre es damit … Ich leiste einen ehrenamtlichen Dienst bei der Telefonseelsorge."

„Vergiss es. Dazu brauchst du eine Ausbildung."

Gregs Mundwinkel zucken. „Und wenn ich anbiete, einsamen Menschen einige Stellen aus meinem letzten Roman vorzulesen?"

Britischer Humor ist eine wunderbare Erfindung, besonders dann, wenn man sich selbst auf die Schippe nimmt, wie Greg es gerade tut. Wodurch er mir plötzlich unglaublich liebenswert und sympathisch erscheint. Für einen Moment schwimmen wir tatsächlich auf einer Wellenlänge.

„Jaaa", erwidere ich grinsend. „Besonders die Passagen, in denen du schilderst, wie du deinen Hass auf Weihnachten auslebst und dein Zimmer zertrümmerst, sind sehr Trost spendend für einsame Menschen."

Greg lacht aus vollem Hals, ein warmes, volltönendes Lachen, und ich kann mir vorstellen, dass er damit in den Talkshows unglaublich gut rüberkommt. Vor allem bei den weiblichen Fans.

„Vergessen wir das mit dem Vorlesen." Ich zwinkere ihm zu. „Dir fällt bestimmt noch etwas ein zu Punkt sieben. Kommen wir zu Punkt acht."

„Reicht das nicht langsam? Wie viele Punkte sind es denn noch?"

„Das ist der Letzte", verspreche ich und lasse die Feder wieder über den Notizblock kratzen. Oder eher gleiten. Ein Montblanc kratzt nicht.

Punkt 8: Einen Brief an den Weihnachtsmann schreiben und daran glauben, dass dein Wunsch in Erfüllung geht.

„Ernsthaft?“ Greg stöhnt.

„Ernsthaft“, bestätige ich und reiße die beschriebenen Seiten vom Block. „Dein Roman muss schließlich ein Happy End bekommen. Und deine vier Wochen, in denen du lernst, Weihnachten zu mögen, auch.“

Feierlich überreiche ich ihm die Blätter mitsamt dem Stift.

Greg wirft einen Blick auf meine Schrift, nimmt die Notizzettel und steckt sie in sein elegantes Notizbuch.

„Halt“, sage ich. „Du musst noch unterschreiben.“

Greg sieht mich an, als wäre ich vollkommen übergeschnappt.

„Dadurch wird es verbindlich und landet nicht im Müll“, füge ich hinzu.

Wieder zuckt dieses spitzbübische Grinsen um seine Mundwinkel, das ihn leider überaus sexy macht. „Kannst du Gedanken lesen?“

Ich werfe mit einer Erdnuss nach ihm, aber er weicht geschickt aus. Die Bedienung wird auf uns aufmerksam, und Greg nutzt die Gelegenheit, um sie an unseren Tisch zu winken und zu zahlen.

Wir stehen auf und Greg hilft mir galant in mein rosa Fellmonster, bevor er in seinen Wollmantel schlüpft. Als er sich den Hut aufsetzt, betrachte ich ihn nachdenklich. Er steht ihm ausgezeichnet zu Gesicht. Warum ist mir bislang nicht aufgefallen, wie sexy Männer mit Hut und hochgeschlagenem Kragen sind? Es hat etwas von Humphrey Bogart in Casablanca. Ich liebe diesen Film, auch wenn er uralt ist.

„Und jetzt?“, fragt er. „Wie überbrücken wir die restliche Zeit?“

Ich zögere. Kurz liegt mir auf der Zunge zu sagen, dass es okay ist, wenn er sich von mir verabschiedet und ich wunderbar zurechtkomme. Vor allem, da ich jetzt etwas im Bauch habe und meine Füße wieder warm und trocken sind. Aber inzwischen kenne ich ihn ein wenig und weiß, dass er nicht von meiner Seite weichen wird, bis wir vor meiner Haustür stehen. Aber ich habe bereits eine Idee, was wir tun könnten.

„Komm mit“, sage ich mit einem geheimnisvollen Lächeln.

„Was hast du vor?"

„Wir nehmen den Bus. Einige Läden in der Oxford Street haben bis zweiundzwanzig Uhr geöffnet. Das schaffen wir."

Greg, der gegen meinen Charme immun scheint, runzelt die Stirn. „Was genau schaffen wir, wenn ich fragen darf?"

Kapitel 8

Menschen schieben und drängen sich durch die Gänge der Underground, als wir nach dem ersten Stück umsteigen. Natürlich hätten wir auch weiter die Tube benutzen können, aber ich überrede Greg, Bus zu fahren, und bringe ihn dazu, mit mir ins Oberdeck zu gehen. Erst glaube ich, dass alle Sitze besetzt sind, aber dann bemerke ich, dass ein Pärchen in der vordersten Reihe aufsteht und zur Treppe geht. Schnell winke ich Greg zu, sich zu beeilen. Die Plätze sind sehr begehrt und perfekt für das, was ich vorhabe. Jeder weiß, dass die Weihnachtsbeleuchtung in London magisch ist. Was die wenigsten aber wissen, ist, dass die Lichter vom Oberdeck eines Doppeldeckerbusses am beeindruckendsten wirken. Es ist, als würde man mitten zwischen ihnen hindurchschweben.

Greg weiß das auch nicht, da bin ich mir sicher.

Der Bus rumpelt los.

„Verrätst du mir jetzt endlich, was wir noch unbedingt vor Ladenschluss schaffen müssen?" Mit ausreichend Sicherheitsabstand zu mir drückt Greg sich in seine Ecke. Den Schirm hat er senkrecht vor sich aufgestellt und hält ihn mit den Knien fest. Seine Hände sind tief in den Taschen seines Mantels vergraben. Nachdem ich inzwischen weiß, dass er ja eher introvertiert ist und Raum für sich und seine Gedanken braucht, beziehe ich seine angespannte Körperhaltung auf die Situation und nicht auf meine Gesellschaft.

„Ist doch klar." Selbstbewusst zucke ich die Schultern. „Punkt eins der Liste. Wir kaufen dir einen Weihnachtspullover."

Am Trafalgar Square leuchtet uns die riesige Tanne, die Norwegen London jedes Jahr spendet, entgegen. Als wir uns dem Piccadilly nähern, schlägt mein Herz schneller. Vorsichtig schiele ich zu Greg hinüber. Er hat den Hut abgenommen, in seinen Pupillen spiegeln sich die festlichen Lichter der City. Und dann ist es so weit, der Bus biegt in die Regent Street ein und die Christmas Spirits, wunderschöne, beleuchtete Engel, spannen über die ganze Breite der Straße schützend ihre Flügel über uns aus. Mir wird ehrfürchtig ums Herz, als wir durch ein nostalgisches Winterwunderland fahren. Tatsächlich gibt es diese Beleuchtung bereits seit den 50er-Jahren des letzten Jahrhunderts.

Plötzlich kommt Bewegung in Greg. Er zieht das Notizbuch aus seiner Tasche, greift zu seinem Montblanc, der sich in der Halterung befindet, und schlägt eine leere Seite auf. Er setzt den Füller an, aber in diesem Moment lege ich sanft meine Hand auf seine Schreibhand und deute mit der anderen lächelnd auf die Weihnachtslichter. Für einen Moment sieht Greg mich irritiert an. Aber schließlich spüre ich, wie sich seine Hand unter meiner entspannt. Und dann klappt er das Notizbuch zu und steckt es wieder ein.

„Wow", sagt er und lächelt ebenfalls. „Einfach nur wow."

Mein Herz macht vor Freude einen Hüpfer. Ich wusste, dass es sogar ihm gefallen würde. Ich wusste es einfach!

Mit angehaltenem Atem starrt Greg durch die Frontscheibe. Er vergisst, Notizen zu machen, in seinen Augen liegt ein Leuchten, das zuvor nicht da war. Viel zu früh ist der Zauber vorbei und wir biegen in die Oxford Street ein. Greg vergisst fast, dass wir an der nächsten Haltestelle aussteigen müssen. Erst als ich ihn sanft anstupse, steht er auf und folgt mir zur Treppe.

Kurz darauf lädt uns der Bus vor John Lewis ab. Die Schaufenster des Kaufhauses sind wunderschön weihnachtlich dekoriert. Eines davon ist rot beleuchtet. Ein zwei Meter hohes goldenes

Gummibärchen blickt mich aus runden Augen an. Daneben, auf einem schicken roten Regal, sind hochwertige rote Espressomaschinen und andere rote Küchengeräte dekoriert. Beim Anblick der Preisschilder verschlägt es mir den Atem. Wer zur Hölle gibt sechshundert Pfund für eine Bratpfanne oder für ein Set Küchenmesser aus? Da ist mir das Schaufenster daneben schon lieber. Dort wacht ein ebenfalls riesiges hellgrünes Gummibärchen über eine ganze Herde Stoffteddys. Sie haben so niedliche Gesichter, dass ich überlege, bei nächster Gelegenheit einen davon zu kaufen und meiner Nichte zu Weihnachten zu schenken.

„Oh Mann, das ist es!", höre ich Greg neben mir sagen. Seine Stimme klingt geistesabwesend.

Ich drehe mich um, unsicher, ob er mit mir spricht oder mit sich selbst.

Greg sieht mich an und gleichzeitig durch mich hindurch. „Natürlich! Warum bin ich nicht früher darauf gekommen? Jetzt sehe ich es vor mir. Der Roman beginnt damit, dass mein Protagonist in den falschen Bus steigt, wo er der Frau seiner Träume begegnet. Die Szene spielt auf der weihnachtlich beleuchteten Regent Street. Die weibliche Hauptfigur fährt jeden Tag um diese Zeit mit der Linie zur Arbeit. Normalerweise hätten sich die Wege der beiden nie gekreuzt, aber jetzt ..." Er bricht mitten im Satz ab.

„Cool. Dann kannst du ja jetzt loslegen", erkläre ich gelassen.

Er reagiert nicht. Unsicher mustere ich ihn. Hat er überhaupt mitbekommen, dass ich mit ihm rede, oder ist er zwischen den Seiten seiner Romanwelt gefangen? Vielleicht verhält es sich mit Schriftstellern ja so wie mit Schlafwandlern? Bekanntlich darf man die nicht ansprechen, weil sie sonst erschrecken, panisch werden oder aggressiv reagieren. Meine Unsicherheit wächst. Wer weiß, vielleicht ist Gregs Gedankenblitz ja genauso schnell wieder verschwunden, wie er gekommen ist, wenn ich ihn aus seiner kreativen Trance reiße?

Andererseits ist es verdammt kalt auf der Straße und ich friere mir nach der molligen Wärme im Bus den Hintern ab.

„Greg!" Ich zupfe vorsichtig am Ärmel seines Mantels. „Hörst du mich? Ich rede mit dir."

„Was? Wie?" Er schaut mich ratlos an wie ein Zeitreisender, der gerade aus einem anderen Jahrhundert im London von heute gelandet ist.

„Kommst du? Wir wollten dir einen Weihnachtspullover kaufen."

Er sieht mich durchdringend an. „Hm. Klar. Weihnachtspullover."

Seufzend schüttle ich den Kopf. Greg ist ein Träumer. Ich wette, an den Pulli hat er gar nicht mehr gedacht. Aber gut. Immerhin folgt er mir ohne Widerspruch durch die großen Glastüren in das Kaufhaus.

Drinnen ist es brechend voll, als gäbe es etwas umsonst. Alle wirken hektisch und gestresst, dabei ist noch nicht einmal Dezember. Wir quetschen uns auf eine der Rolltreppen und fahren in die Abteilung für Männermode. Auf einem der vordersten Tische leuchten mir hübsch ordentlich gefaltet und gestapelt Weihnachtspullis in sämtlichen klassischen Farben entgegen. Als ich gleich daneben die beiden Schaufensterpuppen entdecke, stürme ich begeistert darauf zu. „Oh mein Gott. Sieh dir das an! Ist das nicht der *Hammer?*"

„Es ist von erlesener Scheußlichkeit", erklärt Greg, der meinem Blick gefolgt ist. „Vergiss es. Nie im Leben werde ich das anziehen!" Verächtlich mustert er den Herrenanzug mit der dazu passenden Krawatte und das Damenkostüm mit dem knappen Rock.

„Aber warum nicht?" Ich strecke die Hand aus und berühre den Stoff. Na gut, die Qualität ist nicht die beste. Polyester vermutlich und mit der heißen Nadel genäht, wie meine Mum sagen würde. Aber trotzdem! Wer könnte schon einem grünen Weihnachtsanzug widerstehen, der mit Zuckerstangen, Schneeflocken, Weihnachtsglocken und dem Gesicht von Father Christmas mit Zipfelmütze und Bart bedruckt ist? Das Ding ist der Knaller auf jeder Weihnachtsparty. Wobei Greg wahrscheinlich keine einzige besucht. Aber darum geht es nicht.

„Überleg mal", fahre ich fort. „Vielleicht wärst du unheimlich inspiriert, wenn du beim Schreiben am Computer diesen Anzug trägst."

Greg sieht mich an, als wären bei mir sämtliche Schrauben locker. „Eher nicht", meint er trocken. Es ist klar, dass das Thema damit für ihn vom Tisch ist.

„Wie du meinst." Spröde zucke ich die Schultern. Mir gefällt meine Idee immer noch. Ich zeige auf einen der Pullover. „Wie wäre es mit dem hier?

„Zu kitschig."

„Und der?"

Greg stöhnt gequält. „Noch schlimmer."

„Der vielleicht?" Ich halte einen roten Strickpulli hoch, auf dem in weißer Schrift *Keep calm and count the days 'til Christmas* steht.

„Von mir aus." Schicksalsergeben zuckt Greg die Schultern. „Der ist zumindest unifarben und nicht gemustert."

Lustlos nimmt er einen Pulli in Größe L vom Stapel und wir gehen zu den Kassen. Beim Anblick der Schlange fällt mir ein, dass heute das Black Friday Weekend ist und viele Geschäfte bis tief in die Nacht geöffnet haben. Deshalb also ist es hier so voll. Während wir anstehen, fällt Gregs Blick auf einen der Aufsteller. „Besuchen Sie unsere Schlittschuhbahn auf der Dachterrasse und lassen Sie sich in die Atmosphäre der Frost Fairs von Old London entführen", liest er laut. „Klingt nett."

Als er mein ironisches Grinsen bemerkt, verbessert er sich. „Nicht im Sinne von langweilig. Eher ... interessant."

„Wir können es uns ansehen, wenn du möchtest. Ich war letzte Woche mit Trish, meiner Arbeitskollegin da. Die Aussicht vom 5. Stock ist cool. Es gibt heißen Schlehenlikör, heißen Gin mit Ingwer und heißen Gin Tonic. Für die Schlittschuhbahn muss man im Voraus einen Termin buchen und sie ist winzig. Außerdem treiben sich dort eine Menge Fashionistas rum, die sich vor dem Eis für Insta in Szene setzen lassen. Aber es ist hübsch gemacht und mit den Holzhütten und den Weihnachtsbäumen vor allem sehr romantisch."

„Heißer Gin Tonic klingt hervorragend", beschließt Greg. Als wir endlich an der Reihe sind, zahlt er und wir machen uns auf den Weg nach oben.

Dort empfängt uns schneidende Kälte. Als wir vor einer der Holzhütten stehen und bestellen, beginnt es ganz zart zu schneien. Greg nimmt unsere beiden Becher und führt mich an den Rand der Terrasse. Zwischen Weihnachtsbäumen und Grün stehen wir ganz dicht am Geländer und prosten uns zu. Der heiße Gin Tonic ist nicht so süß und klebrig wie Glühwein und wärmt von innen heraus. Eine Schneeflocke landet auf meiner Wimper. Greg grinst schief.

„Was ist?", frage ich.

„Nichts. Es ist nur …" Er zögert. „Du bist ein Rätsel für mich, Sally."

„Ich?"

Er nickt. „Jemand wie dich habe ich noch nie getroffen. Du fällst völlig aus dem Rahmen, und zwar in allem. Angefangen von deinem rosa Eisbärenmantel über deine Haare bis hin zu deiner unverkrampften Art."

Ich starre ihn an und weiß nicht recht, was ich von seinen Worten halten soll. Das kommt jetzt sehr überraschend. Was bewegt ihn dazu, so etwas zu sagen? Vielleicht sollte ich besser nicht nachfragen, aber da sprudelt es auch schon aus mir heraus. „Unverkrampft im Sinne von schräg?"

„Unverkrampft im positiven Sinn. Als Gegenpol zu nett, sprich: langweilig. Tut mir leid, wenn es schief rüberkam. Es sollte ein Kompliment sein. "

Ich umschließe den heißen Becher mit beiden Händen und spüre die Wärme in meine Finger strömen. Aromen von Wacholder und Grapefruit steigen in meine Nase. „Und was stimmt mit meinen Haaren nicht?"

Greg verschluckt sich an seinem Gin und muss prusten. „Um

Gottes willen, so war das nicht gemeint. Du hast wunderbares Haar."

Unsicher streiche ich mir eine schulterlange, lockige Strähne hinter das Ohr und warte auf das Aber.

„Aber deine Haarfarbe ist blond, wohingegen deine Augenbrauen dunkel sind und deine Augen ebenfalls. Das ist ziemlich ungewöhnlich."

„Es sind Strähnchen", erkläre ich gereizt und wickle mir demonstrativ eine Locke um den Finger. „Gut, zugegeben, es *sollten* Strähnchen werden. Aber dann war mir der Friseur zu teuer und ich dachte, ich probiere es selbst. In der Anleitung stand, dass man das Blondierungsmittel mit einem Kamm auftragen soll. Weißt du, wie schwierig es ist, das gleichmäßig hinzubekommen? Vor allem am Hinterkopf?"

Greg starrt mich ausdruckslos an. Klar, er ist die Art Mann, die keine Ahnung hat, mit welchen Problemen Frauen zu kämpfen haben. Angefangen von Haarentfernung bis hin zum Umgang mit einem Glätteisen.

„Na, jedenfalls ist irgendwas schiefgelaufen und die Strähnchen sind ungleichmäßig hell geworden. Ich sah aus wie eine gescheckte Straßenkatze", erkläre ich. „Also blieb mir nichts anderes übrig, als doch zum Friseur zu gehen, und der hat die Haare dann blond getönt. Und ja, du hast recht, inzwischen ist der Ansatz nachgewachsen. Aber viele Stars tragen das so, Keira Knightley, Emma Roberts und eine Menge andere. Da dachte ich, ich spare mir das Geld und steh dazu. Vor allem, weil ich festgestellt habe, dass ich mich im Grunde nicht blond *fühle*. Vermutlich werde ich die Farbe ohnehin herauswachsen lassen."

Schweigen. Greg schaut mich groß an.

Vor lauter Scham laufe ich rot an.

Ich rede zu viel.

„Themenwechsel", beschließe ich, aber dann fällt mir nichts Geeignetes ein. Also schlürfe ich heißen Gin, während mir die Schneeflocken immer dichter ins Gesicht wehen.

„Ich denke, wir sollten austrinken", meint Greg. „Die machen hier gleich zu."

Als ich mich umdrehe, sehe ich, wie an der Glühginbude die Heizstrahler ausgeschaltet werden. Die Frau hinter dem Ausschank deckt die sauberen Gläser mit einem Tuch ab und räumt den Abfall weg.

Kurz darauf nehmen wir die Rolltreppe nach unten. Der überladene Duft der Parfümabteilung im Erdgeschoss schlägt mir entgegen. Zwischen mit Einkaufstüten beladenen Menschen schieben wir uns auf den Ausgang zu. Als wir wieder auf der Oxford Street gelandet sind, stehen wir uns einen Moment verlegen gegenüber. Mein Blick hält sich unnatürlich lange an der Leuchtanzeige der Bushaltestelle fest.

„Ganz schön kalt geworden", sagt Greg und starrt in den Himmel.

„Ja. Das finde ich auch."

Wieder schweigen wir.

Greg räuspert sich. „Tja, dann also ..."

„Ja ... war echt nett auf der Dachterrasse." Ich verlagere mein Gewicht von einem Fuß auf den anderen.

Über uns leuchtet ein dicht gewebter Vorhang aus Leuchtsternen vom Himmel und lässt Gregs Gesicht in dem irritierend künstlichen Neon des Großstadtdschungels schimmern. Unsere Blicke streifen sich. Zwei Wesen, die sich aus einem Zufall heraus in die Nacht verirrt haben und jetzt müde sind und nur nach Hause wollen.

Greg dreht seinen Hut in den Händen. Ich schaue den Mann an meiner Seite etwas länger und vielleicht zum ersten Mal richtig an. Als ich den Knick an seiner oberen Ohrmuschel entdecke, unterdrücke ich ein Grinsen. Es sieht aus, als hätte sich das Ohr als Baby nicht richtig ausgerollt. Was seinem attraktiven Aussehen aber keinen Abbruch tut. Im Gegenteil. Es wirkt auf eine subtile Weise sexy, wie bei Legolas in *Herr der Ringe.*

Während ich über den rätselhaften Mann neben mir nachdenke, kommt mir ein Gedanke. „Greg?"

„Ja?" Er sieht zu mir herüber.

„Was genau findest du an Weihnachten eigentlich so schwierig?"

„Ich hasse es, dass sogar an Weihnachten Dinge über die Menschen gestellt werden. Warum kann man den Konsum nicht einfach mal beiseiteschieben? Es sind doch nur Dinge. Aber nein, gerade an den Feiertagen muss alles noch besser, schöner, glänzender sein, um die Familie und den Freundeskreis zu übertrumpfen. Nimm doch nur mal den Weihnachtsbaum. Ich meine, hallo? Es ist ein Baum. Warum darf der nicht ein wenig krumm gewachsen sein oder schiefe Zweige haben? Aber nein, sogar der muss perfekt sein. Und wenn er das nicht ist, landet er auf dem Müll. Wusstest du, dass ganz viele Menschen krumme Äste absägen, ein Loch in den Stamm bohren und dann den perfekten Ast einsetzen? Das ist doch Wahnsinn! Und so sinnbildlich für das, was an Weihnachten abgeht." Er lässt die Arme sinken, mit denen er wild gestikuliert hat.

„Ich stimme dir zu", sage ich langsam und nicke. Plötzlich streift mich der Gedanke, dass hinter dem steifen Greg ein interessanter Mensch stecken könnte. Ich schlinge fröstelnd die Arme um mich und suche seinen Blick „Aber so muss es doch nicht sein, oder? Es kommt doch darauf an, was du ganz persönlich aus dem Fest machst."

„Wenn einem an Weihnachten überhaupt nach Feiern ist." Er zuckt die Schultern, als hätte er meine Verwirrung gespürt. „Wie wäre es mit einem Cocktail? Ich kenne eine Bar hier in der Nähe."

Ich will den Kopf schütteln und ablehnen, aber dann höre ich mich aus einem spontanen Impuls heraus sagen: „Okay. Warum nicht?"

Kapitel 9

Die Bar, die Greg vorschlägt, befindet sich in einem Keller. Streng genommen ist es auch keine Bar, sondern ein Klub. Greg hat sich geweigert, den Schirm an der Garderobe abzugeben, und ihn tatsächlich mit nach unten geschleppt. Jetzt lehnt der Schirm in einer Ecke neben dem Tresen. Mit Drinks in der Hand stehen wir am Rand der Tanzfläche, während Musik der Neunziger durch die Lautsprecher dröhnt und die Beats bis tief in meinen Unterleib wummern. Schillernde Diskokugeln zaubern ein Meer aus Lichtpunkten in den Saal und die Stimmung ist für die frühe Stunde erstaunlich ausgelassen. Vielleicht liegt es daran, dass es hier wie in *Saturday Night Fever* aussieht. Die Tanzfläche besteht aus bunt leuchtenden Elementen und jeden Moment glaubt man, John Travolta um die Ecke kommen zu sehen, so authentisch ist das Feeling. Sehnsüchtig schiele ich auf das leuchtende Parkett und wippe mit den Hüften. Gut gestylte Pärchen verrenken sich bei verrückten Moves die Körper im Takt. Gott, ist das lange her, dass ich das letzte Mal tanzen war, schießt es mir durch den Kopf.

Greg beugt sich zu mir. Er legt eine Hand neben den Mund und brüllt mir ins Ohr. „Möchtest du tanzen?"

Erst schaue ich verblüfft zu ihm auf, dann nicke ich. „Total gern!"

Wir bahnen uns einen Weg zur Tanzfläche. Sobald meine Füße die bunten Glassteine berühren, lege ich los. Ohne nachzudenken, lasse ich mich von meinem Rhythmusgefühl lenken. Mein ganzer Körper ist im Fluss, nicht nur Füße und Beine, auch Hüften und Arme, Augen und Lippen. Ich fühle mich gut und es ist mir egal, ob ich dabei sexy rüberkomme oder nicht. Sollen die anderen denken, was sie wollen. Ich will Spaß haben und mich lebendig fühlen. Darum geht es hier schließlich, oder nicht?

Aus den Augenwinkeln registriere ich, dass Greg mich sehr aufmerksam ansieht. Es ist diese Art von Blick, die einen denken lässt, es könne irgendetwas bedeuten. Allerdings kann ich mir keinen Reim darauf machen, was das wäre. Vermutlich erleidet Greg gerade einen Kulturschock. Die Tanzfläche ist nicht seine Welt.

Der arme Greg. Ich werfe ihm ein aufmunterndes Lächeln zu. Wie unbeholfen kann man sein? Ohne das geringste Gefühl für Koordination versucht er, meine Bewegungen zu kopieren, und wirkt dabei ziemlich verloren. Schließlich gibt er auf und begnügt sich damit, nur gelegentlich von einem Fuß auf den anderen zu treten oder mit den Schultern zu wackeln. Dabei sieht es aus, als sei ihm das Ganze furchtbar unangenehm. Seltsam. Warum hat er mich überhaupt aufgefordert zu tanzen, wenn er es so grauenvoll findet?

Die Musik wechselt und damit auch die Lichter auf der Tanzfläche. Sanftes Blau hüllt uns ein und George Michaels einschmeichelnde Stimme erklingt. Ich beschließe, dass Greg genug gelitten hat und erlöse ihn davon, mit der Anmut eines von Bauchkrämpfen geplagten Pinguins seine Hüften zu bewegen. Kurzerhand schlinge ich ihm meine Arme um den Hals. Greg ist im ersten Moment überrascht. Aber dann sieht er mir tief in die Augen. Unsere Blicke halten sich einen Moment länger als nötig fest. Entschlossen zieht er mich enger an sich. Unsere Körper berühren sich und plötzlich spüre ich ein Prickeln in mir aufsteigen, für das es keine Erklärung gibt. Zu den Klängen von *Careless Whisper* legen wir einen verboten heißen Stehblues aufs Parkett.

Er hält mich etwas fester und beugt den Kopf näher zu mir

herunter. Seine Wange streift über mein Haar und berührt kurz mein Gesicht. „Ist das so okay für dich?", fragt er dicht neben meinem Ohr.

„Klar." Ich nicke und ertappe mich dabei, wie ich leise vor mich hin lächle.

Ich spüre ein Prickeln auf meiner Haut an den Stellen, an denen sich unsere Körper berühren. Es fühlt sich an wie eine statische Aufladung, nur viel, viel sanfter. Erstaunt blicke ich zu Greg auf und versuche in seinem Gesicht zu lesen, ob er es auch spürt. Aber sein Kopf ist meinem immer noch so nahe, dass ich nur einen Ausschnitt seiner Wange zu sehen bekomme, zwischen Schläfe und dem Bart.

Da ist ein Knistern zwischen uns. Jedenfalls in diesem einen Moment, aber dann meldet sich mein Verstand zu Wort. Das hier fühlt sich zwar an wie Kuscheln auf der Tanzfläche, aber es ist kein heißer Flirt, sondern ein Tanz mit Greg. Greg, mit dem ich den Abend verbringe, weil ich nicht weiß, wie ich die Zeit sonst rumkriegen soll, bis meine Tante zurück ist.

Ja, zugegeben. Greg ist heiß. Und ja, ich hätte gerade verdammt Lust, ihn zu küssen. Er riecht so gut ... Und sein Körper fühlt sich ganz anders an, als ich es von einem Schreibtischtäter erwartet hätte. Greg besitzt zwar keine breiten Schultern, aber seine Muskeln unter dem Pullover fühlen sich fest und durchtrainiert an. Vorsichtig lehne ich meinen Kopf gegen seine Schulter und schließe die Augen.

Das Lied endet und die Stimmung wechselt wieder zu groovigen, schnellen Beats.

Ich löse meine Arme von Greg. Und wieder sind wir im Gleitflug ohne Motor und Windstille kommt auf.

„Trinken wir aus und gehen?" Er wirft mir ein schiefes Grinsen zu und deutet zum Ausgang.

„Klar!" Ich zucke gelangweilt die Schultern. Warum auch nicht? Das merkwürdige Knistern zwischen uns hat sich verflüchtigt. Inzwischen frage ich mich, ob ich mir das alles ohnehin nur eingebildet habe. Greg und ich leben in unterschiedlichen Welten und sprechen nicht dieselbe Sprache.

Draußen vor der Bar empfängt uns eine glasklare Winternacht. Nachdem es in der Bar stickig und überhitzt war, ist die Kälte im ersten Augenblick ein Schock. Meine Lungen brauchen einige Atemzüge, um sich an die eisige Luft zu gewöhnen. Mein Körper ist aufgeheizt und meine Wangen glühen, als käme ich gerade aus der Sauna. Bedauernd stelle ich fest, dass es aufgehört hat zu schneien. Die Straße ist schmutzig grau und nass, aber die Dächer der Häuser sehen aus, als wären sie mit feinem Puderzucker bestreut. Dazu hat der Wind die Wolken weggepustet und sogar im lichtverseuchten London schimmert eine blasse Mondsichel.

Ich wende mich an Greg. Meine Ohren sind noch taub von der Musik. „Hast du deinen Schirm?", necke ich ihn und zwinkere ihm dabei zu.

Kopfschüttelnd hält er mir den Schirm entgegen. „Was denkst du von mir?"

„Ich wollte nur auf Nummer sicher gehen", erwidere ich und lächle verlegen. „Übrigens, falls ich es noch nicht gesagt habe, danke für den Drink. Und für alles andere, das du für mich getan hast. Vor allem dafür, dass du dir die Nacht mit mir um die Ohren schlägst. Das ist sehr ritterlich."

„Gern geschehen. Ist doch selbstverständlich."

Statt es dabei zu belassen, rede ich aus Schuldbewusstsein weiter. „Nein, ist es nicht. Vermutlich fandest du den Abend mit mir schrecklich. Vor allem das Tanzen. Du bist sicher froh, nach Hause zu kommen." Kaum ist es heraus, könnte ich mir auf die Zunge beißen. Es klingt gewaltig nach Fishing for Compliments, dabei wollte ich nur meine Skrupel loswerden.

Greg schaut mich aus ernsten Augen an. „So ein Quatsch. Das Tanzen war ..." Er unterbricht sich und man sieht ihm förmlich an, dass er nach Worten ringt. „... eine interessante Erfahrung. Im Ernst. Seit dem Schulabschlussball habe ich das nicht mehr gemacht. Es war eine nette Abwechslung."

„Wirklich?“

„Ja, wirklich.“

Ich glaube ihm kein Wort. Er hat es gehasst.

„Übrigens brauchst du dir nicht weiter Sorgen um mich zu machen. Mitternacht ist durch, daher erlöse dich aus deiner Verpflichtung.“

„Wie du meinst, Cinderella.“ Er grinst, aber in seinem Blick liegt ein Ausdruck, den ich nicht recht deuten kann.

„Tja, sei mutig und freundlich“, erwidere ich als Anspielung auf Cinderellas Lebensmotto, während ich mich mit dem verhakten Reißverschluss meines Fellmonsters abmühe. „Und da beides auf mich zutrifft, begebe ich mich jetzt zu meiner Kutsche und verabschiede mich in mein bescheidenes Heim.“

„Von wo aus fährt deine Kutsche?“ Gregs Augen funkeln amüsiert.

„Ich nehme die Victoria Line ab Oxford Circus und steige in Kings Cross in die Circle um. Von Westbourne Park aus sind es nur einige Minuten zu Fuß bis zu meiner Haustür.“

„Darf ich dich begleiten?“

„Nicht nötig. Abgesehen von ein paar Touristen, die nach dem Haus aus *Tatsächlich … Liebe* suchen, ist die Gegend nicht sonderlich gefährlich.“

„Wie du meinst.“

„Mist.“ Erschrocken sehe ich ihn an.

„Was?“

Hektisch krame ich in meinen Manteltaschen, aber die sind natürlich leer. „Die Schalter haben schon geschlossen und meine Bankkarten stecken in meiner Handtasche. Wie komme ich jetzt nach Hause?“

„Kein Problem. Auf meiner Oyster Card befindet sich noch Guthaben. Ich schenke sie dir. Du kannst sie behalten.“

„Danke. Das ist nett. *Du* bist nett“, erwidere ich und stelle fest, dass ich es wirklich meine.

„Hier. Könntest du den bitte kurz nehmen?“ Er reicht mir den Schirm.

„Klar." Ich umklammere den Griff. Das Holz fühlt sich warm und weich in meiner Hand an. Probeweise schwenke ich den Schirm hin und her, während Greg in seinem Portemonnaie kramt.

„Bitte sehr."

Ich lasse die Karte in meine Manteltasche gleiten, während Greg umständlich das Portemonnaie schließt.

Lächelnd bietet er mir seinen Arm an und ich hake mich ein. Plaudernd schlendern wir über die Oxford Street und bleiben immer wieder an einem der Schaufenster stehen und lachen uns kaputt, wenn wir überteuerte Gadgets entdecken, die niemand braucht, und die nach dem Fest in der Versenkung landen. Oder hässliche Blumenvasen, Socken, Krawatten und andere Verlegenheitsgeschenke, die man sich in der Verwandtschaft nun mal macht. Greg hat einen sehr trockenen Humor, der manchmal grenzwertig ist, und ich lache aus vollem Hals über seine Bemerkungen angesichts des unvermeidlichen Kommerzes. Als wir schließlich in der U-Bahn stehen und ich auf meine Tube warte – Greg hat darauf bestanden, mich ans Gleis zu begleiten – finde ich es beinahe schade, dass sich unsere Wege hier trennen.

„Also dann." Greg fährt sich mit der Hand unter den hochgeschlagenen Mantelkragen. „War schön, dich kennenzulernen."

„Die Freude war ganz meinerseits", erklärte ich formvollendet und schenke Greg ein strahlendes Lächeln. Eigentlich finde ich ihn mittlerweile ganz in Ordnung.

„Vermutlich sehen wir uns nicht wieder …"

„Vermutlich." Ich nicke.

Das bekannte Rattern ertönt und mein Zug fährt ein.

Verlegen sehen wir uns an, was beinahe schon charakteristisch für uns beide ist. Wir finden einen Groove, surfen eine Zeit lang gemeinsam auf einer Welle und dann, ohne Vorwarnung, geht uns der Text aus. Gregs Blick ruht intensiv auf mir. Oh Gott, er hat wirklich unglaublich schöne Augen. Meine Hormone schlagen Alarm, was wahrscheinlich daran liegt, dass ich zu viel Alkohol getrunken habe. Einen irrwitzigen Moment lang bin ich versucht, ihn nach seiner Handynummer zu fragen. Zum Glück besitze ich noch genügend Restverstand, um den Impuls an mir vorbeiziehen zu lassen.

Ciao, Greg, du und ich – das wird nicht passieren. Niemals ...

Wahrscheinlich könnten wir nicht einmal Kumpels sein, weil wir zu verschieden sind.

Die Türen des Zugs öffnen sich und im Handumdrehen herrscht ein riesiges Gewühl um uns herum. Menschen drängen sich aus der Tube, andere wollen einsteigen.

„Mach's gut und danke noch mal." Ich versuche zu lächeln, aber es fühlt sich verkrampft an.

Die Durchsage zum Einsteigen hallt durch die Lautsprecher.

Jetzt muss ich mich aber wirklich beeilen.

Ich winke Greg zum Abschied und haste los. Gerade noch rechtzeitig springe ich in den Zug. Die Türen schließen sich und ich stehe eingequetscht zwischen einer Horde Japaner da und starre durch das Glas nach draußen.

Greg steht vor der Scheibe und starrt zurück. Er deutet aufgebracht auf die Tür. Seine Lippen bewegen sich, aber ich höre nicht, was er sagt, also schüttle ich den Kopf.

Mit beiden Händen gestikuliert er jetzt noch wilder durch die Luft und jetzt bemerke ich, dass sein Finger dabei immer wieder auf mich zeigt.

Was ist denn jetzt los? Ich runzle die Stirn. Fällt ihm womöglich gerade ein, dass er mich nach meinem Namen auf Insta hätte fragen können, um in Verbindung zu bleiben?

Das Signal ertönt. Draußen haut Greg wie irre auf den Türdrücker, aber es ist zu spät. Sein Hut sitzt schief, seine Wangen sind gerötet und seine Lippen formen in Endlosschleife wieder und wieder das gleiche Wort.

Hilflos stehe ich da und verstehe nicht, was er mir sagen will. Also zucke ich nur die Schultern.

Der Zug fährt los, Greg läuft die ersten Schritte neben meinem Abteil her. Die Einkaufstüte von John Lewis baumelt an seinem Arm. Dann bleibt er stehen und gibt auf, während mein Zug im Dunkel des Tunnels verschwindet.

Merkwürdiger Typ, denke ich bei mir. Wenn er an mir interessiert ist, warum hat er mir dann nicht gesagt, dass er mich wiedersehen will? Ich verlagere mein Gewicht und stütze mich auf den Schirm.

Und dann fällt der Groschen.

Oh. Mein. Gott.

Vor meinem inneren Auge sehe ich Gregs Lippen vor mir und auf einmal begreife ich, was seine Mundbewegungen zu bedeuten hatten.

Schirm.

Kapitel 10

„Ich fasse es nicht." Trish reißt sich aus der Trance, in die sie verfallen ist, während ich ihr von meinen Erlebnissen gestern erzähle. Ihre grünen Augen haben diesen verträumten Ausdruck, als säßen wir im Kino und der Abspann eines romantischen Films flimmerte gerade über die Leinwand. Mit lässigem Schwung wirft sie sich das Geschirrtuch über die Schulter, mit dem sie gerade eine endlose Reihe von Champagnergläsern poliert hat. „Du hast ihn einfach so gehen lassen? Obwohl er erstens heiß und zweitens berühmt ist?"

„Ja, habe ich." Ich nicke.

„Du hast noch nicht einmal seine Handynummer?"

„Nein. Wozu denn?" Ich trommle gereizt mit den Fingernägeln über die Theke. Trish hat die lästige Angewohnheit, einen so lange schweigend aus ihren grünen, leicht hervortretenden Augen anzustarren, bis man in Erklärungsnot gerät und weiterredet. „Okay, ja, als wir im Club zusammen getanzt haben, war da diese Anziehungskraft zwischen uns."

„Also doch."

„Du verstehst das nicht. Im Grunde lief gar nichts."

„Du mochtest ihn?"

„Nein ... Das heißt ja." Mir ist ein bisschen flau im Magen. Ich angle mir eine Olive aus dem Vorrat hinter der Theke und schiebe sie mir in den Mund. In Gedanken sehe ich uns wieder eng umschlungen auf der Tanzfläche stehen. Reflexartig streiche ich mit der Hand über mein Haar, an der Stelle, wo seine Wange es berührt hat. „Anfangs nicht. Dann schon. Irgendetwas war zwischen uns. Ich kann es nicht erklären. Aber es hatte keine Bedeutung."

Wortlos nimmt Trish ein Tellerchen und ordnet darauf ein paar Käsehäppchen und Oliven an. Mit einem Blick auf meine Augenringe, das schlecht aufgetragene Make-up und das zu einem Messy Bun geschlungene Haar schiebt sie es mir über den Tresen. Wenn das Management es mitbekommt, kriegen wir Ärger. „Iss. Du bist ein ziemliches Wrack heute morgen."

„Ich habe den Wecker nicht gehört und dann hatte ich keine Zeit mehr zu frühstücken", seufze ich und hauche ihr dankbar einen Luftkuss zu.

Trish grinst breit und ich bin dankbar dafür, dass sie so ein toller Mensch und die beste Freundin überhaupt ist. In meiner ersten Zeit in London war Trish mein Rettungsanker. Wenn so wie heute bei dem trostlosen, nebligen Wetter wenig los ist auf dem Skydeck, stehen wir oft zusammen und quatschen. Ich mag Trish, sehr sogar.

Allerdings nicht immer.

Manchmal vertritt Trish eine komplett andere Sicht der Dinge, die mein Leben betreffen. Wie zum Beispiel jetzt, als sie unverblümt erklärt: „Ich spreche nicht von deinem übernächtigten Aussehen. Du bist ein Wrack, weil du nicht darüber hinwegkommst, dass dein beschissener Ex-Freund dein Vertrauen missbraucht und dir das Herz gebrochen hat."

„Blödsinn." Ich greife nach dem letzten Käsewürfel und wische meine Finger an einer Serviette ab. „Wie kommst du denn darauf? Ich bin über Steve hinweg."

„Erzähl mir keine Märchen. Die Beweise sprechen gegen dich. Du genießt es, mit diesem heißen Schriftsteller zu flirten ..."

„Wir haben getanzt, nicht geflirtet."

Trish rollt die Augen. „Haarspalterei. Du genießt es also, wie Cinderella bis Mitternacht mit dem schönen Prinzen von gestern abzuhängen, den du, um das Ganze rund zu machen, zuvor aus einer Ohnmacht gerettet hast ..."

„Es war keine Ohnmacht. Greg hatte einen Panikanfall."

„Lenk nicht vom Thema ab", sagt Trish streng. „Jedenfalls ... Du triffst auf diesen Hottie und dann lässt du ihn ziehen, ohne seine Handynummer klarzumachen? Süße, das ist ein eindeutiges Zeichen dafür, dass dir seit der Sache mit Steve der Glaube an die Liebe fehlt."

„Mag sein." Ich zucke die Achseln. Die Sache mit Steve, wie Trish es ausdrückt, war das Schlimmste, was ich je durchgemacht habe.

Trish nickt ernst. „Du musst dich wieder öffnen. Lass nicht zu, dass dieses Arschloch von Ex-Freud noch immer Macht über dein Leben hat. Du darfst dich nicht auf deinem Sofa verkriechen, nur weil es da draußen unter vielen wunderbaren Männern möglicherweise auch ein paar Idioten gibt."

Ich schlucke und spüre, wie die Erinnerung an das, was Steve mir angetan hat, mich wieder einholt.

„Ich sag ja nicht, dass du dich Hals über Kopf verlieben sollst." Trish redet ohne Punkt und Komma weiter. „Für den Anfang genügt es, wenn du auf das eine oder andere Date gehst."

„Nein danke." Allein der Gedanke an Dates lässt einen Schauer über meinen Rücken laufen.

„Wie gut, dass du seinen Nachnamen kennst. Du kannst Google nach seiner Nummer fragen."

„Wozu?" Ich kneife die Augen zusammen und überlege, ob es möglicherweise ein Fehler ist, dass Trish und ich uns *alles* erzählen. Manche Dinge aus meinem Privatleben sollte ich in Zukunft in Gesprächen mit Trish ausklammern.

Sie rollt die Augen und wirft mir ihren *Du-bist-ein-hoffnungsloser-Fall*-Blick zu. „Um ihm eine Nachricht zu schreiben und ihn zu fragen, ob ihr euch sehen könnt."

Ich öffne gerade den Mund, um zu protestieren, da schiebt Trish das Totschlagargument schlechthin hinterher. „Und was ist mit dem Schirm? Hast du vor, ihn Greg wieder zurückzugeben, oder willst du ihn einfach so behalten?"

„Was heißt hier *einfach so?* Das klingt, als würde ich ihn stehlen. Dabei habe ihn rein versehentlich behalten. Das ist etwas vollkommen anderes“, erwidere ich mürrisch, denn zwischen den Zeilen höre ich einen leisen Vorwurf heraus. „Außerdem weiß Greg, wo ich arbeite. Wenn er so an dem Schirm hängt, kann er vorbeikommen und ihn sich holen. Er steht unten in der Umkleide.“

Trish schaut auf ein Geschehen hinter meinem Rücken. Ich brauche mich nicht umzudrehen, um zu wissen, dass Kundschaft im Anmarsch ist. Je schlechter das Wetter, desto eher gönnen sich die Leute zum Ausgleich ein Glas Champagner. Geistesgegenwärtig beuge ich mich über die Theke, um den Teller verschwinden zu lassen, auf dem fünf einsame Olivenkerne liegen. Dann straffe ich den Rücken und tue so, als wäre ich gerade damit beschäftigt, unsere ausliegenden Flyer mit den Veranstaltungshinweisen fein säuberlich zu stapeln.

„Manchmal bist du ein verdammtes Genie“, sagt Trish und schüttelt verblüfft den Kopf.

„Ach was. Ich denke nur mit. So schwer ist das nicht. Was macht es denn für einen Eindruck auf die Besucher, wenn wir hier stehen, uns Snacks reinziehen und …“ Ich breche mitten im Satz ab, weil Trishs Blick seltsam starr wird. Aus einem unerfindlichen Grund setzt sie noch dazu ein übertriebenes Lächeln auf, als wären tausend Scheinwerfer auf sie gerichtet.

Ein Schauer läuft mir über den Rücken und mir wird klar, warum Trish so schaut.

Ach du Schande. Ich ahnte es. Ajay, unser direkter Vorgesetzter und Assistant Guest Experience Manager, hat uns erwischt und jetzt steht er hinter mir. Ich kann spüren, wie sich sein Blick in meinen Rücken bohrt. Nachdem er mich kürzlich dabei beobachtet hat, wie ich mich mit einer Amerikanerin angelegt habe, die mich persönlich angegriffen hat, weil unsere Preise angeblich völlig krank seien und sie fünfunddreißig Minuten in der Schlange hat warten müssen, hat er mich auf dem Kieker.

Durchatmen, Sally.

„Hi Ajay“, sage ich und drehe mich mit einem unbeschwerten Lächeln um.

„Hallo Sally“, sagt Greg.

Einen ungläubigen Moment stehe ich da und merke, wie mir sämtliche Gesichtszüge entgleisen.

„Oh Gott, das mit dem Schirm tut mir so leid …“, stammle ich und laufe puterrot an.

„Sie hat ihn nicht absichtlich mitgehen lassen“, wirft Trish wenig hilfreich dazwischen. Jetzt komme ich mir erst recht vor wie eine Kleptomanin. Außerdem weiß Greg dadurch, dass wir über ihn geredet haben. Unbeschwert setzt Trish sich darüber hinweg, dass ich kleinlaut danebenstehe, und grinst fröhlich. „Hi Greg, freut mich, dich kennenzulernen. Ich bin Trish.“

„Freut mich ebenfalls.“ Greg lächelt und wendet sich dann an mich. „Übrigens bin ich nicht wegen des Schirms hier, also … zumindest nicht nur.“

Verblüfft starre ich ihn an. Will er jetzt doch ein Date mit mir?

„Es klappt nicht“, fährt Greg fort.

„Was klappt nicht?“

„In die Stimmung für Weihnachten zu kommen. Ich denke, ich brauche einen Profi.“

Greg dreht den Hut in den Händen. „Gestern Abend … da ist etwas mit mir passiert. Ich habe plötzlich gespürt, wie meine Inspiration zurückkommt. Hier.“ Er legt den Hut auf die Theke. Dann zieht er meine beschriebenen Zettel von gestern aus seiner Manteltasche und tippt auf das oberste Blatt.

„Die Liste ist großartig. Aber ich brauche dich dazu. Es funktioniert nicht ohne dich.“

„Wieso das denn?“ Ich frage mich, ob er schon einmal darüber nachgedacht hat, weshalb.

„Keine Ahnung.“ Er zuckt die Schultern. „Du hast so einen besonderen Bezug zu Weihnachten. Das reißt einen mit.“

„Oh, Sally liebt Weihnachten“, wirft Trish dazwischen. „Ich kenne niemand, der so auf Mince Pies, heiße Maronen und das ganze romantische Drumherum um das Fest abfährt. Sie hat schon vor drei Wochen angefangen, ihre Wohnung zu dekorieren, Adventskalender zu füllen und Weihnachtsfilme laufen bei ihr auf Netflix in Dauerschleife."

„So schlimm ist es auch wieder nicht", wehre ich ab und beschließe, Trish umzubringen, sobald wir allein sind.

Trish wackelt herausfordernd mit den Augenbrauen. „Ach ja? Und was ist zum Beispiel mit dem blinkenden Rentier-Geweih-Haarreif, den du so liebst? Du weißt schon, dieses Teil, das Jingle-Bells spielt, sobald du den Kopf bewegst?"

Okay. Ich bringe sie um. Definitiv. Mit einem eisigen Blick mache ich sie mundtot.

Daraufhin greift Trish schulterzuckend zum Lappen. Gewissenhaft poliert sie die sauberen Gläser und versucht erfolglos so zu tun, als wäre sie überhaupt nicht da. Ich meine, es ist *Trish*. Dezentes Verhalten ist ihr so fremd wie dem Weihnachtsmann die Sommerferien.

„Bitte, Sally, denk zumindest darüber nach. Ich verspreche, dass es kein blöder Anmach-Trick ist." Greg hebt feierlich die Hand. „Ganz ehrlich, es geht mir nicht darum, dich abzuschleppen."

Oh. Daran habe ich noch gar nicht gedacht. Aber jetzt, wo er es sagt, bin ich fast enttäuscht. Wobei es mir nicht um Sex geht. Es geht darum, offensichtlich nicht genügend attraktiv zu sein, um eine Affäre mit Greg Farrington zu haben.

Ich ringe mir ein Lächeln ab. „Und warum ausgerechnet ich?

„Weil du an Weihnachten glaubst. Die Welt ist auf eine Art komplex geworden, die es der Oberflächlichkeit sehr einfach macht, an die Stelle von Tiefgang zu treten. Dabei sehnen wir uns im Grunde unseres Herzens nach den Zeiten zurück, in denen sich Zusammenhänge noch greifen ließen und unsere größte Sorge darin bestand, ob wir rechtzeitig vor der Dunkelheit zu Hause waren. Dieser Roman könnte wichtig sein für zahllose Menschen da draußen. Und deshalb brauche ich deine Hilfe. Durch dich könnten die Leser den Zauber des Fests wiederentdecken."

Skeptisch hebe ich eine Augenbraue. Will er mir verkaufen, dass ich so etwas bin wie eine Mischung zwischen Weihnachtself und dem Schaffner aus *Der Polarexpress,* alias Tom Hanks?

„Denk doch mal an die Generationen, für die Weihnachten endlich wieder mehr Bedeutung bekommen könnte als bloß Konsum, Konsum, Konsum", argumentiert er weiter.

„Hmpf." Ich werfe Greg einen funkelnden Blick zu. Als ob das meine Schuld wäre! Hallo? Wer von uns hat Weihnachten gestohlen und den bescheuerten Roman *Fire up Christmas* geschrieben, der wochenlang auf den Bestsellerlisten vertreten war? Und jetzt soll ich es in Ordnung bringen?

„Wenn du möchtest, erwähne ich dich auch in der Danksagung ..."

„Bloß nicht." Erschrocken wehre ich ab. Bei dem Gedanken läuft es mir eiskalt über den Rücken. Seit der Sache mit Steve bin ich äußerst vorsichtig geworden. Ich verschränke die Arme vor der Brust. „Überhaupt. Falls ich dir helfe, dann nur unter der Bedingung, dass ich in dem Buch nicht vorkomme. Weder als Figur noch als Randnote oder sonst wie."

Greg sieht mich überrascht an. „Heißt das, du bist dabei? Wir besuchen zusammen alle romantischen Hot Spots auf deiner Liste? Klar, wenn du nicht möchtest, erwähne ich dich mit keinem Wort. Darüber hinaus werde ich keine Figur erfinden, die dir nur ansatzweise ähnelt. Du riskierst nichts und es geht um eine gute Sache. Am vierundzwanzigsten endet der Deal, unsere Wege trennen sich und du wirst nie wieder von mir hören, versprochen!" Dafür, dass ich Greg bisher als sehr zurückhaltend erlebt habe, waren das ungewöhnlich viele Sätze.

Ich erwidere nichts.

Greg wirft mir einen flehenden Blick zu. „Du bekommst so viel Glühwein, wie du möchtest. Dazu Früchtebrot, am offenen Feuer geröstete Kastanien, und wenn du darauf bestehst, kaufe ich uns sogar diese Weihnachtsanzüge, die du gestern so toll fandest. Komm schon, Sally, die verdammte Deadline sitzt mir im

Nacken. Praktisch hängt mein Leben davon ab, dass ich diesen Roman rechtzeitig fertig bekomme. Außerdem möchte ich nicht für alle Zeiten der Idiot sein, der dir Weihnachten verdorben hat. Bitte, gib dir einen Ruck. Wenn du möchtest, gehe ich sogar vor dir auf die Knie, damit du verstehst: *All I want for Christmas is you.*" Er verzieht schelmisch das Gesicht, sodass ich grinsen muss.

„Na schön. Von mir aus."

Eine Pause entsteht. Ich kann nicht glauben, dass ich das gesagt habe.

Greg lächelt mich an.

Ich lächle zurück.

Wortlos stehen wir uns gegenüber. Anders als bei den meisten Menschen schreckt Greg nicht davor zurück, mich direkt und lange anzusehen.

Wieder wissen wir nicht so recht, wie es jetzt weitergehen soll.

Greg hat wirklich wunderschöne Augen. Dunkel und ausdrucksvoll.

„Bist du Single, Greg?", höre ich Trish ihn fragen.

„Weder verheiratet noch geschieden oder liiert", erklärt er ohne Umschweife.

„Cool. Hier." Trish legt einen Kellnerblock und einen Stift vor Greg auf der Theke ab. „Wir dürfen unsere Privathandys nicht mit heraufnehmen. Schreib ihr deine Nummer auf. Sie meldet sich bei dir."

„Okay." Greg schreibt etwas auf den Block, dann reißt er das Blatt ab und reicht es mir.

„Danke." Zögernd falte ich den Zettel zusammen und stecke ihn ein.

„Du meldest dich wirklich?" Wieder dieser intensive Blick, bei dem ich mich ihm so nahe fühle, obwohl wir uns kaum kennen.

„Versprochen", versichere ich und blicke verlegen weg. „Unser Weihnachts-Pakt gilt."

Stimmen werden im Hintergrund laut. Mit der Ruhe an der Bar ist es vorbei. Eine Gruppe asiatischer Geschäftsleute kommt auf uns zu und will wissen, ob wir japanischen Gin oder Sake Martini Cocktails servieren. Trish erklärt ihnen, dass es das hier nicht gibt, und sie bestellen Champagner.

„Also dann." Greg zwinkert mir zum Abschied zu. „Wir hören voneinander."

„Also dann ... Ach ja, dein Schirm befindet sich in meinem Spind. Ich gebe meiner Kollegin über das Diensthandy Bescheid. Dann kannst du ihn dir unten im Foyer abholen."

„Danke, das ist nett."

„Kommst du klar mit dem Aufzug?", frage ich, als mir einfällt, welche Probleme Greg gestern mit der Höhe hatte.

„Keine Panikattacken mehr. Und keine Schreibkrise", meint Greg mit verschwörerischer Miene, bevor er die Treppen nach unten zu den Liften nimmt.

Ich sehe ihm hinterher, bis er in seinem grauen Wollmantel um die Kurve verschwunden ist.

Ich verstehe, warum er dieses geheimnisvolle Lächeln auf den Lippen hat. Wir sind jetzt quasi Partner in Crime. Wäre doch gelacht, wenn wir nicht aus einem Grinch einen Weihnachtssympathisanten machen könnten. Oder Mr. Fire-up-Christmas beibringen könnten, warum Weihnachten etwas ganz Besonderes ist.

Kapitel 11

Als ich ein paar Tage später verschlafen und im Bademantel die Küche betrete, um mir Tee und Toast zu machen, sitzt Tante Patricia am Küchentisch und blickt ratlos zu mir auf. Seufzend legt sie ihr Handy beiseite und schiebt sich die Lesebrille auf die weißblonden, zu einem flotten Bob geschnittenen Haare. „Liebes, ich fürchte, Weihnachten wird dieses Jahr ein wenig anders verlaufen als geplant."

„Ach ja? Hat Mum sich endlich durchgesetzt und Dad verzichtet wegen seiner Cholesterinwerte auf Würstchen im Schlafrock, Brotsauce und Brandy Butter?" Ich stehe vor dem offenen Kühlschrank und gähne. Soll ich Orangenmarmelade oder lieber Marmite auf den Toast streichen?

„Wenn es nur das wäre ..." Tante Patricia seufzt erneut. „Deine Eltern hatten einen Wasserrohrbruch im Haus. Die untere Etage und der komplette erste Stock sind unbewohnbar. Die Reparaturarbeiten dauern bis Weihnachten. Deswegen werden Lindsey und Brooke vorübergehend bei uns wohnen. Es ist mir unangenehm, aber ich fürchte, ich muss dich bitten, dein Zimmer zu räumen. Meinst du, du könntest für ein paar Wochen im Nähzimmer schlafen? Ich kann eine Hochschwangere nicht auf dem kleinen Sofa dort unterbringen."

Mit einem Schlag bin ich hellwach. Lindsey ist meine drei Jahre ältere Schwester. Zusammen mit ihrem Ehemann Tom und meiner fünfjährigen Nichte Brooke werden mir die drei bei jeder

Gelegenheit von meinen Eltern als Vorzeigefamilie untergejubelt. Was an ihnen so vorbildlich sein soll, ist mir allerdings ein Rätsel. Seitdem Tom vor zwei Jahren als selbstständiger Handelsvertreter hingeschmissen hat und jetzt als Lagerist bei Tesco arbeitet, reicht das Geld hinten und vorne nicht und die drei leben bei meinen Eltern im Haus. Ich glaube, meine Mutter ist insgeheim froh darüber, dass wieder Leben in der Bude ist, seitdem sie Brooke um sich hat. Damals, als ich vor vier Jahren zu Hause aus- und bei Steve eingezogen bin, hat sie sich nicht mehr gebraucht gefühlt, allein mit Dad in dem großen Haus. Insgeheim hat sie sich wohl gewünscht, dass ich nach der Trennung von Steve wieder bei ihnen einziehe und wir zusammen eine glückliche, große Familie sind. Aber ich brauchte dringend Abstand von dem kleinen, verschlafenen Kaff, in dem ich fast mein ganzes Leben verbracht habe. Und zu Steve, dem Mistkerl. Als Tante Patricia vorschlug, ich könne zu ihr nach London kommen und ein wenig Großstadtluft schnuppern, habe ich keine Sekunde gezögert. Meine Tante arbeitet als Maskenbildnerin im Novello Theater, wo *Mamma Mia!* aufgeführt wird. Sie ist nicht verheiratet, erinnert mich im Gegensatz zu Mum nicht ständig daran, dass meine biologische Uhr tickt, und besitzt eine sehr entspannte Lebenseinstellung.

Nur leider ist davon im Moment nicht viel zu merken.

Auf ihrem perfekt geschminkten Gesicht flammen hektische Flecken auf, die sich bis zum Hals ziehen. Ich tippe auf Hitzewallung, obwohl sie die Wechseljahre längst hinter sich hat und dank ihrer Hormontherapie bemerkenswert jung geblieben und ausgeglichen wirkt. Sie greift nach der Tageszeitung und fächert sich Luft zu. „Ich weiß gar nicht, wie ich an Weihnachten alle hier unterbringen soll“, redet sie weiter, mehr zu sich selbst als an mich gewandt.

„Wieso Weihnachten?“ Eine ungute Vorahnung überfällt mich. „Bis dahin ist das Haus doch wieder in Ordnung, sagtest du gerade.“

„Schon. Aber du weißt doch, wie deine Mum tickt. Sie ist völlig überfordert damit, das Haus voller Handwerker zu haben. Wie soll sie da noch Zeit und Ruhe finden, das Festessen vorzubereiten? Also habe ich alle zu uns eingeladen", gesteht sie ein wenig kleinlaut.

Wie bitte? Ich rolle die Augen. Ich kann mir denken, wie das gelaufen ist. Wahrscheinlich hat Mum mal wieder so lange rumgejammert, wie schlimm alles ist und dass sie vor lauter Sorge und Aufregung nachts kein Auge mehr zumachen kann, bis Tante Patricia freiwillig mit der Einladung um die Ecke kam. Pfirsich eben, außen butterweich, innen steinhart, wenn es darum geht, ihren Willen durchzusetzen.

„Moment mal." Mit der Marmelade in der einen Hand schlage ich den Kühlschrank zu. „Heißt das, wir sitzen Heiligabend alle hier zusammen unter dem Baum?"

„Was hätte ich denn tun sollen? Ich konnte Mabel nicht hängenlassen."

„Na klar, wie denn auch", murmle ich genervt und werfe zwei Scheiben Brot in den Toaster.

Das sind ja tolle Aussichten. Ich liebe meine Familie, aber seitdem ich nicht mehr mit Steve zusammen bin, sind die Feiertage bei meinen Eltern Folter pur. Letztes Jahr stand ich an Heiligabend kurz vor einem Heulkrampf. Alle saßen mir im Nacken und hatten nichts Besseres zu tun, als mich den ganzen Tag hin und her zu kommandieren, weil ich als Single ja sonst nichts zu tun habe, als ständig irgendwelche Dinge für sie zu erledigen. Ganz abgesehen von den Bemerkungen, die ich über mich ergehen lassen musste, wie *sehr* sie Steve mochten und was für ein *Fehler* es war, mich von ihm zu trennen, nur weil ... Na egal. Ich habe es längst aufgegeben, mit ihnen darüber zu diskutieren.

Dieses Jahr wird anders. Das habe ich mir vor elf Monaten geschworen.

Aber wie es aussieht, wohl doch nicht. Wenn, dann wird dieses Weihnachten sogar noch schlimmer. Statt wie geplant nur am Vierundzwanzigsten auf einen kurzen Besuch vorbeizuschauen, werde ich die ganzen Weihnachtstage mit meiner Familie verbringen. Was wie ein schrecklicher Fluch klingt. Ich bin sechsundzwanzig, seit vierzehn Monaten Single, habe einen sicheren Job in einer Anwaltskanzlei aufgegeben, um nach London zu ziehen, als Guest Experience Ambassador im *The Shard* zu jobben und in meiner Freizeit in einem Sozialcafé zu arbeiten, bis ich einen Weg finde, an ein Stipendium für mein Studium zu kommen.

Mit anderen Worten: Herzlichen Glückwunsch, ich bin das schwarze Schaf der Familie.

Und das, obwohl mein Schwager ein verdammter Parasit ist, der meine Eltern ausnutzt und mit Vorliebe meine Schwester schwängert, obwohl sie vor der Heirat mit ihm große Träume von einer Schauspielkarriere hatte. Jetzt sitzt sie zu Hause rum und verdient sich ihr Geld mit Verkaufspartys, bei denen sie überteuerte Duftkerzen, Wein, Dessous und seit Neuestem auch Sexspielzeug verkauft.

Mit einem *Pling!* hüpft das Brot aus dem Toaster und verbreitet einen aromatischen Duft. „Warum feiert Tom nicht mit Lindsey und der Kleinen bei seinen Eltern? Das wäre doch viel einfacher“, hake ich nach, in einem Versuch, das drohende Unheil abzuwenden.

„Toms Eltern machen über die Feiertage eine Kreuzfahrt um die Kanarischen Inseln. Tee, Liebes?“

Ich nicke.

Tante Patricia steht auf, gibt Teebeutel in zwei Tassen und lässt dann per Knopfdruck kochend heißes Wasser aus dem zusätzlichen Hahn fließen, den sie sich neben der Spüle hat einbauen lassen. Ich liebe diesen Heißwasserspender. Wenn ich wieder eine eigene Wohnung habe, möchte ich auch so einen. Das und ein Bidet.

Patricia stellt die Tassen auf den Frühstückstisch und gleitet elegant zurück auf ihren Stuhl. „Wenn Lindsey und Brooke in deinem Zimmer schlafen und du im Nähzimmer, dann könnten deine Eltern über die Festtage mein Schlafzimmer nehmen“, greift sie den Faden wieder auf.

„Das Nähzimmer ist okay für mich“, erkläre ich bereitwillig.

Für Lindsey und meine Nichte könnte es in meinem Zimmer etwas eng werden. Aber der Vorteil ist, dass niemand aus dem Bett fallen kann. Weil das Zimmer so winzig ist, schließt die Matratze an drei Seiten mit den Wänden ab. Im Grunde besteht mein Zimmer nur aus einem Quadratmeter Gang, in dem ich meine Klamotten lagere und der sich dann unerwartet nach rechts verbreitert. Dort ist dann gerade genug Platz für ein Lattenrost nebst Matratze. Meine Bücher und sonstige Dinge stapeln sich auf ein paar Brettern, die ich an der Wand über meinem Kopfende angebracht habe. Der größte Luxus dieses Zimmers ist, dass es über eine Klimaanlage verfügt und dass sich auf Höhe des Gangs ein eigenes Bad mit Toilette und einer winzigen Dusche befindet.

„Die Frage ist nur, wo ich dann schlafe", murmelt meine Tante halblaut vor sich hin. Ein Blick in ihr Gesicht verrät, dass sie mir nicht zugehört hat und in ihre Gedanken vertieft ist. „Das Wohnzimmer wäre natürlich eine Möglichkeit, auch wenn der Weihnachtsbaum dort steht. Aber das macht nichts. Ich liebe den Duft frischer Tannenzweige." Sie zieht die Brille vom Kopf und rauft sich durch die streng geometrische Frisur. „Aber was mache ich mit Tom an Weihnachten? Bei Lindseys dickem Bauch passt er unmöglich auch noch in dein Zimmer. Ich kann ihn höchstens im Keller unterbringen, in der Kammer, wo die alten Ausgaben der Harpers Bazaar und meine Sommerkleider lagern. Es gibt zwar kein Tageslicht dort, aber es ist sauber, warm und trocken. Wenn ich mir eines dieser aufblasbaren Gästebetten liefern lasse …?" Sie unterbricht sich und schaut hilfesuchend zu mir herüber. „Kann ich ihm das zumuten? Mit seinem kaputten Rücken?"

„Warum nicht? Tom soll sich nicht so anstellen." Die Butter ist kalt, hart und lässt sich nicht verstreichen. Je mehr ich kratze, umso schlimmer wird es. Inzwischen sieht mein Toast etwas zerstört aus. Die Vorfreude auf mein leckeres Frühstück schwindet mit der Aussicht, wieder mit meiner Schwester unter einem Dach zu leben, auch wenn es nur vorübergehend ist. „Wann droht Lindsey damit, über uns herzufallen?"

„Sally!“ Tante Patricia hebt mahnend eine Augenbraue. „Sie ist deine Schwester!“

Als ob ich das nicht wüsste.

Das Problem mit Lindsey ist Folgendes: Wenn wir miteinander telefonieren, ist alles wunderbar. Wir können stundenlang quatschen und uns über Gott und die Welt amüsieren.

Sobald man uns jedoch zusammen in einen Raum steckt, dauert es keine fünf Minuten, bis völlig grundlos ein Streit ausbricht. Wie bei Hunden, die ihr Revier verteidigen und ihre Duftmarken setzen. Mum meint, es liegt daran, dass wir aus ein und demselben Holz geschnitzt sind. Zwei Minuspole, die sich abstoßen.

„Lindsey wollte ein paar Sachen packen und sich dann in den Zug setzen. Sie müsste mit Brooke gegen vier Uhr nachmittags hier sein“, sagt Tante Patricia in diesem Moment.

Ich keuche entsetzt auf. „Das bedeutet *heute?*“

„Meinst du, du könntest noch vor der Arbeit ins Nähzimmer umziehen?“

„Kein Problem“, behaupte ich und beiße in meinen Toast.

„Wirst du zum Abendessen zu Hause sein?“

„Kann ich noch nicht sagen.“ Ich zucke vage die Schultern. Vermutlich ist es besser, wir kommen uns nicht gleich am ersten Abend in die Quere.

„Rechne besser nicht mit mir“, schiebe ich hinterher, weil mir gerade ein Gedanke kam.

Seit drei Tagen schiebe ich es vor mir her, mich bei Greg zu melden. Warum weiß ich nicht, und ich habe ein schlechtes Gewissen deswegen, aber mir war einfach nicht danach.

Plötzlich jedoch scheint mir die Aussicht auf ein Treffen mit Greg sehr verlockend.

Tante Patricia greift zu der heutigen Ausgabe der *The Sun* und benutzt den Rand, um darauf zu notieren, was sie noch alles einkaufen muss, bevor meine Schwester nebst Kind einlaufen.

Währenddessen ziehe ich mein Smartphone hervor und schreibe Greg auf WhatsApp.

Hi Greg,
wollen wir mit der Liste starten? Ich hätte heute Abend Zeit, wenn du magst.
Sally

Es dauert nicht lange und zwei blaue Häkchen erscheinen. Und dann sehe ich, dass Greg schreibt.

Hi Sally,
fantastisch! Ich freue mich, dass du dich meldest!
Wo und wann wollen wir uns treffen?
Liebe Grüße

Ich tippe zurück:

Kannst du gegen sechs Uhr im Fair Brew sein? Das ist ein kleines Straßencafé in der South Molton Street.

Ich überlege, ob ich ein Emoji dahintersetzen soll, aber dann lasse ich es. So gut kennen wir uns nicht und die Gefahr, dass er es missinterpretiert, ist gegeben.

Klar, das finde ich.
Bis dann

Nachdenklich knabbere ich an meinem Daumennagel, dann schicke ich ein PS hinterher:

Dresscode: Weihnachtspulli.
Und lass den Grinch daheim.

Der Cursor blinkt und Greg schreibt …

Kopfschüttelnd warte ich und warte, aber nichts passiert. Was tut Greg da? Warum dauert das so lang? Tippt er einen ganzen Roman ins Handy?

Gefühlte drei Minuten warte ich, dann erklingt der bekannte WhatsApp-Ton.

Ich lese:

Geht klar.

Wie bitte? Geht klar? Zwei Worte? Sind ihm die Hände abgefroren und er musste mit den Zehen tippen, oder warum hat er dafür eine halbe Ewigkeit gebraucht?

Stirnrunzelnd starre ich auf das Display. Vielleicht hat er seine ursprüngliche Nachricht vor dem Senden ja wieder gelöscht und stattdessen *Geht klar* geschrieben. Möglich wäre es, oder?

Ich bin verwirrt. Ein Nicht-Date zu haben, scheint komplizierter zu sein, als ich gedacht habe.

Kapitel 12

Vielleicht ist es ein ungeschriebenes Gesetz des Universums, aber immer dann, wenn wir unterbesetzt sind, ist im Fair Brew die Hölle los. Man könnte glatt Wetten darauf abschließen. Ganz besonders jetzt, in der Adventszeit, wo die Stadt voll mit Menschen ist, macht es sich gewaltig bemerkbar, dass wir heute nur zwei Ausbilder in dem Sozialcafé sind. Ich tue mein Bestes, schaffe es aber nicht, mich zu gleichen Teilen um meine beiden Schützlinge zu kümmern. Was frustrierend ist, weil ich weiß, wie sehr sie momentan noch auf Unterstützung angewiesen sind.

Gerade dirigiere ich Preetee, eine junge Inderin aus Hackney, an den vollbesetzten Tischen vorbei. Der Geräuschpegel um uns herum ist hoch und die Luft überhitzt. Preetee macht ihre Sache gut. Aber als plötzlich direkt vor ihr ein Gast aufspringt, um zu den Toiletten zu gehen, und seinen Stuhl unachtsam mitten im Weg stehen lässt, zuckt sie erschrocken zusammen. Das Tablett in ihren Händen mit dem Café Latte gerät ins Wanken. Zum Glück befinde ich mich nur einen Schritt hinter Preetee. Rasch lege ich ihr beruhigend eine Hand auf die Schulter und versichere ihr, dass sie das wunderbar macht. Es dauert einen Moment, dann fließt ein Aufatmen durch ihren Körper und wir gehen weiter, als wäre nichts geschehen.

Ich bin furchtbar stolz auf meine Auszubildende.

Als Preetee geboren wurde, kam es in ihrem Gehirn zu einer ganz kurzen Unterversorgung mit Sauerstoff. Dies führte zu Einschränkungen in der Motorik, die sich noch heute bemerkbar machen. Abrupt stehen zu bleiben wie eben, fällt ihr schwer. Sie hat einen etwas längeren Bremsweg, daher erschrickt sie sich vor jedem Hindernis und hat Mühe, sich zu konzentrieren. Wir im Fair Brew haben es uns zur Aufgabe gemacht, jungen Menschen mit Lernbehinderung den Einstieg ins Berufsleben zu ermöglichen.

Eine Aufgabe, an der ich heute fast verzweifle, weil ich gleichzeitig zwei Auszubildende betreuen soll, und das ist schier unmöglich, da ich nicht an zwei verschiedenen Orten zur gleichen Zeit helfen kann.

Schuldbewusst fliegt mein Blick zu Elijah hinüber. Die Verzweiflung steht ihm ins Gesicht geschrieben, weil er die hochglanzpolierte Siebträger-Espressomaschine bedienen soll und damit nicht klarkommt. Ich bin versucht, Preetee die letzten Meter bis Tisch sieben allein gehen zu lassen. Andererseits möchte ich nicht riskieren, dass sie unsicher wird und beim Absetzen des Tabletts etwas schiefgeht, was vernichtend für ihr Selbstbewusstsein wäre. Mit angehaltenem Atem warte ich, bis die Tasse hübsch ordentlich vor dem Gast steht.

„Gut gemacht. Zurück schaffst du es allein. Lass dir einfach Zeit", raune ich ihr aufmunternd zu. Dann spurte ich los. Zurück zu Elijah und der Kaffeemaschine.

„Kriegst du es hin?", frage ich behutsam, als ich neben ihm stehe.

Elijahs Augen hinter den halbkugelförmigen Gläsern der Sehhilfe wirken riesig, als er mich ansieht. „Nein. Das iPad hat sich aufgehängt und ich habe Angst, etwas mit dem Siebträger falsch zu machen."

„Magst du mir mal das iPad geben?", bitte ich ihn. „Das haben wir sicher gleich."

Mit ein paar Handgriffen behebe ich den Fehler und gebe ihm das iPad zurück. Er braucht es, weil er die ausgedruckte und bebilderte Anleitung, die wir üblicherweise verwenden, nicht lesen kann.

Elijah nimmt das neu gestartete Tablet und hält es dicht unter seine Augen, um die Bilder auf der Schritt-für-Schritt-Anleitung erkennen zu können. Dann legt er es beiseite. Das Mahlwerk surrt und Elijah füllt die frisch gemahlenen Bohnen in den Siebträger.

Gerade als ich ihm helfe, diesen in die hakelige Vorrichtung einzuhängen, bimmelt die Türglocke. Ich hebe den Kopf und Greg steht vor mir. Er ist viel zu früh dran.

„Hi Sally, schön, dich zu sehen", begrüßt er mich und blickt dabei leicht verwundert. Anscheinend dachte er, ich wollte mich hier auf einen Kaffee mit ihm treffen. Dass ich hier arbeite, hat er nicht erwartet. Sein Blick fällt auf das Schild hinter mir, das unser Konzept erklärt. *Willkommen im Fair Brew. Wir sind eine Non-Profit-Einrichtung. Mit jeder Tasse unterstützen Sie uns, lernbehinderten Menschen beim Einstieg ins Berufsleben zu helfen ...* Er wendet sich wieder zu mir und lächelt. „Tolle Einrichtung."

„Hi Greg, und danke. Wir tun etwas wirklich Sinnvolles. Leider sind wir heute unterbesetzt, also dauert es noch ein wenig, bis ich Feierabend machen kann", erkläre ich gehetzt und deute auf einen Tisch, der gerade frei wird. „Magst du dich in der Zwischenzeit vielleicht setzen und etwas essen? Wir haben ausgezeichnete Sandwiches."

Greg sieht sich um. Gerade als er etwas sagen will, drückt sich Preetee hinter den Tresen.

„Sally?" Mit hilfesuchendem Blick wendet sie sich an mich. „Ich muss Tee und Scones an Tisch drei bringen. Kommst du bitte mit?"

„Bitte warte kurz, ich helfe gerade Elijah", vertröste ich sie und wende mich dann wieder an Greg. „Sorry, wie du siehst, haben wir gerade Land unter."

Greg mustert mich aufmerksam. „Kann ich etwas für dich tun?"

„Nett, dass du es anbietest, aber nein." Ich fummle an dem Siebträger herum, das blöde Ding hat sich beim Aufstecken verklemmt. „Außer du kennst dich mit störrischen Espressomaschinen aus."

„Das tue ich."

Der Siebträger löst sich mit einem Ruck und ich stoße mir die Fingerknöchel an der Maschine.

„Was?“, erwidere ich nicht sonderlich intelligent und sehe mit runden Augen zu ihm hinüber.

„Ich kenne mich mit italienischen Kaffeemaschinen aus.“ Greg zuckt die Schultern, als wäre das die selbstverständlichste Sache der Welt. „Ich habe zwei Semester meines Literaturstudiums in Venedig verbracht. Ein Auslandsstipendium … Nebenbei habe ich in einer Bar gejobbt.“

„Du? In einer Bar?“ Ich starre ihn an. Greg als Barkeeper, mit Cocktailmixer in der Hand? Mit einem Wischlappen reibe ich über das Aufschäumrohr und schicke einen zischenden Dampfstoß hinterher.

„Eine italienische Bar ist das Äquivalent zu einem Café. Daher auch die Berufsbezeichnung Barista“, erklärt er, als er meinen verwirrten Blick bemerkt.

„Ach …“

„Also? Was soll ich tun?“

„Ernsthaft? Na dann …“ Ich räuspere mich. „Okay, Elijah, das ist Greg. Greg, das ist Elijah. Elijah hat eine Sehbehinderung und …“

„Schon klar“, unterbricht Greg mich. „Hi Elijah, wie gehts so?“

„Prima.“ Elijah grinst hinter den halbkugelförmigen Linsen seiner Fernrohrbrille hervor. Er deutet auf die Sehhilfe. „Seitdem ich mit den Goldfischgläsern auf der Nase herumlaufe, komme ich astrein zurecht. Aber die Kaffeemaschine hier ist mein Feind. Cool, dass du mir helfen willst.“

„Voll gern, Kumpel.“ Greg hebt die Hand und die beiden geben sich ein Highfive.

„Häng den Mantel doch hier an den Haken.“ Elijah deutet auf die Ecke neben der Tür zu den Personalräumen. „Du kannst dir auch eine der Schürzen schnappen.“

Greg quetscht sich durch den schmalen Spalt zu uns hinter den Tresen und zieht sich um. Mit einem Grinsen stelle ich fest, dass er tatsächlich den Weihnachtspullover trägt, den wir zusammen gekauft haben.

„Na, dann wollen wir mal.“ Greg knotet sich gekonnt die

Schürze um. Dann tritt er neben Elijah. „Also, Elijah, lass mal einen Cappuccino raus und ich zeig dir, wie man eine Palme in den Schaum macht. Ist einfacher, als man denkt. Man braucht nur den richtigen Schwung aus dem Handgelenk."

Ich staune. Obwohl der Laden rappelvoll ist, will sich Greg die Zeit nehmen, es ihm zu zeigen. Woher weiß er, dass es genau diese Kleinigkeiten sind, die Elijahs Selbstbewusstsein so guttun?

„Echt jetzt?" Elijah schüttelt den Kopf. Sein zu Locs gestyltes Afro-Haar wippt mit. Er verzieht die Lippen zu einem Lächeln. „Cool, Mann. Das wollte ich schon immer können. Gibt es auch einen Trick, wie man das Espresso-Pulver vor dem Stampfen glattkriegt? Bei mir verteilt es sich immer ungleichmäßig. Der Siebträger verklemmt sich auch ständig"

„Kriegen wir hin. Kaffeemaschinen sind fauchende Ungeheuer. Man muss denen klarmachen, wer hier der Boss ist." Greg beugt sich vor und tippt auf dem iPad herum. „Schau mal. Das Bild hier ist ganz hilfreich ..."

Mein Lächeln wird breiter. Ganz offensichtlich werde ich hier nicht mehr gebraucht. Dankbar sehe ich zu Greg hinüber, aber der ist in die Unterhaltung mit Elijah vertieft und bemerkt mich nicht. Wenn man die beiden so nebeneinanderstehen sieht, könnte man denken, sie arbeiten schon länger als Team zusammen. Greg macht das großartig. Wer hätte das gedacht? Er ist ein Naturtalent und gibt Elijah das Gefühl, etwas zu können, statt ihn zu belehren.

Mit Gregs Unterstützung bewältigen wir den Ansturm. Fast pünktlich zum Ende meiner Schicht verlassen wir das Fair Brew.

„Danke noch mal für die Hilfe", sage ich, als wir vor der Tür stehen und uns feuchtkühle Londoner Winterluft um die Nase weht.

„Gern geschehen." Greg stülpt den Kragen seines grauen Wollmantels hoch. An seinem Arm baumelt der Schirm, den ich diesmal unter Garantie nicht für eine Sekunde berühren werde. Während wir so dastehen und ich mal wieder mit dem widerspenstigen Reißverschluss kämpfe, wandert Gregs Blick die South Molton Street hinunter, die sich wie jedes Jahr in ein magisches Winterwunderland verwandelt hat. Alles schimmert in Mitternachtsblau. Sogar die Lichterketten in den Bäumen. Menschen flanieren unter den berühmten, flimmernden blauen Bögen hindurch und bleiben stehen, um Selfies zu machen.

„Wow“, sagt Greg.

Ich verkneife mir ein Grinsen. Deswegen wollte ich unbedingt, dass wir uns hier treffen und nicht am Trafalgar Square. Jeder, den ich kenne, ist beim Anblick der funkelnden, mit Sternen dekorierten Bögen verzaubert. Man kommt sich ein wenig so vor, als würde man durch eine Kathedrale schreiten oder durch ein Feenland, was eindeutig beweist, dass ich als Kind zu viele Disney-Filme gesehen habe.

„Cool, oder?“, erkundige ich mich vorsichtig. In meinem Magen flattert es. Wow, es könnte wirklich funktionieren. Zum ersten Mal glaube ich, dass ich es schaffen könnte, Greg für den Zauber von Weihnachten zu begeistern.

„*Ziemlich* cool.“ Greg nickt und setzt sich den Hut auf den Kopf. Fragend sieht er mich an. „Sollen wir den Bus nehmen oder wäre es für dich okay, wenn wir zu Fuß gehen? Ich hätte Lust auf einen Spaziergang. Bis zum Trafalgar Square brauchen wir circa zwanzig Minuten. Schaffen deine Füße das nach der Schicht?“

„Ich bin es gewohnt, den ganzen Tag auf den Beinen zu sein“, erwidere ich schulterzuckend und wir gehen los. Unter dem ersten Bogen hindurch, dann unter dem zweiten. Beim dritten Bogen werden wir von zwei koreanischen Omas angesprochen, ob wir so nett sein könnten, ein Foto von ihnen zu machen. Bereitwillig lasse ich mir von einer der beiden das Handy reichen und schieße ein paar Bilder. Als ich fertig bin und mich zu Greg umdrehe, sieht er mich mit einem merkwürdigen Blick an. Ich zögere. Auf einmal meine ich wieder dieses Prickeln zwischen uns zu spüren.

Irritiert kräusle ich die Stirn. „Was?“

„Nichts. Ich hatte nur gerade eine Idee für eine Szene, die hier auf der South Molton spielen könnte."

Aha. Deswegen hat er also so geschaut. Und ich dachte schon, es läge an mir. Ich streiche mir eine Strähne aus dem Gesicht, die sich aus meinem Haarknoten gelöst hat, und atme tief durch.

„Wäre es okay für dich, wenn wir ein Selfie von uns machen?", erkundigt sich Greg.

Der Gedanke an ein Foto weckt augenblicklich ungute Erinnerungen in mir. „Wieso?", frage ich misstrauisch, obwohl mir bewusst ist, dass es unfair ist, Greg in die gleiche Schublade wie meinen bescheuerten Ex-Freund zu stecken.

„Nur als Gedächtnisstütze. Eine Angewohnheit von mir. Es hilft mir beim Schreiben, Fotos zu haben, die ich bei der Recherche gemacht habe. Beim Betrachten kommt das Gefühl für die besondere Stimmung des Settings zurück. Mir fallen Details ein, die auf den ersten Blick unbedeutend sind, aber dem Roman Glaubwürdigkeit verleihen."

„Du zeigst die Bilder niemandem? Und die Hauptfigur wird auch nicht aussehen wie ich?"

„Wie kommst du denn darauf?" Greg mustert mich, seine dunklen Augen wirken ernst. „Wir haben eine Vereinbarung. Daran halte ich mich."

„Nimm es nicht persönlich. Sagen wir, ich habe schlechte Erfahrungen gemacht."

„Das tut mir leid. Aber nein, versprochen, niemand bekommt die Fotos auf meinem Handy zu Gesicht. Und du kommst auch nicht in dem Roman vor."

Ich zucke die Schultern. „Also schön."

Greg legt den Arm um mich. Mit der anderen Hand hält er die Kamera hoch. Ich drücke mich für das Bild näher an ihn und atme den Duft seines Aftershaves. Verflixt, muss er so gut riechen? Es ist unfair, weil meine Hormone daraufhin erneut völlig aus der Reihe tanzen. Ich beschließe, das Flattern in meinem Bauch zu ignorieren, und mache alberne Posen, während Greg wiederholt auf den Auslöser drückt.

„Was hat dich damals eigentlich inspiriert, *Fire up Christmas* zu schreiben? Ich meine, schon allein der Titel!" Die Frage wabert schon die ganze Zeit in meinem Kopf herum. Jetzt, als wir fertig sind mit Fotos schießen, hüpft sie hinterrücks aus meinem Mund wie ein Springteufelchen aus der Schachtel.

Er starrt ausdruckslos vor sich hin. Dann hebt er die Schultern und sucht meinen Blick. „Ich musste irgendwohin mit meiner Wut."

„Hat es nicht gereicht, den Weihnachtsbaum in der Aula anzuzünden? Und dein Zimmer zu zertrümmern?"

Ein Schatten schiebt sich vor seine Augen. Dann sieht er wieder weg. „Vielleicht hast du keine Ahnung, was diese Art Schmerz mit einem anrichtet. Was ich dir sehr wünschen würde."

Ich stehe da und würde am liebsten im Boden versinken. Ich und meine Zunge, die immer schneller ist als mein Hirn.

„Greg …" Behutsam taste ich nach seiner Hand und drücke sie. Ich spüre, wie er sich verspannt, und lasse wieder los. „Ich wusste nicht, dass es so schlimm für dich war. Oder immer noch ist …" Ich kann ihm gar nicht in die Augen sehen, so sehr tut es mir leid, dass ich die Frage gestellt habe. „Bitte entschuldige. Ich bin einen Schritt zu weit gegangen. Ich wollte dich nicht bedrängen."

„Das hast du nicht."

Ich starre zu Boden und nicke stumm.

„Hey …" Sanft fasst er mit dem Zeigefinger unter mein Kinn und hebt es ein winziges Stückchen an. Gerade so viel, dass unsere Blicke sich treffen. „Du hast nichts falsch gemacht. Ich rede nur nicht gern über das Thema. Vielleicht irgendwann, okay?"

„Okay." Ich lächle schief und bin froh, das Thema hinter uns zu lassen.

„Schau mal da", sagt Greg und deutet auf einen Boxer, der auf der anderen Straßenseite Gassi geführt wird. Der Hund trägt ein albernes rotes Weihnachtskostüm. Auf dem Rücken des Mäntelchens ist eine Puppe angenäht. Father Christmas, wie er die Zügel seines Rentierschlittens in der Hand hält. Dazu hat der Hund eine Kapuze mit Rentierohren auf dem Kopf. Seine Körperhaltung und der Blick seiner Augen bringen zum Ausdruck, dass er sich in der Verkleidung alles andere als wohlfühlt.

„Der Arme“, sage ich und muss dennoch grinsen.

„Siehst du, der hat auch keinen Spaß an Weihnachten“, sagt Greg triumphierend.

Dann schlendern wir weiter. Wie schon beim letzten Mal unterhalten wir uns angeregt über die unterschiedlichsten Dinge, die uns auf unserem Weg begegnen. Über Schaufensterdekorationen, dann über Menschen, die uns auffallen, weil sie irgendwie aus der Masse hervorstechen. Über den Sinn oder Unsinn, Hunde im Winter mit Mäntelchen Gassi zu führen, über dies und jenes, und dann sind wir auch schon am Trafalgar. Schon von Weitem sind die Christmas Carol Singers zu hören und ein herrlicher Duft von gebrannten Maronen, Zimt und Glühwein weht uns entgegen. Direkt vor Nelsons Säule ragt eine gewaltig große, sehr schlanke und mit Lichterketten geschmückte Tanne in die Luft, von der manche behaupten, dass sie aussieht wie eine gigantische Gurke. Andere wieder sehen in ihr ein Zeichen, dass die Norweger, die uns alljährlich diesen Baum schenken, wirklich, wirklich sauer auf uns sind. Vermutlich wegen des Brexits.

Greg deutet auf die Stufen vor der National Gallery. „Von da oben hat man einen guten Überblick. Was meinst du?“

„Punkt zwei: Christmas Carol Singing am Trafalgar Square, mitmachen!”, zitiere ich aus dem Gedächtnis. „Denk erst gar nicht daran, dich zu drücken.“

„Aber …“

„Vergiss es“, sage ich streng und hake Greg unter. Entschlossen schleppe ich ihn bis nach ganz vorne, an den Rand der Bühne, die vor dem Weihnachtsbaum aufgebaut ist. Ein bunt gemischter Chor singt *God rest you merry Gentleman*, alle tragen blinkende Weihnachtsmannmützen. Ich räuspere mich und hole Luft.

„Oh tidings of comfort and joy …”, stimme ich ganz ohne Hem-

mung in den Refrain mit ein. Es macht mir nichts aus, in der Öffentlichkeit zu singen. Ich war früher im Schulchor und wir hatten eine ganze Menge Auftritte, bei denen ich mir die Scheu abtrainiert habe. Heute bin ich froh darüber, weil das Skydeck des *The Shard* ein beliebter Ort für Geburtstage und Jubiläen ist und man von mir als Guest Experience Ambassador erwartet, dass ich mitträllere.

Dass Greg die Situation schrecklich peinlich ist, muss ich wohl nicht erst erwähnen. Wie zur Salzsäule erstarrt, steht er neben mir. Seine Schultern hängen dabei herab, als versuche er, sich unbewusst möglichst klein und unsichtbar zu machen.

Als das Lied zu Ende ist und eine Pause entsteht, in der die Sänger ihre Notenblätter ordnen, dreht sich der Dirigent zu uns um.

Er zwinkert mir zu. „Gute Stimme. Wir könnten noch etwas Verstärkung gebrauchen. Betrachten Sie sich als offiziell eingeladen."

„Wirklich? Wow, wie cool", stammle ich und besinne mich wieder auf meine gute Erziehung. „Vielen Dank. Das bedeutet uns viel. Ich bin Sally und das ist Greg."

„Hi Sally, hi Greg. Ich bin Naveed. Ursprünglich aus Pakistan, jetzt aus Southend-on-Sea. Wir singen, um für den Bau eines Hospizes zu sammeln." Naveed lächelt uns freundlich aus sanften braunen Augen an.

Ich muss beinahe Gewalt anwenden, um Greg auf die Bühne zu schleppen. Aber unter dem Erwartungsdruck des ungeduldig mit den Notenblättern raschelnden Chors bewegt er sich schließlich doch. Sobald wir unsere Plätze am Rand eingenommen haben, hebt Naveed die Hände. Für den Bruchteil einer Sekunde herrscht höchste Konzentration, dann setzen die Sänger ein: „Deck the halls with bows of holly …"

„Fa-la-la-la-la, la-la, la, la …", schmettere ich fröhlich drauflos. „Tis the season to be jolly, fa-la-la-la-la, la-la, la, la …"

Ich spüre, wie der Stress des Tages von mir abfällt und Glück meinen Körper durchströmt. Es hat schon etwas Besonderes, in einer Gemeinschaft von vielen zu singen. Mir war nicht bewusst, dass ich es so sehr vermisst habe. Die Stimmen um mich herum tragen mich und ob ich den einen oder anderen Ton etwas schief treffe, spielt keine Rolle.

Unauffällig werfe ich einen Seitenblick auf Greg. Kein Ton kommt aus ihm heraus. Himmel, was ist nur mit dem Kerl los? Wann lässt er endlich seine Hemmungen fallen? Das Lied ist so ansteckend fröhlich, dass es einen einfach mitreißen muss!

„See the blazing yule before us, fa-la-la-la-la, la-la, la, la …“, singe ich gemeinsam mit dem Chor.

Alle haben Spaß, nur Greg nicht. Er ist ein hoffnungsloser Fall. Im Geiste hake ich Punkt zwei der Liste ab. Wir sind grandios gescheitert. Kein guter Start. Ein bisschen gebe ich mir selbst die Schuld. Gerade zu Beginn hätte ich die Messlatte nicht so hoch setzen sollen. Vermutlich ist das Projekt *Wie-ich-lerne-Weihnachten-zu mögen* gestorben, bevor wir überhaupt in Schwung kommen. Sorry, ihr Leser da draußen. Auf den neuen Bestseller eures vor Jahren gehypten Schriftstellers werdet ihr wohl verzichten müssen.

Oder doch nicht?

Kann es sein, oder schnipst Greg gerade mit den Fingern den Takt? Er wird doch nicht etwa?

Dicht neben meinem Ohr erklingt ein sonorer Bariton. „Fast away the old year passes …“, singt Greg, mit jedem Ton wird er sicherer. Als wir beim fa-la-la-la-la ankommen, hat er sich warmgesungen. Klar und kräftig schweben seine Silben in den Abendhimmel. Ich ertappe mich dabei, wie ich ihn mit runden Augen anstarre und fast den Anschluss an das Lied verpasse.

„Sing we joyous all together …“, klingt es aus Gregs Brust. Und auch das anschließende fa-la-la-la-la, la-la, la, la, das um einiges höher ist als die vorherigen, nimmt er mit Bravour.

Wer hätte das gedacht.

Als das Lied endet und sich darauf nahtlos *The Holly and the Ivy* anschließt, wirken Gregs Gesichtszüge entspannt. Seine Augen leuchten. Kann es sein, dass er anfängt, Spaß zu haben? Ich habe keine Zeit, den Gedanken weiterzuverfolgen, denn jetzt wird es richtig rockig. Als fulminanten Abschluss geben wir *Jingle Bells Rock* zum Besten. Wir steigern uns noch mal richtig. Die Zuschauer lassen sich von unserer Euphorie anstecken und fangen an zu tanzen. Als befänden wir uns auf einem Flashmob, ist auf einmal der ganze Platz in Bewegung. Viel zu schnell ist unser Auftritt vorbei. Unter tosendem Applaus verlassen wir die Bühne und machen Platz für die nächste Gruppe.

„Wow! Das war großartig", sage ich noch etwas atemlos zu Greg, nachdem wir uns von Naveed verabschiedet haben.

„Hmmm."

„Du Schuft!" Scherzhaft stupse ich ihn mit dem Ellbogen an. „Du hättest mir ruhig sagen können, dass du so gut singst."

„Du übertreibst ..."

„Es hat dir Spaß gemacht, stimmts?"

„Spaß wäre übertrieben ..."

„Lügner." Herausfordernd grinse ich ihn an.

„Ich habe früher mit meinem Bruder in einem Weihnachtschor gesungen. Unter anderem auch dieses Lied. Deswegen ging es mir leicht von den Lippen", sagt Greg und wechselt dann rasch das Thema. „Wie wäre es mit einem Glühwein? Ich komme um vor Durst."

Kurz darauf stehen wir etwas abseits der Massen am Rand des Trafalgar Square Christmas Market und schlürfen Glühwein aus Pappbechern, der so heiß ist, dass man sich die Zunge verbrennt. Dazu gibt es mit Schokolade glasierte Erdbeerspieße, die Greg uns an dem belgischen Stand spendiert hat, weil er dem Anblick der überfließenden Schokobrunnen nicht widerstehen konnte. Am Stand neben uns werden bunte Ponchos aus Peru, Strickmützen mit Ohrklappen und bunten Bommeln, Kuscheltier-Alpakas und Kinderstrickjacken mit entzückenden, aufgestickten Motiven verkauft. Ich überlege, ob ich eine davon kaufen und Brooke zu Weihnachten schenken soll. Aber dann wird mir bewusst, dass Lindsey ihn schon aus Prinzip scheußlich finden würde. Also lasse ich es.

„Darf ich dich etwas fragen?", durchbricht Gregs Stimme meine Gedanken.

„Sicher."

„Die Arbeit in dem Sozialcafé liegt dir wirklich am Herzen, stimmts?"

„Ja, natürlich."

„Wenn das so ist … Warum machst du dann nicht mehr draus? Ich kenne dich mittlerweile gut genug, um zu ahnen, dass der Job im *The Shard* dich nicht auf Dauer glücklich macht."

„Machst du Witze?" Ich verziehe das Gesicht zu einer Grimasse. „Natürlich nicht. Es ist eine Zwischenlösung, um über die Runden zu kommen. Und was deine Frage betrifft: Es ist nicht so einfach, wie du dir das vorstellst. Zumindest wenn man keine reichen Eltern hat." Ich will Greg gerade nicht in die Augen sehen, weil das unbeabsichtigt wie ein Vorwurf klingt. Also senke ich den Kopf und puste in meinen Becher.

„Was würdest du denn machen wollen, wenn dir alle Möglichkeiten offenstünden?", tastet Greg sich vorsichtig weiter vor. Die zwischen den Zeilen mitschwingende Unterstellung, dass er mit dem goldenen Löffel großgezogen wurde, scheint er zu überhören.

„Mein Traum ist es, Soziale Arbeit zu studieren. Ich möchte mehr für Menschen mit Lernbehinderung tun. Die Arbeit im Café ist ein Schritt in die Richtung, die mir vorschwebt. Aber es reicht mir noch nicht."

„Und warum änderst du es dann nicht?"

„Das versuche ich ja. Aber ein Studium kann ich mir nicht leisten. Also hoffe ich darauf, früher oder später an ein Stipendium zu kommen."

„Du gehst ziemlich viele Kompromisse ein, statt deinen Traum zu leben."

„Kann schon sein, aber anders ist es eben nicht möglich", erwidere ich etwas lahm.

„Tut mir leid, wenn ich dir zu nahe getreten bin. Das war nicht meine Absicht", sagt er unvermittelt.

Überrascht suche ich seinen Blick. Offensichtlich habe ich unterschätzt, wie feinfühlig er sein kann.

Er sieht mich an und seine Augen sind freundlich und warm.

„Was ist? Sollen wir dir eine dieser Strickmützen kaufen?", wechselt er erneut das Thema und deutet auf ein Beanie mit Alpakas darauf.

„Wage es bloß nicht."

„Schade. Du sähest reizend aus damit."

„Bestimmt." Ich lege den Kopf schräg und mustere ihn. „Und? Freundest du dich langsam mit Weihnachten an? Fühlst du dich inspiriert?"

Greg zögert.

„Es wäre verfrüht, im jetzigen Stadium etwas dazu zu sagen", erklärt er schließlich und blickt bedeutungsschwer, so als wären wir bei Grey's Anatomy und er wolle noch die letzten Ergebnisse der Blutanalyse abwarten, bevor er die unvermeidliche Diagnose verkündet.

Obwohl. Stirnrunzelnd betrachte ich sein attraktives Äußeres. Wenn wir bei Grey's Anatomy wären, hätten wir längst Sex in so ziemlich jedem abgelegenen Winkel der Notaufnahme.

„Dir ist kalt, oder?", sagt Greg und missinterpretiert vollkommen, warum ich wahrscheinlich auf einmal glasige Augen bekomme. „Wollen wir gehen?"

„Von mir aus." Ich reiße mich aus meinen nicht jugendfreien Fantasien von Greg im strahlend weißen Arztkittel und mir als seine junge Assistenzärztin.

Greg streckt die Hand nach meinem leeren Becher aus. Mit geröteten Wangen überreiche ich ihm meinen und wir gehen gemeinsam zur Pfandrückgabe.

„Wie kommst du nach Hause?", erkundigt sich Greg und steckt das Wechselgeld in seine Tasche. „Soll ich dich ein Stück begleiten?"

„Nein, lass nur." Ich zucke die Schultern. „Von hier aus ist es kein Problem. Ich nehme die Underground."

„Sicher?"

„Klar."

Etwas schwebt in der Luft und ich rechne damit, dass Greg etwas sagt, das die Dinge zwischen uns verändern könnte. Aber er schweigt.

Und so schweige ich auch.

Wenn Weihnachten vorbei ist und wir die Liste abgehakt haben, werde ich einen Ratgeber schreiben, in dem steht, wie man erfolgreich ein Nicht-Date absolviert. Vielleicht lande ich einen Bestseller damit.

„Was kommt noch mal als Nächstes? Schlittschuhlaufen?", erkundigt sich Greg.

Ich stupse ihm spielerisch mit dem Ellbogen in die Seite. „Gregory Farrington. Bitte tu nicht so, als ob du das nicht genau wüsstest. Ich möchte wetten, du hast sogar schon Karten besorgt."

„Ertappt." Sein übertrieben zerknirschtes Gesicht bringt mich zum Lachen. „Ich schreibe dir eine WhatsApp mit dem genauen Zeitpunkt."

„Also dann", sage ich und trete von einem Fuß auf den anderen.

„Also dann", sagt Greg und bewegt sich ebenfalls nicht von der Stelle. „Sicher, dass ich dich nicht bis zur Underground begleiten soll?" Er schaut mich wieder auf diese Weise an, mit der nur er mich ansieht. Jedes Mal fühle ich mich auf diese Art nackt, die nichts mit Kleidung zu tun hat.

Sein Gesicht verschwimmt, und alles, was ich jetzt noch wahrnehme, sind seine dunklen, freundlichen Augen. Wieder ist da diese Nähe zwischen uns, bei der es keine Worte braucht.

Unser Blickkontakt dauert bereits viel zu lange und ich reiße mich los. Verlegen zupfe ich an meinem rosa Fellmonster herum. „Nein, alles gut. Es sind ja nur ein paar Schritte."

„Dann sehen wir uns beim Eislaufen?

„So machen wir das." Ich nicke.

„Bis bald, Sally. Komm gut nach Hause." Greg lächelt mir zu.

Ein irrationaler Teil von mir rechnet halb damit, dass er mich zum Abschied auf die Wange küsst. Der gleiche Teil bedauert einen Moment später, dass das nicht passiert.

Kapitel 13

„Muss das sein?“ Lindsey kommt schwerfällig ins Wohnzimmer gewatschelt, in dem seit ihrer Ankunft tropische Temperaturen herrschen. Bitterböse schaut sie mich an, als hätte sie mich dabei ertappt, heimlich Juckpulver in ihren BH zu schütten, was ich wirklich nur einmal getan habe, und das aus reiner Notwehr. Damals war ich sechzehn und sie neunzehn, und sie hat mich in Gegenwart meines Schwarms Mausebäckchen und Pummelbär genannt, was unverzeihlich ist. Aber Schwamm drüber.

„Mach um Himmels willen die Fenster zu. Oder möchtest du, dass wir alle deinetwegen Weihnachten mit Lungenentzündung im Krankenhaus verbringen?“ Theatralisch hält sie mit einer Hand ihren Bauch, während sie sich mit der anderen auf dem Sessel abstützt und nicht minder theatralisch in die Kissen sinkt.

Tag vier des Zusammenlebens mit meiner Schwester. Wie vorauszusehen war, läuft es nicht gut zwischen uns.

„Ich mach ja schon.“ Beschwichtigend hebe ich die Hände und stehe vom Sofa auf. Im Hinblick darauf, dass meine Schwester durch die hormonellen Veränderungen dauergereizt ist und damit unberechenbar, verzichte ich darauf, ihr zu erklären, dass gerade für Schwangere frische Sauerstoffzufuhr durch regelmäßiges Stoßlüften äußerst wichtig für die Gesundheit ist.

„Musst du heute nicht arbeiten?“

„Freier Nachmittag.“ Schulterzuckend lasse ich die Fensterscheibe nach unten gleiten.

„Das trifft sich ausgezeichnet." Lindsey quetscht sich ein zusätzliches Kissen in den Rücken. „Bestimmt macht es dir nichts aus, kurz auf Brooke aufzupassen. Ich muss unbedingt etwas Geschäftliches erledigen."

„Wie kurz?" Barfuß, in T-Shirt und Jogginghose gehe ich zurück zu meinem Platz auf dem Sofa, um weiter meine Serie auf dem Tablet zu bingen. Pulli und Socken habe ich ausgezogen, weil ich es vor Hitze nicht ausgehalten habe.

„Eine Stunde ungefähr."

Stirnrunzelnd blicke ich auf. „Eine Stunde nach der *allgemeinen* Zeitrechnung?"

„Vielleicht auch länger."

Wusste ich es doch. Wenn Lindsey einen bittet, eben mal kurz zehn Minuten auf ihre Tochter aufzupassen, kann man sicher sein, dass sie frühestens bei Einbruch der Dunkelheit zurück ist. Oder am nächsten Tag.

Seufzend lege ich das Tablet beiseite und richte mich auf. „Hör zu, ich kann Brooke gern für eine Stunde betreuen. Aber sei pünktlich. Ich habe später eine Verabredung."

„Eine Verabredung? Du?" Lindsey starrt mich an, als hätte ich verkündet, ich würde mit Father Christmas zum Nordpol durchbrennen. „Wie kommt das denn?"

Ich atme durch und rufe mir ins Gedächtnis, dass mir eine emotional instabile Hochschwangere gegenübersitzt, die wie eine tickende Bombe jederzeit explodieren kann. Also verzichte ich auf eine bissige Bemerkung. Lindsey leidet schon genug unter der Schwangerschaft, wir müssen uns nicht noch zusätzlich in die Haare kriegen. Entgegen ihrer Hoffnung hat ihre Haut nicht diesen berühmten Glow, von dem alle werdenden Mütter immer schwärmen. Sie hat Pigmentflecken im Gesicht, durch die Wassereinlagerungen sehen ihre Wangen aus wie bei einem Hamster, der gerade seinen Wintervorrat anlegt, und ihr langes Haar hängt strähnig und glanzlos um ihre Schultern. Im Gegensatz zu meiner Haarfarbe ist ihr Blond zumindest echt.

„Es ist jemand, den ich auf der Arbeit kennengelernt habe“, meine ich leichthin.

„Wie passend.“ Lindsey grinst sarkastisch. „Wer ist es denn? Der Liftboy oder der Typ, der von außen im siebzigsten Stock die Fenster putzt?“

„Sein Name ist Greg. Er ist Schriftsteller.“

„Also hat er gar keinen richtigen Beruf? Das ist ja noch schlimmer.“ Lindsey zupft mit leidender Miene am Stoff ihrer Schwangerschaftsbluse herum. „Oh Gott, ich halte das nicht mehr aus. Mein BH bringt mich um. Meine Brüste sind riesig und mein Bauch juckt wie verrückt. Keiner macht sich eine Vorstellung davon, wie es ist, wenn *alles* an dir größer wird. Wirklich *alles.* Wenn das Baby nicht pünktlich zum Termin auf die Welt kommt, bringe ich Tom um. Ich schwöre es.“

„Kann ich etwas für dich tun?“, erkundige ich mich höflich.

„Du kannst gern für mich alle zehn Minuten aufs Klo gehen. Seid ihr zusammen, du und dieser …“ Sie wedelt mit der Hand durch die Luft.

„… Greg“, helfe ich ihr über ihren akuten Anfall von Schwangerschaftsdemenz hinweg.

„Greg, sag ich doch. Läuft da etwas zwischen euch?“ Stöhnend wuchtet Lindsey ihr Gewicht von einer Seite auf die andere.

Ich zögere für den Bruchteil einer Sekunde. Wären wir in einer Romcom, dann wäre jetzt der Moment, in dem ich Greg als meinen Fake-Freund ausgeben würde, nur damit die ewige Stichelei aufhört, ich würde nie den Mann fürs Leben finden, weil ich zu wählerisch bin.

Aber das hier ist das wahre Leben.

Also schüttle ich den Kopf. „Nein. Greg ist ein Bekannter, mehr nicht. Wir treffen uns zum Schlittschuhlaufen.“

„Das ist perfekt! Ihr könnt Brooke mitnehmen.“

„Ähm … Ich glaube nicht, dass das eine gute Idee ist“, wende ich ein. Greg ist Kinder vielleicht nicht gewohnt. Sicher wird er es alles andere als toll finden, wenn ich meine fünfjährige Nichte zu unserer Verabredung mitbringe. Ich schnappe mir eine Mandarine aus der Obstschale auf dem Tisch und drehe sie nachdenklich hin und her.

„Komm schon. Brooke liebt Schlittschuhlaufen. Sie redet seit Tagen davon."

„Wenn das so ist, warum gehst du nicht mit ihr? Du musst ja nicht mit aufs Eis", erwidere ich, schließlich war ich es, die meiner Nichte im letzten Winter Schlittschuhlaufen beigebracht hat. Mein Daumennagel krallt sich in die Fruchtschale. Sofort steigt mir der wunderbare Duft in die Nase.

„Oh Gott, leg das bitte weg. Du weißt, wie geruchsempfindlich ich derzeit bin." Lindsey hält sich die Hand vors Gesicht. Mit der anderen wedelt sie sich Luft zu. „Außerdem ekelt es mich vor Zitrusfrüchten."

„Entschuldige." Ich lege die Mandarine zurück und mustere Lindsey mit einem langen Blick. Sie zählt nicht zu den Frauen, die in der Schwangerschaft erfüllt und glücklich wie nie sind.

„Es ist doch wohl nicht zu viel verlangt, wenn du dich ein wenig um deine Nichte kümmerst und sie mit zur Eisbahn nimmst", insistiert Lindsey weiter, was einmal mehr beweist, dass unsere ständigen Reibereien nicht nur an mir liegen.

„Aber ich babysitte ständig für dich", verteidige ich mich. „Und den Besuch in Santas Grotte nehme ich dir ebenfalls ab."

„Kaufhausluft ertrage ich momentan nicht." Es klingt neutral, aber die Art, wie sie dabei betont unabsichtlich an mir vorbeisieht, verrät mir, dass sich hinter ihrer kratzbürstigen Fassade ein schlechtes Gewissen verbirgt. „Es ist kein Spaß, mit dieser riesigen Kugel herumzulaufen. Einige meiner Körperteile habe ich seit Wochen nicht mehr gesehen. Ich kann nur *vermuten*, dass sie noch da sind. Komm schon, Sally, bitte!"

Mein Blick fällt auf ihren nach außen gewölbten Bauchnabel, der zwischen dem Bund der Schwangerschaftshose und dem unteren Ende der Bluse hervorlugt. Für einen Moment male ich mir aus, wie ich mich an ihrer Stelle fühlen würde. Schließlich sehe ich ihr in die Augen und seufze. „Na schön. Ich nehme Brooke mit. Aber ich muss erst Greg fragen, ob das für ihn okay ist. Außerdem weiß ich nicht, ob wir noch ein Ticket für Brooke bekommen.“ Ich greife zum Handy.

Greg meldet sich sofort. Es ist okay für ihn und Tickets gibt es auch noch. Da er gerade am Computer sitzt, kann er das schnell checken und bucht Eislaufen und Schlittschuhverleih für Brooke.

„Ausgezeichnet. Dann schaffe ich es heute doch noch zur Maniküre.“ Lindsey stemmt sich aus ihrem Sessel hoch.

Ich glaube, mich verhört zu haben. „Wie bitte? Ich dachte, du hättest einen wichtigen Termin.“

„Habe ich auch. Wie soll ich neue Produkte auf Instagram präsentieren, wenn meine Nägel nicht gepflegt sind?“ Sie hält mir ihre Hände mit den rosa lackierten Nägeln entgegen. Rot-weiße Zuckerstangen verzieren die Ränder. Für mich sieht es eigentlich okay aus. Nur an einem Ringfinger ist ein winziges Stück vom Lack abgesplittert, was kaum auffällt. Aber was verstehe ich schon davon?

„Brooke?“ Lindsey steht schon halb im Flur und schreit die Treppe hinauf. „Komm bitte runter. Tante Sally geht mir dir Eislaufen.“ Dafür, dass sie sich angeblich mit dem Schwangerschaftsbauch so schlecht bewegen kann, verschwindet sie erstaunlich schnell um die Ecke.

Von oben ertönt Jubelgeschrei und gleich darauf stürzt meine Nichte sich in meine Arme. „Können wir jetzt gleich gehen? Bitte!“

„Wir haben erst um fünf Plätze auf der Eisbahn“, erkläre ich und streiche ihr das wuschelige braune Haar aus der Stirn. „Außerdem treffen wir dort noch einen Freund. Er heißt Greg.“

Brooke zieht das Näschen kraus und blickt mich aus blauen Augen an. „Ach menno. Können wir nicht ohne ihn gehen?“

„Nein, Schatz, das können wir nicht.“ Ich gehe vor Brooke in die Knie und sehe ihr fest in die Augen. „Greg braucht unsere Hilfe. Wir müssen ihm zeigen, wie wundervoll Weihnachten ist. Das hat er nämlich vergessen.“

Die Kleine stemmt die Ärmchen in die Taille, so wie Lindsey, wenn sie schlecht drauf ist. „Wie kann man das denn vergessen? Ist Greg ein bisschen dumm?"

„Nein, Schatz, das nicht. Er ist erwachsen."

„Das tut mir wirklich leid für ihn", sagt Brooke und wirkt plötzlich ganz zerknirscht.

Eine Welle von Zärtlichkeit überrollt mich. In diesem Moment möchte ich sie am liebsten knuddeln. Da ich weiß, dass sie gerade in einer Phase ist, in der sie sich für viel zu erwachsen für Liebesbekundungen hält, verzichte ich darauf. Stattdessen frage ich: „Wir haben eine Stunde Zeit. Was sollen wir Schönes machen? Hast du eine Idee?"

Brookes Gesicht erhellt sich. „Wir spielen Friseur. Kannst du mir Lametta in die Haare machen?"

„Klar." Ich lächle. Glittersträhnchen sind in dieser Saison unglaublich in. Wahrscheinlich hat Brooke den Trend aus dem Internet aufgeschnappt. Allerdings bin ich mir sicher, dass wir kein DIY-Set im Haus haben. Ich werde improvisieren müssen. Als ich klein war, hat Tante Patricia mir die verrücktesten Frisuren gemacht, daher weiß ich, wie so etwas geht. Mit Christbaumlametta und Haarklemmen müsste es funktionieren.

Das Somerset House liegt in der Nähe von Covent Garden, zwischen Themse und Strand, eine halbe Stunde mit der Underground von Notting Hill entfernt. Dick eingemummelt gegen die Kälte laufen wir später an diesem Nachmittag auf das Gebäude zu. Unwillkürlich verlangsame ich meine Schritte, als wir durch den Torbogen schreiten. Hier im Innenhof des hochherrschaftlichen, neoklassizistischen Gebäudes fühlt man sich, als wäre man in einer dieser Schneekugeln gelandet, die bei uns an Weihnachten auf dem Kaminsims stehen. Es ist eine kleine, abgeschirmte Welt für sich. Man verliert völlig das Gefühl dafür, mitten im Zentrum des geschäftigen Londons zu sein. Nostalgie macht sich in mir breit. Mit leichter Wehmut denke ich daran zurück, wie ich als Kind hier meine ersten Schritte auf dem Eis gemacht habe.

Nichts hat sich seitdem hier verändert. Es ist noch alles so wie früher.

Bevor ich weiter in Erinnerungen versinke, zieht Brooke mich zu der goldgeschmückten Tanne, die zu meinem Entzücken nicht nur mit Kugeln und Lichtern, sondern auch mit Miniatur-Picknickkörben von Fortnum & Masons geschmückt ist. Hier, vor dem Baum, wollen wir uns mit Greg treffen.

„Wo ist Greg? Siehst du ihn schon?“ Brooke wippt vor Aufregung auf den Zehenspitzen.

Ich will gerade den Kopf schütteln, da sehe ich ihn aus der Skate Lounge am Rande der Eisbahn auf uns zukommen. Fast hätte ich ihn nicht erkannt, denn er trägt eine dunkelblaue, körperbetonte Steppjacke und dazu eine graue Tweedkappe. Was bei anderen etwas altmodisch wirken könnte, bei Greg aber erstaunlich sexy aussieht. In der Hand hält er einen Pappträger, in dem drei Becher vor sich hin dampfen.

„Hallo, ihr beiden.“ Gregs Blick fällt auf das glänzende Stanniol in Brooks braunen und in meinen blonden Haaren. Sie hat darauf bestanden, dass ich auch Lamettasträhnchen bekomme. Mit Mühe verkneift er sich ein Grinsen. Er begrüßt mich mit einem Augenzwinkern, dann beugt er sich zu Brooke herunter. „Hi, ich bin Greg. Du musst Brooke sein, richtig?“

Brooke nickt und drückt sich schüchtern an mich.

Er deutet auf die Fläche hinter sich, über die gerade die Eismaschine fährt. Die Slots, in denen die Bahn freigegeben ist, dauern jeweils fünfundvierzig Minuten. Dazwischen wird die Eisoberfläche frisch poliert. „Es dauert noch ein wenig. Ich habe heiße Schokolade für uns. Damit können wir die Wartezeit überbrücken. Möchtest du?“

„Au ja“, jubelt Brooke. Alle Schüchternheit fällt von ihr ab und sie strahlt über beide Wangen. „Sind da Marshmallows drin?“

„Aber selbstverständlich. Sonst ist es doch kein richtiger Weihnachtskakao.“ Greg reicht uns die Becher. Blinzelnd puste ich in den heißen Kakao und atme den köstlichen Duft ein. Wie aufmerksam von Greg. Ich hätte nicht damit gerechnet, dass er so gut mit Kindern kann. Wir prosten uns zu.

„Schau mal, Greg, Tante Sally hat uns Weihnachtsengelfrisuren gemacht." Brooke greift mit ihren Fingerchen nach einer Haarsträhne und hält sie hoch, damit Greg sie genauer mustern kann. „Sieht das nicht schön aus?"

Greg nickt ernsthaft. „Es ist wunderschön. Ihr seht zauberhaft aus."

„Ich habe auch ein Geschenk für dich. Hier." Brooke greift in die Tasche ihrer roten Killtec Parka und zieht eine goldene Lamettagirlande hervor, mit der ich mein Zimmer geschmückt hatte.

„Danke schön. Die ist aber hübsch. Wie lieb von dir. Wie komme ich denn zu der Ehre?", erkundigt sich Greg. Wie er so dasteht, die glitzernde Girlande in der Hand, wirkt er wie jemand, der bei einem Rennen auf den hinteren Plätzen gelandet ist und nun nicht weiß, warum er dennoch eine Medaille verliehen bekommt.

„Das ist, weil Tante Sally meinte, du weißt nicht, wie Weihnachten geht ..."

„Ich verstehe." Greg nickt, unsere Blicke begegnen sich und halten sich einen Moment fest. Seine Mundwinkel zucken. „Und was hat sie sonst noch über mich erzählt?"

„Eigentlich nichts." Brooke schlürft geräuschvoll ihren Kakao. „Bist du Tante Sallys Freund?"

„*Ein* Freund", erwidere ich rasch, bevor Greg es tut. Mit einem Taschentuch wische ich ihr den Kakaorand von der Oberlippe und wechsle das Thema. „Übrigens, ich soll dich von Elijah grüßen. Er ist ganz begeistert von dir und würde sich furchtbar freuen, wenn du dich mal wieder bei uns blicken lässt. Auf einen Kaffee oder so ...", schiebe ich etwas verlegen hinterher, weil es ein bisschen klingt, als würde ich Greg zum Arbeiten im Fair Brew einspannen wollen.

„Elijah ist ein cooler Typ. Ich mag ihn. Grüß ihn bitte zurück", sagt Greg und spielt mit dem Flitterlametta in seinen Händen herum.

„Du musst dir die Girlande um den Hals machen. Weil du keine Goldsträhnen in den Haaren hast. Dann passen wir zusammen." Brooke zupft bestimmend an Gregs Ärmel. Manchmal kommt sie mir vor wie eine Miniaturausgabe von Lindsey.

„So vielleicht?" Lächelnd schlingt Greg sich das Teil wie einen Schal um den Hals, sodass ein Ende vorne und das andere hinten über seine Schulter fällt.

Brooke nickt zufrieden. Wir trinken aus, zeigen unsere QR-Codes vor und holen uns an der Ausgabe unsere Schlittschuhe.

Meine ersten Schritte auf dem Eis sind etwas wackelig, weil ich aus der Übung bin, aber Greg ist ein guter Läufer. Kein Wunder, denke ich sarkastisch und verdrehe in Gedanken die Augen. Auf Gregs Internat zählten Eishockey im Winter und Polo im Sommer sicher zu den prüfungsrelevanten Pflichtfächern. Wir bilden eine Kette und laufen zu dritt über das Eis, mit Brooke in unserer Mitte. Aber dann entdeckt sie eine dieser Laufhilfen für Anfänger zum Festhalten und will natürlich auch unbedingt einen der niedlichen Eisbären über das Eis schieben. Also saust Greg zusammen mit ihr los, um bei den Marshalls, die für die Sicherheit zuständig sind, einen zu organisieren.

Etwas verloren lehne ich mit dem Rücken gegen die Bande und lasse die Kufen im Stehen vor und zurückgleiten, um meine Füße warmzuhalten. Die Eisbahn ist inzwischen gut gefüllt. Pärchen gleiten händchenhaltend an mir vorbei. Aus den Lautsprechern erklingt *It's the most wonderful time of the year.* Eine Lichtmaschine zaubert tanzende Schneeflocken auf das Eis, das in wechselnden Blau-, Pink- und Lilatönen beleuchtet ist.

Ein scharfes Kratzen lässt mich herumwirbeln. Eiskristalle stieben auf. Mit einem gekonnten Hockey-Stopp kommt Greg neben mir zum Stehen.

„Angeber", sage ich lächelnd.

„Sorry. Ich konnte nicht widerstehen. Ist zu lange her." Wieder ganz Gentleman hält Greg mir die behandschuhte Hand entgegen. Er grinst auffordernd. „Darf ich bitten?"

„Wo ist Brooke?“, frage ich zögernd und sehe mich nach ihr um. Immerhin habe ich die Aufsichtspflicht.

„Da drüben.“

Ich folge Gregs Blick. Brooke schiebt stolz ihren Plastikeisbärenfreund in der vorgegebenen Fahrtrichtung auf uns zu. „Schau mal, Tante Sally, ich kann das jetzt ganz allein“, ruft sie stolz.

„Du machst das toll“, schreie ich zurück. Als ich einen Schritt auf Greg zumache, rutscht eine meiner Kufen auf dem spiegelglatt gewienerten Eis weg. Anstatt elegant seine Hand zu nehmen, stolpere ich ungelenk in seine Arme.

Greg fängt mich auf. „Alles gut?“

Unsere Gesichter sind wenige Zentimeter voneinander entfernt. Seine schokoladenbraunen Augen blicken mich besorgt an.

„Nichts passiert.“ Ich nicke und versuche, mich nicht von dem angenehmen Duft irritieren zu lassen, den seine dunkelblaue Barbour-Steppjacke verströmt.

Fürsorglich legt er den Arm um meine Schulter und wir laufen los. Nach zwei Runden habe ich meinen Rhythmus gefunden. Greg löst seinen Arm und greift stattdessen nach meiner Hand. Wir gleiten im flotten Tempo über das Eis, bis meine Muskeln in den Oberschenkeln zu brennen beginnen. „Pause“, keuche ich und wir verlassen Hand in Hand die Eisfläche. Ich lehne mich gegen die Bande, den Blick auf Brooke gerichtet, die zufrieden mit sich selbst wirkt und Anschluss an ein paar andere Kinder gefunden hat. Zusammen schieben sie eine ganze Herde von Eisbären über die Fläche. Es sieht zu niedlich aus, wie sie mit den Laufhilfen über das Eis wackeln.

Dicht neben mir klingelt ein Handy.

„Ich muss da mal kurz rangehen.“ Greg zuckt entschuldigend die Schultern und holt sein Smartphone hervor.

Ich will nicht neugierig sein, aber wir stehen so eng zusammen, dass ich der Versuchung nicht widerstehen kann, einen Blick auf das Display zu werfen, auf dem gerade ein Videocall eingeht. Eine sehr attraktive, aber streng aussehende Frau mit schnurgeradem Minipony, zu einem Knoten aufgetürmtem dunklem Haar und knallrotem Lippenstift erscheint. Diskret drehe ich den Kopf zur Seite. Aber über den Lautsprecher an Gregs Handy ist die Stimme der Frau klar und deutlich zu hören. „Greg? Wo steckst du? Ich versuche seit zwanzig Minuten dich zu erreichen."

„Hallo Miranda", erwidert Greg. „Entschuldige. Ich bin in Somerset House beim Eislaufen und es ist gerade ein wenig laut. Ich habe nicht mitbekommen, dass du angerufen hast."

„Eislaufen? Willst du mich verarschen?" Mirandas Ton ist so wütend, dass ich froh bin, nicht mit ihr zu tun zu haben. Sie wirkt ziemlich einschüchternd.

„Was soll der Unsinn?", poltert Miranda weiter. „Du solltest an deinem Schreibtisch sitzen und in die Tastatur hauen. Der Verlag wartet händeringend auf das Probekapitel. Die müssen bis Donnerstag mindestens dreißig Seiten auf dem Tisch haben, sonst stecken wir in Schwierigkeiten. Wirklich, Greg, ich habe es satt, für dich die Kastanien aus dem Feuer zu holen. Setz dich gefälligst auf deinen Knackarsch und schreibe. Dafür wirst du schließlich bezahlt und nicht fürs Vergnügen. Spar dir die Dates, bis du beschissene 85.000 Worte zu Papier gebracht hast."

Erschrocken ziehe ich den Kopf ein. Verflixt. Ich bin mir sicher, dass Miranda mich nicht sehen kann. Woher weiß sie, dass Greg in Begleitung ist?

„Keine Sorge, Miranda", wirft Greg ein, als sie eben mal Luft holen muss. Was mich beruhigt, denn die Tatsache, dass sie atmen muss, beweist, dass sie keine weibliche Ausgabe des *Terminators* ist, wie ich bereits befürchtet hatte. „Ich habe alles unter Kontrolle. Außerdem bin ich zur Recherche hier."

„Ah ja? Und die Blondine neben dir?"

Autsch. Das ist gruselig. Sie muss mich also gesehen haben. Wie ist das möglich? Kann Miranda um Ecken gucken oder lässt sie eine Überwachungsdrohne über Greg schweben? Vorsichtshalber rücke ich noch ein Stück beiseite und tu so, als würde ich Greg nicht kennen, indem ich fröhlich ein paar unbekannten

Menschen zuwinke, die an uns vorbeifahren. Mit halbem Ohr höre ich, wie Greg erwidert, dass sein Privatleben nicht Inhalt des Verlagsvertrags ist und er keinem eine Rechenschaft schuldig ist.

„Was hast du da um den Hals? Ist das Lametta?" Der kritisierende Ton in Mirandas Stimme ist nicht zu überhören. „Nimm es ab. Es sieht albern aus. Man weiß nie, ob irgendein Journalist gerade seine Kamera auf dich richtet. Du gefährdest die gesamte Pressearbeit, die ich in den letzten Wochen geleistet habe. Die Imagekampagne setzt darauf, dich als intellektuellen Schriftsteller zu etablieren, der nach seinen wilden Jugendjahren eine Metamorphose durchlaufen hat und nun mit einer Botschaft zurückkehrt."

Das Gespräch endet. Greg steckt das Handy weg, die Girlande flirrt immer noch goldglänzend um seinen Hals.

„Tut mir leid, das war Miranda, meine Agentin."

Ich hebe eine Augenbraue. „Ist sie immer so drauf?"

„Meistens."

„Und warum lässt du dir das gefallen?"

Er zuckt leidgeprüft die Schultern. „Als Agentin ist es ihre Aufgabe, nicht nur die Verlagsverhandlungen zu führen, sondern auch mich während des Schreibprozesses zu begleiten und sich um die Einhaltung der Abgabefristen zu kümmern. Ich bezahle sie dafür mit zwanzig Prozent meines Honorars."

In meinem Kopf entsteht ein Knoten. Ich kann Greg gerade beim besten Willen nicht folgen. Eine der Haarklemmen, mit denen ich das Lametta festgesteckt habe, pikst in meine Kopfhaut. Irritiert angle ich mit zwei Fingern danach und ziehe sie heraus. Mit dem Lamettafaden in der Hand starre ich Greg ungläubig an „Moment, noch mal von vorne. Ich kapiere das gerade nicht. Irgendwo muss da ein Denkfehler liegen. Wer arbeitet hier für wen? Du für Miranda oder umgekehrt?"

„Umgekehrt. Sie arbeitet für mich", erwidert Greg. Aus seinem Blick schließe ich, dass er das für eine ziemlich dumme Frage hält.

„Dafür, dass Miranda von dir Geld kassiert, kam sie gerade ziemlich bossy und tyrannisch rüber. Kein Wunder, dass du eine

Schreibblockade hast. Wenn mir dieser Drachen im Nacken säße, könnte ich keinen Gedanken fassen."

„Schreibkrise", verbessert Greg und streift nervös mit den Fingern durch das Flitterflatter an seinem Hals.

„Du solltest dicker auftragen. Das tun heutzutage im Job alle. Sag ihr, du hast die dreißig Seiten längst fertig. Allerdings stört es deinen kreativen Flow, dem Verlag Einblick in das unfertige Manuskript zu geben."

„Was gelogen wäre, denn die Seiten existieren nach wie vor nur in meinem Kopf", wirft Greg ein.

„Aber die erste Szene steht zumindest schon mal, richtig? Das hattest du letztens doch gemeint, oder?"

Greg nickt zögernd.

„Also *könntest* du sie schreiben?"

„Ich feile noch an der Prämisse und am Spannungsbogen. Sobald ich beides habe, lege ich los. Wenn die Inspiration da ist, sitze ich oft zehn Stunden am Stück vor dem Computer. Die Zeit hole ich spielend ein."

„Na bitte." Ich grinse, denn genau darauf wollte ich hinaus. „Sieh es mal locker. Du rufst Miranda morgen an und erklärst ihr, anstatt zu nerven, soll sie dem Verlag verklickern, dass du unter keinen Umständen gestört werden möchtest."

Greg starrt angestrengt auf das Eis. Ich kann förmlich sehen, wie es hinter seiner Stirn arbeitet. „Okay. Da ist was dran. Vielleicht mache ich das."

In diesem Moment ertönt das Signal und unsere Eislaufzeit ist vorüber. Ich reiche Greg das Lametta mit der Haarklemme daran und mache mich auf den Weg, um Brooke einzusammeln.

Bevor wir gehen, spendiert Greg alkoholfreien Glühwein für Brooke und Glühwein mit Jägermeister für ihn und mich. Dazu gibt es meine heiß geliebten Chocolate Olivers. Nachdem ich zuvor in der Umkleide die Leihschlittschuhe gegen meine bequemen Uggs getauscht habe, erholen sich auch meine zerschundenen Fußknöchel.

„Es war ganz, ganz toll. Vielen Dank für den Kakao und die Kekse. Mummy lässt mich nie so viele Süßigkeiten essen", erklärt Brooke treuherzig, als wir Somerset House verlassen und uns auf der Straße davor von Greg verabschieden. Ihre Nase leuchtet so rot wie die von Rudolf, dem Rentier. Sie steht zwischen Greg und mir und sieht mit funkelnden Augen zwischen uns hin und her. „Bitte, Tante Sally, kann Greg mitkommen, wenn wir Father Christmas in seiner Grotte besuchen?"

„Hm ... Also na ja ... ich weiß nicht ..." Zögernd nage ich an meiner Unterlippe. „Das musst du Greg wohl selbst fragen."

Will ich das?

Will Greg das?

Unsere Blicke begegnen sich.

„Ach bitte, Greg, mit dir zusammen macht es bestimmt noch mehr Spaß", bettelt Brooke.

Ein Lächeln zuckt um seine Mundwinkel und damit ist alles klar.

„Punkt acht der Liste", sagt Greg und grinst verschwörerisch.

„Punkt acht", nicke ich, wie bei einem Geheimkommando, und rekapituliere in Gedanken: *einen Brief an den Weihnachtsmann schreiben und daran glauben, dass dein Wunsch in Erfüllung geht.* Wo ließe sich das wohl besser erledigen als bei einem Besuch in Santas Grotte?

„Was redet ihr denn da?" Brooke zieht ungeduldig die Nase kraus.

„Nichts Wichtiges." Ich streiche sanft mit der Hand über ihre Wange. „Greg darf nur nicht vergessen, einen Brief an den Weihnachtsmann zu schreiben."

„Ach so. Ich kann ihm dabei helfen, wenn er will."

„Ich glaube, das schafft Greg allein", erkläre ich entschieden, bevor meine kleine Nichte in ihrer Euphorie Greg als neues Familienmitglied adoptiert.

Enttäuscht lässt Brook die Schultern hängen.

Ich verkneife mir das Lachen. Wie war das? Vor wenigen Stunden war die Kleine nicht sonderlich begeistert, dass Greg uns zum Schlittschuhlaufen begleitet, und jetzt kann sie nicht genug von ihm bekommen? Anscheinend habe ich Gregs Charme gewaltig unterschätzt.

Wie zum Beweis wendet sich Greg an mich und schenkt mir ein Lächeln, das bis tief in meine Magengrube fährt. „Wir machen Fortschritte", sagt er.

Perplex sehe ich ihn an. Auf einmal ist da ein Knistern zwischen uns. Einen spannungsgeladenen Moment bin ich mir nicht sicher. Meint Greg damit die Liste? Oder spricht er von uns? Ich wünschte, ich könnte das dechiffrieren.

Sei nicht albern, Sally. Dir steigt der heiße Jägermeister zu Kopf.

Ich gebe mir einen Ruck und lasse meinen Verstand die Kontrolle zurückerobern.

Warum sollte Greg an mir interessiert sein? Hier geht es um einen Deal, mehr nicht. Wir sind zwei Menschen, die aus Zufall ein Team bilden. Zum Wohl der Allgemeinheit. Weil Greg ein Buch schreiben muss und seine Leserschaft besser dran ist, wenn er diesmal nicht wieder das Fest literarisch in die Luft jagt.

„Du kannst gern noch mit zu uns kommen, Greg." Brookes Stimmchen reißt mich aus meinen Gedanken. „Tante Sally und ich wollen zusammen *Tatsächlich ... Liebe* gucken. Das ist unser Lieblingsfilm. Er wurde gleich bei Tante Sally um die Ecke gedreht. Das weißt du, oder?"

„Nein, tut mir leid", sagt Greg. „Ich habe den Film noch nie gesehen."

„Dein Ernst? Das ist *der* Weihnachtsfilm schlechthin. Jeder kennt ihn, der läuft seit zwanzig Jahren an Weihnachten praktisch in jedem englischen Haushalt", sage ich verblüfft. „Komm schon, du schreibst an einem Weihnachtsroman, in dem es um Liebe geht. Also musst du im Rahmen deiner Recherche darüber gestolpert sein?"

Greg kratzt sich die Schläfe wie ein Schuljunge, der seine Hausaufgaben nicht gemacht hat. „Worum genau geht es in dem Film noch mal?"

„Um Liebe, und darum, dass sie tatsächlich überall zu finden ist, wie der Titel besagt. Aber auch um unglückliche Liebe, um

Unsicherheiten und um echten Schmerz. Viele der Geschichten darin sind alltäglich, darum geht der Film so zu Herzen. Je näher es auf das Fest zugeht, umso mehr kommt alles ins Lot, jedenfalls für die meisten der Protagonisten. *Tatsächlich ... Liebe* ist wie ein herrliches, süßes Stück Plumpudding zur Weihnachtszeit. Es streichelt die Seele."

„Klingt nach Kitsch und Zuckerguss", sagt Greg. Ich meine zu sehen, wie es ihn innerlich schüttelt.

„Schau ihn dir bis zum nächsten Treffen an", beschließe ich. „Dann reden wir weiter."

„Warum sollte ich?"

„Ich dachte, es geht in deinem neuen Roman um die Aussöhnung der Hauptfigur mit sich selbst und mit Weihnachten? Unsere Generation sehnt sich nach Hoffnung. Das wahre Leben ist schwer genug. Zwischen Klimakrise, künstlicher Intelligenz und Virtual Reality bleibt kaum Raum für Träume, das waren doch deine Worte, oder?

„Ich bin beeindruckt, dass du mich so genau zitierst, aber ja."

„In der ersten Szene des Films hört man die Stimme von Hugh Grant. Er sagt etwas in der Art von: Wir glauben, dass die Welt nur noch schlimm und voller Hass ist. Dabei übersehen wir, dass die Liebe uns ständig umgibt. Wir sehen nur nicht genau hin, weil sie meistens so alltäglich daherkommt, dass wir sie nicht bemerken", fasse ich es in etwa zusammen.

„Ziemlich beeindruckend", gibt Greg zu.

„Wenn du einen Roman schreiben willst, der deinen Lesern Hoffnung gibt, solltest du dir etwas ähnlich Großartiges einfallen lassen." Ich hebe bedeutungsvoll die Augenbrauen.

„Wäre mal etwas anderes, als Weihnachtsbäume abzufackeln und Zynismus zu verbreiten", nimmt Greg sich selbst auf die Schippe. „Obwohl man zu meiner Ehrenrettung anführen muss, dass ich es damit auf die Bestsellerliste der Sunday Times geschafft habe."

„Der Film wird dir gefallen. Unter anderem geht es um einen unglücklichen Schriftsteller."

„Wie originell." Greg verzieht ironisch das Gesicht.

„Tante Sally hat den Film so oft gesehen, dass sie ihn auswendig mitsprechen kann", mischt sich Brooke in unsere Unterhaltung.

„Okay, Brooke, ich glaube nicht, dass Greg das interessiert", erkläre ich rasch. Meine Wangen röten sich. Wenn das so weitergeht, erfährt er noch alle Details aus meinem Leben. Wie bringt man dieses Kind zum Schweigen?

„Dann sehen wir uns morgen? Treffpunkt im Westwood Shopping Center vor Santas Grotte um vierzehn Uhr?", schlage ich vor.

„Abgemacht. Bis morgen, Brooke. Es war schön, dich kennenzulernen." Greg beugt sich zu Brooke hinunter und lässt zu, dass die Kleine ihn umarmt.

„Tschüss, Greg. Die Girlande darfst du behalten, als Erinnerung", beschließt Brooke mit ernstem Gesicht.

„Danke, das mache ich. Mach es gut, Sally, und melde dich." Greg beugt sich vor. Ich denke, dass er mir etwas zuflüstern will. Aber dann landet ein Kuss auf meiner Wange.

Sanft. Zart. Unverfänglich. Und doch ... irgendwie, wie soll ich sagen, *bedeutungsvoll ...*?

Unsicher suche ich seinen Blick. Einen Moment länger, als unverfänglich wäre, sehen wir uns in die Augen.

Und wieder macht es *Klick!* Ohne unser Zutun loggen wir uns wortlos auf einer Ebene ein, die es nur zwischen uns zu geben scheint.

Und *Klick!* ist der Moment vorbei.

Greg winkt Brooke und mir zum Abschied zu. Dann verschwindet er in der Menschenmenge.

Ein Kuss. Das ist neu.

Verblüfft sehe ich ihm hinterher. Ohne recht zu merken, was ich tue, streichen meine Finger über meine Wange, an der Stelle, wo seine Lippen meine Haut berührt haben. Ich frage mich, ob es in Zukunft zwischen Greg und mir noch weitere Dinge geben wird, die neu sind und sich entgegen meiner Vorsätze, mich nicht in Greg zu verlieben, ziemlich aufregend anfühlen.

Kapitel 14

„Weihnachten wird eine Katastrophe", verkündet Mum. Sie greift zum Messer und streicht üppig Clotted Cream auf ihr Scone.

Einige Tage sind vergangen nach dem Besuch mit Greg und Brooke in Santas Grotte und Mum hat beschlossen, uns mit einem Besuch zu überraschen. Zusammen mit meiner Schwester und Nichte sitzen wir um den Esstisch in Tante Patricias Küche und versuchen, den drohenden Nervenzusammenbruch meiner Mutter zu verhindern.

„Die Handwerker haben drei weitere Stellen gefunden, an denen die Wasserrohre schadhaft sind. Ich darf gar nicht daran denken, was die Sanierung kosten wird." Schwungvoll klatscht Mum Erdbeermarmelade auf ihr Brötchen. „Euer Vater kommandiert mich von früh bis spät herum, weil er einen Handlanger für dieses und jenes braucht. Tom kommt jeden Abend hungrig von der Arbeit, also muss ich für ihn auch noch Essen machen. Dabei kann ich mich in meiner Küche kaum rühren, weil überall Sachen aus den anderen Zimmern herumstehen, die gerade renoviert werden. In dem ganzen Durcheinander habe ich es noch nicht geschafft, den Teig für den Christmas Pudding zu rühren. Dabei sollte er längst in der Speisekammer stehen und ruhen. Wie ich den Truthahn vorbereiten und mit dem Zug hierherbringen soll, ist mir ein Rätsel. Gleiches gilt für die Weihnachtsdeko. Früchtebrot habe ich auch noch nicht gebacken und Patricia hat sicher nicht genügend Geschirr für uns alle im Haus. Wahrscheinlich werden wir das Weihnachtsdinner von Papptellern essen müssen. Es wird das schrecklichste Weihnachten aller Zeiten."

Mums Redeschwall endet und für eine Weile herrscht angespannte Stille im Zimmer.

Vorsichtig rutsche ich auf meiner Stuhlkante hin und her. Ich weiß nicht recht, was ich dazu sagen soll, ohne in ein Fettnäpfchen zu treten. Mein Blick gleitet zu meiner Schwester, aber die beugt sich gerade über ein Mandala, an dem Brooke mit einem grünen Stift herum malt.

Ich räuspere mich. „Dann werden wir dieses Jahr eben improvisieren. Es muss nicht immer alles perfekt sein. Den Christmas Pudding können wir fertig kaufen. Wir müssen nicht in jedem Zimmer Lichterketten und Papiergirlanden aufhängen. Gleiches gilt für Nussknacker, Spieluhren und sonstigen Kram. Es reicht, wenn wir einen schön geschmückten Baum im Wohnzimmer stehen haben."

„Sei nicht albern." Mum schüttelt den Kopf. „Unmöglich. Lieber streiche ich Weihnachten dieses Jahr aus dem Kalender, als dass ich sämtliche Traditionen über den Haufen werfe. Und gekaufter Plumpudding ist ungenießbar."

„Was? Wir feiern dieses Jahr kein Weihnachten?", quietscht Brooke. Sie schleudert empört ihren Buntstift über den Tisch. In ihren Augen schimmern Tränchen.

„Nein, Schätzchen", beeile ich mich zu sagen. „Das hast du falsch verstanden. Es wird nur anders als sonst."

„Aber Nan sagte doch gerade …", begehrt sie schniefend auf.

„Nan ist gerade etwas gestresst, weil sie Grandpa beim Tapezieren helfen muss und alles ein wenig viel für sie ist. Aber sie hat ja uns. Wir helfen bei den Vorbereitungen, dann wird Weihnachten so schön wie immer", erkläre ich und sehe meine Schwester hilfesuchend an.

„Ich bin raus", erklärt Lindsey, ohne von der Zeichnung aufzusehen. „Ich würde euch natürlich liebend gern helfen, aber in meinem Zustand ist das völlig undenkbar."

„Schon gut!“ Ich gebe auf. „Dann kümmere ich mich um den Pudding und backe zusammen mit Brooke Früchtebrot. Was die Deko betrifft, können wir bestimmt günstig etwas bei TK Maxx und Marks and Spencer besorgen. Tante Patricia weiß sicher, wo wir in der Stadt einen Truthahn vorbestellen können, und zusätzliches Geschirr kann sie bei den Nachbarn leihen. Das bisschen Kochen kriegen wir auch ohne Mums Hilfe hin, dann kann sie sich ganz in Ruhe am Weihnachtstag mit Dad in den Zug setzen. Alles kein Stress.“

„Super. Dann hätten wir das gelöst.“ Meine Schwester hebt den Kopf und nickt mir zu. Dann wendet sie sich an Brooke. „Hast du gehört? Tante Sally backt mit dir.“

Ups. Habe ich mich gerade freiwillig dazu verpflichtet, die Weihnachtsvorbereitungen im Alleingang zu erledigen? Inklusive Kinderbetreuung?

„Stell dir das alles bloß nicht so einfach vor“, wirft meine Mutter mahnend ein. „Soweit ich mich erinnern kann, hast du noch nie ein komplettes Weihnachtsmahl für die ganze Familie vorbereitet und gekocht. Das ist nicht ohne.“

„Ach was, das klappt schon. Im Internet gibt es Tutorials für alles, auch für die Zubereitung eines gefüllten Truthahns. Außerdem kann Tante Patricia mir helfen“, sage ich, fest entschlossen, mich nicht gleich ins Bockshorn jagen zu lassen. „Und den Baum aufstellen und schmücken kann Tom.“

„Rechne besser nicht mit ihm.“ Lindsey starrt mit einem seltsamen Gesichtsausdruck vor sich hin. Für den Bruchteil einer Sekunde meine ich etwas in ihr aufblitzen zu sehen, das sie bislang vor mir verborgen hält. Aber bevor ich mir sicher sein kann, gibt sie sich einen Ruck. Mit gewohnt verdrießlichem Blick zuckt sie die Schultern. „Tom macht Überstunden bis zum Umfallen. Die sind so kurz vor Weihnachten völlig unterbesetzt im Supermarkt.“

„Vielleicht kann Greg uns helfen“, meint Brooke und baumelt wie wild mit den Beinen unter dem Tisch.

„Greg?“ Mum sieht mich erwartungsvoll an. „Gibt es da etwas, das du uns erzählen möchtest?“

„Eher nicht.“ Ich schüttle den Kopf.

„Greg ist Tante Sallys Freund. Er ist sehr nett und kann ganz toll Schlittschuhlaufen. Als wir Father Christmas in seiner Grotte besucht haben, war er auch dabei und hat mir geholfen, einen Brief an den Weihnachtsmann zu schreiben“, plappert meine Nichte munter drauflos. „Und er ist verliebt in Tante Sally.“

„Ach ja?“ Spöttisch grinst Lindsey mich über das halb ausgemalte Mandala hinweg an. „Mir gegenüber hast du behauptet, er wäre nur ein Freund.“ Sie malt Anführungszeichen in die Luft. „Also läuft doch etwas zwischen euch.“

„Nein!“ Mir steigt die Hitze in den Kopf. Ich bringe sie um.

„Brooke?“ Lindsey blickt ihre Tochter auffordernd an.

Brooke zuckt die Schultern. „Greg hat beim Schlittschuhlaufen ganz fest den Arm um Tante Sally gelegt.“

„Weil ich unsicher war und gestolpert bin“, verteidige ich mich. „Das hat nichts zu bedeuten.“

„Und er hat Tante Sally geküsst.“

„Das war ein Abschiedskuss auf die Wange“, erkläre ich betont.

„Und als wir unsere Weihnachtsbriefe an Santa geschrieben haben und ich wissen wollte, was er sich dieses Jahr wünscht, hat er nur gemeint, etwas ganz Besonderes. Und dabei hat er Tante Sally so merkwürdig angeschaut. Ich wette, er ist in sie verliebt und wünscht sich, dass er sie an Weihnachten richtig küssen darf, nicht nur so ein bisschen.“

„Brooke“, beschwöre ich sie. „Greg hat ganz sicher nicht verliebt zu mir herübergesehen.“

„Hat er doch“, erwidert sie stur.

Mit einem verzweifelten Stöhnen fahre ich mir durch das Haar. Ja, es stimmt, Greg hat mich tatsächlich ziemlich intensiv angesehen und ich habe auch mitbekommen, wie Brooke ihn gefragt hat, was er sich wünscht. Allerdings missinterpretiert Brooke den Grund, warum Greg diesen eindringlichen Blick aufgesetzt hat.

In meiner Erinnerung sehe ich uns wieder am Rand der Eisfläche stehen und Greg reagiert auf Brooks Bitte, uns zu Santas Grotte zu begleiten, mit einem verschwörerischen Grinsen, weil uns beiden zeitgleich bewusst wird, dass damit Punkt acht der Liste abgehakt ist.

Es liegt auf der Hand, um was es in seinem Brief an den Weihnachtsmann geht. Das weiß ich deshalb so genau, weil ich diejenige war, die auf die Idee gekommen ist, Greg wieder mit Weihnachten zu versöhnen, damit er seine Schreibkrise überwindet und endlich diesen Roman schreiben kann.

Was könnte sich Greg anderes wünschen, als dass er rechtzeitig zur Deadline 85.000 Worte zu Papier gebracht hat und demnächst einen neuen Bestseller landet?

„Sally, Liebes, warum lädst du den jungen Mann nicht an Weihnachten ein, damit wir ihn kennenlernen?" Meine Mutter beißt zufrieden in ihr Scone und lässt mich dabei keine Sekunde aus den Augen.

„Greg hat an Weihnachten schon etwas vor", murmle ich reflexartig. „Außerdem ist er nur ein flüchtiger Bekannter."

„*Alles* fängt immer damit an, dass zwei Menschen sich begegnen." Mum legt das Scone beiseite und tupft sich mit der Serviette über die Mundwinkel. „Bei deinem Vater und mir war das auch so. Anfangs war er mir überhaupt nicht sympathisch, als wir uns bei einem Open-Air-Konzert über den Weg gelaufen sind."

„Greg feiert Weihnachten ganz allein zu Hause. Das hat er selbst gesagt", kommt es von Brooke.

„Wunderbar, dann kann Sally ihn einladen." Mum rückt sich das knallrote Brillengestell auf der Nase zurecht und blickt zufrieden in die Runde.

„Wir sind schon alle sehr gespannt auf deinen Schriftsteller. Kann man vom Schreiben überhaupt leben?" Lindsey macht einen spitzen Mund. „Ich las kürzlich, dass die meisten Autoren sich als Uber-Fahrer über Wasser halten. Wahrscheinlich verdient er genauso wenig wie du. Aber du musstest ja unbedingt deinen gutbezahlten Job in der Kanzlei kündigen und nach London ziehen. Ich frage mich, wie du von dem Hungerlohn auf Dauer leben willst."

„Meine Sache." Ich zucke die Schultern.

„Hört mit der Stichelei auf." Mum zieht die akkurat gezupften Wimpern unter ihrem akkurat geschnittenen weißblonden Bob zusammen. „Weihnachten ist gerettet. Das ist die Hauptsache."

Klar, Mum, das Fest ist gerettet, denke ich finster und stopfe mir ein dick gebuttertes Scone in den Mund, obwohl ich den restlichen Nachmittag auf Kohlenhydrate verzichten wollte, um weiterhin in meine Slim Fit Jeans zu passen.

Niemand will mir glauben, dass zwischen Greg und mir nichts läuft, und jetzt soll ich ihn an Weihnachten meiner Familie vorstellen. Was ich keinesfalls tun werde, denn ich habe nicht vor, mitzuspielen und Greg als meinem Fake-Freund zu präsentieren. Dadurch würde alles noch schlimmer und am Ende stehe ich wieder als Loser da, weil mir die Kontrolle über die Situation entgleitet.

Wobei, ist sie das nicht ohnehin?

Alle glauben doch schon jetzt, dass Greg und ich ein Paar sind.

Ich stecke in einer Zwickmühle.

Klar, ich könnte Greg fragen, ob er mich begleitet. Da meine Familie ohnehin nur das sieht, was sie sehen möchte, würde ich an Weihnachten nicht als verzweifelter Single dastehen. Greg und ich müssten dazu nicht einmal besonderes schauspielerisches Talent an den Tag legen. Nach dem Fest könnte ich verkünden, dass wir uns wieder getrennt haben.

Oder aber ich behaupte, ich hätte ihn gefragt, was die Dinge zwischen mir und Greg vereinfacht, und platze dann am Weihnachtstag damit raus, dass wir nicht mehr zusammen sind.

Schweigend verputze ich fünfhundert überflüssige Kohlenhydrate und beschließe, Greg nicht über den bedauernswerten Umstand in Kenntnis zu setzen, dass Mum sich gerade Hoffnung auf einen neuen Schwiegersohn macht.

Kapitel 15

Später an diesem Abend liege ich im Bett und suche auf meinem Tablet nach Rezepten für die perfekte Truthahnfüllung. Als mir die Augen schon fast zufallen und ich das Licht ausmachen will, piepst mein Smartphone. Mein Blick fällt auf das Display. Es ist 23:34 und Greg schickt mir gerade eine WhatsApp.

Ich setze mich auf, ziehe die Knie an die Brust und lese.

Greg:

Bist du noch wach?

Was gibt's?

Bin mit *Tatsächlich … Liebe* durch. Gerade läuft der Abspann.

Und???

Völlig realitätsfremd. Welcher Schriftsteller ist so dumm, ein Manuskript auf der Maschine zu tippen, keine Sicherungskopie davon zu besitzen und dann die einzelnen Seiten an einem Schreibtisch im Freien liegen zu lassen, wo sie der Wind zwangsläufig in den See wehen muss?

Hm. Ein sehr unglücklicher Schriftsteller vielleicht? Immerhin hat ihn zuvor seine Freundin mit seinem Bruder betrogen. Da kann man schon mal etwas neben der Spur sein.

Trotzdem unrealistisch. Ich spreche aus Erfahrung. Meine Ex-Freundin hatte was mit meinem besten Freund laufen. Dennoch habe ich jede Seite, die ich in der Zeit geschrieben habe, doppelt und dreifach abgespeichert.

Moment mal. Ich stutze und strecke meine Beine unter der Decke bis in die Zehenspitzen. Dann lese ich die letzte Nachricht noch einmal, um sicherzugehen, dass ich das richtig verstanden habe.

Gregs Freundin hatte etwas laufen mit Gregs bestem Freund?

Was für eine Bitch.

Zum Glück scheint Greg über sie hinweg zu sein, sonst hätte er die Geschichte mit keinem Wort erwähnt.

Am besten gratuliere ich ihm dazu, dass er sie los ist. Also tippe ich erneut auf dem Display herum.

1:0 für dich.

Und dann heiratet er auch noch die Frau, die daran schuld ist, dass sich sein Manuskript in nassen Papierbrei verwandelt hat? Also bitte ...

Schon klar. Du hättest sie vermutlich getötet.

Das wäre zu milde. Ich hätte mir etwas Grausameres einfallen lassen. Der Vorteil, wenn man Fantasie besitzt.

Du machst mir Angst. Vielleicht sollten wir uns nicht mehr sehen? ;-)

Das wäre verantwortungslos. Wie soll ich dann den nächsten Bestseller schreiben?

Und wie hat dir der Film sonst gefallen?

Es waren einige gute Szenen dabei. Am liebsten mochte ich Billy Mack. Er hat mich an mich selbst erinnert.

Du hältst dich für einen abgehalfterten Rockstar?

Das nicht, aber vielleicht klaue ich mir seinen Slogan für die Promotiontour meines neuen Romans:
Das Buch ist Schrott, aber kauft es trotzdem!

Dazu müsstest du das Buch erst fertig schreiben.

Genau deswegen habe ich vorhin zum Handy gegriffen.
Punkt vier der Liste: Weihnachtsbaum kaufen.
Hättest du morgen Zeit?

Ja, das passt. Ich habe Schicht im Fair Brew. Holst du mich gegen fünf ab?

Geht klar. Schlaf schön.

Du auch.

Als ich das Handy beiseitelege, ist es kurz vor Mitternacht.

Greg ist schrecklich. Wie kann man *Tatsächlich … Liebe* nicht mögen?

Ich rolle mich auf die Seite und schmiege mein Gesicht in die Kissen. Mein letzter Gedanke, bevor ich einschlafe, ist, wie Greg zusammen mit Billy Mack auf Promotiontour geht und sie beide sich was das Zeug hält Schimpfworte zurufen.

Kapitel 16

Ein Kranz aus Moosgrün, Tannenzapfen und Efeu schmückt die Eingangstür des *Fair Brew.* Zu der Schneeheide in den Terracottatöpfen vor dem Schaufenster haben sich lange Stechpalmenzweige mit leuchtend roten Beeren und Tannengrün hinzugesellt. Als ich das Café betrete, stehen winzige dekorierte Tannenbäumchen auf den Tischen. Aus den Lautsprechern klingt gedämpfte Weihnachtsmusik. Überrascht hänge ich mein rosa Fellmonster an den Haken und begebe mich hinter die Theke. Ursula, unsere Filialleitung, steht neben Preetee. Sie zeigt dem Mädchen gerade, wie man Panini mit Lachs, Mayo und Rucola belegt.

„Hallo Ursula", grüße ich sie mit einem freundlichen Lächeln und schnappe mir eine Schürze. „Fantastisch! Wir haben es also endlich geschafft, unserer Weihnachtsdeko den letzten Schliff zu verleihen. Heißt das, die Krankheitswelle ist vorbei?"

„Das zum einen. Zum anderen haben wir Verstärkung bekommen." Ursula deutet in den hinteren Bereich des Cafés.

Mein Blick folgt ihrem Fingerzeig.

Vor Überraschung klappt mir die Kinnlade herunter.

Greg steht neben Elijah an einem der Tische. Er trägt eine unserer Mitarbeiterschürzen und unterhält sich mit den Gästen, während Elijah leere Kuchenteller und Kaffeetassen einsammelt.

„Was macht er denn hier?", entfährt es mir. Ich weiß nicht, ob ich mich freue, ihn hier zu sehen. Es könnte sein, dass dadurch alles noch komplizierter wird. Dafür, dass wir uns nicht daten, sehen wir uns verflixt häufig in letzter Zeit.

„Tja, was soll ich sagen." Ursula schiebt die Lesebrille hoch. Wie ein schicker schwarzer Haarreif sitzt sie auf ihren blonden Kringellocken. Dass Ursula auf die sechzig zugeht, sieht man ihr nicht an. Man könnte sie glatt zehn Jahre jünger schätzen, nicht nur wegen ihres alterslosen Teints, sondern auch wegen ihrer spritzigen, jung gebliebenen Art. Sie schüttelt lächelnd den Kopf. „Dein Bekannter ist uns sozusagen vom Himmel in den Schoß gefallen. Seit einigen Tagen kommt er hierher. Erst saß er immer an dem Tisch dort in der Ecke, mit einem Latte Macchiato und dem Notizbuch. Ich hielt ihn für einen dieser Typen, die rumgammeln und mit denen man keinen Umsatz macht, weil sie sich stundenlang an einem Kaffee festhalten. Dabei tun sie, als wären sie gedanklich völlig in ihre Notizen vertieft."

Ich nicke. Die Beschreibung klingt nach Greg.

„Aber dann stellte sich heraus, dass er hierherkam, um Elijah zu besuchen. Die beiden haben einen Narren aneinander gefressen. Irgendwann kam Greg auf mich zu und bot an, sich nützlich zu machen. Da dachte ich, warum nicht? Ein Supervisor mehr kann nicht schaden. Also habe ich ihn als Springer ins Team aufgenommen", erklärt Ursula. Sehr zu recht, denn sie ist nicht nur unsere Filialleitung, sondern kann als solche auch neues Personal einstellen, wenn sie es für richtig erachtet. Da wir Ausbilder ehrenamtlich arbeiten, muss sie es sich nicht einmal von der Kostenstelle absegnen lassen.

„Oh … Das heißt, er arbeitet in Zukunft öfter hier mit?"

„Wir haben uns darauf verständigt, dass er uns bis Weihnachten aushilft. Der Januar verläuft ja eher ruhig. Greg macht das sehr gut. Den Umgang mit den Gästen hat er voll drauf und unsere Auszubildenden lieben ihn, weil er sich durch nichts aus der Ruhe bringen lässt. Greg ist ein echter Fels in der Brandung. Wusstest du, dass er während des Studiums in einem Café in Venedig gearbeitet hat?"

„Ja, das hat er mir erzählt."

„Entschuldige, wenn ich frage: Aber ist Greg dein fester Freund?"

Mein Magen zieht sich zusammen. Holy Moly. Genau das hatte ich befürchtet. Wenn das so weitergeht, denken nicht nur meine Verwandten, sondern auch meine Arbeitskollegen und Freunde, wir wären zusammen. Na super. Dabei könnte nichts weiter von der Realität entfernt sein. Greg ist toll. Er sieht gut aus und hat alles, was man sich von einem Mann wünschen kann. Aber machen wir uns nichts vor. Das mit uns würde nicht funktionieren. Nie im Leben.

Es ist wie mit dem Alkohol. Know your limits.

„Wir sind nur Freunde", erwidere ich, ein wenig vehementer als beabsichtigt.

„Ach, das ist ja schade. Ihr beide wärt ein hübsches Paar. Na, jedenfalls hat Greg schon gut für Publicity gesorgt. Einer unserer Stammgäste, der für den *Mirror* arbeitet, hat ihn erkannt. Gestern war eine kleine Berichterstattung über uns in der Zeitung. Ich wusste gar nicht, dass Greg berühmt ist", erzählt Ursula, während sie hin und wieder ein Salatblatt neben einem Panini dekorativ zurechtrückt oder einen Klecks Mayo vom Rand der Teller wischt.

Etwas in mir erstarrt. Ist es das, weshalb Greg hier ist? Nutzt er das *Fair Brew* als Marketinginstrument für seine Imagekampagne? Ist sein Interesse an der Arbeit und zu Elijah nur vorgetäuscht? Eigentlich traue ich ihm nicht zu, so tief zu sinken. Seiner Agentin schon eher. Andererseits dachte ich auch bei Steve, ich könnte ihm vertrauen.

Ursula scheint das Entsetzen in meinem Gesichtsausdruck zu lesen, denn augenblicklich legt sie den Arm um mich. „Ich weiß, was du denkst", sagt sie, denn sie kennt die Geschichte mit Steve und mir. „Auch wenn er ein Promi ist, ich glaube nicht, dass Greg das absichtlich inszeniert hat. Es war ihm sichtlich unangenehm, von dem Reporter angesprochen zu werden."

„Sicher?"

„Ja." Ursula drückt mich kurz und fest an sich, bevor sie sich wieder den Paninis widmet. „Liebes, ich weiß, es tut weh, belogen zu werden. Aber nicht alle Männer sind wie dein Ex-Freund. Da draußen gibt es viele anständige, gute und vor allem ehrliche Männer."

Ehrlichkeit ... Das Wort lässt einen unangenehmen Schauer über meinen Rücken rieseln. Das Gute an der Wahrheit ist, dass sie über kurz oder lang immer ans Licht kommt, wenn es auch noch so schmerzhaft ist. Manchmal werden die Dinge eben nicht schöner, aber klarer. Eines weiß ich sicher. Lieber bleibe ich Single bis an den Rest meines Lebens, als mit jemandem zusammen zu sein, der mich belügt. Welchen Sinn hat eine Beziehung, wenn man sich nicht vertrauen kann?

Ich will gerade etwas erwidern, aber in dem Augenblick hat Greg mich entdeckt und winkt unbeschwert zu mir herüber. Elijah hat alles Geschirr auf sein Tablett geladen und die beiden kommen auf uns zu.

Reflexartig schüttle ich meine Haare zurecht.

„Hi Sally."

„Hi Greg. Was für eine Überraschung", sage ich ohne allzu große Begeisterung.

„Gut siehst du aus", meint er.

„Danke. Du ebenfalls. Die Schürze steht dir." Damit haben wir genügend belanglose Floskeln ausgetauscht und ich wende den Blick ab. Sorgfältig rücke ich die Brownies in der Auslage zurecht.

„Sally? Alles gut?" Greg tritt näher an mich heran. Unerwartet streckt er die Hand aus und berührt meinen Arm. Durch den Pulli hindurch spüre ich die Wärme, die von ihm ausgeht. Seine Kleidung verströmt diesen angenehmen Duft, den ich bereits von ihm kenne, und der so anziehend ist, dass ich am liebsten meine Nase in seinen weichen grauen Kaschmirpullover schmiegen möchte.

Ich lege die Kuchenzange beiseite und sehe ihm in die Augen, die mich freundlich anblicken. Es stimmt, was Ursula sagt, mitten in der Geräuschkulisse und den Gästen, die auf ihre Bestellungen waren, strahlt Greg Ruhe aus. Eine Insel inmitten des Sturms. Es kommt mir vor, als würde er ganz natürlich hierher hinter den Tresen gehören. Ich muss mich zusammenreißen, ihn nicht anzustarren, weil er so ganz anders wirkt, als ich ihn bisher kennengelernt habe.

„Warum hast du mir nicht gesagt, dass du hier sein wirst? Mit einer Schürze um?“ Ich tue gleichgültig, was mir misslingt.

Greg streicht sich eine Locke aus der Stirn. „Ähm, na ja.“

Wieder fährt er sich mit der Hand durchs Haar. „Ich wusste nicht, wie du darauf reagieren würdest.“

„Also hast du es vorgezogen, nichts zu sagen, und gewartet, bis ich es selbst herausfinde?"

„Nein, ganz so war es nicht ...“

„Wie denn dann?“

Greg holt tief Luft und atmet dann langsam wieder aus. „Du warst diejenige, die meinte, ich solle mal wieder vorbeischauen, weil Elijah sich freuen würde. Das habe ich gemacht. Der Rest hat sich einfach so ergeben. Ohne Absicht.“

„Ach ja?“

„Ganz langsam ...“ Er hält abwehrend beide Handflächen in die Luft. „Ich hatte befürchtet, dass du so reagierst. Darum hielt ich es für besser, es nicht per WhatsApp mit dir zu besprechen. Ich bin hier, weil ich gern mit Elijah zusammenarbeite. Es macht mir Freude, ihn zu unterstützen. Wirklich, Sally, du musst mir glauben. Das ist das Sinnvollste, was ich in der gesamten letzten Zeit getan habe. Elijah und all die anderen Auszubildenden hier geben mir das Gefühl, etwas zu bewirken. Ich möchte dazu beitragen, einen Unterschied in ihrem Leben zu machen.“ Sein Blick sprüht vor Intensität, was mich verwirrt und gleichzeitig kribbelig macht.

Zögernd mache ich mich wieder an der Kuchentheke zu schaffen, während die Stimmen in meinem Kopf Frage und Antwort spielen.

Glaube ich ihm? Ja, das tue ich. Seltsamerweise.

Ist es mir recht, dass er hier ist? Hm ... Die Frage ist um einiges schwerer zu beantworten.

Ich bin mir nicht sicher. Es ist eine merkwürdige Mischung aus Ja und Nein.

Schließlich hat er mir erneut zu verstehen gegeben, dass er nicht an mir interessiert und unser Zusammentreffen hier keine romantischen Hintergründe hat.

Und warum ärgert mich das, wo wir doch erklärterweise mal wieder auf einem Non-Date sind?

„Na schön, Greg." Ich lege die Kuchenzange beiseite und wische die Hände an der Schürze ab. „Ich glaub dir das mal. Und die Randnotiz im *Mirror,* wie darf ich das verstehen? Ist das Teil der Werbekampagne für deinen Roman?"

Greg steht auf einmal völlig stocksteif da. Er wirkt ehrlich geschockt. „Das glaubst du?", fragt er schließlich.

Zur Antwort zucke ich schweigend die Schultern.

„Hör zu ..." Er fährt sich mit der Hand in den Nacken. „Ich kann es nicht ändern, aber ich bin nun mal halbwegs berühmt. Ich hasse es wie die Pest, von aufdringlichen Reportern belagert und angequatscht zu werden. Aber wenn ich etwas aus den Fehlern meiner Anfangszeit gelernt habe, dann, dass man diesen Kerlen am besten Futter gibt. Etwas, worüber sie schreiben können. Tut man es nicht, saugen sie sich irgendwelchen Blödsinn aus den Fingern, der einem erst recht schadet."

„Okay." Ich spiele mit der Kette an meinem Hals.

„Wirklich?"

„Ja. Hatte deine Agentin die Finger im Spiel?"

„Miranda?" Greg trommelt mit den Fingern über die Theke. Er überlegt. „Nein. Das ist nicht ihr Stil. Wenn, dann hätte sie ein Video von mir viral gehen lassen, wie ich hier in Schürze an der Kaffeemaschine stehe."

„Hilfe ...", grummle ich.

„Na ja, das Internet hat auch Vorteile. Sieh es mal so, das *Fair Brew* bekäme jede Menge Aufmerksamkeit. Und das, was hier geleistet wird, würde in der breiten Öffentlichkeit bekannt. Was wiederum den Menschen nützt, die hier fit fürs Berufsleben werden wollen, denn möglicherweise öffnet das am Arbeitsmarkt Türen, die sonst verschlossen wären."

„Okay, das war jetzt viel …", sage ich, während mein Kopf noch damit beschäftigt ist, die Zusammenhänge zu verarbeiten. „Aber ja, ich gebe zu, es hat eine gewisse Logik."

„Na bitte."

„Na dann." Mit einem frechen Grinsen zücke ich mein Smartphone und starte eine Videoaufnahme.

„Sal-ly!" Greg reißt überrascht die Augen auf. „Leg das weg!"

„Wo bleibt denn jetzt der sexy Hüftschwung, auf den alle warten?", entgegne ich, während die Aufnahme immer noch läuft. „Elijah, mach mal die Musik lauter!"

„Geht klar", ruft Elijah lachend zurück. Er und die anderen hinter der Theke amüsieren sich köstlich.

In deutlicher Lautstärke röhrt *Jingle Bells* Rock aus den Lautsprechern.

Greg verdreht die Augen.

„Komm schon, mach mit!", bitte ich ihn und Greg macht tatsächlich ein paar steife Verrenkungen.

„Das geht noch besser!", feuere ich ihn an.

Einen Moment blickt Greg irritiert vor sich hin, als überlege er, was an seinen Dad-Moves noch zu verbessern wäre, aber dann! Ich strahle über das ganze Gesicht, als er die Bewegungen von Hugh Grant andeutet und sich schließlich den Vibes der Filmszene hingibt. Er ist nicht im Takt, aber welche Rolle spielt das schon? Ein paar Leute sehen zu uns hinüber, an einem Tisch wird sogar geklatscht.

Zufrieden stecke ich das Smartphone weg.

„Und jetzt?" Herausfordernd funkelt er mich an. Wir stehen uns gegenüber, so nah, dass ich sehe, wie seine Mundwinkel zucken. „Du wirst das doch nicht ins Netz stellen?"

„Mal sehen. Kommt drauf an, wie sehr du mich heute noch

ärgerst“, gebe ich augenzwinkernd zurück, um klarzumachen, dass ich scherze.

Greg grinst frech zurück.

Auf einmal ist da zwischen uns wieder diese Spannung, die ich schon des Öfteren zu spüren glaubte.

„So, meine Lieben, Ende der Vorstellung“, verkündet Ursula in diesem Augenblick und scheucht uns wie die Hühner hinter der Theke hervor. „Spaß auf der Arbeit muss sein, aber hier stehen drei volle Tabletts, die an die Tische gebracht werden müssen. Elijah und Greg, Tisch Nummer vier bitte. Sally und Preetee, Tisch fünfzehn.“ Sie überreicht unseren Auszubildenden die jeweiligen Teller mit den Bestellungen.

Bis zum Schichtende um siebzehn Uhr haben wir alle Hände voll zu tun und keine Gelegenheit, uns gegenseitig weiter aufzuziehen. Abgesehen von albernen Grimassen, die wir uns im Vorbeigehen zuwerfen.

Ich wusste gar nicht, dass man mit Greg so viel Spaß haben kann.

Vielleicht sollte ich ihm vorschlagen, dass er das Schreiben aufgibt und stattdessen ein Café eröffnet?

Als wir später in unsere dicken Wintermäntel gekleidet auf die Straße treten, ist es längst dunkel. Die schillernd blauen Lichtbögen leuchten uns entgegen, wir sehen uns an.

„Was schlägst du vor?“, meint Greg. „Wo sollen wir den Baum kaufen? Weißt du einen guten Händler, bei dem der Baum nicht nach ein paar Tagen zu nadeln beginnt?“

Ich wiege den Kopf hin und her. „Na ja, da gibt es mehrere. Ein bisschen kommt es darauf an, wo du wohnst. Und darauf, ob du ihn selbst nach Hause schleppen oder liefern lassen willst.“

Seltsam, dass ich tatsächlich keine Ahnung habe, wo Greg lebt, schießt es mir durch den Kopf. Daran sieht man, wie wenig wir uns kennen. Im Grunde sind wir Fremde.

„Liefern“, sagt Greg entschlossen.

„Gut, wenn das so ist …“ Ich schürze die Lippen und überlege. „Eigentlich muss ich selbst auch noch einen Baum kaufen. Wenn es dir also nichts ausmacht, könnten wir zu *Pines and Needles* an der St John's Church in Notting Hill gehen. Das ist bei mir um die Ecke. Dann spare ich mir das Geld für die Lieferung."

„Klar. Kein Problem."

„Wo wohnst du?", frage ich, als wir dicht gedrängt im Bus nebeneinanderstehen.

„Little Venice, Regents Canal."

„Versnobte Gegend."

„Ich habe ein Hausboot."

„War klar." Ich verdrehe betont gelangweilt die Augen. „Elitär und gleichzeitig Bohème."

„So denkst du über mich? Reicher Typ aus der Oberschicht, der sich als freischaffender Künstler ausgibt?" Er grinst.

„Haben deine Eltern das Boot gesponsort?"

„Nein, ich habe es mit den Tantiemen von *Fire up Christmas* finanziert."

Ich zucke die Schultern. „Dann musst du enorm gut daran verdient haben. Ich wusste nicht, dass man vom Schreiben Millionär werden kann."

„Es ist ein umgebauter Lastkahn mit undichtem Dach und schlecht funktionierender Toilette. Keine fünfundzwanzig Meter Watervilla mit Sonnendeck, extravaganter Kücheninsel und integriertem Whirlpool."

„Das Hausboot des Schreckens also?" Ich kichere. „Vielleicht solltest du lieber einen Thriller schreiben."

„Möglicherweise mache ich das tatsächlich irgendwann." Greg zwinkert amüsiert zurück.

„Sag mal, hast du überhaupt Kontakt zu deinen Eltern?"

„Das ist eine sehr persönliche Frage."

„Und? Wie lautet die Antwort?"

„Ich habe mit meinen Eltern seit damals nicht mehr gesprochen."

Ich runzle die Stirn. „Noch nicht einmal an Weihnachten oder an Geburtstagen?"

„Nein. An Weihnachten ganz besonders nicht."

„Aber ihr schreibt euch zumindest eine Karte? Oder WhatsApp?“, schiebe ich hoffnungsvoll hinterher.

„Ich verrate dir ein Geheimnis.“ Er senkt den Kopf näher an mein Ohr. „Lieber würde ich nackt in einem Fluss mit Alligatoren baden, als in irgendeiner Form mit meinen Eltern zu tun zu haben.“

„Na super. Damit ist alles klar“, seufze ich.

„Wie meinst du das?“

„Witzbold.“ Ich schüttle den Kopf. „Du willst einen Roman schreiben, um den es um Aussöhnung mit Weihnachten und mit der Vergangenheit geht, und schaffst es nicht, deinem Vater zum Geburtstag oder zum Fest zu gratulieren? Wenn du mich fragst, ist *das* der eigentliche Grund für deine Schreibblockade.“

„Quatsch.“ Er schiebt sich eine Locke aus der Stirn und wirkt auf einmal gar nicht mehr so sicher. Außerdem wehrt er sich nicht wie sonst dagegen, dass ich seine Aufschieberitis als *Schreibblockade* bezeichne, und das allein sagt schon alles. Ich habe einen wunden Punkt berührt.

„Es ist so viele Jahre her und ihr habt es in der Zwischenzeit nicht geschafft, euch auszusprechen?“, bohre ich weiter.

„Ich bezahle einem sehr guten Psychotherapeuten ein Vermögen dafür, dass es dazu nicht erst kommen muss.“

„Dein Psychotherapeut ist miserabel.“

„Mag sein. Ich hatte nur eine Sitzung bei ihm. Danach habe ich abgebrochen.“

„Und weshalb?“ Ich ziehe die Augenbrauen hoch.

„Das ist jetzt etwas peinlich.“ Er kratzt sich den Bart. „Es könnte möglicherweise daran gelegen haben, dass seine Aussage sich mit deiner deckt.“

„Ha! Gott, bin ich gut.“ Triumphierend boxe ich mit den Händen in die Luft. „Meine natürliche Begabung ist Psychologie.“

„Ich bin schwer beeindruckt.“ Greg grinst.

Der Bus hält und wir müssen aussteigen, daher endet meine tiefenpsychologische Analyse von Greg an dieser Stelle und wir wenden uns den pragmatischen Dingen des Lebens zu, dem Kauf eines Weihnachtsbaums. Oder genauer gesagt, zweier Weihnachtsbäume.

„Wie wäre es mit dieser hier?“, frage ich, als wir im altehrwürdigen Kirchhof von St John’s stehen, wo *Pines and Needles* wie in jedem Jahr einen Christbaum-Verkauf aufgebaut hat. Aus den Lautsprechern schallt Weihnachts-Pop.

Greg mustert kritisch die Nordmanntanne, die mir etwa bis zum Kinn geht. „Zu buschig“, entscheidet er dann.

„Hi, ich bin Mara. Braucht ihr Hilfe?“ Eine hübsche, dunkelhaarige Verkäuferin in breitem schottischem Akzent kommt auf uns zu. Wie ihre Kollegen trägt sie eine lustige Weihnachtsmannmütze auf dem Kopf, dazu eine graue Fleecejacke und einen rot karierten Schottenrock über dunklen Jogginghosen.

„Wir sind uns noch nicht sicher, was wir suchen“, erwidert Greg für uns beide.

„Euer erstes gemeinsames Weihnachten?“ Die hübsche Dunkelhaarige lächelt uns zu.

Ich weiß nicht, was Greg auf einmal reitet, aber in aller Selbstverständlichkeit legt er den Arm um mich, als wären wir ein Paar, und drückt mir einen Kuss auf die Wange. „Richtig. Meine Freundin hat mich gewarnt, dass es schwierig werden könnte, den passenden Baum zu finden. Sie neigt eher zu ausladenden Bäumen mit Ästen, an die Tonnen von Schmuck passen, während ich …“

Es juckt mich in den Fingern mitzuspielen und ich unterbreche ihn mit einem engelsgleichen Grinsen.

„Hör bitte nicht auf ihn“, unterbreche ich Greg und winke ab. „Er hatte letztes Jahr einen Baum aus Plastik, den er mit so einem grässlichen Spray aus dem Baumarkt beduftet hat. Ich hatte Niesanfälle und zugeschwollene Augen von dem Zeugs. Zum Glück hatten wir da noch keine gemeinsame Wohnung.“

„Oh je, Allergien sind wirklich übel.“ Mara nickt mitfühlend. „Eine Freundin von mir leidet unter Erdnussallergie. Wirklich schlimm. Wie wäre es mit dieser Edeltanne hier?“ Sie holt einen

Baum hervor und stellt ihn vor uns hin, damit wir ihn begutachten können.

Er ist eher licht, besitzt eine sehr übersichtliche Anzahl gerader Äste und erinnert an sterbende Wälder.

„Das geht schon eher in die Richtung." Greg nickt. „Wir suchen etwas Schmales, Schlichtes."

„Nicht *zu* schlicht, Liebling." Ich schmiege mich zärtlich an ihn und verziehe, an Mara gewandt, bedauernd das Gesicht. „Nein, tut mir leid. Der kommt eher nicht infrage. Der Baum, den wir suchen, soll schon etwas hermachen. Schließlich wollten wir deine Eltern zum Weihnachtsessen einladen. Stimmts, Schatz?"

„Das haben wir doch noch nicht entschieden", erwidert Greg, während Mara den Baum wieder an den Zaun zu den anderen lehnt. Sein Lächeln wirkt etwas gezwungen. „Wollten wir nicht ganz für uns sein?"

„Wie jetzt?" Ich löse mich aus seinem Arm und blicke schockiert zu ihm auf. „Und wozu habe ich dann schon vor Wochen in der Küche gestanden und stundenlang Teig für den Plumpudding nach dem alten Familienrezept meiner Omi gerührt?"

„Das ist sehr, sehr süß von dir, Hase ...", meint Greg. „Aber lass uns das zu Hause noch einmal in Ruhe besprechen."

Hase? Ernsthaft? Hat er mich eben Hase genannt? Na warte, Greg ...

Ich winke entschieden ab. „Papperlapapp. Deine Eltern müssen kommen. Ich möchte sie unbedingt endlich kennenlernen."

„Er hat dich seinen Eltern noch nicht vorgestellt?" Mara wirft Greg einen Blick zu, als hätte er eine schlimme Straftat begangen. „Sagtet ihr nicht, ihr wärt schon länger zusammen?

„Sind wir auch." Greg nickt.

„Gregs Eltern waren sehr lange im Ausland", improvisiere ich weiter. „Sie kommen in Kürze aus Peru zurück, wo sie geholfen haben, ein Krankenhaus für Waisenkinder aufzubauen."

„Verstehe." Mara geht mit uns ein paar Schritte weiter. Zielgerichtet greift sie wieder einen Baum aus der Menge heraus. „Der hier vielleicht? Der ist wie aus dem Bilderbuch. Kompakt und schön geschlossen. Dazu sind Nordmanntannen sehr robust und können über mehrere Wochen in der Wohnung stehen, ohne zu nadeln. Und die Äste halten auch schweren Schmuck aus."

„Er ist perfekt", sage ich.

Greg wirkt nicht begeistert. „Hm. Ich finde ihn immer noch zu üppig. Die Äste gehen bis zum Boden. Wie sollen denn da die vielen Geschenke darunter passen?"

Mit einem gekonnten Augenaufschlag sehe ich zu ihm auf. „Du bist so romantisch, Schatz. Wirklich lieb, aber du musst mir nicht noch zusätzliche Geschenke machen. Der Verlobungsring reicht völlig. Obwohl ich schon lange von einer Kitchen Aid träume."

„Verlobungsring ..." Greg rollt die Augen. „Klar, wie konnte ich den nur vergessen?"

Mara stellt schulterzuckend den Baum zurück. Sie scheint begriffen zu haben, dass sie es mit uns nicht leicht hat. Sie überlegt, dann erhellt sich ihre Miene. „Wie wäre es mit einer Fraser-Tanne?", schlägt sie vor. „Die hat eine schmalere Form und nimmt nicht zu viel Platz ein. In diesem Jahr sind Fraser-Tannen der absolute Verkaufshit. Sie duften wunderbar und sind sehr locker im Wuchs, allerdings auch leider etwas teurer."

„Das geht schon in Ordnung", erwidert Greg.

„Ja, was für ein Glück, dass dein Geschäft nach deiner Krise in diesem Jahr wieder so gut läuft, nicht wahr?" Ich hake mich bei ihm unter und schmiege die Wange an seinen Mantel, der herrlich nach Greg riecht. „Du sprühst in letzter Zeit nur so vor Ideen."

„Man tut, was man kann", murmelt Greg in seinen Kragen. Arm in Arm schlendern wir mit Mara zu der Ecke, in der die Fraser-Tannen stehen.

„Ich glaube, ich habe den Baum gefunden, der perfekt zu Euch beiden passt." Mit einem gewinnenden Lächeln präsentiert uns Mara den nächsten Kandidaten, der zu meiner Überraschung ein Leuchten in Gregs Augen zaubert.

„Der sieht gut aus. Den nehmen wir", beschließt er.

„Toll. Was hältst du davon, wenn wir echte Bienenwachskerzen nehmen statt Lichterketten? Wenn wir erst einmal Kinder haben, ist das zu gefährlich", setze ich noch eins drauf.

„Ihr zwei seid süß", sagt Mara und zwinkert uns zu. „Dann sage ich meinem Kollegen Bescheid, dass er ihn für euch anspitzt und in die Netzmaschine steckt, okay?"

„Cool. Und bitte lass auch den ersten Baum, den wir gesehen haben, einpacken. Der ist für meine Mum", schiebe ich erklärend hinterher.

„Kein Problem. Ich mache euch einen Sonderpreis. Weil ihr zwei Bäume nehmt und weil ihr so ein sympathisches Pärchen seid."

„Supernett von dir, Mara. Können wir uns noch in der Holzhütte nach Christbaumschmuck umsehen?", strahle ich sie an.

„Klar. Kein Problem. Ihr findet mich dann da drüben bei der Kasse."

„Wie doch die Zeit verfliegt", sage ich ironisch, als wir allein sind. „Ich kann mich gar nicht mehr an unseren ersten Kuss erinnern. Wie lange sind wir jetzt eigentlich schon zusammen?"

„Ich schätze dreizehn Minuten?" Gregs Augen funkeln schelmisch.

„Aha. Und wo verbringen wir die Flitterwochen? Hawaii oder Brasilien?" Ich nehme einen Christbaumanhänger in Form eines rot-weiß eingewickelten Bonbons vom Ständer und betrachte ihn prüfend.

„Hawaii."

„Ich Glückspilz. Dann sollte ich mir mal demnächst einen neuen Bikini zulegen."

„Tu das." Greg nickt ernsthaft.

„Oh Mann", seufze ich. „Du hast echt eine blühende Fantasie."

„Entschuldige, aber zur Hintergrundrecherche für das Buch hat es sich einfach angeboten, uns als Pärchen auszugeben. Ich liebe Method Acting. Übrigens bist du ein fabelhafter Partner in Crime. Du hast beachtliches Talent zum Schauspiel."

„Super. Das hat man davon, wenn man auf ein Date mit einem Schriftsteller geht." Ich überreiche ihm den Baumschmuck. „Hier. Für den Baum. Vielleicht solltest du noch ein Set der Christbaumkugeln in den Farben des Union Jack dazukaufen?"

Greg sieht mich an, in seinen Augen liegt ein merkwürdiger Ausdruck. „Dann haben wir gerade ein Date?"

Ich verliere mich in seinen dunklen Augen. Wieder ist da diese Spannung zwischen uns. Etwas in mir wünscht sich tatsächlich, dass wir mehr als nur Freunde wären, stelle ich verblüfft fest. Er sieht verdammt sexy aus, wie er so dasteht und mich intensiv betrachtet. Ein Sehnen läuft durch meinen Körper und am liebsten würde ich mich wieder an Gregs weichen Wollmantel kuscheln und meinen Kopf an seine Brust schmiegen.

Ach was. Sind wir ehrlich. Ich würde ihm am liebsten den Wollmantel vom Leib reißen, mit den Händen unter seinen Pullover fahren und ihn leidenschaftlich küssen.

Etwas stimmt nicht mit mir. Alarmglocken schrillen in mir und mein Verstand sucht fieberhaft nach einer Erklärung. Wie es aussieht, bin ich noch immer zu sehr in meinem Charakter drin, was daran liegen muss, dass wir unsere Rollen noch nicht offiziell wieder abgestreift haben. Außerdem zählt Method Acting nicht ohne Grund zu den krassesten Schauspielmethoden. Die Darsteller verschmelzen so sehr mit ihren Rollen, dass sie Bühne und Realität nicht mehr trennen können.

Mit Gewalt reiße ich mich aus unserem Augenflirt los und tue, was mir am unverfänglichsten erscheint: Ich halte das Spiel weiter am Laufen. „Komm mir nicht so, Schnuckiputz." Ich tippe ihm mit dem Zeigefinger gegen die Brust. „Erst redest du von Flitterwochen auf Hawaii und jetzt willst du mich heute Abend nicht einmal auf ein anständiges Date entführen? Wenn das so ist, überlege ich es mir mit der Hochzeit."

Greg zögert. Für den Bruchteil einer Sekunde meine ich Enttäuschung in seinem Gesichtsausdruck zu lesen. Aber vielleicht ist er einfach nur irritiert, weil Mara genau in diesem Moment von der Kasse am Eingang der Holzhütte zu uns hinüberruft: „Die Lichterketten sind übrigens gerade im Angebot."

Greg krallt sich die Schachtel mit den Union-Jack-Christbaumkugeln, nimmt mich an der Hand und geht mit mir zur Kasse hinüber. „Zwei Sets Lichterketten, bitte. Und das hier kommt auch noch dazu." Er legt die Schachtel auf den Tresen. „Wäre es möglich, dass ihr alles zusammen mit dem Baum liefert?"

„Logo. Kein Problem. Deine Adresse bitte?"

Greg rattert sie herunter und Mara notiert alles in ihrem Auftragsbuch. „Einen Christbaumständer habt ihr?"

„Nein, pack noch einen dazu", antwortet Greg, sein Enthusiasmus für die Rolle scheint inzwischen gegen null zu gehen. Höchste Zeit, dass wir verschwinden.

„Den Baum für meine Mum nehmen wir mit. Sie wohnt ganz in der Nähe", sage ich.

„Okay." Mara rechnet und nennt uns die Summe. „Bar oder Karte?"

Ich will gerade einwenden, dass wir getrennt zahlen, aber Greg ist schneller. „Karte", erklärt er und drückt meine Hand kurz und fest.

„Danke für die tolle Beratung, Mara", sagt er und steckt die Karte wieder weg, nachdem er noch ein ordentliches Trinkgeld draufgepackt hat.

„Sehr gern. Übrigens, schaut mal nach oben." Mara deutet zur Holzdecke. „Ihr beide steht genau unter dem Mistelzweig."

„Na dann", ruft Greg gespielt fröhlich. Allerdings kenne ich ihn in der Zwischenzeit gut genug, um zu sehen, dass er eher nervös als begeistert wirkt.

Mit klopfendem Herzen sehe ich nach oben, zu den mit einem roten Band umschlungenen Zweigen, zwischen denen unschuldig weiße Beeren leuchten. Passend dazu tönt *It's the most wonderful time of the year …* aus dem Lautsprecher über unserem Kopf.

„Yayy!", verkünde ich tapfer.

Greg scheint entschlossen, das Ganze möglichst schnell hinter sich zu bringen, denn er umschlingt meine Taille. Ich recke mich auf die Zehenspitzen und ein schmatzender Kuss landet auf meinen Lippen.

„Frohe Weihnachten, ihr Süßen“, wünscht Mara und überreicht uns zwei Zettel „Hier. Der muss an den Baum, der geliefert werden soll, und den hier zeigt ihr meinem Kollegen. Dann könnt ihr den anderen Baum gleich nach Hause tragen.“

„Wow“, murmle ich, als ich meinen Baum bei dem jungen Mann an der Netzmaschine abhole. Obwohl die Tanne in das Netz gepresst ist, sieht sie ziemlich sperrig aus. Wie soll ich sie bloß nach Hause bringen? Mit dem Fahrrad vielleicht? Dazu müsste ich es erst zu Hause holen.

„Möchtest du lieber vorne oder hinten anpacken?“, fragt Greg in diesem Moment.

„Du willst mir tatsächlich helfen?“ Ein ungläubiges Strahlen breitet sich über mein Gesicht aus. Es ist ziemlich süß von ihm, dass er das anbietet.

„Wie willst du ihn denn sonst nach Hause bringen? Allein schaffst du das nie.“

„Stimmt.“ Betreten beiße ich mir auf die Unterlippe. „Seltsam. Vorhin sah er gar nicht so groß aus. Er muss in den letzten zehn Minuten gewachsen sein.“

Greg zieht ein Paar Lederhandschuhe hervor, die ziemlich teuer aussehen, und reicht einen davon mir.

„Die werden wir durch das Baumharz ruinieren“, stöhne ich.

„Da passiert schon nichts. Wir greifen durch das Netz.“

„Wie du meinst.“ Zögernd stecke ich meine Hand in das weiche Leder. Bevor ich mich an der Spitze des Baums in Startposition begebe, werfe ich Greg einen herausfordernden Blick über die Schultern zu. „Nur um das klarzustellen: Sind wir jetzt offiziell wieder geschieden?“

„Ich lasse meinen Anwalt die Papiere aufsetzen, wenn du darauf bestehst. Schade eigentlich.“ Er verzieht gespielt dramatisch das Gesicht. „Was wird jetzt aus unserem Urlaub auf Hawaii? Ich hatte mich schon so auf das Luau Kalamaku gefreut.“

„Die Chance hast du verspielt. Es sei denn, du kommst am Weihnachtstag doch noch mit der Kitchen Aid um die Ecke", scherze ich zurück.

Eine ganze Weile lassen wir uns noch über unsere geplatzten Flitterwochen auf Maui aus und die fantastischen Cocktails, die wir versäumen, während wir im Gleichschritt hintereinander hergehen und die Spitze des Baums bei jedem Schritt mitfedert.

Schließlich stehen wir vor meiner Haustür.

„Krass." Greg setzt den Baum ab und lässt den Blick die St Lukes Mews hinauf und hinunter wandern. „Hier sieht es ja wirklich aus wie in dem Film. Ist das echt oder alles nur Kulisse?"

„Kulisse", bemerke ich trocken. „Wir Statisten sind unterbezahlt und leben in winzig kleinen Trailern, die hinter dem Set parken."

„Aha. Ich schätze, deswegen konntest du dir keinen Lieferdienst leisten." Greg lehnt den Baum gegen die Hauswand und überprüft, ob er wirklich sicher steht. Dann dreht er sich zu mir um.

„War schön mit dir, Sally …"

„Fand ich auch. Danke noch mal für die Hilfe."

Wir stehen uns gegenüber. Während ich den Schlüsselbund aus meiner Tasche ziehe, fällt Gregs Blick auf die Haustür in meinem Rücken.

„Was haben wir denn hier?" Er hebt eine Augenbraue.

Ich habe keine Ahnung, wovon er redet, und wende den Kopf.

Leuchtend rot schimmern uns die Bänder an dem Kranz entgegen, den Tante Patricia an der Haustür angebracht hat.

„Misteln." Ich grinse schief.

„Du weißt, was das heißt, oder?" Greg blickt mir tief in die Augen. So albern dieser ganze Zirkus war, aber es wäre zugegebenermaßen nett, jemanden zu haben, der bei einem Mistelzweig sofort an mich denkt. Dann macht er einen Schritt auf mich zu und schlingt die Arme um meine Taille.

Ein warmes Gefühl durchströmt mich. Greg und ich sind einander so nahe, dass ich durch die Schichten unserer Kleidung hindurch spüre, wie sein Brustkorb sich beim Atmen hebt und senkt. Was ist das nur, das uns so magnetisch aufeinander zusteuern lässt?

Mein Herz beginnt zu rasen und in meinem Unterleib macht sich ein erwartungsvolles Ziehen breit. Ich will so sehr, dass er mich küsst, dass ich alle Vernunft über den Haufen werfe.

Seine Lippen nähern sich. Ich schließe die Augen. Mein Herz klopft aufgeregt in meiner Brust, während ich darauf warte, dass es passiert. Und dann, während alles andere um mich herum versinkt, berühren seine Lippen sanft meinen Mund. Wir versinken in einem zögernden Kuss, der sich erstaunlich richtig anfühlt und immer intensiver wird. Mein Atem vermischt sich mit dem Geschmack seines Mundes.

Als wir uns voneinander lösen, brennt dieser Moment auf meinen Lippen nach.

„Das war …“, beginnt Greg zögernd.

„… gar nicht so schlecht“, ergänze ich, was selbst bei allem britischen Understatement die Untertreibung des Jahrhunderts ist.

„Vielleicht sollten wir die Flitterwochen auf Hawaii doch noch nicht canceln?“, meint er.

„Vielleicht …“

Die Fingerspitze seines Zeigefingers fährt sanft die Linie meines Kinns nach. In seinen Augen liegt ein ungewohnt zärtlicher Ausdruck. Sein vertrauter Duft löst das Bedürfnis in mir aus, den Kopf an seiner Schulter zu vergraben. Er nimmt langsam die Hand weg und die Berührung hallt noch immer in mir nach.

Bevor ich begreife, was gerade mit uns passiert, tritt er einen Schritt zurück.

Etwas zwischen uns hat sich verändert. Es ist, als würde ich etwas in ihm erkennen, das mir bisher verborgen blieb. Etwas, das sich warm und vertraut anfühlt, fast ein bisschen wie Nachhausekommen.

Ist das derselbe Mann, der noch steifer als sein teurer Schirm auf der Aussichtsplattform gestanden hat?

„Ich mag dich, Sally." Seine Stimme klingt leise und intensiv.

„Ich dich auch, Greg."

Er lächelt und sieht mich wieder mit diesem besonderen Ausdruck an. In mir drin fängt es an zu funkeln und glitzern.

Staunend wie ein Kind an Weihnachten stehe ich da. Es ist ein Gefühl, das ich so lange nicht gespürt habe, dass ich es zunächst gar nicht einordnen kann. Und eine zarte Saite in mir gerät ins Schwingen.

„Dann gehe ich jetzt mal," sagt er und rührt sich nicht vom Fleck.

Ich nicke, obwohl ich möchte, dass er bleibt.

„Also dann ..."

„Also dann ...", sage ich und schlucke.

„Gute Nacht, Sally. Bis bald." Er greift nach meiner Hand und drückt sie zärtlich. Dann lösen sich unsere Finger und er spaziert die Straße hinunter.

Verwirrt und mit dem Gefühl tanzender Schmetterlinge im Bauch sehe ich ihm hinterher, bis er um die Ecke biegt.

Kapitel 17

Ein Tag und fünf Stunden sind seit dem Kuss vergangen und ich kann nicht aufhören, an Greg zu denken oder verwirrt zu sein. Noch nicht einmal die Tatsache, dass ich gerade zu den Beats von Ed Sheeran abgroove, kann verhindern, dass meine Gedanken ständig zu unserem Abschied vor der Haustür zurückwandern.

Draußen beginnt es zu schneien, mein Blick fällt durch die Glasfront. Unter uns funkeln die Lichter von London, über uns zaubert die Weihnachtsbeleuchtung des *The Shard* einen Farbrausch in den Himmel. Die Aussichtsplattform hat sich in einen funkigen Club verwandelt. Ein fliegendes Ufo, das irgendwo zwischen den Sternen und der Großstadt zu schweben scheint. Trish und ich gönnen uns einen Mädelsabend nach unserer Schicht. Wir haben Kopfhörer auf und um uns herum ist alles voll tanzender Menschen. Obwohl der Eintritt zu der Silent Disco, die heute Abend im 69. und 70. Stock stattfindet, relativ teuer ist, rentiert sich jeder Penny.

Das Konzept ist genial. Es gibt nicht einen, sondern drei DJs, die nebeneinander hinter dem Pult stehen. Im Rhythmus der Beats schütteln sie mit zum V-Zeichen gespreizten Fingern die Hände in die Luft. Die Laptops vor ihnen sind mit rotem, blauem und grünem Licht gekennzeichnet. Jeder legt eine andere Musikrichtung auf, man kann zwischen Disco, Rock und Schnulze wählen. An den Kopfhörern sind Leuchtdioden angebracht, sodass man erkennen kann, wer gerade welche Musik hört. Wie immer liefern sich die DJs ein Battle, wer die meisten Zuhörer hat.

Meine Ohren unter den Kopfhörern fühlen sich heiß an. Ich gebe Trish ein Zeichen, dass ich eine Pause brauche. Wir lösen uns aus der Menge der verschwitzten Tänzer und stellen uns neben den goldgeschmückten Weihnachtsbaum, zu unseren Füßen strahlen die Lichter von St Paul's. Trish zieht sich die Kopfhörer ab, ich tue es ihr gleich.

„Und?", schreit sie mich an. Keine Ahnung, was sie mit ihren Haaren angestellt hat, aber es sieht aus, als hätte sie bunte Pfeifenreiniger für ihre abstehenden, dünnen Zöpfe benutzt.

„Was?", schreie ich zurück, denn im Grunde ist eine Silent Disco alles andere als leise. Alle johlen erbärmlich schief und schambefreit die verschiedenen Liedtexte mit, was urkomisch wirkt. Ein Teil der Tänzer grölt gerade den Refrain zu *Bad Blood* von Taylor Swift. Whitney Houston und Freddy Mercury würden sich im Grab umdrehen, wenn sie hören könnten, wie es gleichzeitig *Mama, oooh* aus Bohemian Rhapsody und *I will always love yoooooouuuu* aus dutzenden Kehlen kreischt.

„Bist du in Greg verliebt?" Trish drückt sich näher an mich heran, damit wir uns besser unterhalten können.

„Der Kuss hat nichts zu bedeuten", antworte ich hastig. Meine Ohren glühen förmlich, obwohl ich die Kopfhörer abgenommen habe.

„Warum bist du dir da so sicher?" Trish schaut wie gebannt zu einem Typen hinüber, der in einem schillernden Disco-Anzug auf der Tanzfläche abrockt. Optisch würden die beiden perfekt zusammenpassen, denn Trish trägt eine glitzernde Schlaghose mit rosa Pailletten und ein bauchfreies Top.

„Weil wir nicht zusammenpassen."

„Ich dachte, ihr versteht euch gut."

„Tun wir auch."

Trish hört auf, sich die Augen nach dem Kerl aus dem Kopf zu starren, und wendet das Gesicht zu mir. „Wo liegt dann das Problem?"

„Unsere Treffen sind rein freundschaftlich", erkläre ich. „Greg hat mir von Anfang an zu verstehen gegeben, dass er nicht auf ein Date mit mir aus ist."

„Aber du hättest es gern?"

„Irgendwie schon", gestehe ich seufzend.

„Warum sagst du ihm das dann nicht?"

„Das würde die Grenzen zwischen uns überschreiten."

Trish kneift prüfend die Augen zusammen. „Die Grenzen, die du dir in deinem Kopf setzt?"

Vermutlich trifft sie damit ins Schwarze, aber etwas in mir weigert sich stur, es zuzugeben. Kraftlos und mit hängenden Schultern stehe ich da, während der alte Schmerz erneut in mir aufflammt und wieder erlischt. Mit den Händen schüttle ich mein Haar in Form, bevor ich mich zu einer vagen Antwort entscheide. „Ich schätze, ich bin immer noch zu enttäuscht von Steve, um mich neu zu verlieben."

„Steve war ein ausgemachtes Arschloch. Er hat private Vorher/nachher-Fotos von dir benutzt, um Kundinnen zu akquirieren. Wie hoch ist die Wahrscheinlichkeit, dass Greg ein genauso mieses Schwein wie dein Ex ist?"

Ich bin versucht, „Fünfzig/Fünfzig" zu antworten. Aber da mir nicht bekannt wäre, dass Greg nebenbei als Personal Fitness Trainer arbeitet, räume ich ihm einen Bonus ein. „Achtzig/Zwanzig?", erwidere ich daher und zucke hilflos die Schultern.

Trish schenkt mir einen Blick, der *Das-kann-nicht-dein-Ernst-sein* sagt. „Komm schon, Sally. Greg ist ein klarer Kandidat für Hundert-Prozent-durch-und-durch-anständig. Du musst lernen, wieder zu vertrauen. Nicht alle Männer sind Idioten."

„Sagt sich so leicht."

„Gibt Greg eine Chance. Er verdient es. So wie du ihn mir schilderst, ist er ein toller Typ. Schau nicht ständig in den Rückspiegel. Sonst verpasst du das, was vor dir liegt."

Ich betrachte meine schwarz lackierten Fingernägel. „Und wenn ich zu viel Angst habe?"

„Die beste Art, die Angst zu überwinden, ist, sich ihr zu stellen."

„Angst ist ein sinnvoller Schutzmechanismus. Sie hindert einen daran, sich freiwillig mit einem Fallschirm aus einem voll funktionsfähigen Flugzeug zu stürzen", gebe ich zurück.

„Sei nicht so zynisch", rügt Trish mich. „Was hast du zu verlieren? Im schlimmsten Fall stellst du fest, dass zwischen euch wirklich nicht mehr als Freundschaft ist. Ja und? Dann musst du dir später wenigstens nicht vorwerfen, eine tolle Chance verpasst zu haben."

Ich presse die Lippen zusammen.

„Komm schon, Sal. Ruf ihn an und frag ihn, ob ihr euch sehen wollt."

„Auf keinen Fall!"

„Dann schreib ihm." Trish schnappt sich mein Handy, das an einer Kette von meiner Schulter baumelt, und hält es mir auffordernd vor die Nase. „Los. Meinetwegen schießen wir zusammen ein Selfie. Das benutzt du als unverfänglichen Aufhänger, um ihm zu schreiben, wie cool es hier ist und was für einen Heidenspaß wir haben."

„Bevor ich das tue, brauche ich einen Drink."

„Erst das Foto!", beharrt Trish. Bevor ich protestieren kann, hält sie die Kamera vor mein Gesicht, um das Handy zu entriegeln. Dann legt sie ihren Kopf gegen meinen und schneidet Grimassen, während sie unablässig den Auslöser drückt. Schließlich gibt sie mir das Smartphone wieder. „Hier. Such dir eins aus. Prosecco?"

Der Kollege, der uns an der Bar bedient, meint es gut mit uns. Er schenkt unsere Gläser randvoll. Vorsichtig prosten wir uns zu und schlürfen einen Schluck ab, um nichts zu verschütten, bevor wir uns wieder in unsere Ecke verkrümeln. Ich will gerade durch die Fotogalerie des Handys scrollen, als mir auffällt, dass ich einen verpassten Anruf habe.

„Greg hat versucht, mich zu erreichen", brülle ich Trish zu. In meinem Magen kribbelt es aufgeregt.

„Umso besser. Schreib ihm und frag, was er will." Skeptisch mustert Trish die beiden Gläser, die sie in den Händen balanciert. „Mist. Wir haben den gleichen Lippenstift benutzt. Welches war jetzt deins?"

„Ist doch egal", murmle ich geistesabwesend und formuliere in Gedanken mehrere Textnachrichten, die ich allesamt wieder verwerfe. Schließlich entscheide ich mich für *Hi, du hast angerufen?,* was zugegebenermaßen nicht sonderlich originell, aber dafür risikofrei ist, und füge eines der Selfies an.

Fünf Minuten später ist noch immer keine Antwort da. Der letzte Schluck Prosecco klingt schal in meinem Mund nach, als es endlich an meiner Hüfte vibriert.

„Was schreibt er?" Trish hängt mit dem Arm halb über meiner Schulter und versucht, auf das Display meines Handys zu schielen.

„Er will wissen, ob das Pfeifenreiniger in deinen Haaren sind. Und er meint, es sieht aus, als hätten wir Spaß. Warte, er schickt gerade ein Foto." Gespannt starre ich auf das Handy, während das Bild lädt. Manchmal dauert das bei meinem Smartphone ein wenig.

„Was ist das denn? Warum schickt er dir ein Selfie von sich vor einem geschmückten Christbaum?", schreit Trish neben meinem Ohr. „Großer Gott! Hat er da Kugeln mit dem Union Jack drauf hängen? Abgefahren!"

Das schale Gefühl von eben verlässt meinen Mund und macht sich dafür in meinem Magen breit. Trish sagt etwas, das komplett an mir vorbeigeht, weil ein einzelner Gedanke mein Hirn blockiert.

Er hat den Baum dekoriert.

Er hat den Baum dekoriert!!!

Wollten wir das nicht eigentlich zusammen machen? Ich stehe da wie ein Häufchen Elend und gehe in Gedanken die Liste durch, auf der erschreckend viele Punkte bereits abgehakt sind. Unsere gemeinsame Zeit verrinnt wie Sand zwischen meinen Fingern.

Und jetzt noch das.

Verdammt. Ich habe es geahnt. Der Kuss hat alles kaputt gemacht. Dieser blöde Kuss steht nun für immer zwischen uns und teilt den Zeitstrahl in zwei Hälften. Seit gestern gibt es eine lockere, unverkrampfte *Vor-dem-Kuss-Zeit* und dann gibt es die Zeit danach, die sich anfühlt, als hätte sich mein Innenleben zu einem unlösbaren Knoten verschlungen.

Wow, hammerschön, sieht richtig gut aus, tippe ich. Dann lösche ich es wieder, weil ich mich mit keiner Faser meines Körpers so euphorisch fühle, wie meine Worte vermuten lassen. Stattdessen schicke ich ein schlichtes Daumen-hoch-Emoji.

Komm schon, der geschmückte Baum
ist eine glatte Zehn,

tippt Greg zurück.

Eine Sieben,

schreibe ich und ertappe mich dabei, unsinnig vor mich hinzugrinsen.

Für eine Acht hättest du eindeutig mehr
Lametta verwenden müssen.

Warte,

schreibt Greg. Es dauert, dann bekomme ich wieder ein Foto geschickt: Greg, vor dem Christbaum, diesmal mit der Girlande um den Hals, die Brooke ihm geschenkt hat. Er reckt einen Daumen hoch und grinst wie ein Honigkuchenpferd. Die Unterschrift lautet:

Selbst zähe Kritiker müssen zugeben,
dass dies einer Neun sehr nahekommt.

Ihr seid ein tolles Paar, der Baum und du,

antworte ich ihm.

Gespannt warte ich, was zurückkommt, aber nichts passiert.

„Komm schon, lass uns wieder auf die Tanzfläche gehen." Trish und schnappt mich am Ärmel meiner Bluse und dirigiert mich vor sich her.

Da vibriert es wieder an meiner Hüfte.

> Lieber wäre ich jetzt mit dir zusammen ...

Zitternd atme ich aus, den Blick ungläubig auf das Display geheftet.

„Da ist jemand aber ganz schön in Flirtlaune", schreit mir Trish ins Ohr. Natürlich hat sie stillschweigend mitgelesen.

Überfordert starre ich Trish ins Gesicht. Meine Wangen glühen. Mein Herz hämmert wie wild. „Und jetzt?", brülle ich.

Trish packt mich bei den Schultern. Ihr Blick ist ernst. „Schreib ihm ehrlich, was du denkst."

Mit einem tiefen Ausatmen lasse ich die angestaute Luft aus meinen Lungen entweichen. Ich würde ihn auch gern sehen. Aber das sehnsüchtige Gefühl, das mich durchströmt, kann ich doch unmöglich in eine WhatsApp packen? Schweiß sammelt sich in meinem Nacken. Die Luft hier drin ist schrecklich stickig. Meine Sinne fühlen sich überreizt an, und das chaotische Gegröle, das von der Tanzfläche zu uns dringt, ist mir auf einmal zu viel.

Das Smartphone in meiner Hand vibriert erneut. Während ich dastehe und hin- und hergerissen bin, scheinen Greg die Worte nicht auszugehen. Mein Daumen swipt über das Display, ich lese:

> So reizvoll ich mir Flitterwochen auf Hawaii vorstelle, aber dürfte ich dich stattdessen auf ein richtiges Date entführen? Morgen Abend, falls du nichts vorhast?

Kapitel 18

Wir liegen in einem kuscheligen Beanbag für zwei. Der Ponton schaukelt sanft auf der Themse. Auf der anderen Seite des Wassers ist neben einem bunt funkelnden Weihnachtsbaum eine große Leinwand aufgebaut. Greg hat den Arm um mich gelegt und eine warme Fleecedecke über uns gebreitet, damit wir in der kühlen Nachtluft nicht frieren. Über uns spannt sich ein Zeltdach, an dem Lichterketten funkeln. Heizpilze verströmen zusätzlich eine wohlige Wärme. Am Rand des Pontons, auf dem sich das Pop-up-Kino befindet, flackern Laternen mit LEDs mit den Lichtern von St Katharines Dock im Hintergrund um die Wette. Wenn es kälter wäre und der Fluss zugefroren, hätten wir theoretisch mit Schlittschuhen auf dem Eis hierherlaufen können.

Mein Blick wandert zur Leinwand. Eben läuft noch Werbung. Möglichst unauffällig wende ich den Kopf und schiele zu Gregs scharf geschnittenem Profil hinüber, um mich nochmals der Tatsche zu versichern, dass ich mir das alles hier nicht einbilde, sondern mich auf einem offiziellen Date mit ihm befinde. Er hat den Hut abgenommen, das dunkle, lockige Haar fällt ihm in die Stirn und seine markante Kinnpartie unter dem Bart wirkt entspannt. Er riecht nach Duschgel und sauberer Wäsche. Der typische Greg-Geruch, den ich so an ihm mag. Am liebsten würde ich den Kopf unter dem Kragen seines grauen Wollmantels vergraben, um den männlich-herben Duft von Rasiercreme und Aftershave einzuatmen, der mich, um ehrlich zu sein, ziemlich antörnt.

„Alles okay?“ Er verlagert das Gewicht und dreht sich zu mir. Unsere Oberschenkel liegen eng aneinander. Für den Film trägt er eine schwarze Brille, die ihn sehr intellektuell aussehen lässt. Mein Gesicht spiegelt sich in seinen Brillengläsern und ich ertappe mich dabei, Greg mit diesem Verträumter-Teenager-Blick anzuhimmeln.

„Soll ich uns schnell eine Auswahl Tapas holen, bevor der Film beginnt?“

„Lass nur, ich bin nicht hungrig“, erwidere ich etwas überhastet. Zwar befindet sich die Bar nur wenige Schritte hinter uns. Dennoch möchte ich nicht, dass er aufsteht. Unser kuscheliges, gemeinsames Nest fühlt sich gerade so gemütlich und gleichzeitig vertraut an. Unwillkürlich muss ich an unseren ersten Abend zurückdenken, an dem wir Arm in Arm unter dem Schirm durch London spaziert sind. Daran, wie wir eng nebeneinander auf Schlittschuhen über das Eis geglitten sind und an so viele weitere zufällige Berührungen zwischen uns, die mir auf einmal so unendlich bedeutungsvoller erscheinen.

Wohlig schmiege ich mich in seinen Arm. Streng genommen ist das hier nicht unser erstes Date, sondern das sechste, wenn ich unsere bisherigen Treffen miteinrechne und ich mich nicht verzählt habe. Etwas zwischen uns hat sich verändert, und es liegt ganz bestimmt nicht nur an dem Kuss. Was ist so anders heute Abend? Während meine Gefühle wirr in meinem Bauch herumwirbeln, versucht mein Kopf zu ergründen, woher dieses ungewohnte, aufregende, aber gleichzeitig leicht unbehagliche Kribbeln tief in mir kommt. Gregs Wärme strahlt unter der Decke auf meinen Körper aus. Nichts läge näher, als meine Hand unter seinen Pullover zu schieben und ihn leidenschaftlich auf den Mund zu küssen, aber ich habe Angst, dass er mich zurückweist.

Gedankenverloren nehme ich einen Schluck Punsch aus einem Pappbecher. Das sanfte Schaukeln der Wellen wiegt meinen Körper und erinnert mich daran, dass wir uns über dem Wasser und nicht auf festem Boden befinden.

Es ist so furchtbar kompliziert mit Greg und mir.

Wir sind uns nicht mehr fremd, aber wir sind auch kein Paar. Aber was sind wir dann? Wie lässt sich definieren, wer wir sind? Anders als der Ponton, der fest vertäut im Yachthafen vor Anker liegt, treiben wir auf einem namenlosen Fluss dahin, durch ein Niemandsland aus Unverbindlichkeit und Nähe, Romantik und Verlegenheit, bewährten Schutzmechanismen und dem Zulassen von Gefühlen.

„Schön, dass du mitgekommen bist." Gregs Stimme dicht neben meinem Ohr beendet meine tiefsinnigen Gedanken.

„Na hör mal." Ich wende ihm das Gesicht zu und wackle bedeutungsvoll mit den Augenbrauen. „Glühwein, Kino und dazu *Liebe braucht keine Ferien,* einer meiner Lieblingsfilme. Wie konnte ich da Nein sagen?"

„Ooh." Greg tut enttäuscht. „Und ich dachte, es läge an meinem unwiderstehlichen Charme."

„Eher an der Tatsache, dass ich Jude Law rasend scharf finde."

„Ziemlich sexistisch von dir. Übrigens ... Wenn ich mich nicht täusche, stammt der Film aus dem Jahre 2006", hält Greg entgegen. „Hast du mal ein aktuelles Foto von Jude Law gesehen? Er trägt inzwischen mehr Haare an seinem Kinn als an seinem Oberkopf."

„Den Bart hat er sich für den Dreh von *Fantastische Tierwesen* wachsen lassen. Der ist inzwischen bestimmt wieder ab", verteidige ich meinen Schwarm von damals.

„Er hat sechs Kinder von vier verschiedenen Frauen und soll eine Affäre mit der Nanny gehabt haben."

„Klappe", grinse ich. „Außerdem lasse ich mir nicht von dir den Film verderben."

„Cameron Diaz hingegen sieht immer noch unglaublich aus ..."

„Und wer von uns ist jetzt sexistisch?"

„Unterhaltungen waren früher einfacher", kommentiert Greg lapidar, aber seine Mundwinkel zucken. „Der Umgang mit dem anderen Geschlecht übrigens auch. Als Mann riskiert man gleich als Chauvi abgestempelt zu werden, wenn man einer Frau anbietet, sie nach Hause zu begleiten."

„Da siehst du mal, was für ein Glück du mit mir hast", gebe ich ungerührt zurück. „Ich habe bei unserem ersten Treffen sogar zugelassen, dass du einen Schirm über mich hältst."

Er verzieht gespielt qualvoll das Gesicht. „In diesem Moment hätte ich ahnen sollen, dass unsere Begegnung nicht ohne Folgen bleibt."

„Frechdachs." Ich stupse ihn mit dem Arm in die Seite und beschließe, das Thema zu wechseln, weil sich langsam, aber sicher Untiefen auftun. Am Ende kommt Greg noch auf den Abschiedskuss zu sprechen. Entschlossen räuspere ich mich. „Wie läuft es mit deinem Roman? Kommst du vorwärts?"

„Ich versuche, mich nicht selbst unter Druck zu setzen, und erlaube mir vorerst, mich dem Zauber von London zur Weihnachtszeit hinzugeben. Bis dato arbeite ich an den Charakterentwürfen."

„Ist das eine Umschreibung für rumtrödeln?"

„Erwischt."

„Und die Deadline?"

„Ich fange nach Weihnachten mit dem Schreiben an. Aber langsam fügen sich die Teile in meinem Kopf zusammen. Dank deiner Hilfe." Er verstummt. Ein Flackern liegt in seinem Blick.

Mein Herz stolpert ein paar unregelmäßige Schläge vorwärts.

„Sally ..." Sein Ton ist weich und kehlig. „Ich ..."

Etwas in mir gerät in Panik. Warum, kann ich nicht sagen. Dabei wünsche ich mir so sehr, dass er mich küsst.

„Film fängt an", rufe ich etwas zu fröhlich und deute zur Leinwand.

Greg sagt nichts, aber er nimmt einen langen Atemzug, was ich für ein untrügliches Zeichen halte, dass ich ihn enttäuscht oder gar gekränkt habe. Um es wiedergutzumachen, hauche ich ihm einen Kuss auf die Wange. Dann kuschle ich mich wieder in seinen Arm, während die Filmmusik erklingt und Kate Winslets Stimme über die Liebe philosophiert.

Als später der Abspann läuft, wische ich mir eine heimliche Träne von der Wange. Happy Ends bringen mich jedes Mal zum Weinen. Ich schmiege den Kopf an Gregs Schulter. Meine Hand liegt auf seiner Brust und ich spüre seinen Herzschlag. Als wüsste er, dass ich gerade sehr nah am Wasser gebaut bin, drückt er mich etwas fester an sich. Buchstäblich würde kein Blatt zwischen uns passen. Er verlagert sanft das Gewicht, dreht den Kopf und schaut mir tief in die Augen. Sein Zeigefinger streicht meinen Nacken hinauf und hinunter. Mein Körper ist wie elektrisiert. Ich sehne mich danach, mit meinen Händen durch Gregs dunkle Locken zu wühlen und seinen nackten Körper eng an meinem zu spüren. Andererseits wagt es keiner von uns, den nächsten Schritt zu machen. Greg hat mich weder erneut geküsst noch Andeutungen gemacht, dass er es gern tun würde. Auch nach zwei Stunden Knistern und Dauerkuscheln wissen wir beide nicht, wo wir momentan stehen. Es ist zum Verzweifeln.

Schließlich verklingt die letzte Note des Abspanns. Um uns herum erheben sich die Menschen. Greg gibt mir einen Kuss auf den Scheitel, bevor er sich mit einem Seufzen aus unserer Umarmung löst. „Guter Film", meint er anerkennend. „Wobei ich Arthur, den Drehbuchautor, am liebsten mochte."

Ich richte mich auf. Der Sitzsack unter mir raschelt, ich schüttle mir das plattgedrückte Haar zurecht. Um zu verbergen, dass ich gerade noch ziemlich rührselig bin, flüchte ich mich in Ironie. Mit einem schiefen Grinsen lächle ich Greg zu. „Aus dir spricht blanker Neid. Gib es zu. Dein geheimer Traum ist ebenfalls, mit neunzig für dein Lebenswerk geehrt zu werden."

„Nein, um ehrlich zu sein, ist mein erklärtes Ziel, auch in Arthurs Alter noch ein süßes Spontantreffen zu haben", zitiert er Arthurs Worte aus dem Film.

„Komm schon, alter Mann." Grinsend halte ich ihm die ausgestreckte Hand hin, während Greg gerade umständlich versucht, sich aus dem Bean Bag hochzustemmen.

Ohne Widerspruch ergreift Greg meine Hand und lässt sich

von mir auf die Beine helfen. Auch als wir den Ponton verlassen und wieder mit beiden Füßen auf festem Boden stehen, lässt er meine Hand nicht los.

„Darf ich dich noch auf ein Glas Wein einladen oder möchtest du lieber nach Hause?“

„Ein Glas Wein wäre schön“, erwidere ich und wir schlendern los.

Greg scheint sich in der Gegend auszukennen. Kurz darauf stehen wir vor dem The Dickens Inn. Mein Blick gleitet über die dreistöckige Fassade mit ihren altehrwürdigen Holzrahmen unter dem strohgedeckten Dach. Vor den Balkonen hängen Lichterketten in Form von Eiszapfen. In dem Biergarten vor dem Haus sitzt man im Sommer bestimmt wunderbar. Während ich das Kleinod inmitten des modernen Viertels bewundere, klärt mich Greg darüber auf, dass es sich um ein Warenhaus aus dem frühen 18. Jahrhundert handelt, in dem sich eine Teefabrik und dann eine Brauerei befanden.

Als wir eintreten, schlägt uns warme Kneipenluft entgegen. Hier drinnen ist es so gemütlich, wie ich von außen vermutet habe. Alles ist in Holz gehalten und die Decken- und Stützbalken wirken, als stammten sie aus einem längst vergangenen Jahrhundert. Greg bestellt zwei Gläser Rotwein für uns an der Bar und wir nehmen an einem der Holztische Platz. Es fühlt sich seltsam an, dass wir uns jetzt gegenübersitzen, während wir gerade noch eng umschlungen vor der Kinoleinwand gelegen haben. Der Chianti kommt und wir prosten uns zu.

„Glückwunsch übrigens. Test bestanden.“ Gregs Augen hinter den Brillengläsern funkeln schelmisch. Er stellt das Glas ab und verschränkt die Hände auf dem Tisch.

„Welcher Test?“ Ich verziehe das Gesicht zu einem unsicheren Lächeln.

„Eigentlich war der Plan, dir mein Hausboot zu zeigen und dich mit selbstbekochtem italienischem Essen zu verwöhnen. Mein Tiramisu ist Weltklasse. Aber ich war mir nicht sicher, ob du das Geschaukel auf dem Wasser verträgst.“

„Besten Dank. Hundert Prozent seetauglich", verkünde ich stolz.

Greg hebt die Hand und gibt vor, sich Schweiß von der Stirn wischen zu müssen. „Puh. Was für ein Glück. Ich hatte schon Sorge, ich müsste den Sunset-Törn mit dem Katamaran vor der Küste von Honolulu ohne dich machen."

„Damit du dich an Bord mit hüftschwingenden Hula-Girls im Bastrock becircen lassen kannst, während ich mit einem Blumenkranz um den Hals am Strand sitze und sehnsüchtig auf deine Rückkehr warte?"

„So in etwa." Er grinst.

„Vergiss es."

Unsere Blicke verfangen sich und wir sehen uns in die Augen, bis ich schließlich den Kopf senke und nervös mit dem Fingernagel an einem Wachsrest auf dem Holz herumkratze.

Wieder entsteht einer unserer berühmten Greg-und-Sally-Momente, an denen uns der Text ausgeht.

Greg reicht über den Tisch. Er nimmt meine Hand. Ich wage es nicht, ihm ins Gesicht zusehen.

„Übrigens war ich fast ein wenig beleidigt, dass du deinen Baum ohne mich geschmückt hast", platzt es auf einmal aus mir heraus.

„Ich war mir nicht sicher, ob du mir den Kuss übel genommen hast …"

„Nein, wieso denn?" Ich schüttle den Kopf.

„Sally? Kannst du mich bitte anschauen?"

Ich hebe den Blick und entdecke in Gregs Augen eine Zärtlichkeit, die mir die Kehle eng werden lässt.

„Wir sollten reden. Meinst du nicht?", sagt er und streichelt meine Finger.

Ich nicke.

„Ich war ein Idiot", hebt Greg an und lächelt schief. „Als ich sagte, du seist eine tolle Frau, aber wir wären nicht füreinander geschaffen, dann war das, genau wie ich betonte, nicht persönlich gemeint. Ganz ehrlich, das ist mein voller Ernst."

Ich ziehe meine Hand weg und lehne mich zurück. „So ein Blödsinn, Greg. Ich hasse es, wenn Menschen sagen, *oh, ich finde dich ein wenig zu laut oder zu selbstbewusst, aber nimm es bitte nicht persönlich.* Himmelnocheins, wie *soll* ich es denn nehmen, wenn nicht persönlich? Ich bin doch keine Sache. Natürlich geht so etwas gegen mein Ego!"

Schweigen entsteht. Das Pärchen am Nachbartisch schaut zu uns herüber. Ich bin wohl lauter geworden als beabsichtigt. Meine Wangen glühen und aus lauter Verlegenheit nehme ich einen viel zu großen Schluck von dem Chianti. Ich verschlucke mich und huste in die vorgehaltene Hand.

„Und wenn ich dir sage, dass das meine Standardbehauptung bei jeder Frau ist?"

Ich blinzle ihn verständnislos an. „Das ergibt keinen Sinn."

„Für mich schon." Jetzt ist es Greg, der sein Weinglas auf dem Tisch herschiebt.

Wieder entsteht eine Pause.

„Erklärst du es mir?", frage ich leise.

„Ich hatte dir geschrieben, dass meine Ex-Freundin was mit meinem besten Freund laufen hatte ..."

Schweigend nicke ich. Klar, ich erinnere mich. Ich vermute, das war einer der Gründe, weshalb er den Film *Tatsächlich ... Liebe* nicht mochte. Das Leben von Jamie, dem Schriftsteller, der von seiner Frau betrogen wurde, hat ihn zu sehr an seine eigenen Verletzungen erinnert.

„Ich wollte nicht, dass sich die Geschichte wiederholt. Ich wollte mich nicht noch einmal in die falsche Frau verlieben. Also habe ich es erst gar nicht so weit kommen lassen. Aber diesmal ..." Er unterbricht sich und schüttelt den Kopf.

„... diesmal ist es anders?", führe ich den Satz für ihn zu Ende.

„Ja." Er nickt. „Um ehrlich zu sein, bereue ich den Kuss vor deiner Haustür keine Sekunde. Ganz im Gegenteil. Es war das, was ich von der ersten Sekunde an tun wollte. Sally ... Ich weiß nicht, was es ist, aber seitdem du wie ein Wirbelwind in mein

Leben geschneit bist, ist alles besser. Wirklich. In deiner Nähe fühle ich mich so, als könnte ich voll und ganz derjenige sein, der ich bin. Nicht jemand, an den die Welt da draußen irgendwelche Erwartungen hat, denen er gar nicht entsprechen möchte, oder noch schlimmer, die ihm die Luft zum Atmen nehmen. Dir gegenüber muss ich nichts vorgeben und mich nicht verstellen. Du kennst meine Schwächen, und anstatt ein Urteil über mich zu fällen, bist du einfach nur für mich da. Du bist ... unglaublich."

„Greg", murmle ich und weiß gar nicht, wie ich mit dem Riesenkompliment, das er mir gerade gemacht hat, umgehen soll. Zudem bin ich mir nicht sicher, ob er mir damit im Grunde nicht eine Liebeserklärung macht. Also spiele ich das Ganze herunter und erwidere mit einem Schulterzucken: „Du übertreibst, das ist doch alles ganz normal."

„Ist es nicht."

Wieder tritt eine Pause ein, in der wir beide den ausgezeichneten Chianti schneller unsere Kehlen hinunterstürzen, als der Wein es verdient.

„Um es mit Miles' Worten aus dem Film eben zu sagen ..." Greg lehnt sich vor und berührt mit der Hand sanft meine Wange.

Ich erschauere unter der Berührung, obwohl sie federleicht ist.

„Wenn du ein Roman wärst, würde ich nur die guten Worte verwenden", sagt er, in Abänderung des Filmzitats.

Ich atme scharf ein. Mit glasigen Augen sehe ich zu ihm hinüber. Was meint er damit? Wir haben eine Abmachung, die besagt, dass ich in seinem Roman nicht vorkommen werde. Noch nicht einmal als Randnotiz.

„Das war jetzt kitschig, oder?" Er grinst verlegen.

Wie aus dem Nichts taucht die Erinnerung an Steve in mir auf. Etwas in mir macht *Klick!* Bevor ich es verhindern kann, ergreift mich ein Sog und katapultiert mich eineinhalb Jahre zurück in meine Vergangenheit. Zurück zu jenem heißen Julimorgen, als ich in dem französischen Café in Dorking stehe und mir einen Milchkaffee zum Mitnehmen bestelle. Ich schließe die Augen und plötzlich fühlt es sich an, als wäre das alles nicht Vergangenheit, sondern würde jetzt passieren, hier, in diesem Moment.

Vor mir in der Schlange steht eine wildfremde Frau, mit ausgeprägten Kurven, in einem blaugeblümten, kurzärmligen Sommerkleid. Sie zahlt, dann dreht sie sich um und will gehen, aber dann fällt ihr Blick auf mich. Ihre Augen weiten sich, dann blitzt eine Erkenntnis in ihrem Gesicht auf und sie lächelt mich freundlich an. Bevor ich weiß, was geschieht, erklärt sie mir, wie begeistert sie von mir ist, und dass Steve, ihr neuer Personal Trainer, ihr Bilder von mir gezeigt hätte. Davon, wie ich ausgesehen hätte, *bevor* Steve mit mir gearbeitet hat, und dann *danach.* Zwischen den Aufnahmen liegen zwei Jahre, zwanzig Kilo und Monate, in denen ich mich Steve gegenüber für jeden Bissen, den ich zu mir nahm, rechtfertigen musste. Aber das weiß nur ich und nicht die Fremde vor mir. Sie redet weiter und merkt dabei nicht, wie mir vor Entsetzen alle Gesichtszüge entgleiten und mir regelrecht übel wird. Dafür winkelt sie einen Oberarm ab und wackelt damit, dabei deutet sie auf die schwabbelnde Unterseite. Sie erklärt mir, dass Steve ihr versprochen hat, die Chicken Wings würden unter Garantie verschwinden, wenn sie sich nach seinem exklusiven, aber teurem Coaching richtet. In diesem Moment wird mir bewusst, warum die Fremde vor mir nicht die einzige leicht übergewichtige Frau ist, deren Blicke ich in letzter Zeit auf mich zu ziehen scheine: Steve verwendet die privaten Aufnahmen, die er von mir im Bikini gemacht hat, und die einzig meiner Motivation dienen sollten, um Kunden für sich zu gewinnen. Obwohl er mir hoch und heilig versprochen hat, dass sie nie jemand außer uns beiden zu Gesicht bekommen wird.

Ich schlage die Augen wieder auf.

Vor mir sitzt Greg, nicht Steve.

Ich bemerke seinen Blick, der besorgt und verwundert auf mir ruht.

„Ist alles in Ordnung?“, erkundigt er sich.

Ich nicke, ferngesteuert wie ein Roboter. Gregs Worte hallen durch mein Gehirn. *Wenn du ein Roman wärst, würde ich nur die guten Worte verwenden.* Ich kann nur noch an den Deal denken, den wir beide laufen haben, und daran, dass Greg mir fest in die Hand versprochen hat, mich mit keiner Silbe in seinem Roman vorkommen zu lassen.

Plötzlich ist alles falsch und ich will nur noch nach Hause.

„Möchtest du noch etwas trinken?" Er deutet auf mein leeres Glas.

Gewaltsam reiße ich mich aus meiner Trance und ringe mir ein Lächeln ab.

„Nein danke", erwidere ich, meine Stimme klingt belegt. „Ich glaube, der Wein auf nüchternen Magen bekommt mir nicht. Mir ist etwas übel. Wenn du mich entschuldigst, aber ich würde den Abend jetzt gern beenden."

Greg atmet tief ein und wieder aus. „Ich verstehe." Sein Blick mustert mich intensiv. „Habe ich etwas falsch gemacht?"

„Ach was", sage ich rasch und schicke ein verlegenes Lächeln hinterher. „Ich hätte einfach nicht so viel trinken sollen", behaupte ich, weil alles andere für mich gerade keinen Sinn ergibt.

„Dann glaube ich dir das mal." Greg drückt noch einmal fest und kurz meine Hand. Er lässt sein halbvolles Glas stehen und erhebt sich. „Ich bringe dich nach Hause."

„Das ist nicht nötig."

„Dann bis zur Tube."

„Meinetwegen."

Wenig später sitze ich in der Underground. Gregs Abschiedskuss brennt auf meinen Lippen und ich frage mich, warum zwischen uns nicht wieder alles so sein kann, wie es war, bevor wir uns unter dem Mistelzweig geküsst haben.

Aber dann merke ich, dass der Gedanke, alles wäre wie zuvor und Greg und ich nur gute Bekannte, mich noch unglücklicher macht, als ich es gerade bin.

Kapitel 19

Als ich gegen dreiundzwanzig Uhr nach Hause komme, marschiere ich geradewegs in die Küche. Mit dem Wein in der einen und der Packung Schokolade in der anderen stapfe ich die Treppe hinauf. Ist es zu spät, um Trish anzurufen? Wenn ich nicht sofort jemand finde, mit dem ich reden kann, werde ich wahnsinnig. Ich bin schon auf halbem Weg nach oben in meinen Schrank, als mir einfällt, dass meine Schwester sich dort mit Brooke eingenistet hat und ich ins Nähzimmer ausquartiert wurde. Mit einem frustrierten Stöhnen mache ich kehrt und will gerade wieder nach unten rennen, als ich hinter der Tür ein Geräusch höre. Unsicher bleibe ich stehen. War das ein Schluchzen?

Da ist es wieder. Diesmal habe ich keine Zweifel. Lindsey und ich sind Schwestern. Auch wenn wir unsere Schwierigkeiten miteinander haben, weiß ich, wie es sich anhört, wenn sie weint. Also drehe ich erneut um. Oben angekommen, klopfe ich vorsichtig an die Tür.

Das Schluchzen verstummt.

Ich klopfe erneut. Keine Reaktion.

„Lindsey?" Ich klemme mir die Packung Quality Street unter den Arm. Um kein Geräusch zu machen, stemme ich mich mit der Schulter gegen das Türblatt und erzeuge Gegendruck, bevor ich die Klinke langsam herunterdrücke. Überhitzte Luft und der Geruch eines schlafenden Kindes schlagen mir entgegen.

„Lindsey“, flüstere ich erneut in das Dunkel. „Was ist los? Ist alles okay?“

„Geh weg“, raunt sie leise.

„Warum weinst du?“, gebe ich gedämpft zurück.

„Ich will nicht darüber reden.“

Unentschlossen lehne ich im Türrahmen. Ich könnte nach unten gehen, mich im Nähzimmer auf die Couch legen, zum Handy greifen und mir bei Trish Trost zu holen, weil ich mich gerade Greg gegenüber wie der letzte Idiot verhalten habe. Dazu könnte ich sinnlos Wein und Schokolade in mich hineinstopfen. Trish würde mich verstehen. Sie ist meine Freundin. Die Flasche wiegt schwer in meiner Hand und der Drang, der Versuchung nachzugeben, ist riesig. Doch dann höre ich mich sagen: „Ich habe Rotwein und eine volle Dose Quality Street.“

„Ich bin schwanger und kann keinen Alkohol trinken“, schnieft Lindsey.

„Dann mache ich dir eben einen Tee und überlasse dir alle deine Lieblings-Pralinensorten.“

Eine Pause entsteht.

„Auch die Haselnussdreiecke?“

Ich ringe mit mir. „Von mir aus“, seufze ich schließlich. „Meinetwegen kriegst du auch die mit der Erdbeercreme. Und die Schokolade-Toffeestäbchen.“

Lindsey antwortet nicht. Es dauert einen Moment, dann höre ich die Bettdecke rascheln und das schwerfällige Stöhnen, mit dem Hochschwangere sich von einer auf dem Boden liegenden Matratze hochstemmen. Nackte Füße schleichen über die knarrenden Dielen, dann steht Lindsey neben mir, das lange blonde Haar zerrauft, und mit verquollenen Augen.

„Ernst gemeint? Wir teilen?“ Sie hebt eine Augenbraue.

„Klar.“

Sie zögert, dann nickt sie langsam. „Okay. Ich hole den Babypiepser. Geh schon mal vor.“

„Den Bio-Schwangerschaftstee im Beutel? Mit den Hagebutten auf der Packung?“

„Ja. Und gib das mir.“ Fordernd streckt sie die Hand nach der Dose Quality Street aus.

„Dein Ernst?“ Ich schnappe nach Luft.

„Reine Vorsichtsmaßnahme.“ Sie grinst schief. „Ich weiß noch, wie du mir mal eine volle Packung Weingummis abgeluchst hast.“

„Du hast meine Glitzerhaarspange dafür bekommen. Die, die du so toll fandest.“

„Da wusste ich noch nicht, dass du sie nur deshalb tauschst, weil der Bügel kaputt und das Ding somit Schrott war.“

„Hey, ich war fünf!“, verteidige ich mich.

„Egal. Her mit der Dose.“

Eine Viertelstunde später liegen wir wie früher zusammen unter einer Decke auf der Schlafcouch. Rund um uns sind Schokoladenpapierchen verteilt.

„Also. Raus damit.“ Lindsey stippt mit dem Finger Schokoladenkrümel von ihrem karierten Flanell-Nachthemd. Dann macht sie die Beine lang, stopft sich noch ein Kissen in den Rücken und stellt die Teetasse auf ihrem runden Bauch ab. Fasziniert beobachte ich, wie sich die Tasse im Rhythmus ihres Atems hebt und senkt. Lindsey mustert mich fragend. „Warum schleichst du mitten in der Nacht durchs Haus, schüttest dich mit Rotwein aus der Flasche zu und schaust dabei wie ein aus dem Nest gefallenes Eichhörnchen aus?“

Angestrengt starre ich vor mich hin. Dann zucke ich die Schultern.

„Komm schon.“ Lindsey stupst mir mit dem Ellbogen sanft in die Rippen. „Davon, dass du es in dich hineinfrisst, wird nichts besser.“

„Vielleicht doch“, murmle ich bockig.

„Liebeskummer?“, erkundigt sie sich vorsichtig.

„Hm.“

„Dachte ich mir. Sind noch welche mit Erdbeercreme übrig?“

Ich wühle mit den Fingern in der Dose. „Nein. Orange-Knusper?“

„Igitt.“ Lindsey macht ein würgendes Geräusch. „Iss die bloß nicht. Mir wird schon vom Geruch übel.“

„Früher fandest du die lecker.“

„Da war ich auch nicht schwanger.“ Sie nippt an ihrem Tee und platziert die Tasse abermals auf ihrem Bauch. „Bitte erzähl mir nicht, dass du dich wieder in einen Blödmann wie Steve verguckt hast.“

„Wie kommst du denn darauf?“ Kopfschüttelnd sehe ich sie an.

„Dein Männergeschmack war schon immer miserabel.“

„Sei nicht so gemein zu mir“, wehre ich mich. „Seit wann bezeichnest du Steve als einen Blödmann? Ich dachte, du mochtest ihn.“

„Das habe ich nie gesagt. Mum war in ihn vernarrt. Und für Dad war er der ideale Schwiegersohn, weil Steve sonntags mit ihm zum Bowling und danach in den Pub ging. Mir war der Typ von Anfang an suspekt. Ich ahnte, dass er dich nur ausnutzt.“

Mit runden Augen starre ich sie an. „Aber warum hast du dann nie etwas gesagt? Du hättest mich warnen können!“

Meine Schwester mustert mich, als hätte ich ihr gerade vorgeworfen, mich sehenden Auges auf einen Eisberg zusteuern zu lassen, was ja mehr oder weniger auch zutrifft. Dann spitzt sie die Lippen. „Sehr witzig. Und was hätte das geändert? Du hättest ohnehin nicht auf mich gehört. Wenn ich etwas gesagt hätte, hättest du Steve wahrscheinlich vom Fleck weg geheiratet. Aus purem Trotz, nur um mir zu beweisen, dass du recht hattest und ich nicht.“

„Ich fasse es nicht!“, rufe ich und werfe vor Entrüstung die Hände in die Luft. „Du bist meine große Schwester. Anstatt für mich da zu sein, beschließt du für dich, nichts zu sagen, während Steve mein Leben ruiniert? Und anstatt dich für dein illoyales Verhalten zu entschuldigen, setzt du noch eins drauf?“ Mir steigt die Wut bis in die Kehle. Ich bekomme kaum Luft.

„Jeder hat das Recht, seine eigenen Fehler zu machen. Du deine und ich meine.“ Ächzend stützt sie sich rücklings auf und verlagert das Gewicht. „Glaubst du, zwischen Tom und mir ist alles wunderbar? Das ist es nicht. Im Gegenteil.“

Einen Moment sagen wir beide nichts.

„Wenn das so ist, warum wolltest du unbedingt ein zweites Kind?“, entschlüpft es mir, obwohl ich damit dünnes Eis betrete. Wie ich Lindsey kenne, wird sie sich wieder gleich angegriffen fühlen.

Aber Lindsey schweigt und zupft Fusseln von der Überdecke mit dem Laura-Ashley-Muster. Ich runzle die Stirn. Warum frage ich eigentlich? Ist ohnehin klar, dass sie nicht antworten wird. Ich habe keine andere Reaktion erwartet. Obwohl ich schon genug Alkohol intus habe, nehme ich einen Schluck aus der Flasche. Mit dem Fuß strample ich ein Stück Decke frei. Lindseys Körper gibt mindestens so viel Wärme ab wie ein kleines Heizkraftwerk.

„Ich wollte meine Ehe retten.“

Lindsey Worte schneiden ein Loch in die Stille zwischen uns.

„Zwischen Tom und mir läuft es nicht gut. Er vögelt seine Arbeitskollegin.“

„Scheiße!“ Vor Entsetzen weiß ich gar nicht, wie ich reagieren soll.

„Du sagst es.“

Ich stelle die Weinflasche neben mir auf dem Boden ab. Dann setze ich mich gerade auf und betrachte betreten meine rot lackierten Fußnägel, die unter der Bettdecke hervorlugen. „Wann hast du es herausgefunden?“

„Ich hatte so eine Vermutung, kurz nachdem der Schwangerschaftstest positiv war. Aber sicher bin ich mir erst seit voriger Woche.“ Sie sagt es mit einer Abgeklärtheit, die mich innerlich erschauern lässt. Arme Lindsey. Am liebsten würde ich sie in den Arm nehmen, aber sie hat es schon als Kind gehasst, getröstet zu werden. Sie meint, dadurch wird alles nur noch schlimmer.

„Und woher weißt du …?“, frage ich ungelenk.

Sie stößt ein heiseres Lachen aus. „Der Wasserrohrbruch. Ich musste einen Stapel Shirts ganz hinten in Toms Schrank ausräumen, die ich sonst nie angefasst hätte, weil es kurzärmlige Polo-Hemden sind, die er nur im Sommer trägt. Dazwischen steckte eine Papiertüte mit sündhaft teuren roten Dessous."

„Und du bist sicher, dass sie nicht für dich sind?", werfe ich ein.

„Ich trage Slips in Größe M, nicht XS. Und wenn ich nicht gerade stille, auch keine BHs mit D-Cups."

„Hast du ihn darauf angesprochen?"

Lindsey schüttelt den Kopf. Sie wirkt plötzlich blass und erschöpft. „Natürlich nicht. Ich wollte Brooke das Weihnachtsfest nicht verderben. Außerdem sind es bis zum Geburtstermin nur noch drei Wochen. Ich kann mich jetzt nicht mit meinem Ehemann auseinandersetzen. Meine Kräfte brauche ich für die Entbindung."

Ich nicke, weil ich verstehe, was sie meint. Und ich verstehe auch, warum sie in letzter Zeit so besonders kratzbürstig war. Alles fügt sich in meinem Kopf zusammen und ergibt plötzlich Sinn. Vorsichtig taste ich mit der Hand über der Bettdecke nach ihrer Hand. Ich drücke sie fest und Lindsey kuschelt den Kopf gegen meine Schulter. Ich halte ganz still, so ungewohnt fühlt es sich an, dass sie sich mir gegenüber so schwach und verletzlich zeigt.

Behutsam reibe ich mit dem Daumen über ihren Handrücken. „Arme große Schwester", sage ich leise.

„Hm. Armes Ich." Ihre Stimme klingt kratzig, als würde sie brechen. Dann kullern die Tränen. „Was soll ich denn jetzt machen?"

„Hey, wir finden eine Lösung, versprochen." Ich spüre, wie Lindsey zittert, und ziehe die Decke so weit hoch, dass wir beide bis zum Kinn darunter verschwinden. „Wissen Mum und Dad davon?"

Sie schüttelt den Kopf. „Sag bloß nichts. Ich möchte uns allen das Fest nicht verderben. Vor allem Brooke nicht."

„Keine Sorge, von mir erfährt niemand etwas."

Schweigend sitzen wir nebeneinander.

Unter der Decke spüre ich, wie Lindseys Bauch sich bewegt. „War das das Baby?"

„Ja. Ein Ellbogen, denke ich." Lindsey nimmt meine Hand und legt sie auf die Stelle. Etwas Hartes, Knubbeliges wölbt sich unter meinen Fingern.

„Wow." Ehrfürchtig sitze ich da und kann kaum begreifen, was für ein Wunder sich in Lindseys Bauch verbirgt. „Ob es ein Christkind wird?"

„Bloß nicht! Ich möchte keinesfalls das Weihnachtsessen verpassen. Vor allem nicht, weil du in diesem Jahr dafür zuständig bist." Sie grinst zum Zeichen, dass sie es als Scherz meint, nicht um mich zu ärgern, daher grinse ich auch.

„So. Genug von mir", beschließt sie dann. „Wo ist der Rotwein?"

„Lindsey!", kreische ich empört. „Was willst du denn damit?"

„Reg dich nicht auf, ich will nur mal dran schnuppern. Für die Sehnsucht. Was glaubst du, wie gern ich jetzt ein Glas davon hätte."

„Na schön. Hier." Ich gebe ihr die Flasche und sehe ihr zu, wie sie genießerisch Rotweinaromen durch ihre hübsche, klassisch geschnittene Nase atmet.

Mit einem bedauernden Seufzen reicht sie die Flasche an mich weiter. „Gönn dir. Und dann erzählst du mir von deinem Aufriss."

Gehorsam nehme ich einen Schluck. „Sein Name ist Greg ...", beginne ich stockend. Und dann erzähle ich und erzähle, während ich an dem Flaschenetikett knibble. Lindsey hört aufmerksam zu, dabei gibt sie immer mal wieder kleine erstaunte, fragende oder zustimmende Laute von sich, aber im Großen und Ganzen lässt sie mich reden. Als ich fertig bin, liegt ein Häufchen Papierfetzen vor mir auf der Decke und der Nagellack an meinem Daumennagel ist abgesplittert.

Ich kaue auf meiner Lippe und warte, dass Lindsey etwas sagt.

Mit einem tiefen Einatmen holt sie Luft. „Ein Typ, den du absolut heiß findest und der offenbar auf dich steht, münzt ein Zitat aus einem Film, den ihr euch gemeinsam angesehen habt, auf dich um, was ich ziemlich süß finde, und du bekommst daraufhin Panik und läufst weg? Habe ich das richtig verstanden?"

„Stark vereinfacht, aber ja, so in etwa war es“, gebe ich zu und betrachte meinen abgesplitterten Daumennagel.

„So gesehen ... ziemlich dusslig, oder?“ Lindsey grinst.

„So gesehen ... ja ...“, gebe ich zu.

Wir sehen uns an und dann lachen wir ohne Grund lauthals los. So wie früher. Erst als uns das Zwerchfell wehtut, kriegen wir uns wieder ein. Wobei ich etwas länger durchhalte als Lindsey, was daran liegt, dass durch das Baby kein Platz in ihrem Bauch ist und sie beim Lachen nicht genügend Luft in ihre Lungen bekommt.

„Und jetzt?“, fragt mich meine große Schwester.

„Frag mich nicht ...“ Ich sammle leere Schokoladenpapierchen in meine flache Hand und betrachte sie eingehend. Schließlich hole ich tief Luft, puste und sehe zu, wie sie durch die Luft wirbeln und wieder auf der Decke landen.

„Hör auf herumzualbern“, fordert meine Schwester. „Schreib ihm und sag, dass es dir leidtut.“

„Wie? Jetzt?“ Verstört blinzle ich sie von der Seite an, während mir bewusst wird, dass ich die mittlerweile halbe Flasche Wein im Alleingang geleert habe. „Dein Ernst?“

„Dummchen“, neckt Lindsey mich. „Wenn du nur eine heiße Affäre willst, dann kannst du ihm gern leicht angesäuselt schreiben. Wenn du glaubst, dass mehr aus euch werden könnte, warte lieber bis morgen.“

„Sehr weise. Guter Plan.“ Ich nicke zustimmend.

Im Babypiepser knackst es und Brooke murmelt im Schlaf etwas vor sich hin. Seufzend wirft Lindsey einen Blick auf die Uhr an der Wand. „Ich sollte wohl besser mal ins Bett gehen.“

„Meinst du, du kannst schlafen?“

„Nein. Aber was ändert das?“ Sie schlägt die Decke zurück, schwingt die Beine von der Schlafcouch und wuchtet sich hoch. „Na dann ...“

„Na dann ...“

In der Tür bleibt sie noch einmal stehen und wirft mir einen warnenden Blick zu. „Zu niemandem ein Wort. Verstanden?“

Mit einer Geste signalisiere ich ihr, dass mein Mund verschlossen ist.

Schwungvoll zieht sie die Tür hinter sich zu. Seufzend lasse ich mich zurück in die Kissen sinken. Dann betrachte ich den Müllberg auf meiner Bettdecke und die Dose Quality Street, in der nur noch ein paar einsame Kokosnuss- und Orangen-Creme-Schokoladen sind, die keine von uns beiden sonderlich mag.

Was für eine seltsame Wendung dieser Abend doch genommen hat.

Kapitel 20

Am anderen Morgen sitze ich in der Küche und gieße Milch über meine Weetabix Protein Crunch. Laut Packungsangabe hat das Zeugs jede Menge Vitamin D und andere Dinge, die mein Körper zum Überleben braucht. Ob das stimmt, bezweifle ich, aber es schmeckt lecker. Außerdem hätte mich Steve nie etwas essen lassen, das zum überwiegenden Teil aus Kohlehydraten besteht. Ein Grund mehr, mein Frühstück zu genießen.

Gähnend tauche ich den Löffel in die Schüssel. Dafür, dass ich gestern Nacht zu wenig Schlaf und zu viel Rotwein hatte, hält sich das Kopfweh erstaunlicherweise in Grenzen. Meine Schicht im *The Shard* beginnt um zehn. Mir bleibt noch über eine Stunde, um Make-up aufzulegen und meine Haare zu stylen.

Vor mir auf dem Tisch liegt mein Smartphone. Obwohl ich mir sicher bin, dass keine Nachricht von Greg eingegangen ist, streiche ich über das Display und sehe nach.

Nichts.

Also schön. Ich lehne mich zurück und tippe:

Hi. Gut geschlafen? Sorry für gestern.
Gilt die Einladung zum Essen noch?

Guten Morgen, Frühaufsteher. Klar, die Einladung steht.
Wann immer du willst …

Ich hole tief Luft und beschließe, mutig zu sein:

Was hältst du von heute Abend?

Warum nicht? Allerdings möchte ich zuvor Punkt sechs der Liste erledigen.
Bist du dabei?

Was für eine Frage! Selbstverständlich.

Treffen am Grosvenor Square um 18.00?
Danach Essen bei mir?

Top. Bis später. Freue mich ...

Ich zögere. Mein Finger schwebt über der Tastatur. Ich atme durch, dann setze ich draufgängerisch *Sally xxx* dahinter. Sind das ein oder zwei *x* zu viel? Wie wird er wohl darauf reagieren? Bevor ich ins Schwanken gerate, drücke ich rasch auf Senden.

Ich mich auch.
Greg, xxx

Die Tür geht auf und Lindsey betritt die Küche. Mein Blick fällt auf das Fenster, das ungefähr eine Handbreit geöffnet ist. Ich rechne damit, dass sie gleich wieder rummeckert. Aber sie sagt nichts, lässt sich vorsichtig auf einen Stuhl mir gegenüber sinken und schmiert Butter und Marmelade auf eine Scheibe Toast.

„Und? Hast du ihm schon geschrieben?"

Ich nicke. „Abendessen heute bei ihm auf dem Hausboot."

„Na bitte, geht doch." Lindsey zuckt die Schultern und beißt krachend in ihren Toast. „Lauf bitte nicht wieder weg, wenn er etwas Nettes zu dir sagt."

„Wird schon nicht passieren." Ich zwinkere ihr zu.

„Was ziehst du an? Ich meine, drunter?“ Lindsey mustert mich intensiv. „Bitte nicht diese Sportunterwäsche, die du immer trägst, weil du sie so bequem findest.“

„Was spricht dagegen?“

Lindsey verdreht die Augen und seufzt. „Komm nach dem Frühstück mit nach oben. Ich habe einige Teile meiner Kollektion dabei, die ich für Instagram fotografieren und ins Netz stellen wollte. Etwas davon wird sicher passen.“

„Aber wozu? Ich habe nicht vor, mit ihm im Bett zu landen.“ Ich lache gekünstelt, denn eigentlich ist es genau das, was mich in den letzten Minuten gedanklich verfolgt: die Vorstellung von Greg, wie wir in der schmalen Koje seines Hausboots Sex haben und die Wellen uns schaukeln.

„Ich habe Greg gestern Nacht gegoogelt. Wenn er nur halb so gut aussieht wie auf den Fotos, dann ist er verdammt heiß. Falls du tatsächlich nicht beabsichtigst, dich auf ihn zu stürzen, dann ist dir nicht mehr zu helfen.“ Sie zuckt die Schultern. „Und zum Thema sexy Unterwäsche: Man trägt sie in erster Linie für sich selbst, nicht für den Mann, sondern weil man sich damit viel selbstbewusster fühlt. Egal, ob man Sex hat oder nicht. Die Ausstrahlung zählt. Wenn du das nicht verstehst, wirst du nie eine glückliche Beziehung führen.“

„Und was, wenn ich noch nicht so weit bin, etwas Neues anzufangen?“, wehre ich ab. Meine Wangen glühen.

„Du bist so weit, glaub mir. Sonst hättest du nicht jedes Mal diesen Blick drauf, wenn du über ihn redest. Na los, komm.“ Sie schiebt den Stuhl zurück und steht schwerfällig auf. „Brooke schläft noch. Lass uns die Zeit nutzen und dir etwas Hübsches aussuchen.“

Ich schnappe mir meine Teetasse und erhebe mich ebenfalls. „Warum tust du das für mich?“

Sie grinst. „Strategisches Marketing. Falls aus Greg und dir etwas wird, lernst du sicher jede Menge interessante Leute kennen. Und Verkaufspartys auf Hausbooten sind momentan sowas von *en vogue.*“

„Du willst auf Gregs Hausboot Dessous verkaufen?“ Entsetzt schüttle ich den Kopf.

„Nein, ich dachte eher an Küchenartikel. Sagtest du nicht, er ist begeisterter Hobbykoch?“

Ich nicke.

„Dann habe ich das perfekte Mitbringsel für dich heute Abend.“

„Oh nein … bitte nicht.“ Ich verziehe das Gesicht zu einer Grimasse. In Gedanken sehe ich mich schon mit einem Thermomix unter dem Arm bei Greg auf der Matte stehen.

„Vertrau mir. Er wird es lieben. Na los.“ Ungeduldig wedelt sie mit der Hand. „Beeil dich, bevor das Baby es sich überlegt und jetzt sofort auf die Welt kommen möchte.“

Kapitel 21

Als ich auf den Grosvenor Place zugehe, erkenne ich den Platz in der Dunkelheit kaum wieder. Ich weiß zwar nicht, warum sich Greg ausgerechnet hier mit mir vor unserem Essen treffen will, aber einiges hat sich verändert, seitdem ich zum letzten Mal hier war. Hinter der Hecke, die den Platz umgibt, leuchtet mir ein goldener Bogengang entgegen. Auf der Rasenfläche schimmern zahllose bläuliche Lichter. Ob es sich hier um eine Kunstinstallation handelt? Während ich mich umsehe, entdecke ich Greg. Er wartet unter einem Plakat neben dem Eingang auf mich. Schon von Weitem zieht er den Hut und winkt mir zu. In meinem Magen wirbeln tausend Schmetterlinge durcheinander. So habe ich mich nicht mehr gefühlt, seitdem ich sechzehn war und unsterblich verliebt in Dylan, der zu meinem Leidwesen nicht einmal bemerkte, dass ich existierte.

„Hi. Schön, dass du gekommen bist." Greg nimmt mich in seine Arme und senkt seinen Mund über meine Lippen.

Er küsst mich lange und ausgiebig, und dennoch erscheint es mir viel zu kurz. Als sich unsere Lippen lösen, liegt Gregs Arm immer noch um meine Taille. Ich genieße das wohlige Gefühl, das mich in seiner Nähe durchströmt. Interessiert hebe ich den Kopf und betrachte das Schild. *„Ever After Garden … Nehmen Sie sich einen Moment, um innezuhalten"*, lese ich. Darunter sind weiße Rosen abgebildet. Ich runzle die Stirn. „Um was geht es hier?"

Greg schweigt einen Moment. Dann sagt er: „Es ist ein Garten der Erinnerung, an dem wir lieben Verstorbenen unsere Liebe beweisen, indem wir ihnen eine Rose mit einer persönlichen Botschaft widmen. Als Zeichen, dass sie nicht mehr unter uns weilen, aber dennoch nicht vergessen sind." Er nimmt meine Hand und drückt sie. „Das ist die Weihnachtstradition, die ich gern begründen möchte."

Mir geht die Bedeutung der zahllosen Lichter auf, die im Dunkeln schimmern, und die ich für eine bloße Lichtinstallation gehalten habe, die keinem besonderen Zweck dient. Meine Kehle wird plötzlich eng, ich muss schlucken. „Das ist wundervoll", bringe ich schließlich hervor.

„Du musst nicht mit rein, wenn du nicht möchtest." Er lässt die Hand von meiner Taille gleiten.

„Doch, Greg, das möchte ich. Sehr gern sogar", erwidere ich fest. Gemeinsam gehen wir zu der Holzbude am Eingang, wo sich die Kasse befindet. Der Eintritt ist kostenlos und für jede Rose, die man in Gedenken an einen Verstorbenen erwerben möchte, wird eine Spende von zehn Pfund vorgeschlagen. Das Geld fließt an die wohltätige Organisation gegen Krebserkrankungen, die das Ganze organisiert.

Jeder von uns erwirbt eine Seidenrose. Zart und kühl fühlen sich die Blätter der weißen Rose an, als meine Finger behutsam darüber streichen. Wir gehen weiter zu dem Bereich, wo Stifte und Zettel ausliegen, die man beschriften und an die Rosen binden kann. Verlegen stehe ich neben Greg und sehe zu, wie er den Stift in den Händen dreht und auf den leeren Zettel vor sich starrt. Obwohl er Schriftsteller ist und Tausende von Worten zu Papier bringt, scheint es ihm in diesem Augenblick genauso schwer wie mir zu fallen, sich auf einige wenige Worte zu beschränken, die sich richtig anfühlen.

Nachdenklich streiche ich mit dem Finger über den schmalen Papierstreifen, dann entscheide ich mich zu schreiben: *Für Nan, die Liebe, die du uns gegeben hast, lebt für immer weiter.*

Aus den Augenwinkeln bekomme ich mit, wie jetzt auch Greg

offensichtlich einen passenden Einfall hat. Schwungvoll gleitet sein Stift über das Papier. Ich wüsste gern, was er schreibt und an wen es gerichtet ist, aber er ist so schweigsam und grüblerisch, dass ich mich nicht zu fragen traue.

Ohne zu sprechen befestigen wir die Zettel an den Blumen. Als wir gerade gehen wollen, nimmt Greg meine Hand und drückt sie kurz und fest. „Die Rose ist für meinen Bruder“, sagt er leise und ohne mir in die Augen zu sehen. „Hier.“ Er fährt zögernd mit dem Finger über den beschrifteten Zettel und hält ihn mir so hin, dass ich ihn lesen kann.

Für Stuart – Wenn ich könnte, würde ich ein Jahr meines Lebens eintauschen, um noch einmal für eine Stunde mit dir am Fluss zu sitzen.

Ich spüre, wie mir die Tränen in die Augen steigen, und blicke zu Greg auf. „Du hattest einen Bruder?“

Er nickt und legt den Arm um mich. „Komm“, sagt er und wir schreiten langsam über den Kiesweg unter den golden leuchtenden Torbögen hindurch.

„So viele Lichter …“, flüstere ich und wieder fließen mir die Tränen. Ich bin so ergriffen von der schier unglaublichen Zahl der einzelnen Rosen um uns herum, dass ich es nicht in Worte fassen kann. Es müssen Abertausende sein.

Greg atmet tief ein und wieder aus. „So traurig es ist, aber es fühlt sich gleichzeitig auch seltsam tröstlich an, oder?“

„Meine Nan würde es lieben.“

„Du hängst noch sehr an ihr, oder?“

„Ja, das tue ich. Sie war wundervoll. Leider ist sie viel zu früh gestorben. Sie musste ins Krankenhaus und danach in ein Pflegeheim. Mum hat alles versucht, aber es gab nirgends einen Platz für sie. Da hat Nan wohl beschlossen, die Sache selbst in die Hand zu nehmen und zu sterben. So war sie“, erkläre ich und muss gleichzeitig lachen und weinen. „Sie wollte niemandem zur Last fallen.“

„Komm her.“ Greg bleibt stehen und nimmt mich in seine Arme. Er hält mich fest umschlungen, bis mein Atem wieder ruhig geht.

„Ist deine Nan der Grund, dass du nach London gezogen bist und dich entschlossen hast, Sozialarbeit zu studieren?“, fragt er und küsst mich sanft auf den Scheitel.

„Ich habe ihre soziale Ader geerbt.“ Mein Kopf ruht an Gregs Brust, und obwohl es kaum möglich ist, meine ich ganz zart den Schlag seines Herzens durch den Stoff seines Wollmantels hindurch zu spüren. „Aber nach London bin ich hauptsächlich wegen meines Ex-Freunds gegangen. Er hat mich belogen. Ich wollte die Vergangenheit auch räumlich so weit wie möglich hinter mir lassen.“

„Klingt unschön. Hast du die Beziehung beendet oder er?“

„Ich. Und ich bereue es keine Sekunde“, erkläre ich fest. Damit ist das Thema für mich erledigt. Ich möchte nicht weiterreden, auch wenn ich spüre, dass Greg es verdient zu erfahren, was passiert ist. Irgendwann, aber nicht jetzt. Ich löse mich aus der Umarmung und recke suchend das Kinn. „Was meinst du? Wo ist ein guter Platz?“

„Da drüben vielleicht?“ Greg zeigt auf ein Rasenstück, das erst zum Teil mit Rosen bestückt ist. Beide gehen wir in die Knie, stecken unsere Rosen in den Boden und sehen, wie die LEDs in ihnen ganz zartblau leuchten. Der Wind bewegt die seidenen Blätter. Es ist so wunderschön, und es fühlt sich so richtig an, hier zu sein, dass ich mich gar nicht verabschieden möchte.

„Stuart war erst dreizehn, als er starb. Er wurde mit dem Fahrrad von einem Bus erwischt und war auf der Stelle tot.“ Greg erhebt sich aus der Hocke. „Er war vier Jahre älter als ich. Meine Welt war nicht mehr die gleiche, nachdem er gestorben war.“

„Wie schrecklich! Es tut mir unheimlich leid für dich.“ Intuitiv lege ich den Arm um Gregs Taille und schmiege mich an ihn.

„Das Schlimmste war, dass meine Eltern nie über seinen Tod gesprochen haben. Es wurde nie darüber geredet, so als hätte er einfach nie existiert …“

Ein ungläubiges Stöhnen entfährt mir. „Ihr habt nicht darüber geredet?“

„Nein. Stuart und sein Tod waren Tabuthemen.“

„Wow." Ich schlucke trocken. Was Greg durchgemacht haben muss, mag ich mir nicht vorstellen. Schon klar, dass Menschen unterschiedlich mit ihrer Trauer umgehen, das hört man immer wieder. Aber was Greg erzählt, klingt brutal. Kein Wunder, dass er sich später seinen gesamten Schmerz und den angestauten Zynismus in *Fire up Christmas* von der Seele geschrieben hat. Damit hat er wohl ein Ventil für sich geschaffen. Ich beginne zu begreifen, weshalb die Aussöhnung mit Weihnachten für ihn so schwer ist. Vermutlich kommt gerade zu den Feiertagen alles in ihm hoch: der Tod seines Bruders, der, wie es aussieht, völlig ausgeblendet wird, das Abwenden des Vaters von der Familie, das öffentliche Zurschaustellen des Familiendramas durch die Klatschpresse.

Es geht um so viel mehr als nur das Fest.

Es geht für Greg um die Aussöhnung mit seiner Familie und mit seiner Vergangenheit. Vor diesem Hintergrund kommt mir die Liste, die ich erstellt habe, oberflächlich und kindisch vor. Wie konnte ich nur glauben, dass dadurch irgendetwas anders wird? Aber dann ... Zu dem Zeitpunkt hatte ich Greg gerade kennengelernt. Was wusste ich schon darüber, was wirklich in ihm vorgeht?

„Es muss schlimm für dich gewesen sein als Kind", sage ich.

„War es auch. Unter anderem war das einer der Gründe, weshalb ich den Film *Tatsächlich ... Liebe* nicht mochte. Ich habe mich plötzlich wieder so verloren und hilflos gefühlt wie der Junge, dessen Mutter gestorben war. Allerdings hatte der einen sehr verständnisvollen Stiefvater. Die beiden haben sich gemeinsam über ihre Trauer hinweggeholfen. Ich dagegen war allein." Greg hebt die Hand und lässt sie sanft durch mein Haar gleiten. „Wir lebten damals auf dem Land. Der Devon floss an unserem Grundstück vorbei. Stuart hat den Fluss geliebt. Wir haben Tom Sawyer und Huckleberry Finn gespielt und davon geträumt, auf einem Hausboot über sämtliche Kanäle in Europa zu fahren, wenn wir groß sind."

„Hast du deswegen das Boot?", frage ich leise.

„Genau deswegen. Klingt kitschig, oder?"

„Gar nicht."

„Es gibt mir das Gefühl, dass Stuart nicht wirklich weg ist. Dass ein Teil von ihm immer noch hier bei mir ist und es gut findet, dass ich an unserem gemeinsamen Traum festhalte."

Ich schlinge meine Arme um seinen Hals und küsse ihn sanft auf die Wange. Seine verspannte Haltung löst sich unter meiner Berührung. Obwohl Greg ein Publikum von zig Millionen Lesern besitzt, frage ich mich, wie viele Menschen ihn wirklich kennen.

Greg beugt den Kopf und wir sehen uns tief in die Augen. „Ich hoffe, ich habe dir den Abend nicht durch das schwere Thema verdorben."

„Hast du nicht."

„Falls doch ..."

„Greg!" Spielerisch fasse ich seine Hutkrempe und ziehe sie leicht nach unten, gerade so viel, dass seine geschwungenen, dunklen Augenbrauen darunter verschwinden. „Erfindest du gerade eine Ausrede, um dich um die Einladung zum Abendessen zu drücken?"

„Durchschaut." Er steigt auf meinen Scherz ein und die Schwermütigkeit verabschiedet sich aus seinem Gesicht.

„Und jetzt?" Herausfordernd grinse ich ihn an. Ein Prickeln durchfährt mich bei dem Gedanken, dass ich verwegene schwarze Spitzenunterwäsche trage. Lindsey hatte doch recht. Es *macht* einen Unterschied.

Greg presst mich enger an sich und legt beide Hände auf meinen Hintern. „Jetzt verschleppe ich dich auf meinen alten, rostigen Lastkahn, wo du in der Kombüse einen Zentner Kartoffeln für die Mannschaft schälen kannst."

„Na super." Ich schüttle das Haar zurück und lege den Kopf in den Nacken. „Das ist also aus Flitterwochen auf Hawaii geworden. Ein Glück, dass ich noch nicht *ja* gesagt habe."

Mit einem frechen Grinsen senkt er den Kopf und küsst mich ausgiebig auf den Mund.

„Komm." Er löst sich von mir und rückt sich den Hut zurecht. Dann nimmt er meine Hand und lässt sie nicht los, bis wir in Little Venice aus dem Bus steigen und nach einigen Metern die schmalen Stufen nehmen, die hinunter an den Regent's Canal führen. Wir schreiten einen Treidelpfad entlang, an dem es im Sommer bestimmt wunderbar idyllisch ist. Auf dem Wasser schaukeln mehrere Boote fest vertäut hintereinander. In einigen von ihnen brennt Licht hinter den Fenstern. Nicht lange und Greg bleibt vor einem schmiedeeisernen Tor stehen, das uns am Weitergehen hindert. Mit der Hand reicht er durch das Gitter. Ein leiser Summton erklingt und das Tor springt auf.

Ich runzle die Stirn. „Nicht sehr einbruchssicher, oder?"

„Es funktioniert. Bis jetzt ist noch nie etwas passiert, und zu deiner Beruhigung gibt es hier sehr viele Hunde, die aufpassen." Er zieht das Tor auf und wie zur Bestätigung erklingt sofort aufgeregtes Gebell. Ich zucke vor Schreck zusammen, als plötzlich neben mir, auf Höhe meines Kopfes, ein grauer Terrier auf dem Dach des Hausboots auftaucht und uns wild kläffend einige Schritte begleitet. „Gute Alarmanlage", stöhne ich, während mein Herz noch hämmert.

„Sag ich doch." Belustigt dreht Greg sich zu mir um. „Du bist hier so sicher wie in Abrahams Schoss."

„Das wird sich noch herausstellen", murmle ich so leise, dass er es nicht hören kann. Wobei es nicht so sehr mögliche Einbrecher oder Axtmörder sind, deretwegen ich mir Sorgen mache. Vielleicht sollte ich doch noch die Biege machen, bevor es ernst mit uns werden könnte?

„Hier sind wir. Das ist mein Boot." Stolz schwingt in Gregs Stimme und er bleibt neben einem Hausboot stehen, das einen dunkelblauen Rumpf und einen weißen Aufbau besitzt. *Huckleberry Finn* steht in weißen Buchstaben auf den Bug gepinselt. Ich grinse, denn auch ohne die Aufschrift und Gregs Hinweis hätte ich zielsicher erraten, dass dies sein Zuhause auf dem Kanal ist. Im Unterschied zu allen anderen ist es das einzige Boot, das nicht mit Lichterketten, Tannenbäumen oder einem aufgeblasenen Santa Clause geschmückt ist. Insgeheim nehme ich mir vor, das zu ändern.

Mein Herz schlägt aufgeregt, als ich hinter ihm über den Bootsrand klettere. Obwohl ich Greg in Sneakers nur bis zum Kinn reiche, muss sogar ich den Kopf einziehen, als wir über eine Art Hühnerleiter ins Unterdeck steigen. Wenn Greg mal siebzig ist, kann er sich freuen. Wie er das mit steifen Gelenken oder Hüftarthrose bewerkstelligen will, ist mir schleierhaft. Unten angekommen, finde ich mich in einem Eingangsbereich mit einer offenen Küche wieder. Das Erste, das mir auffällt, ist der angenehme Geruch nach altem Holz, Bohnerwachs und Orangenblüten. Das Nächste die geschmackvolle Inneneinrichtung. Männlich, markant, ohne Krimskrams, aber doch gemütlich. Die Küche ist modern, mit einer frei stehenden Theke, über der Halterungen für Gläser angebracht sind. Eine Wand, an der Regale befestigt sind, schließt den Kochbereich nach hinten ab. Links davon ist ein schmaler Gang. Wände und auch die Paneele der Holzdecke sind weiß gestrichen, wodurch es hier drin nicht erdrückend eng, sondern freundlich und hell wirkt. Vor den Fenstern stehen Küchenkräuter, in der Ecke ein Philodendron und eine dieser Palmen, die bei Ikea immer kurz vor den Kassen stehen. Topfpflanzen – im Ernst, Greg hat Zimmerpflanzen? Das ist irgendwie wunderbar spießig und es passt so zu ihm. Aber das Beste: Gleich neben der Treppe steht der Weihnachtsbaum, den wir zusammen ausgesucht haben, schön geschmückt mit Lichterketten, Lamettagirlanden und natürlich den Union-Jack-Baumkugeln. Greg hat noch eine fliegende Kuh, einen Alligator mit Weihnachtsmannmütze, einen Christbaumanhänger in Form von einem Stück Pizza und einen London Bus dazu besorgt. Zusammen bieten sie eine interessante Mischung, die jeden Psychologen zu gewagten Thesen über Gregs Innenleben veranlassen würde.

„Wow. Ich hätte nicht gedacht, dass es hier drinnen so geräumig ist", stelle ich bewundernd fest, während Greg mir aus dem Mantel hilft. „Ich hoffe, du hast Hunger? Es gibt venezianische Cicchetti als Vorspeise, dazu Bellini." Er deutet auf eine Servierplatte, auf der Fingerfood angerichtet ist. Die Häppchen sehen aus wie Bruschetta, nur viel leckerer, weil sie mit raffinierten Köstlichkeiten belegt sind. Beim Anblick der Artischocken, Kapern, Salamischeibchen, Käsestückchen, Oliven und Anchovis läuft mir das Wasser im Mund zusammen. Greg nimmt eine Flasche Bellini aus dem Kühlschrank und füllt zwei Gläser für uns.

Verlegen hole ich währenddessen das Paket aus meiner Schultertasche und schiebe es über den Tresen. „Hier. Für dich."

„Für mich?" Erstaunt zieht Greg die Brauen hoch.

„Du weißt doch. Komm nie ohne ein Geschenk." Ich lächle schief und möchte Lindsey in diesem Moment erwürgen. Mit einem Küchengerät bei ihm aufzuschlagen! Und das an unserem ersten Abend bei ihm zu Hause. Dem ersten Date, das wir nicht in der Öffentlichkeit verbringen.

Greg lächelt. „Bring immer was mit. Gute alte britische Tradition. Ich mag Geschenke. Was ist es?"

„Puh ..." Ich falte die Hände vor dem Körper und puste mir die Haare aus der Stirn. „Du wirst es gleich herausfinden."

„Eine Käsemühle?" Er zieht das rote Plastikteil mit dem weißen Auffangbehälter aus dem Karton und beäugt es von allen Seiten.

„Ähm." Ich räuspere mich und knete mir verstohlen die Hände. „Man kann damit auch Nüsse, Schokolade und Karotten reiben. Bestimmt taugt es auch als Häcksler für Gartenabfälle oder so ..." Sicher denkt er, ich mache in meiner Freizeit nichts anderes, als durch alle möglichen Shoppingkanäle zu zappen. „Aber falls du doch eher einen konventionellen Gebrauch in Betracht ziehst ... Der Behälter, in dem der geriebene Käse landet, lässt sich verschließen. Alles bleibt monatelang frisch."

„Sensationelles Teil." Greg hält es an der roten Kurbel in die Luft und beäugt es. „Sehr stylisch. Sieht ein bisschen aus wie eine Weihnachtsmannmütze. Und wenn man es so herum hält, wie ein Bügeleisen. Vielleicht verwende ich es für meine Hemden? Oder um mein Manuskript zu schreddern, weil es ohnehin keiner lesen will ...", witzelt Greg zurück.

„Oh Gott." Meine Wangen glühen. Ich schlage die Hände vor

das Gesicht und linse zwischen den gespreizten Fingern hindurch. „Gib es zu. Du findest es schrecklich. Das schlimmste Geschenk, das du je bekommen hast. Ich schwöre, ich habe das nicht freiwillig getan. Meine Schwester hat mich gezwungen, es dir zu schenken. Sie war der Meinung, dass du es unbedingt bräuchtest." Stöhnend nehme ich die Hände wieder weg.

„Wie reizend von ihr", erwidert Greg honigsüß.

Ich kräusle die Nase. „Würde ich nicht überbewerten. Lindsey schmeißt Verkaufspartys. Kosmetik, Plastikdosen, die hundert Jahre dicht halten, erotische Unterwäsche ... all so was."

Aus dem Augenwinkel erkenne ich, wie sein Blick unauffällig an mir hinabgleitet. Das Gefühl, wie sich seine Fingerspitze über meinen Nacken bewegte, ruft sich in Erinnerung.

„Klingt spannend." Greg grinst. „Vielleicht könnte ich bei so einer Verkaufsparty Ideen für einen neuen Roman entwickeln."

„Schreib erst einmal den aktuellen fertig", erwidere ich trocken.

„Touché. Du hast mich an meiner empfindlichsten Stelle getroffen." Er hält die Hand vor den Bauch und krümmt sich, als ob er Schmerzen hätte.

„Witzbold." Lachend greife ich zum Weinglas. „Lass uns anstoßen. Auf den besten Weihnachtsroman, der je geschrieben wurde, nämlich deinen!" Die Gläser klirren und wir schauen uns tief in die Augen. Als Greg sein Glas wieder abstellt, hängt an seinem Oberlippenbart ein winziger Tropfen Bellini. Fasziniert starre ich auf seinen Mund. Der Reiz, mit dem Finger über die Stelle zu fahren, ist fast unwiderstehlich.

Greg scheint den verlangenden Ausdruck in meinem Gesicht zu lesen, denn er ergreift meine Handgelenke und hält sie fest. Seine dunklen Augen sprühen Funken. „Soll ich dir ein Geheimnis verraten?", raunt er. Sein Gesicht ist auf einmal so nah, dass ich seinen Atem über meine Wange streichen spüre. Mein Herz klopft wie wild in meiner Brust, das Ziehen in meinem Unterleib treibt mich in den Wahnsinn. Mein Hirn ist wie leer und ich kann nur noch an eines denken.

„Also schön ... Ich verrate es dir: Ich küsse besser, als ich schreibe“, sagt er mit rauer Stimme und zieht mich näher an sich. Seine Lippen streichen über mein Ohr und sein Atem fährt heiß über meinen Nacken. „Sally ...“

Ein Prickeln wie bei einem sanften Stromstoß durchfährt mich. Ich schließe die Augen und spüre, wie er schmetterlingsgleich Küsse auf meine geschlossenen Lider haucht, während unsere Körper sich begehrend aneinanderreiben. Dieser Mistkerl. Er küsst wirklich teuflisch gut.

Ich halte es nicht mehr aus. Ich will ihn. Jetzt. Sofort.

Pfeif auf das Abendessen, die köstlichen Cicchetti und die vornehme Zurückhaltung überhaupt. Obwohl ich geplant hatte, es langsam anzugehen und jeden einzelnen Augenblick *davor* auszukosten, weil ich mich für immer an unser erstes Mal erinnern möchte, stürze ich mich in einer einzigen wilden Bewegung auf ihn und umschlinge ihn mit Armen und Beinen. Gregs Körper schwankt kurz unter dem Ansturm, aber sofort hat er die Balance wieder. Seine Arme halten mein Gewicht, seine Hände umklammern meinen Hintern. Eine irrsinnige Fantasie schießt durch meinen Kopf, wie wir hier auf dem Tresen Sex miteinander haben, aber Greg hat offensichtlich andere Pläne. Schwankend setzt er einen Fuß vorwärts und dann den anderen. Küssend und ineinander verschlungen torkeln wir den engen Gang hinunter. Schwer atmend bleibt er stehen. Ich stütze mich mit der Hand im Türrahmen ab, während Greg eine bewundernswert akrobatische Leistung hinlegt, um mit dem Ellbogen die Schiebetür aufzustoßen, ohne mich absetzen zu müssen.

Schwer atmend verharren wir, gefangen in dem Moment und in der Erwartung dessen, was gleich passieren wird. Er lässt mich vorsichtig rücklings auf das Bett gleiten. Sein Gesicht schwebt über mir, er hat die Hände rechts und links neben meinem Körper aufgestützt. Meine Leidenschaft spiegelt sich in seinen Augen.

Greg streift mir Pullover und T-Shirt über den Kopf. Sein Blick bleibt unangenehm lange an dem sündigen schwarzen Spitzen-

BH hängen, den Lindsey ausgesucht hat. Mir schießt das Blut in den Kopf. Empfindet er es als nuttig?

„Wow." Mit seinen Daumen streicht er über meine Nippel, die durch das hauchdünne Gewebe hindurchscheinen und sich unter der Berührung aufrichten. „Das ist wahnsinnig erotisch", raunt er.

„Hmmm", brumme ich zufrieden und löse den Gürtel seiner Hose.

Und dann gibt es kein Halten mehr. Gegenseitig reißen wir uns die Kleider vom Leib.

Seine Haut ist heiß und kühl zugleich. Unsere Küsse werden leidenschaftlicher. Meine Hände streichen über seinen Rücken. Alles ist neu und fühlt sich dennoch vertraut an. Ich vergesse alles um mich herum, schwinge nur noch mit ihm im gleichen Rhythmus.

Er löst seinen Mund von mir und richtet den Oberkörper auf. Seine Hand gleitet zwischen meine Oberschenkel und berührt meine intimsten Stellen.

„Ich das gut so für dich?" Seine Stimme klingt rau.

Stumm nicke ich.

„Und das?" Seine Finger tun Dinge mit mir, die mich lustvoll aufkeuchen lassen. Ich möchte ihm sagen, wie sehr es mir gefällt, aber ich habe keine Worte dafür.

Er rollt sich zur Seite und angelt nach einem Kondom in der Nachttischschublade. Er reißt die Packung auf und hält es prüfend gegen das Licht.

Mutig nehme ich es ihm aus der Hand. „Lass mich das machen."

Ein Flackern liegt in seinem Blick. Er rollt sich auf den Rücken und überlässt mir die Führung. Ich atme tief ein und beuge mich über ihn. Meine Hände sind zittrig. Unsere Blicke verschränken sich ineinander und meine Unsicherheit verfliegt.

„Oben oder unten?", fragt er heiser.

Ich zeige es ihm, indem ich mich mit ihm zusammen herumrolle.

Gleich darauf verliere ich jegliches Empfinden für Zeit und Raum. Ich fühle mich so eins mit Greg wie noch nie mit jemandem zuvor.

Später liegen wir nackt und schwer atmend nebeneinander. Unsere Hände sind ineinander verschränkt, mein Bein liegt quer über seinem Oberschenkel. Ich starre an die Decke.

Wow.

Wenn dieser heiße Mann hier neben mir nur halb so gut schreibt, wie er im Bett ist, ist er der unbestrittene Gott der Belletristik.

Kapitel 22

Aus den Bigoli in Salsa ist dann doch nichts mehr geworden. Greg hat es gestern Abend nicht mehr geschafft zu kochen. Dafür waren wir viel zu sehr mit anderen Dingen beschäftigt. Zwischendurch sind wir ausgehungert über die Cicchetti hergefallen. Es hat sich so selbstverständlich angefühlt, wie wir uns nackt über die Schüssel Tiramisu hergemacht haben. So entspannt und gleichzeitig so unwirklich. Fast als würde alles, was wir zuvor erlebt haben, nicht zählen. Weil nur das Jetzt eine Bedeutung hat. Könnte das mit uns vielleicht wirklich funktionieren?

Die Wirkung der zwei Flaschen Bellini ist heute Morgen längst verflogen, aber ich bin immer noch betrunken. *Greg-betrunken,* um genau zu sein. Ein herrlich schwebender Zustand, bei dem mir leicht schwindelig ist und imaginäre Proseccobläschen aus meinem Magen aufsteigen, die mich von innen heraus kitzeln, sodass ich aus dem Grinsen nicht mehr herauskomme. Ich hoffe, dass der Genuss von zu viel Greg keine fatale, suchterregende Wirkung hat, denn wir sind noch weit von einer Beziehung entfernt. Überhaupt bin ich mir nicht sicher, ob ich schon bereit bin, mein Herz zu riskieren. Die Schmetterlinge in meinem Bauch lassen mich jedoch befürchten, dass ich den kritischen Punkt längst überschritten habe und meine Gefühle für Greg stärker sind, als ich mir eingestehen mag. Feststeht, dass ich mich lange nicht mehr so glücklich und geborgen gefühlt habe wie jetzt hier, neben Greg.

Müde vom Denken drehe ich den Kopf zur Seite. In der Front des verspiegelten Wandschranks sehe ich uns beide auf dem breiten Edelholzbett mit der weißen Bettwäsche liegen. Gregs dunkler Wuschelkopf bildet einen starken Kontrast neben meinen blondierten Locken. Mein Blick fällt auf das Nachtkästchen neben mir mit den offenen Fächern. Auf der polierten Fläche steht die eine der beiden Nachttischlampen mit weißem Schirm und einem Cavallier King Charles Spaniel aus Porzellan als Fuß. Eine jener Figuren, die man früher in englischen Wohnungen so oft auf den Kaminsimsen stehen sah. An der geschlossenen Tür hängt Gregs flauschiger schwarzer Bademantel am Haken, daneben ein großes, weiches Handtuch. Unsere Kleider liegen wild verstreut am Boden, so wie sie uns vom Leib gefallen sind.

„Guten Morgen, Frühaufsteher." Gähnend beugt Greg sich über mich und küsst mich auf den Mund. Sein Atem riecht nach Greg und ein wenig nach dem Knoblauch von gestern Abend. „Gut geschlafen?"

„Bestens, und du?"

„Ebenfalls." Greg wuschelt sich durch das Haar. So halb verschlafen sieht er zum Niederknutschen sexy aus. „Frühstück im Bett? Kaffee oder lieber Tee?"

„Frühstück im Bett klingt fantastisch. Und Cappuccino, bitte." Ich setze mich auf, ziehe die Knie an die Brust und spüre ein dringendes Bedürfnis. Ich schüttle mein zerrauftes Haar über dem Kopf aus und schiele Greg von unten an. „Zuerst müsste ich dringend zur Toilette. Und dürfte ich wohl mal deine Dusche benutzen?"

Er küsst mich sanft auf den Mund. „Geh du duschen und überlass den Rest mir. Wo das Bad ist, weißt du ja inzwischen. Shampoo und Duschgel stehen auf der Ablage in der Dusche, und eine unbenutzte Zahnbürste findest du rechts im Spiegelschrank."

„Danke." Aus dem schnellen Kuss wird ein langer und ausgiebiger, und allein meine volle Blase hindert mich daran, nicht vor dem Frühstück erneut der Versuchung zu erliegen.

Das Wasser in der Dusche ist wunderbar. Also lasse ich mir Zeit und shampooniere in aller Ruhe mein Haar. Schließlich schlinge ich mir ein Handtuch um die feuchten Haare und ein weiteres um meinen Körper. Als ich aus dem Bad komme, entweicht zusammen mit mir ein Schwall heißer, feuchter Luft. Greg hat die Schiebetür zum Schlafzimmer nicht ganz geschlossen. Es duftet verführerisch nach Kaffee, gebratenem Speck und getoastetem Brot. Mir läuft buchstäblich das Wasser im Mund zusammen.

Greg liegt bäuchlings auf dem Bett, vor sich ein großes Notizheft, in dem er offensichtlich gerade geschrieben hat. Er legt den Stift beiseite und sieht zu mir auf. Seine Mundwinkel zucken verdächtig. „Du liebe Güte. Wer ist dieser quietschrote Krebs und was ist mit der Frau passiert, die eben noch neben mir lag?“

Ich schnappe mir ein Kissen und werfe es nach ihm, ziele dabei aber absichtlich so, dass es nur ganz sanft auf seiner Schulter landet, weil am Fußende des Betts das Frühstückstablett steht. „Sehr witzig. Dafür siehst du aus, als hättest du dich über Nacht in einen Werwolf verwandelt.“ Ich raufe mit den Händen durch seine dunklen, üppigen Locken.

„Autsch“, protestiert er, als meine Finger weiterwandern und spielerisch an seinem dichten Brusthaar ziehen.

„Was denn?“ Unschuldig verziehe ich das Gesicht. „Bevor wir nach Hawaii fahren, müssen wir dich erst einmal enthaaren. Wie soll denn sonst Sonne an deine Haut kommen? Also, was ziehst du vor: Waxing oder soll ich mich mit der Pinzette daran betätigen?“

„Bloß nicht“, wehrt er gespielt erschrocken ab. „Du hast eine sadistische Ader. Von dir lasse ich mir kein einziges meiner Haare krümmen!“

„Schade. Dann wird es wohl nichts mit Hawaii.“ Schulterzuckend beuge ich mich zu dem Tablett hinüber, lasse Toast und Speck unbeachtet und schnappe mir ein mit Puderzucker bestreutes Hörnchen aus fluffigem Teig. Vorsichtig beiße ich hinein.

Im nächsten Moment erfüllt eine wahre Geschmacksexplosion meinen Mund. „Oh mein Gott. Das ist himmlisch! Was um alles in der Welt ist das?“

„Cornetto al Pistacchio, Hörnchen mit Pistazienfüllung vom italienischen Bäcker hier im Viertel. Ich war mir nicht sicher, ob dir etwas Süßes oder etwas Herzhaftes lieber ist, also gibt es beides.“

„Wie?“ Meine Augen weiten sich. „Du warst beim Bäcker? Während ich unter der Dusche war? Gib es zu, du bist gar kein Schriftsteller! Wo hast du deinen Superman-Anzug versteckt?“ Ich stupse mit dem nackten Fuß gegen sein Bein.

„Mist. Du hast mich enttarnt. Die Nummer mit dem Schriftsteller sollte nur dazu dienen, dich in mein Bett zu locken. Der Rest war Lüge.“

Ich schlucke den Rest des Cornettos herunter und für den Bruchteil einer Sekunde ist mir nicht mehr zum Lachen zumute. Das Wort *Lüge* schwebt in Großbuchstaben über meinem Kopf. Dann erinnere ich mich daran, dass es Greg ist, der das sagt, nicht Steve, und ich fange mich wieder. Ich muss wirklich lernen, mein Misstrauen Männern gegenüber in den Griff zu bekommen. Wie Trish sagt, da draußen gibt es eine ganze Reihe netter, anständiger Männer, und Greg ist mit Sicherheit einer davon.

Rasch wechsele ich das Thema und deute auf das Notizbuch. „Was schreibst du?“

„Skizzen für den Roman.“ Greg schlägt das Heft zu und legt es zurück auf sein Nachtkästchen. Dann greift er zu seiner Kaffeetasse und trinkt einen Schluck. „Weißt du, welche Frage mir als Schriftsteller am häufigsten gestellt wird?“

„Keine Ahnung.“ Kopfschüttelnd nehme ich meine Tasse zwischen die Hände und halte sie wärmend gegen meine Wange. Mittlerweile ist mein Körper abgekühlt. Im Vergleich zu der Hitze im Bad ist es im Schlafzimmer recht frisch.

„Die Frage, woher die Ideen für meine Romane kommen.“ Greg lächelt vor sich hin.

„Und? Woher kommen sie?“

„Wenn ich das nur wüsste. Manchmal sitze ich tagelang über einer Skizze, ohne dass ich weiterkomme. Dann wieder, wenn ich überhaupt nicht darüber nachdenke, türmen sich die Worte in mir auf und ich muss sie unbedingt zu Papier bringen, bevor ich wahnsinnig werde."

„So wie jetzt?" Das Handtuch löst sich und rutscht mir vom Kopf. Ich stelle die Tasse zurück und frottiere mit schräg gelegtem Kopf mein Haar trocken.

„Genauso." Er sieht mich an, seine Augen haben diesen bestimmten Ausdruck, den ich inzwischen sehr gut interpretieren kann. Er hebt den Arm und löst mit einem sanften Ruck das Handtuch von meinen Schultern. Seine Finger gleiten über mein Schlüsselbein und von da aus weiter zu meinen nackten Brüsten. „Komm her", murmelt er leise.

„Vorsicht, das Frühstück", quietsche ich, als er mich zu sich zieht und das Tablett gefährlich nah an den Rand des Bettes gerät.

In aller Seelenruhe rollt Greg sich herum, beugt sich aus dem Bett und stellt unser Frühstück sicher auf dem Holzboden ab. Danach küsst er sich sehr ausgiebig über die Innenseite meiner Oberschenkel seinen Weg zu mir zurück und wir fallen erneut übereinander her. Dass der Kaffee und der Frühstücksspeck dabei kalt werden, interessiert uns nicht.

Als wir schließlich angezogen und ausgehbereit das Schlafzimmer verlassen, ist es kurz vor neun. Uns bleibt noch Zeit für einen schnellen Espresso in Gregs Küche, dann muss ich auch gleich nach Hause und mich umziehen. Ich will nicht zu spät zu meiner Schicht im *The Shard* erscheinen. Während Greg einen Löffel Zucker unter seinen Espresso rührt, klingelt sein Handy. „Es ist Miranda. Entschuldige, ich muss da kurz ran", erklärt er mit einem Blick auf das Display.

Ich signalisiere ihm, dass es kein Problem ist. Diskret blicke ich aus dem Fenster hinaus auf den Kanal und versuche, möglichst unbeteiligt zu wirken, aber natürlich kann ich nicht verhindern zu hören, was er sagt.

„Nein … Ja … Miranda, das ist mir durchaus bewusst." Hektisch klopft er mit dem Stiel des Kaffeelöffels gegen die Tischkante. „Nein. Das brauchst du nicht. Du kannst beruhigt sein … Was? Ja. Selbstverständlich habe ich angefangen. Es sind inzwischen dreißig wirklich brauchbare Seiten … Wie? Nein! Es kommt nicht infrage, dass ich sie dir oder irgendjemandem in diesem Stadium zeige. Es würde meinen Gedankenfluss bremsen …"

Als er schließlich auflegt, spannt sich ein ärgerlicher Zug um seine Mundwinkel. Als wäre er sich meiner Anwesenheit nicht mehr bewusst, starrt er eine Weile auf einen unbestimmten Punkt auf dem Boden. Schließlich gibt er sich einen Ruck, atmet tief aus und sucht dann meinen Blick. Er lächelt schwach. „Entschuldige. Gespräche mit Miranda sind immer nervenaufreibend."

Ich hebe eine Augenbraue. „Also hast du doch schon angefangen zu schreiben?"

„Nein, bisher nicht. Wie gesagt, arbeite ich an den Figuren und der Handlung. Direkt nach Weihnachten lege ich los."

„Aber du sagtest doch eben, du hättest schon dreißig Seiten."

Er lächelt, kommt auf mich zu und zieht mich in seine Arme. „Ich bin dem Rat meiner klugen Freundin gefolgt und habe dick aufgetragen. Es hat funktioniert."

„Freundin? Hallo? Wo kommt das denn auf einmal her?" Unsicher streiche ich mit beiden Händen das Haar hinter die Ohren.

„Mach jetzt keinen Rückzieher, Sal. Immerhin haben wir schon die Flitterwochen gebucht", fleht Greg, gespielt kläglich.

„Du lebst in einer Fantasiewelt, Greg." Ich seufze.

„Also gut, wenn du darauf bestehst, dann eben offiziell." Greg verschränkt unsere Finger miteinander und hebt die Hände auf die Höhe seiner Brust. „Möchtest du mit mir gehen, Sally Thompson? A) ja, b) nein oder c) vielleicht?"

„Spinner." Gegen meinen Willen muss ich grinsen. Seine Grimasse ist zu albern.

Alles Spielerische verschwindet aus seinem Gesicht. Sein Blick wird ernst. „Bitte, Sally. Ich mag dich wirklich … sehr sogar. Die letzten Wochen mit dir waren unglaublich. Ich beschäftige mich wieder mit meiner Zukunft, statt mich treiben zu lassen und meinen Ängsten Macht über mich zu geben. Ich hatte nicht geglaubt, dass ich noch einmal einen Menschen finden würde, der mir so viel bedeutet. Dass damals mit meiner Ex ..." Er bricht mitten im Satz ab und zuckt die Schultern. „Du bist mir wichtig. Ganz im Ernst. Ich möchte mit dir zusammen sein, auch nachdem unsere Liste abgehakt und Weihnachten vorbei ist. Am liebsten würde ich dich auch jetzt nicht gehen lassen."

„Ich würde auch gern bleiben, aber ich muss zur Arbeit", flüstere ich, benommen von der Heftigkeit der Gefühle, die mir entgegenschlagen und die Schmetterlinge in meinem Bauch aufflattern lassen.

„Sehen wir uns heute Abend?" Seine Augen blicken sehnsüchtig und ernst auf mich herab, und in diesem Moment spiegelt sich auch in ihnen, dass uns etwas zu verbinden scheint, das tiefer geht als eine Nacht.

Ich lächle. „Greg Farrington, wenn ich deine Freundin wäre, würde ich jetzt sagen, ja, wir sehen uns."

Seine Mundwinkel zucken. „Heißt das ja, du kommst, und ja, wir sind zusammen?"

„Könnte man durchaus so stehen lassen", erwidere ich scherzend und löse unsere Finger voneinander. „Kannst du bitte wieder diese leckeren Dingsda machen, diese ... Wie heißt das noch mal? Ich hab's vergessen."

„Cicchetti", sagt er und es klingt sehr überzeugend italienisch. Wahrscheinlich spricht er die Sprache fließend. „Wenn ich verspreche, dass es die immer gibt, heiratest du mich dann?" An der Art, wie er dabei frech grinst, erkenne ich, dass wir uns wieder auf der Ebene unserer üblichen Scherze bewegen.

„Mach dir keine Hoffnung, Greg. Vielleicht kriege ich heraus, von welchem Bäcker die Cornetti stammen. Dann mache ich Schluss mit dir und heirate den." Lachend strecke ich ihm die Zunge heraus und werfe ihm eine Kusshand zu. Dann eile ich die schmalen Stufen hinauf und sause los.

Kapitel 23

In den darauffolgenden zehn Tagen sehe ich recht wenig von meinem Freund. Es ist wie verhext. Wir schaffen es nur einmal, uns zu treffen. In der Woche vor Weihnachten ist bei uns beiden die Hölle los, sodass wir andauernd aneinander vorbeirennen, bildlich gesprochen. Einmal passt es bei mir nicht, dann wieder kommt bei Greg etwas dazwischen.

Tagsüber schiebe ich Dienst im *The Shard*, weil gerade wieder eine Erkältungswelle unsere halbe Belegschaft umnietet. Mein Überstundenkonto schießt rekordverdächtig in die Höhe. Greg verbringt einen großen Teil seiner Zeit damit, im *Fair Brew* auszuhelfen. Sich als Barista zu betätigen, scheint seine wahre Berufung zu sein. Er schickt witzige Fotos von sich mit Elijah und dem Rest der Mannschaft. Wie es aussieht, gehört er bereits zum Inventar.

Abends laufen die Vorbereitungen für das Weihnachtsfest bei uns in Notting Hill auf Hochtouren. Das heißt, *ich* laufe auf Hochtouren, denn wie es aussieht, bin ich mit der Arbeit so ziemlich allein. Ich backe Plumpudding, dekoriere das Haus, bastle Papiergirlanden. Meine Tante wird im Theater gebraucht und kommt abends irrsinnig spät nach Hause, also will ich ihr nicht noch mehr aufhalsen und erledige auch alle Einkäufe allein. Auf Lindsey brauche ich drei Wochen vor dem Geburtstermin nicht zu zählen. Sie hat Wasser in den Füßen und ist zu nichts zu gebrauchen. Ich kann sie noch nicht einmal dazu bewegen, mit Brooke Anhänger für den Weihnachtsbaum auszustechen. Sie erzählt jedem, der ihr über den Weg läuft, wenn das Baby auf der Welt ist, gibt sie es zur Adoption frei. So durch ist sie damit, schwanger zu sein.

Da sonst niemand Zeit hat, bin ich es, die mit Brooke zu einer der Pantomimen geht, ohne die Weihnachten in England undenkbar ist. Und so platzt wieder einmal eine Verabredung mit Greg. Ein andermal lässt die Weihnachtsfeier im The *Shard* unser Treffen ins Wasser fallen. Bei Greg sieht es nicht viel besser aus. Auf Anweisung seiner Agentin trifft er sich zum Dinner mit irgendwelchen wichtigen Leuten aus der Buchszene. Dann wieder ist er mit ein paar Kumpels von früher unterwegs, die er ewig nicht gesehen hat und die überraschend in London sind. Natürlich gönne ich ihm die Pub Night, aber unterm Strich bedeutet das, dass wir erneut einen Abend ohneeinander verbringen.

Dennoch finde ich das alles nicht dramatisch, weil wir zwischendurch ausgiebig telefonieren, und ein wenig Distanz fördert bekanntlich die Leidenschaft. Obwohl ich nicht wüsste, was sich daran noch steigern ließe.

Auch heute hatten wir eigentlich vor, uns zu sehen. Aber dann hat uns Miranda kurzfristig dazwischengefunkt und Greg zu einer Vernissage gelotst, auf der sich angeblich lauter unheimlich wichtige Menschen tummeln. Also beschließe ich, endlich das zu tun, was ich schon die ganze Zeit vorhatte. Ich möchte Greg überraschen und sein Boot von außen hübsch weihnachtlich mit Lichterketten schmücken. Die Vorstellung, wie trist es bei ihm an Deck sonst am Weihnachtsabend aussieht, stimmt mich traurig.

Doch bevor es so weit ist, treffe ich mich mit Trish im Churchill Arms auf ein Bier. Das hatten wir schon so lange geplant. Trish braucht dringend Trost, weil sie Stress mit Jack hat. Außerdem will sie unbedingt alles über Greg und mich wissen. Also redet sie sich bei Pad Thai und Frühlingsrollen den Frust von der Seele. Danach brauchen wir unbedingt noch ein Bier, bevor ich sie bei Apple Pie auf den neuesten Stand der Dinge zwischen Greg und mir bringe.

Als ich fertig erzählt habe, legt Trish mir die Hand auf den

Arm. „Freut mich, dass du so glücklich bist." Sie lehnt sich wieder zurück und pikt, ohne hochzusehen, Kuchenbrösel mit der flachen Gabel von ihrem Teller.

Ein leicht flaues Gefühl macht sich in mir breit. Sie spricht es nicht aus, aber ich weiß dennoch, was sie denkt.

„Aber ...?", frage ich vorsichtig in das entstandene Schweigen hinein.

„Kein Aber ..." Trish zuckt die Schultern und blickt mich immer noch nicht an.

„Trish! Komm schon. Du wirkst angespannt. Irgendetwas passt nicht."

„Na schön." Sie legt die Gabel beiseite, zupft eine Haarklemme aus ihrer Frisur und steckt sie sich zwischen die Lippen, während sie die Strähnen auf ihrem Kopf neu ordnet. „Ich kenne Greg nicht wirklich. Daher möchte ich auch nichts behaupten. Aber findest du es nicht merkwürdig, dass er – dank deiner Hilfe – einerseits auf einmal mega inspiriert ist und die Ideen für seinen Roman nur so sprudeln? Dir allerdings erzählt er, dass er noch nicht einmal angefangen hat mit dem Buch, aber du überraschst ihn dabei, wie er Seite um Seite in seinem Notizbuch vollschreibt. Und dann behauptet er, es handle sich nur um Skizzen und wechselt das Thema? Sei mir nicht böse, aber ich finde das etwas eigenartig."

„Ganz so war es nicht", wiegle ich ab und merke, wie etwas in mir ins Schwingen gerät und mich daran erinnert, wie sehr Steve mich verletzt hat, als er meine Privatfotos für Werbezwecke missbraucht hat. „Greg hat das Thema nicht bewusst gewechselt, es hat sich so ergeben."

„Aha." Trish steckt die Haarklemme wieder in ihre rote, wild vom Kopf abstehende Mähne.

„Was, aha ...?", frage ich ärgerlich, denn so langsam macht mich der Subtext, der in Trishs *Abers* und *Ahas* mitschwingt, unterschwellig aggressiv.

Trish lässt ihre Fingerknöchel knacken. „Und dieser Agentin erzählt er, er kommt super voran und hat schon zig Seiten fertig?"

„Ja, weil ich ihm gesagt habe, dass er es tun soll. Der Druck, den Miranda aufbaut, ist kontraproduktiv. Kein Wunder, wenn Greg eine Schreibblockade hat. Du müsstest die Frau mal erleben." Ich merke, dass ich anfange, mich in etwas hineinzusteigern, und atme ein paarmal tief durch.

„Süße, ich will ja nur, dass du vorsichtig bist."

„Warum sollte Greg mich anlügen? Was hätte er denn davon?"

„Ich sage ja nicht, dass er das tut."

„Greg ist nicht Steve", erkläre ich und merke, wie eigensinnig ich mich anhöre. So als müsste ich meine plötzlich wiedererwachten Zweifel übertönen.

„Es tut mir leid, Sal." Trish schaut mich mit einem zerknirschten Hundeblick an. „Durch den Streit mit Jack bin ich momentan mit den Nerven etwas runter. Ich höre das Gras wachsen. Gestern erst habe ich meiner Schwester empfohlen, sich einen guten Scheidungsanwalt zu suchen, nur weil mein Schwager betrunken und mit Lippenstift von der Weihnachtsfeier seiner Firma gekommen ist."

„Pfft ...", winke ich ab. „Das ist doch gar nichts. Wenn ich da an unsere Weihnachtfeier denke ..."

„Schweige", mahnt Trish erhobenen Hauptes. „Ich habe beschlossen, diesen Abend komplett aus meiner Erinnerung zu streichen. Mein Kater am Tag danach war unterirdisch. Aber an der Sache mit meiner Schwester erkennst du, dass ich überall Gespenster sehe, seitdem Jack gesagt hat, ich sei unfähig, mal lockerzulassen und ... Na ja, du weißt schon." Sie zuckt die Schultern und verzichtet darauf, den Streit erneut auszuwalzen. Weil davon nichts besser wird, wie wir beide wissen.

Als wir später vor dem Churchill Arms stehen, können wir uns nicht losreißen vom Anblick der Fassade. Eigentlich wollten wir uns längst verabschieden, aber wie die Kinder beim Anblick der Coca-Cola Weihnachtstrucks stehen wir mit offenem Mund da und staunen. Das Pub sieht aus wie in glitzerndes Geschenkpapier eingeschlagen und mit Lametta verschnürt. Durch die vielen Lichter ist es so hell wie am Tag. Ich befürchte, das Stromnetz in

Kensington wird zusammenbrechen, sobald in diesem Viertel auch nur noch ein einziger Schalter an einer Steckdose betätigt wird.

„Ich komme erst richtig in Weihnachtsstimmung, wenn ich das hier sehe", seufzt Trish ergriffen.

Ich nicke. „Geht mir ähnlich. Ohne Lichterzauber fühlt es sich nicht an wie Weihnachten."

„Ich bin gar nicht müde. Gehen wir in eine Bar?" Trish drückt sich an mich und hakt mich unter.

„Klingt verlockend, aber leider habe ich heute noch etwas zu erledigen, das wirklich keinen Aufschub duldet. Wir holen das nach, ja?", vertröste ich Trish. Dann mache ich mich auf den Weg nach Hause, um die Lichterketten und den von innen mit LED beleuchteten Schneepinguin zu holen, die ich für Greg besorgt habe. Ich hoffe bloß, dass Greg nicht vorzeitig von der Vernissage zurückkehrt und mir die Überraschung gelingt.

Das Glück ist auf meiner Seite. Ich bin etwas außer Puste und mein Nacken fühlt sich trotz der Kühle der Nacht verschwitzt an, aber es gelingt mir tatsächlich, ein Netz aus batteriebetriebenen Lichterketten am Dach der *Huckleberry Finn* entlang zu spannen. Als Highlight befestige ich vor dem Eingang zum Steuerhaus den Pinguin, der mit Knopfaugen unter einer niedlichen Weihnachtsmütze hervor grinst und blau leuchtet.

Das heißt, er *würde* blau leuchten, wenn man ihn einsteckt. An Deck gibt es keine Steckdose, aber zum Glück habe ich für alle Fälle ein Verlängerungskabel besorgt. Den Schlüssel zur Tür hat Greg in einem Blumentopf versteckt. Überraschend fantasielos für jemanden mit einem kreativen Beruf, aber in Hinblick auf meine Mission die Rettung.

Hinter dem Philodendron, der in der Ecke neben dem mit Messing beschlagenen Steuerrad, befindet sich eine Steckleiste. Ich drücke den Knopf und der kleine Kerl auf dem Deck leuchtet mir in einem fröhlichen Blau entgegen. Zufrieden blicke ich auf das in festlichem Lichterglanz erstrahlende Deck hinaus und klopfe mir gedanklich auf die Schulter.

Auch wenn er es nie im Leben zugeben wird, Greg wird begeistert sein, wenn er spät in der Nacht nach Hause kommt. Mit einem Gähnen stelle ich fest, dass auch ich besser in mein Bett verschwinden sollte, denn morgen wartet wieder ein anstrengender Tag auf mich. Doch bevor ich das tue, muss ich dringend noch zur Toilette. Die beiden Pints machen sich bemerkbar.

Erleichtert und mit leerer Blase trete ich den Rückzug an. Im Vorbeigehen fällt mein Blick auf ein in schwarze Pappe gebundenes, etwa DIN-A4-großes Notizbuch auf der frei stehenden Theke. Ich erkenne es sofort: Es ist das Heft, in das Greg nach unserer ersten Nacht geschrieben hat, nicht das hübsche Handgeschöpfte aus Venedig, das er meist in seiner Manteltasche stecken hat.

Zögernd bleibe ich stehen. Mein Herz klopft schneller. Einen atemlosen Moment ringe ich mit mir. Nein. Keinesfalls. Ich werde nicht hineinsehen. Wir haben einen Deal. Ich habe keinen Anlass, daran zu zweifeln, dass Greg sich nicht an unsere Abmachung hält.

Hast du doch, du warst schon einmal zu blauäugig, geistert es leise durch mein Hirn. Die Stimmen in meinem Kopf liefern sich ein erbittertes Streitgespräch.

Mein linker Fuß befindet sich bereits auf der untersten Stufe der Stiege, als sich urplötzlich die beiden Bier mit meinen Ängsten und Zweifeln verbrüdern. Gemeinsam rennen sie die Stimme der Vernunft über den Haufen.

Ich kann nicht anders. Ich muss zumindest einen Blick in Gregs Notizen werfen.

Alles andere wäre naiv. Ich darf nicht tun, als hätte ich keine Lehren aus der Vergangenheit gezogen, dabei tut es nichts zur Sache, dass es sich hier um Greg handelt. Einmal auf die heiße Herdplatte zu fassen und sich die Finger zu verbrennen, fällt unter die Überschrift Lernprozess. Es ein zweites Mal zu tun, ist Dummheit.

Also kehre ich um.

Ich weiß, dass ich es nicht tun sollte, aber hier stehe ich und meine Fingerspitzen berühren den schwarzen Einband.

Ich schlage die erste Seite auf und lese, was dort in Gregs überhastet hingeworfener Handschrift steht:

Ich lebte unter der Wasseroberfläche eines Sees, getrennt von der Welt durch eine grausame undurchdringliche Membran, die mir den Blick auf das Leben oberhalb der Wasserfläche sehnsuchtsvoll hinhielt und sich jeglicher Zerstörung widersetzte.

Ich war allein mit mir, abgeschnitten von meinen Gefühlen, abgeschnitten von der Vergangenheit, beherrscht von meinen Ängsten und der Panik eines Ertrinkenden, dessen Lungen sich mehr und mehr mit Brackwasser füllen.

Am Grunde des Sees lebten Dämonen. Hässliche Schlammwesen, die ihre Finger nach mir ausstreckten und mich in die Tiefe reißen wollten.

Meine alleinige Rettung war die Flucht in die Welt meiner Fantasie.

Ich war der junge Intellektuelle, der seine Tage damit zubrachte in den Kaffeehäusern und Bars der City zu sitzen und durch die Menschen, die ihn umgeben, hindurch zu blicken. Hin und wieder blitzte Interesse in mir auf, wenn ein Detail aus dem Gesamten hervorstach und ich es in die verschachtelte Welt transportierte, die ich aus der Kraft meiner Gedanken geschaffen hatte.

Ich lebte unter der Wasseroberfläche eines Sees ...

Ich lebte unter der Wasseroberfläche eines Sees, bis zu dem Tag, an dem sich alles veränderte und SIE in mein Leben trat. Sie war es, die wie ein Tornado die glatte Oberfläche meines Sees zu gewaltigen Wellen aufgepeitscht und mich aus den Fängen der Schlammwesen befreit hat.

Ich bin zurück in der Welt.

Ich lerne, neu zu sehen ...

Mit zitternden Händen schlage ich das Notizbuch zu. In meinen Augen schwimmen Tränen, weil Gregs Worte mich tief berühren. Gleichzeitig schockiert es mich, dass er zusammen mit seiner Geschichte auch die Geschichte von uns erzählt. Auch wenn die

Perspektive so gewählt ist, dass ich als Person nicht klar hervorgehe, weiß ich doch, dass ich es bin, die gemeint ist.

Das, was bisher nur als Horrorvorstellung in meinem Kopf existierte, befindet sich in Schriftform vor mir auf dem Tisch.

Aber was macht mich so sicher, dass es so ist?

Könnte es nicht ganz anders sein? Vielleicht haben diese Notizen nichts, aber auch gar nichts mit Gregs Roman zu tun? Vielleicht gehört Greg zu den Menschen, die ein Tagebuch führen, auch wenn sein Schreibstil dafür reichlich abgehoben ist. Andererseits … Hallo? Es ist Greg. Greg, der mit der Art, wie die Worte ihm aus der Feder schießen, Bestseller landet.

Womit wir wieder beim Thema wären.

Ich presse die flache Hand gegen die schmerzende Stirn. Panik hilft mir jetzt nicht weiter. Vernunft dagegen schon.

Ich könnte ihn anrufen und fragen.

Was bedeuten würde, dass ich ihm gestehen müsste, in seinen Unterlagen gewühlt zu haben.

Oh Gott! Ich schlage die Hände vors Gesicht.

Stopp, Sally. Komm mal wieder runter. Das lässt sich nicht vergleichen!

Verflixt. Ich schwitze Blut und Wasser und begreife plötzlich, weshalb Lindsey sich so verdammt schwer damit tut, Tom noch vor Weihnachten auf die Unterwäsche anzusprechen, die sie in seinem Schrank gefunden hat und die bestimmt nicht für sie gedacht war. Damit würde sie allen, die ihr nahestehen, das Fest verderben, in erster Linie Brooke.

Und jetzt?

Ich kann entweder so tun, als wäre nichts gewesen. Oder aber ich gestehe, dass ich in seinem Privatleben herumgeschnüffelt habe, und zeichne dafür verantwortlich, wenn Greg daraufhin einen Rückfall in seine schlimmste Grinch-Phase erlebt. Mist, Mist. Mist. Ich sehe es quasi bildlich vor mir. #FireupChristmas2 #IchhasseWeihnachten. #ZurückunterdieOberflächedesSees.

Ich streiche mir das Haar zurück und atme durch. Ich kann es nicht tun. Ich kann nicht riskieren, dass ich ihm Weihnachten verderbe, wo er gerade anfängt, es zu mögen.

Vermutlich ist alles ganz harmlos und es handelt sich wirklich nur um Notizen, die nicht zur Veröffentlichung gedacht sind.

Ich werde mit meinem schlechten Gewissen bis nach Weihnachten leben müssen. Warum existieren so nützliche Dinge wie der Zeitumkehrer, den Hermine Granger in den Harry-Potter-Büchern benutzt, niemals in der Wirklichkeit? Aber so sehr ich es mir wünschen würde, es bleibt dabei: Missetat begangen. Nichts lässt sich jetzt noch daran ändern.

Mit gerunzelter Stirn versuche ich das Notizbuch so auf dem Tisch zu platzieren, wie ich es in Erinnerung habe. Meine kriminelle Energie ist miserabel. Jeder Verbrecher, der etwas auf sich hält, hätte zuvor ein Foto vom Tatort geschossen, um ihn im Anschluss tadellos zu rekonstruieren und die Untat zu verschleiern.

Mit einem unguten Gefühl im Bauch verlasse ich das Boot. Wenn ich zu Hause bin, brauche ich erst einmal eine Dusche, weil mein T-Shirt unter dem Pulli verschwitzt an meiner Haut klebt. Und einen Whiskey, um mein schlechtes Gewissen zu beruhigen.

Und warum das Ganze, frage ich mich?

Ich lache hysterisch auf. In Gedanken sehe ich Greg und mich, wie wir nach den Festtagen dasitzen und uns die Bäuche vor Lachen halten, weil ich mich wegen nichts verrückt gemacht habe. Wird das ein Spaß ...

Oder aber ich bin im neuen Jahr wieder Single und Greg macht Schluss mit mir, weil er keine Lust hat, in einer Beziehung zu sein, bei der die eine dem anderen nicht über den Weg traut und heimlich seine Sachen durchwühlt.

Kapitel 24

Greg, 00:12

Bist du noch wach?

Grinsend setze ich mich auf und betrachte das Selfie, das gerade auf meinem Handy landet. Greg, wie er neben dem blau leuchtenden Pinguin lehnt, den Ellbogen lässig an die Tür des Steuerhauses gestützt, die Beine überkreuzt, in der Hand eine Flasche Bier. Der Pinguin hat Gregs Hut auf. Ich schlage die Beine unter und tippe:

Ihr scheint euch zu mögen. Hat er schon einen Namen?

Er heißt Kowalski. Habe ich meinen neuen Freund dir zu verdanken?

Hast du. Gib Kowalski bitte kein Bier zu trinken. Er ist noch nicht volljährig.

Postwendend klingelt mein Handy und Greg ist dran. Ich kann das Lächeln in seiner Stimme hören: „Ich bin ziemlich enttäuscht, weißt du das?"

„Weshalb?" Ich hebe eine Augenbraue.

„Ich hatte gehofft, dich in meinem Bett vorzufinden."

„Das hättest du wohl gern gehabt?", gebe ich zurück.

„Ehrlich gesagt, ja. Und zwar nackt."

„Ich liebe deine romantische Ader."

„Ich weiß. Du hast eine nicht zu leugnende Schwäche für sentimentale Sprüche. Schlimmer Charakterfehler." Er seufzt gespielt dramatisch. „Also schön, wenn du darauf bestehst, dann mach dich bereit. Hier kommt einer meiner berühmten gefühlsbetonten Sätze: Du fehlst mir. Sehr sogar."

Eine kleine Pause entsteht.

„Wirklich?", frage ich leise.

„Sally Thompson, ich bin total von dir besessen. Es vergeht keine Stunde, in der ich nicht an dich denke. Du bist die coolste Frau, die mir je begegnet ist. Und die heißeste noch dazu, auch wenn das in Kombination wohl wenig Sinn ergibt."

Ich kichere.

„Wieso bist du so weit weg?", raunt er. „Wir könnten wilden Sex haben und ich würde dir obszöne Dinge ins Ohr flüstern."

„Aww ... Ich wäre jetzt auch gern bei dir", seufze ich sehnsüchtig. Ich lasse mich zurücksinken, rolle mich auf die Seite und presse eines der Kissen gegen meine Brust. Mein Herz stolpert unregelmäßig vor sich hin. „Sag mal ... War es denn in Ordnung, dass ich ohne dein Wissen bei dir aufgeschlagen bin und ein wenig Weihnachtstimmung an Deck gezaubert habe? Es sollte eine Überraschung sein."

„Die ist dir gelungen." Am Poltern seiner Schritte erahne ich, dass er über die Stiege nach unten in die Kajüte geht.

„Wie war die Vernissage?"

„Langweilig." Er schiebt mit einem Quietschen die Tür zu seinem Schlafzimmer auf. Unwillkürlich grinse ich, weil er unser Telefonat an dem Ort fortsetzen möchte, an dem auch ich mich gerade befinde: im Bett.

„Miranda ist erbarmungslos. Ihre Strategie setzt darauf, mich als Autor so stark in der Öffentlichkeit präsent zu machen, dass keiner an meinem neuen Roman vorbeikommt. Falls er denn je erscheint", setzt er gewohnt selbstironisch hinterher.

„Das wird er, daran habe ich keinen Zweifel", sage ich und verdränge das erneut aufkommende mulmige Gefühl. Hätte ich bloß nicht in seinen Notizen herumgeschnüffelt!

„Jedenfalls habe ich das Gefühl, mich gewaltig weiterentwickelt zu haben. Deine Idee mit dem Projekt *Wie ich lerne, in vier Wochen Weihnachten zu mögen* war der Hammer. Es fehlt nur noch Punkt sieben: *Unter Menschen gehen und Gutes tun.*"

„Ich weiß." Ich rolle mich auf den Rücken und blicke zur Decke, das Kissen immer noch an meine Brust gedrückt. Wehmut erfasst mich, als ich daran denke, dass unsere gemeinsame Mission bald erledigt ist. Was wird dann aus uns? Haben wir genügend gemeinsamen Kitt, um als Paar zu bestehen, oder war es das? Greg hat zwar gesagt, dass er mit mir auch im neuen Jahr zusammen sein möchte, aber womöglich denkt er anders darüber, wenn es sich nach Weihnachten ausgeglitzert hat und uns ein kalter, trister Januar um die Ohren weht. Ich hasse den Januar, weil er sich anfühlt, als würde er aus einunddreißig Montagen bestehen. Am liebsten würde ich ihn schlafend in meinem Bett verbringen und mir bis zum Frühlingsbeginn die Bettdecke über den Kopf ziehen. Es gibt wenig, das mich mehr deprimiert als der Anblick vertrockneter Weihnachtsbäume, die an den Straßenecken darauf warten, zum Recycling gebracht zu werden, und an denen ein trauriger letzter Rest Lametta hängt.

„Bist du noch dran?", erkundigt sich Greg.

Erst jetzt wird mir bewusst, dass ich ziemlich lange vor mich hingestarrt und nichts gesagt habe. Ich räuspere mich. „Weißt du schon, was es sein wird?"

„Ich arbeite daran. Sobald ich eine Idee habe, lasse ich es dich wissen."

„Gut." Ich streiche mit der Hand über den schmalen, freien Streifen neben mir auf meiner Bettcouch und wünsche mir, Greg würde hier liegen. Auch wenn hier wirklich sehr wenig Platz ist. „Sehen wir uns morgen?"

„Ich fürchte nein. Da findet die Weihnachtsfeier bei meinem Verleger statt. Hast du vielleicht tagsüber Zeit?"

„Meine Mum kommt uns morgen besuchen", seufze ich. „Sie bringt ein paar besonders schöne Stücke ihres Christbaumschmucks vorbei und zwingt mich, gemeinsam mit ihr Mince Pies zu backen."

„Klingt nett."

Ich lache auf. „Sie ist ein Kontrollfreak. Unter Garantie hat sie eine Liste mit achtunddreißig Punkten dabei, nach denen ich mich bei den Vorbereitungen richten soll. Wenn ich das nicht tue, wird sie mir die nächsten zehn Jahre vorhalten, wie sehr ich sie enttäuscht habe."

„Klingt nach einer Figur, die sich perfekt in einem Roman machen würde. Du musst sie mir unbedingt vorstellen."

„Auf keinen Fall", erkläre ich entschieden. „Nur über meine Leiche."

„Schade. Du unterschätzt meinen Charme. Vermutlich wäre sie so begeistert von mir, dass sie dir sogar verzeihen würde, wenn dir der Truthahn misslingt."

„Keine Scherze über das Weihnachtsessen", brumme ich. Ein Abendessen für zwei zu Kochen bekomme ich noch hin. Aber an ein Weihnachtsessen für sieben Personen habe ich mich bislang noch nie gewagt und jetzt lastet die gesamte Verantwortung auf meinen Schultern. Auf Lindsey brauche ich nicht zu zählen und ich könnte wetten, Tante Patricia hat noch kein einziges Mal in ihrem Leben den Backofen benutzt. Sie ernährt sich von Fertiggerichten, die sie in der Mikrowelle erwärmt.

„Wenn du möchtest, komme ich vorbei und greife dir unter die Arme", schlägt Greg vor. „Ich könnte frische Gnocchi und Tiramisu mitbringen und das Tranchieren des Truthahns übernehmen. Wenn du darauf bestehst, setze ich sogar ein Partyhütchen auf."

„Greg!", quietsche ich. Auf dem Rücken liegend wippe ich wild mit dem übergeschlagenen Bein. „Wieso werde ich den Eindruck nicht los, dass du dich gerade selbst zu unserer Weihnachtsfeier einlädst?"

„Wäre das so schlimm?“

„Ja, das wäre es. Du kennst meine Familie nicht. Wahrscheinlich würden sie dich fragen, ob du mir schon einen Heiratsantrag gemacht hast und wie viele Kinder du dir wünschst.“

„Planung ist das halbe Leben“, gibt Greg lachend zurück. „Aber keine Sorge. Kowalski und ich werden es uns an Heiligabend hier an Bord gemütlich machen. Wir werden Knallbonbons ziehen und Eierpunsch schlürfen.“

Abrupt höre ich auf, mit dem Bein zu wippen. Verflixt. Das hatte ich gar nicht bedacht. Aber wie es aussieht, wird Greg tatsächlich an Weihnachten allein sein. In Gesellschaft eines blau leuchtenden Plastikpinguins. Ich fühle mich richtig schäbig.

Andererseits ist Weihnachten ein denkbar schlechter Zeitpunkt für ein erstes Kennenlernen. Besser wäre, wenn Greg und meine Familie sich an einem weniger emotional aufgeladenen Tag des Jahres beschnuppern würden. Familien sind nicht perfekt und meine erst recht nicht. Es besteht durchaus Gefahr, dass aus den üblichen Sticheleien um den Truthahn, das Fernsehprogramm oder die Frage, wer mit zur Christmette kommt, irgendwann handfester Zoff entsteht. Und das wäre mir vor Greg sehr unangenehm.

„Ich wünschte, ich müsste morgen nicht zu dieser Weihnachtsfeier und wir könnten uns sehen. Du fehlst mir, Sally.“

„Du mir auch“, erwidere ich.

Nachdem wir aufgelegt haben, kuschle ich mich in meine Decke und träume vor mich hin. Gregs Worte klingen in mir nach. *Du fehlst mir, sehr sogar …* Mein Schuldgefühl regt sich erneut. Ich wälze mich auf der Schlafcouch herum und finde keine bequeme Position.

Es ist ein Fehler, im Leben des anderen herumzuschnüffeln.

Immer.

Kapitel 25

„Steve fährt jetzt einen Sportwagen. Er hat sich neulich sehr nett nach dir erkundigt.“ Meine Mutter hält mit dem Kleinhacken der getrockneten Aprikosen inne und wirft mir einen vielsagenden Blick zu, den ich schulterzuckend ignoriere.

„Schön für ihn.“ Meine Finger kneten den Teig etwas heftiger, obwohl er bereits butterweich ist. „Wieso erzählst du mir das?“

„Ich dachte, es könnte dich interessieren.“ Mum lässt das Messer wieder auf das Schneidebrett niedersausen. „Es ist wirklich reizend von ihm, dass er deinem Vater bei den Verputzarbeiten im Flur zur Hand geht. Du weißt ja, dass Dad mit der Kelle nicht sonderlich gut umgehen kann und der Putz überall landet, nur nicht auf der Wand.“

Schwungvoll klatsche ich die fertige Teigkugel in die Schüssel und spanne Klarsichtfolie darüber. Wahrscheinlich bekommt mein Hals gerade rote Flecken, als ich höre, dass mein Ex-Freund bei uns zu Hause ein- und ausgeht. Es fühlt sich falsch an. Er gehört dort nicht hin und ich verstehe auch nicht, was er diesmal im Schilde führt. Steve macht nichts, ohne dass es sich für ihn lohnt. „Ach ja? Wie nett von ihm“, erkläre ich betont emotionslos, denn ich möchte das Thema nicht weiter vertiefen.

„Der arme Junge. Ihm wurde gerade schon wieder das Herz gebrochen. Ivy und er waren nur drei Monate zusammen und jetzt hat sie ihm erklärt, sie hat sich in einen anderen verliebt. So kurz vor Weihnachten, stell dir vor. Wo er doch im vergangenen Jahr schon allein dastand."

„Hm." Ich starre ausdruckslos auf die Teigschüssel, die ich zwischen Marmelade und Butter geschoben habe. Der Kühlschrank piepst und beschwert sich, dass ich ihn zu lange offen stehen lasse. Ich reiße mich zusammen und schlage die Tür zu. Das nervige Piepen hat aufgehört, dafür ist es nun unnatürlich still in der Küche.

„Findest du nicht, dass du damals etwas zu empfindlich reagiert hast?" Mum wirft die geschnittenen Aprikosen mit den anderen Trockenfrüchten und den Nüssen in einen Topf und gibt Zucker und Weinbrand dazu, bevor sie alles auf den Herd zum Kochen stellt. Langsam rührt sie mit dem Kochlöffel im Kreis herum. „Ich glaube, er hat die Fotos von dir nur herumgezeigt, weil er so stolz auf dich war. Vermutlich hat er sich gar nichts dabei gedacht. Du weißt doch, wie die Männer sind. Deinem Vater würde ich so etwas auch ohne Weiteres zutrauen."

„Schon klar, Mum", presse ich hervor. „Und es war ganz sicher auch nur ein Zufall, dass er die Bilder nicht im Freundeskreis herumgezeigt hat, sondern ausschließlich potenziellen Kundinnen."

„Jeder macht einmal Fehler. Man muss auch verzeihen können."

„Mum! Also bitte! Hältst du jetzt zu Steve?" Empört stemme ich eine Hand in die Hüfte.

„Natürlich nicht." Mit aller Seelenruhe rührt meine Mutter weiter in dem Topf. Ein süßliches Aroma vermischt mit dem Geruch von Alkohol durchzieht die Küche. „Es geht mir nur um dich. Ihr wart damals sehr glücklich miteinander."

„Anfangs vielleicht …", murmle ich. Ich habe es satt, über Steve zu diskutieren.

„Ich habe Steve zum Neujahresessen bei uns eingeladen, als kleiner Dank dafür, dass er deinem Dad unter die Arme greift. Vorausgesetzt, wir werden bis dahin fertig." Mum dreht das Gas unter dem Topf ab und legt den Rührlöffel beiseite. Dann dreht sie sich um und mustert mich mit einem langen Blick. „Du kommst doch auch? Es wird sicher nett."

„Greg wird bei unserem Weihnachtsessen dabei sein", entscheide ich spontan, bevor meine Mutter sich noch weiter in ihre Fantasien über eine Wiederversöhnung zwischen Steve und mir an Neujahr hineinsteigern kann. „Du wolltest ihn doch unbedingt kennenlernen"

„Ach ..." Mum schnappt sich das Rührholz und fuhrwerkt damit im Topf herum. Dass sie den Herd ausgeschaltet hat, scheint sie vergessen zu haben. „Das ist ja eine schöne Überraschung."

Auf der Treppe ist das Trappeln kleiner Füße zu hören, gefolgt von schwerfälligen Schritten. Die Tür öffnet sich und Brooke stürzt herein. Sie hat ihren Mittagsschlaf beendet und brennt darauf, Teig ausstechen zu dürfen.

„Guten Morgen." Lindsey nimmt am Tisch Platz. Sie hat dunkle Ringe unter den Augen. Ich vermute, dass der Schwangerschaftsbauch ihr eine unruhige Nacht beschert hat.

Mum bindet Brooke eine Schürze um. Dann holt sie den Teig aus dem Kühlschrank und streut Mehl auf der Arbeitsfläche aus, während die Kleine sich auf einen Stuhl stellt und in der Kiste mit den Ausstechern kramt.

Mum rollt den Teig aus und wirft mir einen Blick über die Schulter zu. „Wie schön, dass Greg zu unserem Weihnachtsessen kommt. Dann ist es also etwas Festes mit euch?"

„Greg besucht uns? Und warum weiß ich nichts davon?" Lindsey verrenkt sich und versucht, ihre herabgerutschte Socke wieder hochzuziehen. Aber der Bauch ist ihr im Weg.

„Wir haben es erst gestern beschlossen. Warte, ich helfe dir." Schnell gehe ich vor ihr in die Hocke und beuge mich über ihren Fuß, der ein wenig dicker geworden zu sein scheint.

„Dann hat Greg unsere Überraschung also gefallen?", bemerkt Lindsey leichthin und blickt mit einer Unschuldsmiene zu mir herab.

Ich spüre, wie meine Wangen sich bei der Erinnerung an unsere erste gemeinsame Nacht erhitzen. Greg war in der Tat sehr angetan von meiner sündigen Spitzenunterwäsche. „Scheint so", erwidere ich und werfe Lindsey einen mahnenden Blick zu.

„Welche Überraschung denn?“, will Mum wissen und hebt vorsichtig ein ausgestochenes Plätzchen auf das Backblech.

„Lindsey war so freundlich, mir eine Käsereibe für Greg mitzugeben“, sage ich und werfe meiner Schwester einen beschwörenden Blick zu. „Für den Parmesan.“

„Ach ... wie nett. Wenn der junge Mann gern italienisch isst, könnte ich ihm vielleicht ein mediterranes Kochbuch besorgen? Es ist schließlich Weihnachten.“ Nachdenklich reibt sich Mum mit der bemehlten Hand über die Wange.

„Sehr nett von dir, aber ich glaube, das ist wirklich nicht nötig. Greg freut sich, wenn er zum Essen eingeladen ist. Das genügt“, behaupte ich rasch, bevor Lindsey die Gelegenheit wittert, Mum zu überreden, eines der unverzichtbaren Küchengeräte aus Lindseys Sortiment statt des Kochbuchs zu verschenken.

„Schön, dass wir Greg kennenlernen. Ach, herrje ... Wie bringe ich Steve bei, dass er sich keine Hoffnung zu machen braucht?“ Mum verschüttet eine viel zu große Ladung Mehl auf der Arbeitsfläche.

Mein WhatsApp-Ton erklingt. Die Nachricht ist von Greg. Wahrscheinlich hat er heiße Ohren bekommen, weil wir über ihn diskutieren.

> Hi Sally, ich weiß jetzt, was Punkt sieben ist. Am Trafalgar Square wird gerade eine Suppenküche aufgebaut, um den Obdachlosen schnell und unkompliziert nach dem Kälteeinbruch letzte Nacht helfen zu können. Sie suchen Freiwillige, die bei der Essens- und Kleiderausgabe helfen. Ich gehe morgen Nachmittag hin. Bist du dabei?

Ich muss nicht überlegen. Fast schäme ich mich, dass ich die Nacht in meinem warmen Bett zugebracht habe und mich nicht nur deswegen über den Kälteeinbruch geärgert habe, weil es mich heute Morgen beim Duschen gefroren hat. Tante Patricias Bad hat keine Heizung.

Guter Plan. Klar. Morgen passt super. Da habe ich frei,

schreibe ich und setze ein Thumbs Up-Emoji dahinter.

Perfekt. Ich muss los zu der Feier. Miranda holt mich gleich ab. Hab einen schönen Tag xx

Du auch,

tippe ich. Nach kurzem Zögern füge ich ein PS hinzu:

Übrigens ... Du bist herzlich eingeladen zu unserem Weihnachtsessen ... Falls du magst.

Diesmal dauert es etwas länger, bis er zurückschreibt. Meine Hände sind leicht zittrig. Ich hoffe, er hat keinen Witz gemacht, als er sagte, er wäre gern dabei und würde mir beim Kochen helfen.

Im Ernst?!

Du wolltest es so. Ich habe dich gewarnt. ☺

Schon in Ordnung. ☺ Ich komme sehr gern.

Mit Gnocchi und Tiramisu?

Geht klar!

„Lass mich raten ... Das war Greg, stimmts?" Meine Schwester mustert mich interessiert.

„Richtig geraten." Ich streiche mir eine Strähne hinter das Ohr. Leichte Panik steigt in mir auf, als ich mir vorstelle, wie wir alle zusammen an Weihnachten um den Tisch in Tante Patricias Wohnzimmer sitzen und Lindsey auf die Idee kommt, Greg zu fragen, ob er der Meinung ist, Schriftsteller sei ein richtiger Beruf. Woraufhin meine Mutter anfangen wird aufzuzählen, wie unbezahlbar alles geworden ist und dass man von der Summe, die man benötigt, um ein Kind großzuziehen, ein hübsches Eigenheim kaufen könnte, so viel Geld geht dabei drauf. Dazu Tom, wie er sich darüber auslässt, dass durch Netflix das Ende von Gregs Karriere ohnehin besiegelt sei, da heutzutage kein Schwein mehr liest, während Tante Patricia mich über unser Liebesleben befragt. Und mein armer Dad, der von den Dramen um ihn herum wie immer nichts mitkriegt und Greg vorschlägt, sonntags mit ihm bowlen zu gehen und danach auf ein Pint, weil nichts über die gute Luft auf dem Land geht. Ich kann es kaum erwarten, das alles zu erleben.

„Wieso stöhnst du so?", will Lindsey wissen. „Er hat doch nicht etwa abgesagt?"

„Hat er nicht." Ich schüttle den Kopf. „Er freut sich, euch kennenzulernen, und bringt Tiramisu mit."

„Juhu! Greg kommt uns besuchen!" Brooke patscht mit den Händen so aufgeregt auf der Tischplatte herum, dass eine ganze Wolke voll Mehl durch die Küche stiebt.

„Dann ist ja alles bestens", erklärt Mum gut gelaunt und scheint ganz vergessen zu haben, dass sie vor einer halben Stunde noch Team Steve war. „Ich hoffe, er ist nicht Vegetarier. Was geben wir ihm denn sonst zu essen? Bio-Würstchen? Trinkt er denn wenigstens Alkohol?"

Ich verzichte darauf, meiner Mutter zu erklären, dass a) Greg nicht Vegetarier ist und b) Bio-Würstchen für Vegetarier nicht als Tofu-Alternative durchgehen. Das Weihnachtsfest entpuppt sich in diesem Jahr mehr und mehr als mein persönlicher Alptraum. Wenn ich das mit dem Essen vermurkse, stehe ich vor meiner Familie endgültig als Versager da. Und falls nicht, besteht immer noch die Gefahr, dass meine Familie mich vor Greg in peinliche Situationen bringt, die mich noch Jahre später bis über beide Ohren werden erröten lassen.

Fünf Tage vor dem Fest und ich stehe kein bisschen unter Druck. Dieses Weihnachten wird sowas von entspannt.

Kapitel 26

Die Suppenküche vor der National Gallery besteht aus nicht mehr als ein paar notdürftig aufgespannten Planen. Darunter reihen sich Sitzbänke, auf denen die Obdachlosen sich aufwärmen und etwas essen können. Zusammen mit Greg stehe ich hinter einem langen Holztisch und reiche heißen Tee über die Theke, während Greg Sandwiches ausgibt. Andere freiwillige Helfer kochen Kaffee und verteilen Kekse. Der Geruch von Gaskochern erfüllt die Luft. Dank der Heizpilze lässt es sich im Freien aushalten. Es ist der einundzwanzigste Dezember, drei Tage vor dem Weihnachtsabend, und die Hilfsbereitschaft der Londoner ist enorm. Inzwischen stapelt sich hier ein regelrechter Berg aus Decken, Schlafsäcken und warmen Kleidungsstücken. Manche bringen sogar hochwertige Daunenjacken vorbei, die einen wesentlich besseren Schutz als die ausgebeulte Cordjacke, wie sie beispielsweise der betagte Herr trägt, der eben mit Frostbeulen an den Fingern vor mir steht und sich dankbar über den dampfenden Pappbecher beugt.

„Claire, kannst du kurz übernehmen?“, bitte ich die junge Frau mit den grün-grau gefärbten Haaren, die hinter mir neue Vorräte in die improvisierten Regale räumt.

„Klar.“ Sie nickt.

Ich umrunde den Tisch und lege dem älteren Herrn sanft eine Hand auf den Arm. „Kommen Sie. Wir besorgen Ihnen eine Jacke, die Sie schön warmhält, okay?“

„Das wäre wunderbar." Ein Lächeln huscht über sein Gesicht und wir gehen gemeinsam zu Paul mit der blauen Wollmütze hinüber, der für die Verteilung der Spenden zuständig ist. Als ehemaliger Obdachloser weiß er, was es bedeutet, im Winter in U-Bahn-Stationen oder vor Hauseingängen zu nächtigen. Sofort findet er einen Draht zu dem älteren Herrn, der sich als Anthony vorstellt und seit einem halben Jahr auf der Straße lebt, weil seine Pension nicht für die Miete reicht und er rausgeworfen wurde. Paul klärt Anthony über verschiedene Einrichtungen auf, bei denen er vorübergehend unterkommen könnte, und ich mache mich auf die Suche nach einer passenden Jacke.

Gerade halte ich eine schwarze Thermojacke in die Höhe, die noch so gut wie neu aussieht, als hinter mir durchdringende Stimmen zu hören sind. Irritiert drehe ich mich um und sehe, wie ein Kamerateam unsere improvisierte Suppenküche betritt. Bevor ich begreife, was los ist, flammen Blitzlichter auf. Einige der Menschen, die eben noch entspannt bei Tee und Sandwiches auf den Bänken saßen, zucken zurück und verbergen ihre Gesichter.

Ein gut gekleideter Mann jenseits der sechzig, in anthrazitfarbenem Covert Coat, Anzug und Weste, betritt das Zelt. Er nimmt den Bowlerhut ab und streicht sich das silberfarbene Haar aus der Stirn. Werbewirksam lächelt er in die Kameras und die Auslöser klicken erneut.

Ich sehe in sein Gesicht und begreife augenblicklich, wer er ist. Ich kenne sein Gesicht aus der Zeitung. Es ist William Farrington, ehemaliger Familienminister, inzwischen Minister für Soziales. Doch auch ohne seine Popularität in den Medien hätte ich ihn erkannt. Greg sieht seinem Vater verblüffend ähnlich.

Und jetzt steht er hier vor mir. Der Mann, der seine Familie einen Tag vor Weihnachten verlassen hat, um sich mit seiner Geliebten in der Karibik zu vergnügen. Der Mann, der aus purem Egoismus seine Interessen über das seelische Befinden eines sensiblen Sechzehnjährigen gestellt hat. Und das, obwohl Greg noch nicht einmal Gelegenheit gehabt hatte, den Unfalltod seines

Bruders zu verarbeiten, weil niemand in der Familie den Mut hatte, offen darüber zu sprechen. Der Magen sackt mir bis in die Kniekehlen. Mein Gehirn weigert sich zu begreifen, dass genau dieser William Farrington soeben anmarschiert ist, um bei der Verpflegung der Obdachlosen mit anzupacken. Medienwirksam, versteht sich, denn warum sonst hätte er wohl die Presse mitgebracht?

Mit einem scharfen Geräusch atme ich ein. Besorgt schaue ich mich nach Greg um. Wie wird er darauf wohl reagieren? Es muss ein Schock für ihn sein.

„Hier, Anthony, ich glaube, diese Jacke wird Sie sehr gut warmhalten. Es müsste Ihre Größe sein." Mit einem freundlichen Lächeln verabschiede ich mich von Anthony, der bei Paul gut aufgehoben ist, und eile zu Greg hinüber.

Gregs Miene ist so finster, wie ich es noch nie bei ihm erlebt habe. Breitbeinig, als müsse er sein Revier verteidigen, und mit vor der Brust verschränkten Armen steht er hinter einem Berg aus Sandwiches und starrt eisig zu seinem Vater hinüber. Zum ersten Mal in meinem Leben begreife ich, weshalb es heißt, dass Blicke töten können.

Mr. Farrington senior hat seinen Sohn noch nicht bemerkt, so beschäftigt ist er damit, in die Kameras zu lächeln, während er wahllos Obdachlosen auf die Schulter klopft, ohne dabei auf mich sonderlich anteilnehmend oder interessiert zu wirken.

„Alles klar?", frage ich leise und trete neben Greg. Vorsichtig taste ich nach seinem Ellbogen und drücke ihn sanft zum Zeichen, dass ich hier bin und die Begegnung mit seinem Vater zusammen mit ihm durchstehen werde.

„Das weiß ich noch nicht", erwidert er mit zusammengepressten Zähnen.

„Wo soll ich anpacken?" Mr. Farringtons sonore Stimme übertönt das allgemeine Gemurmel. Reflexartig drehe ich den Kopf. Zeitgleich fällt Mr. Farringtons Blick auf Greg. Überraschung spiegelt sich in seinem Gesicht und dann passiert etwas sehr

Merkwürdiges. Mr. Farringtons Maske, die er als Politiker immer aufzuhaben scheint, verrutscht, und ich erhasche einen Blick auf den Menschen dahinter. Für den Bruchteil einer Sekunde lese ich Ungläubigkeit, Überraschung und gleichzeitig extreme Hilflosigkeit. Keinen Atemzug später hat Mr. Farrington sich wieder im Griff und kommt mit festen Schritten auf uns zu.

„Hallo Gregory", sagt er mit einem feinen Lächeln. Er ist klug genug, Greg nicht die Hand zur Begrüßung entgegenzustrecken, weil er vermutlich ahnt, dass er sich eine Abfuhr einhandeln würde. „Ich hatte nicht erwartet, dich hier zu sehen."

„Was willst du hier?", knurrt Greg unfreundlich und zum Glück so leise, dass es sonst niemand mitbekommt.

„Anscheinend das Gleiche wie du: helfen." Mr. Farrington streift wiederholt mit zwei Fingern über die Krempe seines Hutes.

„Wie wäre es, du verschwindest wieder?", erklärt Greg leise und mit feindseligem Blick.

„Gregory, bitte hör zu ..." Beschwichtigend hebt Mr. Farrington die Hände in die Luft. „Ich hatte keine Ahnung, dass du hier sein würdest. Aber da es nun einmal so ist, könnten wir bitte kurz reden? Vielleicht gibt es hier eine ruhige Ecke?"

Gespannt sehe ich zwischen den beiden hin und her.

„Bitte ...", schiebt Mr. Farrington hinterher, als Greg noch immer stur die Antwort verweigert. Gregs Verhalten hat schon fast etwas Verletzendes. Schweigend stehen sich die beiden Männer gegenüber.

Schließlich halte ich es nicht mehr aus. „Kommen Sie." Ich deute auf den abgeschirmten Bereich hinter den Regalen, wo unsere Vorräte lagern. Irgendwie gelingt es mir, Greg dazu zu bewegen, sich nach hinten zu begeben. Es besteht kein Zweifel, dass er seinen Vater am liebsten dorthin wünschen würde, wo der Pfeffer wächst. Aber ebenso klar ist, dass er nicht sonderlich scharf darauf ist, der Presse neue Schlagzeilen zu liefern. So gesehen, was bleibt ihm anderes übrig, als gute Miene zum bösen Spiel zu machen?

„Was willst du von mir?“, zischt Greg, als er abgeschirmt von der Presse seinem Vater gegenübersteht. Seine schwarzen Augenbrauen sind dicht über der Stirn zusammengezogen und lassen ihn wild und unversöhnlich wirken.

„Gregory, hör mir zu, es tut mir wirklich leid ...“, beginnt Mr. Farrington seine Entschuldigung. Dabei scheint er sich seiner Worte so sicher zu sein, dass ich fast vermute, er hat die Rede oft in seinem Kopf geübt, um auf Momente wie diesen vorbereitet zu sein. So etwas lernt man wohl als Politiker.

„Ach ja?“ Greg schnaubt verächtlich.

„Ich hätte dir das nicht antun dürfen. Das weiß ich inzwischen und es tut mir aus tiefster Seele leid, dass du unter meinem Verhalten gelitten hast. Das war das Letzte, was ich wollte. Bitte lass mich dir erklären, weshalb ich damals keinen anderen Ausweg sah als den, den ich gewählt habe.“ Mr. Farrington atmet schwer. „Meinst du nicht, nach so vielen Jahren ist es an der Zeit für eine Aussprache?“

„Ich habe dir nichts zu sagen. Daran hat sich nichts geändert“, erklärt Greg mit unverrückbarer Härte. Dann macht er einen Schritt zurück und greift dabei nach meiner Hand. „Komm, wir gehen, Sally. Ich halte es hier nicht länger aus.“

„Warte ...“ Ich stemme die Füße in den Boden, in dem verzweifelten Versuch, Greg doch noch dazu zu bewegen, dass er seinen Vater zumindest anhört.

Greg wirft mir einen bitterbösen Blick zu und lässt gleichzeitig meine Hand los. „Ich gehe. Du kannst bleiben. Deine Entscheidung.“

Mein Magen schlingert vor Unwohlsein. Ich fange Mr. Farringtons Blick auf, aus dem eine Traurigkeit spricht, die ich ihm nicht zugetraut hätte. Schulterzuckend werfe ich ihm zum Abschied ein bedauerndes Lächeln zu, dann eile ich Greg hinterher. Ich bekomme ihn gerade in dem Moment am Ärmel zu fassen, als sich alle Kameras auf ihn richten.

„Greg! Bitte. Geh jetzt nicht!“ Aufgelöst stürmt Mr. Farrington hinter den Regalen hervor und die Auslöser klicken wie wild in dem Blitzlichtgewitter.

Ich erstarre an Ort und Stelle. Greg und sein Vater liefern sich vier Tage vor Weihnachten in aller Öffentlichkeit einen Affront. Aufgestauter Hass und Familiendrama statt Versöhnung und Weihnachtsfriede. Was für ein gefundenes Fressen für die Presse. Am liebsten würde ich mir die Hände vor das Gesicht schlagen, um nicht aufs Bild zu kommen, aber dafür ist es längst zu spät. Die Fotos mit mir, wie ich entsetzt zwischen den beiden Männern stehe, werden morgen in allen Zeitschriften des Landes zu sehen sein. Wenn es ganz dumm läuft, gehen sie im Internet viral.

Herrje. Und ich dachte, die Zubereitung eines perfekten Weihnachtsmenüs wäre mein größtes Problem.

Wie es aussieht, habe ich mich gewaltig geirrt.

Kapitel 27

Während der Rückfahrt mit dem Bus schweigt Greg eisern vor sich hin. Er hat die Krempe seines Huts so tief ins Gesicht gezogen, dass es mir nicht möglich ist, seinen Gesichtsausdruck zu lesen. Den Ellbogen hat er gegen die Fensterscheibe gelehnt. Er starrt aus dem Fenster und ist so mit sich beschäftigt, dass er nicht an mich denkt.

Er schweigt selbst dann noch, als wir das Boot betreten. Nachdem wir die Stiege nach unten genommen haben, marschiert er schnurstracks auf die Küchentheke zu und angelt eine teuer aussehende Flasche Rum aus dem Unterschrank. Er schenkt zwei Schnapsgläser voll, reicht mir eines davon und kippt dann sein Glas in einem Zug hinunter. Langsam lässt er sich auf den Barhocker sinken, zieht den Hut vom Kopf und legt ihn neben sich auf die Theke. Sein Mantelkragen ist an einer Stelle versehentlich nach innen geschlagen und seine Haare sind zerrauft. Nach und nach weicht die Anspannung aus seinen Gesichtszügen und er wirkt auf einmal sehr müde und erschöpft.

„Greg …“ Ich schiebe mich zwischen seine Knie und streiche mit den Händen sanft durch sein wirres, lockiges Haar. „Geht es wieder?“, flüstere ich und schmiege meinen Kopf an seinen Hals.

„Tut mir leid, Sally“, murmelt er. „Das alles hat nichts mit dir zu tun.“ Dann nimmt er mein Gesicht zwischen seine Hände und küsst mich mit so einer Leidenschaft, als würde er an den Gefühlen, die sich in ihm angestaut haben, ersticken.

Als er sich von mir löst, erhasche ich die Verletzlichkeit in seinem Blick, bevor er die Augen schließt und ein paar Atemzüge mit geschlossenen Lidern nimmt.

„Verflucht noch mal“, sagt er schließlich, was wirklich untypisch für ihn ist. „Ich dachte, ich hätte es geschafft, den ganzen Scheiß hinter mir zu lassen. Aber das stimmt nicht.“

Er schlägt die Augen wieder auf und beugt den Oberkörper, um mich enger an sich zu ziehen. „Es tut mir leid, dass ich dich da mit hineingezogen habe.“

„Das muss es nicht“, beruhige ich ihn mit einem Schulterzucken. „Du konntest nicht wissen, dass dein Vater auftauchen würde, mit der Presse im Schlepptau.“

Ein bitterer Zug legt sich um seine Mundwinkel. „Seltsam. Ich hatte schon heute Morgen beim Aufwachen ein merkwürdiges Gefühl. Als hätte ich geahnt, dass etwas in der Luft liegt. Ich hoffe, Miranda steckt nicht dahinter.“

„Wie meinst du das?“ Verwundert zupfe ich an seinem Kragen, der noch immer an der einen Stelle eingeschlagen ist. Greg nimmt das zum Anlass, mir mein rosa Fellmonster von den Schultern zu streifen. Dann schiebt er mich sanft zur Seite, erhebt sich und hängt beide Mäntel an einen Haken an der Wand. In Pullover und Jeans steht er wieder vor mir und verschränkt unsere Finger miteinander.

„Vermutlich steigere ich mich in etwas hinein, aber es ist schon ein ziemlicher Zufall, dass bei all den Wohltätigkeitsveranstaltungen in London mein Vater ausgerechnet bei der gleichen aufschlägt, an der auch ich bin. Und dann kommt er nicht allein, sondern mit einem ganzen Haufen Pressefuzzis.“

Ich nage an meiner Unterlippe. „Meinst du, Miranda hatte ihre Finger im Spiel?“

„Nein.“ Greg seufzt. „Sie ist taff und überschreitet oft ihre Grenzen, aber so viel blindes Kalkül würde ich nicht einmal ihr zutrauen. Vermutlich sehe ich Gespenster, wo keine sind. Aber das eben hat mich wirklich geschockt.“

„Wäre mir kaum aufgefallen", erwidere ich mit einem Grinsen und zupfe spielerisch durch seine Locken.

„Ach ... ja?" Plötzlich ist da wieder dieses Prickeln zwischen uns und die Anspannung von eben verfliegt.

„Hm ...", brumme ich, während Greg sich meinen Hals hinab küsst. Mein Körper vibriert vor Lust. Ich schiebe meine Hände unter seinen Pullover und streiche verlangend über seine Brust. Greg presst sich mit dem Becken gegen meinen Unterleib und drängt mich sanft Richtung Schlafzimmer. Dort angekommen, öffnet er den Reißverschluss meiner Jeans und schiebt sie nach unten, während ich seine Gürtelschnalle öffne. Dann lässt er sich zusammen mit mir aufs Bett fallen. Ich schließe die Augen und gebe mich dem Glücksgefühl hin, das mich in Wellen durchläuft, während wir uns lieben.

Später sitzen wir uns bei Pasta Calabrese an der Küchentheke gegenüber. Ich schaufle die Spaghetti ausgehungert in mich hinein, während Greg vornehm wie immer seine Gabel am Rand des Tellers leicht schräg aufsetzt, sie im Uhrzeigersinn mit den Fingerspitzen dreht und nicht mehr als ein, zwei Nudeln aufwickelt. Die Sauce ist höllisch scharf und bildet einen wunderbaren Kontrast zu den samtigen Noten des Chiantis. Draußen ist es inzwischen dunkel geworden. Kowalski steht auf dem Deck und reckt uns blau leuchtend die Kehrseite zu. Ein gemütlicher Abend auf dem Boot, wie Greg und ich ihn bereits des Öfteren verbracht haben, wäre da nicht dieser Vorfall am Trafalgar gewesen.

Greg legt seine Gabel mit dem Rücken nach oben auf dem Teller ab. Dann greift er zu der Käsereibe und lässt sie über meiner Pasta schweben. „Möchtest du?"

„Geht doch nichts über eine gute Käsereibe." Ich lehne mich zurück, während Greg großzügig Parmesan über meine Spaghetti verteilt. Unsere Blicke verschränken sich ineinander und ich spüre Gregs Zerrissenheit, die er meist so geschickt vor mir zu verbergen versteht.

„Hey“, sage ich sanft und streiche über seinen Unterarm. „Möchtest du darüber reden?“

Er weicht meinem Blick aus und legt die Käsereibe beiseite. Dann lässt er die Schultern hängen und sitzt ganz still da.

„Greg?“, flüstere ich zögernd.

„Von mir aus.“ Er zuckt die Schultern. „Aber im Grunde gibt es nicht viel zu sagen.“

Da bin ich anderer Meinung. So grüblerisch und in sich gekehrt, wie er die letzten Stunden war, gibt es einiges, das ihn bewegt. Und ganz sicher ist es nicht gut, alles in sich zu vergraben, sonst erstickt man irgendwann daran. Also fasse ich Mut und begebe mich mit einem Fuß auf dünnes Eis. „Warum redest du nicht mit deinem Vater? Interessiert es dich nicht, seine Sicht der Dinge zu hören?“

„Warum sollte es?“ Gregs Miene verschließt sich. Konzentriert wickelt er eine einzelne Nudel um seine Gabel. „Es hat ihn auch nicht interessiert, wie ich mich gefühlt habe, als er uns sitzen ließ.“

„Hm.“ Nachdenklich schlucke ich meinen Bissen hinunter. „Weiß er, wie wütend dich das macht?“

„Wir haben seit der Trennung keinen Kontakt. Außerdem geht es ihn nichts an.“ Ungerührt setzt er die Gabel auf den Teller und macht weiter mit seiner Nur-eine-Nudel-pro-Bissen-Nummer. Dabei schaut er mich nicht an. „Ich hatte zuletzt mit ihm zu tun, als ich volljährig wurde. Danach brauchte ich seine Zustimmung zu meinen Entscheidungen nicht mehr.“

„Was ist mit deiner Mutter?“, taste ich mich weiter vor.

„Sie ging nach der Trennung nach Kalifornien. Dort hat sie mehrere Monate in einer Suchtklinik verbracht und danach eine neue Familie gegründet. Inzwischen hat sie noch mal zwei Kinder bekommen und schert sich nicht im Geringsten darum, was aus mir geworden ist.“

„Klingt hart.“ Worte können nicht annähernd ausdrücken, was Greg durchgemacht haben muss. Seine Schultern hängen herab, als würden sie von einer Zentnerlast niedergedrückt werden. Ich kann nicht richtig tief einatmen. Die Luft hier drinnen ist auf einmal einengend. Behutsam lege ich Löffel und Gabel auf meinem Teller ab. „Wie geht es dir damit?"

„Es ist mir vollkommen scheißegal", sagt Greg und ich ahne, wie viel Kraft es ihn gekostet haben muss, den Schmerz hinter den Worten so weit zu verarbeiten, dass ihm der Satz nüchtern und abgeklärt über die Lippen geht.

Eine Weile herrscht Schweigen. Ich schiebe mein Rotweinglas auf dem Tisch herum und starre auf die Weinschlieren im Glas.

„Warum wehrst du dich so vehement dagegen, dich mit deinem Vater auszusprechen?", frage ich schließlich.

„Es gibt tausend Gründe. Warum willst du das unbedingt wissen?", gibt er gereizt zurück.

„Weil es wichtig ist."

„Ist es nicht. Das Ganze kümmert mich einen Dreck."

„Lügner", erwidere ich. Meine Liste mit den acht Punkten kratzt nur an der Oberfläche. Das eigentliche Problem bleibt unberührt. Es war naiv von mir zu glauben, dass es so einfach sein könnte.

„Wie egal dir das alles ist, habe ich heute Nachmittag gemerkt." Ich fühle mich schrecklich, weil ich Dinge ausspreche, die ich eigentlich gar nicht sagen möchte, die aber dringend auf den Tisch gehören. Weil sie schon viel zu lange im Verborgenen gären und an Gregs Seele fressen. „Ich kaufe es dir ab, dass du die Sache mit deiner Mutter verarbeitet hast, aber über deinen Vater bist du lange noch nicht hinweg. Du musst dich mit ihm aussprechen, Greg", dränge ich weiter. „Gib ihm eine Chance und hör dir zumindest an, was er zu sagen hat. Was du dann daraus machst, ist deine Sache. Du musst ihn weder besonders mögen noch ihm verzeihen. Aber du musst ihm zumindest die Gelegenheit geben, dir seine Version der Dinge darzulegen."

„Sally ..." Gregs Stimme klingt unnatürlich ruhig. „Misch dich nicht in Dinge ein, die dich nichts angehen."

„Und ob es mich etwas angeht. Ich bin deine Freundin, schon vergessen?", gebe ich gepresst zurück.

„Ach ja?“ Mit einem Klirren lässt er die Gabel auf den Teller fallen. „Wenn das so ist, wieso ergreifst du auf einmal Partei für ihn?“

„Da tue ich nicht“, widerspreche ich so ruhig wie möglich. In mir schrillen Alarmglocken, mein Magen verschlingt sich zu einem Knoten. Wir steuern auf unseren ersten handfesten Streit zu.

„Dann kommt es mir wohl nur so vor, dass du ihn verteidigst?“ Sein Blick könnte meine Konturen in die Wand hinter mir einbrennen.

Mühsam beherrscht falte ich die Hände über der Tischkante. Es fällt mir selbst allmählich schwer, ruhig zu bleiben. Dieser Sturkopf! Dabei ist es völlig offensichtlich, was ihm seine Haltung einbringt.

Ich hebe das Kinn und sehe Greg in die Augen. „Komm schon, Greg. Du weißt genau, dass es im Grunde nicht um deinen Dad geht. Es geht hier um dich, und sonst niemanden.“

„Das ist der größte Schwachsinn, den ich je gehört habe.“

„Wirklich?“ Ärgerlich schüttle ich den Kopf. „Du wirst es nie schaffen, diesen Roman zu schreiben, solange du nicht Frieden mit dir selbst und deinem Vater machst.“

Die Worte hängen schwer über unseren Köpfen.

Unbehagliches Schweigen macht sich zwischen uns breit. Ich spüre uns auseinanderdriften wie Schiffe im Sturm.

„Du scheinst ja genau zu wissen, wie es in mir aussieht“, murmelt Greg schließlich finster. „Nur mal so, fürs Protokoll: Mir geht es gut damit, wie es zwischen meinem Vater und mir ist. *Sehr* gut sogar, hörst du?“

„Tut es das, Greg?“ Müde schüttle ich den Kopf. „Du sagtest, du bemühst dich in deinem Romanen um die Auseinandersetzung mit der Wahrheit. Wie wäre es, du fängst erst einmal im richtigen Leben damit an, nach der Wahrheit zu suchen? Und zwar am besten bei dir selbst.“

Er steht auf. Die Stuhlbeine scharren ruppig über den Boden. Demonstrativ dreht er mir den Rücken zu, stützt sich mit den Händen an der Spüle ab und starrt nach draußen in die Nacht.

Ich fühle mich entsetzlich hilflos. Mit einem Schlingern im Magen nehme ich die Serviette vom Schoß und lege sie neben dem Teller ab. „Greg, ich finde es wirklich furchtbar, dass er euch damals einfach sitzen gelassen hat. Ausgerechnet an Weihnachten ... Und genauso schrecklich ist es, dass deine Eltern es nicht fertiggebracht haben, mit dir über den Tod deines Bruders zu sprechen. Das muss qualvoll für dich gewesen sein. Aber Menschen verhalten sich nicht immer richtig, und wir haben es nicht in der Hand, das zu verhindern. Doch davon darf man sich nicht kaputtmachen lassen." Ich halte es nicht länger auf meinem Stuhl aus und springe ebenfalls auf. Ich reibe mir die Nasenwurzel und gehe ein paar Schritte vor ihm auf und ab, während ich versuche, wieder runterzukommen. In der ganzen Zeit starrt Greg weiterhin schweigend aus dem Fenster, den Nacken tief zwischen die Schultern gezogen.

Schwer atmend lehne ich mich mit dem Rücken gegen den Kühlschrank.

„An der Vergangenheit lässt sich nichts ändern, Greg, das ist leider so", sage ich mit einem Beben in der Stimme. Ich habe keine Ahnung, ob ihn meine Worte erreichen. Er hat die Zugbrücke hochgefahren und sich im Inneren seiner Festung verschanzt. „Aber hör auf, dir deine Gegenwart und deine Zukunft kaputt zu machen. Wenn du willst, dass sich etwas ändert, musst du dich mit deinem Vater auseinandersetzen."

Noch immer reagiert er nicht. Aber an der Art, wie sich sein Brustkorb schwer hebt und senkt, erkenne ich, dass es in ihm arbeitet.

„Ich gehe jetzt wohl besser", sage ich, denn welchen Sinn hat es zu bleiben, wenn er dichtmacht? Ich will gerade meinen Mantel vom Haken nehmen, da dreht Greg sich zu mir um und fällt mir in den Arm.

„Bleib, bitte." Ein Flackern liegt in seinen Augen. „Du irrst dich. Es hat sich sehr wohl etwas verändert in den vergangenen Wochen. Ich bekomme wieder Luft zum Atmen und meine Inspiration ist zurück. Inzwischen lebe ich wieder in der Gegenwart. Mir geht es gut, sehr gut sogar."

„Ist das so, Greg? Wirklich?" Skeptisch schüttle ich den Kopf.

„Ich muss diesen ganzen Mist nicht wieder aufwärmen. Es hat mich heute nur so mitgenommen, weil er mir so unerwartet gegenüberstand." Er nimmt meine Hände in seine. „Ich bin durch mit der Vergangenheit und fühle mich so bereit wie nie, diesen Roman zu schreiben. Um ehrlich zu sein, brenne ich richtig darauf."

Einen sehr langen Moment begegnen sich unsere Blicke. Ich versinke förmlich in seinen dunklen Augen. Urplötzlich muss ich an den Text in seinem Notizbuch denken, in dem er beschrieben hat, wie es sich anfühlt, unter der Oberfläche eines Sees zu leben. Daran, dass er schreibt, er sei wieder zurück ins Leben gekehrt und dass ich es sei, die ihm dabei geholfen hat.

„Ich fände es schön, wenn du über Nacht bleibst, Sally", murmelt er leise. Seine Lippen senken sich über meinen Mund und dann gibt es plötzlich nur noch uns beide.

Kapitel 28

Der Geruch von starkem schwarzem Tee kitzelt meine Nase. Gähnend erinnere ich mich an die Morgen meiner Kindheit, an denen mein Dad uns allen vor dem Aufstehen eine Tasse Early Morning Tea ans Bett brachte. Stark, ohne Zucker und mit einem Schuss Milch. Seltsam, dass man die meisten Dinge im Leben erst dann zu schätzen weiß, wenn man sie nicht mehr hat. Genüsslich räkle ich mich, während ich mich darauf besinne, dass ich nicht zu Hause in meinem Bett, sondern bei Greg bin.

Als ich blinzend die Augen aufschlage, sitzt er neben mir und blickt mich zärtlich an. „Gut geschlafen?"

„Tief und fest." Ich setze mich auf und fahre ordnend durch meine Locken, die nach dem Aufstehen immer so aussehen, als hätten sie sich in aufgeplusterte Zuckerwatte verwandelt. Zwischen uns auf dem Bett steht ein Tablett mit zwei Teetassen. Durch das geöffnete Bootsfenster scheint hell die Sonne herein und Staubkörner tanzen in der Luft. Die Luft belebt die Sinne, ist aber auch eisig kalt, also ziehe ich mir die Decke bis über meine Schultern. Das Boot schaukelt uns sanft, von draußen ist ein leises Plätschern der Wellen zu hören, irgendwo quakt eine Ente.

Er zwinkert mir zu. „Ich dachte, ich wecke dich mal lieber, weil ich nicht wusste, ob du heute arbeiten musst. Es ist gleich neun."

„Ich muss erst gegen Mittag im *The Shard* sein, also habe ich noch etwas Zeit." Ich nehme die Teetasse, die er mir reicht, in beide Hände und halte sie gegen meine Wange. Die Wärme tut gut. Als er mich mit einem merkwürdigen Lächeln mustert, grinse ich zurück. „Was ist? Warum guckst du so? Habe ich im Schlaf eines meiner dunklen Geheimnisse ausgeplaudert?“

Seine Mundwinkel zucken verdächtig. „Soweit ich mich erinnere, ging es darum, dass du etwas mit Daniel Craig laufen hattest. Aber nicht nur ein bisschen, sondern so richtig. Eigentlich mochtest du ihn nicht sonderlich, aber du hast ständig gemurmelt, dass du Opfer bringen musst, um die Welt zu retten.“

„Greg!“, quietsche ich und tu so, als würde ich ein Kissen nach ihm werfen wollen. „Das stimmt doch überhaupt nicht. Hör auf, mich zu verarschen. Wenn es so wäre, würde ich mich ganz, ganz sicher daran erinnern. Immerhin war es Daniel Craig.“

„Solange du dich daran erinnerst, dass wir beide eine ziemlich heiße Nacht miteinander verbracht haben, ist alles okay“, versichert er mir mit einem frechen Grinsen. Sein Handy, das er neben sich auf das Bett gelegt hat, vibriert. Er wirft einen Blick darauf.

„Möchtest du nicht rangehen?“

„Es ist Miranda. Ich rufe sie später zurück.“ Lässig fährt er sich durch die dunklen Locken. „Hunger?“

„Und wie! Du hast nicht zufällig wieder diese göttlichen Croissants im Haus?“

„Meinst du diese hier?“ Er beugt sich zur Seite und zaubert einen Teller hervor, den er vor mir unter dem Bett versteckt hatte. „Bitte sehr. Cornetti alla Crema.“

„Du bist der Wahnsinn!“ Bei dem Anblick läuft mir das Wasser im Mund zusammen. „Das ist irre lecker“, seufze ich zwischen zwei Bissen. „Planänderung. Lass uns die Flitterwochen nicht auf Hawaii, sondern in Venedig verbringen.“

„Kommt überhaupt nicht infrage“, gibt Greg todernst zurück. „Den Anblick hüftschwingender Hulatänzerinnen lasse ich mir nicht entgehen. Außerdem machst du dich bestimmt hinreißend im Baströckchen.“

„Haha.“ Ich schlage die Decke zurück, auf der sich Krümel

vom Hörnchen tummeln. „Was dagegen, wenn ich zuerst in die Dusche gehe?"

„Mach ruhig." Er streckt sich in T-Shirt und Boxershorts auf dem Bett aus, verschränkt einen Arm hinter dem Kopf und angelt mit der anderen Hand nach der Fernbedienung. Auf dem Flatscreen, der an der Wand vor dem Bett hängt, erscheint das Netflix-Logo. „Und lass dir Zeit. Ich recherchiere inzwischen, wer die bislang heißeste Doppelagentin in allen Bond-Filmen war ..."

Eine Stunde und eine Tasse Cappuccino später verabschiedet Greg mich mit einem ausgiebigen Abschiedskuss, bevor er sich daran macht, neben der Spüle den Espressokocher auseinanderzunehmen und zu säubern. Ich stapfe die Stiege empor und trete durch die Tür ins Freie. Die Sonne hat sich hinter grauen Wolken versteckt und es ist unangenehm nasskalt. Meine Nase läuft und ich hoffe, dass ich mir keine Erkältung eingehandelt habe. Fröstelnd sehe ich mich um. Dabei bemerke ich, dass es auch Kowalski erwischt hat. Es scheint ihm gar nicht gut zu gehen, denn er liegt mit dem Schnabel nach unten auf den Holzplanken. Der Arme ist wohl doch nicht so seefest, wie ich gedacht hatte. Wenn er Weihnachten unbeschadet überstehen soll, muss ich ihn festbinden, sonst macht er hier noch den Abflug.

Kurz entschlossen mache ich kehrt, um eine Schnur zu holen, da höre ich, wie Greg mit Miranda telefoniert. In der Sekunde, als mein Fuß schon auf der obersten Treppenstufe schwebt, fällt mein Name. Mein Herz klopft schneller. Ich habe nicht vor, stehen zu bleiben und zu lauschen. Aber dann ertappe ich mich dabei, dass ich es doch tue. Anscheinend unterhalten sich die beiden über Facetime, denn ich kann Miranda laut und deutlich hören.

„Ich möchte keinesfalls, dass Sally da hineingezogen wird", sagt Greg. Ich runzle die Stirn und überlege, was er wohl meint.

„Zu spät", erwidert Miranda giftig. „Euer Bild ist in allen Zeitungen des Landes abgedruckt. Bei einigen Blättern habt ihr es sogar auf die Titelseite geschafft, was wohl nicht so schwer war, denn immerhin ist William Farrington, einer unserer Minister, in den Eklat verwickelt. Das Foto ist übrigens gelungen. Du, mit dieser Blondine am Arm, wie ihr aus dem Zelt stürmt, und Mr. Farrington, der verzweifelt versucht, euch aufzuhalten. Drunter, fett gedruckt: *Fire up Christmas again?! – Versöhnung geplatzt. Steckt die hübsche Blondine dahinter?*" Ihre Stimme trieft vor Sarkasmus, während sie weiterliest. „*Sieht so die Aussöhnung mit der Vergangenheit aus? Greg Farrington, das Idol einer ganzen Generation, hat es immer noch nicht geschafft, erwachsen zu werden. Fans des ehemals gefeierten Bestseller-Autors dürften wohl vergeblich auf den groß angekündigten Bestseller warten. Laut Aussage des Verlags sollte der neue Roman ein Zeichen der Hoffnung setzen, nun sieht es doch eher nach einer neuerlichen Schlammschlacht aus …* Muss ich weiterlesen?"

„Verdammt."

„Ja, verdammt! Was für eine Scheiße!" Miranda flucht lautstark in das Handy. „Was hast du dir dabei gedacht? Musste das sein?"

„Glaubst du, ich hätte das geplant?" Greg schnaubt bitter vor sich hin.

„Ausgerechnet jetzt. Die Arbeit, die ich geleistet habe, ist mit einem Schlag zunichte. Wir müssen umgehend Schadensbegrenzung machen und eine Stellungnahme abgeben, wenn es dafür nicht schon zu spät ist."

„Schön. Was stellst du dir vor?"

„Ich lass mir etwas einfallen und schicke es dir zur Durchsicht. Das ist leider noch nicht alles. Der Verlag droht, den Buchvertrag platzen zu lassen, wenn du nicht bald die ersten Probeseiten lieferst. Hast du schon etwas fertig?"

„Ja, habe ich. Ich habe eine wunderbare Frau kennengelernt. Sally, die Frau auf dem Foto. Sie hat mich inspiriert. Ich lebte unter der Wasseroberfläche eines Sees. An dem Tag, als Sally in mein Leben trat, hat sich alles verändert …"

Mein Puls dröhnt so laut in meinen Ohren, dass ich es kaum aushalte. Eine kalte Hand klammert sich um mein Herz und presst es zusammen. Diesmal bin ich es, die keine Luft bekommt und meint, ersticken zu müssen. Ich muss dringend von diesem verdammten Boot runter. Ich habe genug gehört. Vor Wut sehe ich Blitze vor meinen Augen zucken. Alles verschwimmt zu unscharfen Kringeln. Halb blind stolpere ich von Bord, dabei reiße ich mir die Jeans an einem hervorstehenden Nagel auf und meine Wade schmerzt höllisch.

Ohne darauf zu achten, eile ich weiter. Ich brauche Abstand, und zwar dringend. Ich fasse es nicht! Dieser miese Verräter. Also hat mich mein ungutes Gefühl doch nicht getäuscht. Der Text in dem schwarzen Notizbuch handelt von mir und es ist der Einstieg in seinen neuen Roman, die ersten Seiten des Manuskripts.

Ich könnte schreien vor Wut.

Und das tue ich auch. Mitten auf der Warwick Avenue, kurz vor dem Eingang zur Underground, bleibe ich stehen und brülle allen Zorn aus mir heraus. Eine Dame in Tweed erkundigt sich erschrocken, ob es mir gut geht.

Ich versichere ihr, dass alles in Ordnung ist und ich unter akuten Schmerzen in der Hüfte leide, und sie geht weiter.

Aber nichts ist in Ordnung. Gar nichts. Das Ganze ist ein einziger, sich wiederholender Albtraum. Erst Steve, jetzt Greg … Das darf doch alles nicht wahr sein?

Wir hatten einen Deal. Greg hat versprochen, mich mit keinem Wort in seinem bescheuerten Roman zu erwähnen. Und doch komme ich in der Textstelle vor, die er Miranda gegenüber zitiert.

Ich Idiotin. Wie konnte ich so unglaublich dumm sein und mich darauf verlassen, dass er sich an die Abmachung hält? Wie lange dauert es, bis ich die Lektion endlich kapiere? Heißt es nicht, dass das Leben einem immer wieder die gleichen Situationen vor die Nase hält, bis man die richtigen Konsequenzen daraus zieht? Nun, anscheinend habe ich das Lernziel nicht erreicht und die Versetzung in die nächste Klasse wird nicht erfolgen. Bevor man sich nicht ändert, hängt man in einer Zeitschleife fest, so ist das im Leben. Und täglich grüßt das Murmeltier.

Ich bin erhitzt vom schnellen Gehen und all der Aufregung, in meiner Brust brennt es wie Feuer. Zögerlich verlangsame ich meine Schritte. Am liebsten würde ich schnurstracks nach Hause gehen, mich dort unter einer Decke vergraben und in die Kissen schluchzen, aber das kann ich nicht.

Ich muss umkehren und die Sache klären, alles andere wäre feige.

Mein Herz klopft mir bis zum Hals, als ich ein paar Minuten später an dem immer noch auf dem Boden liegenden Kowalski vorbei hinunter ins Unterdeck stürme.

Greg springt von seinem Hocker am Küchentresen auf. Das Buch, in dem er eben gelesen hat, lässt er aufgeschlagen mit dem Einband nach oben auf dem Tisch liegen, was er sonst nie tut, weil das Knicke im Rücken gibt. Daneben liegt das schwarze Notizbuch.

„Sally!“ Sein Mienenspiel zeigt Besorgnis. „Was ist passiert? Du siehst furchtbar aus. Hat dich jemand bedrängt?“ Er legt die Arme schützend um mich und will mich an sich ziehen.

Seine Nähe ist mir zu viel. Ich kann gerade nicht ertragen, berührt zu werden, also schiebe ich ihn weg und bringe den nötigen Abstand zwischen uns. „Nein. Es geht um etwas anderes. Wir müssen reden“, sage ich. Augenblicklich spüre ich, wie die Stimmung im Raum umschlägt.

„Worüber?“ Er lehnt sein Gewicht gegen den Kühlschrank, als bräuchte er etwas im Rücken, das ihm Stabilität verleiht. Sein Blick spricht Bände. Er weiß, dass es gleich gewaltig Ärger zwischen uns gibt. Natürlich weiß er das.

„Ich habe gehört, wie du mit Miranda telefoniert hast. Warum tust du mir das an, Greg? Wir hatten eine Abmachung. Du hattest mir versprochen, dass der neue Roman nichts mit mir zu tun haben wird.“

„Wie kommst du darauf, dass es so ist?“ Er sieht mich an, als könne er nicht begreifen, was ich sage.

„Dann geht es in deinen Entwürfen für das Manuskript also nicht um mich?“

„Nein. Ich verstehe nicht, wie du das denken kannst.“

„Lügner." Ich spüre Tränen aufsteigen und blinzle sie weg. „Ich habe gehört, was du zu Miranda gesagt hast. Du hast ihr eine Textpassage aus dem Manuskript vorgelesen, in der es um mich geht."

„Das stimmt so nicht. Bitte lass es mich erklären." Beschwichtigend hebt er die Hände.

„Ah ja? Dummerweise kenne ich die Textstelle, in der es um die Schlammwesen und die Auseinandersetzung mit deinen inneren Dämonen geht. Hier." Mit zitternden Händen greife ich nach dem schwarzen Notizbuch und halte es ihm vor die Nase. „Oder willst du abstreiten, dass du es geschrieben hast? *Ich lebte unter der Wasseroberfläche eines Sees. An dem Tag, als Sally in mein Leben trat, hat sich alles verändert …*", zitiere ich aus dem Gedächtnis. Meine Wangen glühen „Noch nicht einmal meinen Namen hast du geändert."

„Ganz ruhig …" Er wirkt, als hätte ich ihm einen Schlag in die Magengrube versetzt.

„Hast du das geschrieben oder nicht?"

„Okay … ja." Er nickt langsam. „Aber die Sätze stammen nicht aus einem meiner Entwürfe für den Roman, sondern aus dem Tagebuch, das ich führe. Es ist nicht für die Öffentlichkeit bestimmt. Keine Zeile davon wird je gedruckt werden." Seine Stimme klingt leise und eindringlich, sein Blick ist ernst.

„Ach ja, Greg?", erwidere ich bitter. „Zufällig hast du mir selbst erzählt, dass du in diesem Notizbuch spontane Ideen für den Roman festhältst. Schon vergessen? Es war nach unserer ersten gemeinsamen Nacht auf dem Boot. Ich kam aus der Dusche und sah dich in dein Notizheft schreiben. Ich fragte dich, was du da machst. Du meintest, dir kämen die Ideen für Romanskizzen oft so plötzlich und unerwartet, dass du sie direkt niederschreiben musst, weil es dich sonst wahnsinnig macht. So war es doch, oder?" Angriffslustig funkle ich ihn an.

„Sally … Es stimmt, was du sagst", erklärt Greg betont ruhig. „Und trotzdem täuschst du dich. Ich besitze ganze Stapel von denselben Notizheften, weil ich sie schön finde in ihrer Schlichtheit. Außerdem sind sie perfekt für meine Zwecke geeignet. Warum sollte ich also etwas anderes nehmen? Es ist bequem so."

Ich atme aus und presse die Hände gegen meine schmerzenden Schläfen. Mein Hirn ist leer, ich weiß nicht, ob ich ihm das abkaufen soll oder nicht.

„Hier." Zum Beweis schlägt er die erste Seite auf. Sie ist leer, bis auf einen einzigen Eintrag. *Journal – Dezember.* Dahinter die Jahreszahl.

Verständnislos schüttle ich den Kopf.

„Ich benutze eine besondere Methode des Tagebuchschreibens, die sich Journaling nennt", klärt er mich auf. „Im Unterschied zum Tagebuch hält man darin nicht fest, was man erlebt hat, sondern was einen beschäftigt und wie man sich fühlt. Es geht darum, innere Erfahrungen zu reflektieren und einen anderen Zugang zu sich selbst zu finden. Ich schreibe einfach drauf los und lasse es fließen. Ganz ungefiltert, ohne nachzudenken, an meinem inneren Kritiker vorbei. Beim späteren Durchlesen begreife ich oft nicht einmal, woher der Gedanke kam oder dass ich es war, der ihn hervorgebracht hat." Er unterbricht sich und atmet durch. „Journaling erschließt mir einen Weg in mein Unterbewusstsein und hilft mir, die Vergangenheit aufzuarbeiten. Es ist eine Art Mischung aus Kreativitätstechnik und Selbsttherapie, wenn du so willst. Verstehst du, was ich meine?"

Es dauert einen Moment, bis mein Hirn die Informationen verdaut hat. Schließlich nicke ich. „Ich glaube schon."

„Niemand wird je zu Gesicht bekommen, was in diesem Journal steht", versichert er abermals.

„Und warum hast du es dann Miranda vorgelesen?"

„Das habe ich nicht. Sie hat mich damit unter Druck gesetzt, dass der Verlag nervös wird und den Buchvertrag platzen lassen könnte, wenn ich nicht bald die ersten Seiten liefere. Woraufhin ich ihr darlegen wollte, dass der Verlag beruhigt sein kann und nicht der geringste Anlass zur Sorge besteht. Weil es mir gut geht und ich meine Schreibkrise überwunden habe. Durch dich …" Traurig sieht er mich an. „Es war ein Fehler, das gebe ich zu. Ich hätte dich nicht erwähnen dürfen. Aber hättest du weiter zugehört, wüsstet du, dass ich Miranda wenige Sätze später das Versprechen abgenommen habe, diese Information rein vertraulich zu behandeln."

Langsam schüttle ich den Kopf, in mir wird es ruhiger und klarer. „Das ändert leider nichts, Greg …"

„Aber natürlich! Es ändert alles."

„Nein. Ich wollte nie Teil dieses Romans werden. Aber jetzt hänge ich mittendrin, weil ich Teil deines Lebens bin und weil sich das eine nicht von dem anderen trennen lässt."

„Und selbst wenn es so wäre … Was wäre so schlimm daran?"

„Alles. Ich habe das alles schon einmal hinter mir", flüstere ich und kämpfe erneut mit den Tränen. „Mein Ex-Freund hat private Fotos von mir zu Werbezwecken benutzt. Ohne mein Einverständnis. Deswegen war ich von Anfang an skeptisch, als du mich batest, dir bei der Recherche zu helfen. Ich hatte keine Lust, dass sich alles noch einmal wiederholt. Trotzdem habe ich dir vertraut. Was leider blauäugig war."

„Moment, mal ganz langsam." Greg reibt sich die Nasenwurzel. „Ich finde es schrecklich, was dein Ex-Freund dir angetan hat. Aber es ist verdammt unfair, dass du deswegen mir gegenüber von vornherein misstrauisch bist und heimlich meine Notizbücher liest. Ich habe dir nie Anlass gegeben, an mir zu zweifeln. Das habe ich nicht verdient und es tut weh, Sally."

Ich nicke langsam. Damit hat er absolut recht und das weiß ich auch. Aber dass er damit den Nagel auf den Kopf trifft, macht alles noch viel schlimmer. Meine Brust wird eng und mein Blick auf unsere Beziehung wird gleichzeitig beängstigend scharf. Ich will es nicht aussprechen, und doch muss ich es tun.

„Es war definitiv nicht okay von mir, in deinen Sachen herumzuschnüffeln, und es ist auch nicht meine Art. Genau da liegt der Hund begraben: Ich vertraue dir nicht genügend", sage ich und steigere mich plötzlich richtig hinein. „Und du irrst dich, Greg, wenn du meinst, dass es dafür keinen Grund gibt. Du hast mir bei unserem ersten Treffen sehr deutlich zu verstehen gegeben, dass du nicht an mir interessiert bist. Aber dann ist dir wohl aufgegangen, dass ich dir nützlich bin, weil du ohne mich deinen Roman nicht schreiben kannst. Nur deswegen hast du eine Beziehung mit mir angefangen, obwohl wir nicht zueinander passen, und nicht, weil dir plötzlich so viel an mir gelegen war." Ich beende meinen Monolog und lasse meine Hände sinken, die eben noch aufgebracht durch die Luft geflogen sind.

Greg schaut mir lange ins Gesicht, dann senkt er den Kopf.

Sein Schweigen bestätigt mir, dass ich ins Schwarze getroffen habe.

Er verlagert das Gewicht von einem Bein auf das andere, dann blickt er zu mir auf. Seine Stimme klingt traurig. „Das macht alles keinen Sinn, Sally. Ich habe keine Lust, erneut in einer Beziehung zu stecken, in der man sich nicht vertraut."

„Weißt du was ...", höre ich mich sagen. „Das geht mir ganz genauso. Dann ist es wohl besser, wir machen hier und jetzt Schluss."

Kapitel 29

Nach dem plötzlichen Ende zwischen Greg und mir vor zwei Stunden hätte ich heute am liebsten blaugemacht, aber das kann ich meinen Kollegen nicht antun. Außerdem ist es sicher besser, ich lenke mich durch Arbeit von meinem Kummer ab, als den ganzen Tag im Bett zu liegen und wahllos Chocolate Olivers in mich hineinzustopfen.

„Ja, ich will." Die brünette Frau in dem schlichten grauen Hosenanzug schlingt vor Euphorie die Arme so fest um ihren Zukünftigen, dass dieser unter ihrem Ansturm leicht ins Schwanken gerät und rot anläuft bei dem Versuch, sie vom Boden hoch und in seine Arme zu heben. Ich drücke den Knopf und Ed Sheerans *Perfect* erklingt, eines der Lieder auf der Playlist, die mir der Bräutigam in spe im Vorfeld hat zukommen lassen,

„Ich liebe dich", seufzt die zukünftige Braut glücklich.

„Ich dich auch", gibt der Bräutigam zurück und küsst seine Liebste auf den Mund, bevor er sie vorsichtig wieder absetzt.

„I see my future in your eyes", singen beide laut den Text mit und obwohl sie keinen einzigen Ton richtig treffen, ist es schön. Die beiden sind ein ganz durchschnittliches Londoner Pärchen, eher unauffällig, sodass man sich auf der Straße nicht nach ihnen umdrehen würde. Man sieht ihnen deutlich an, dass sie Bürojobs haben und zu viel Zeit drinnen im Sitzen verbringen. Jetzt aber umgibt die beiden eine so strahlende Aura, dass man sich gut vorstellen kann, wie einem die zwei vom Hochglanz-Cover einer

Illustrierten entgegenlächeln. Das Glück, das aus ihren Gesichtern strahlt, macht sie zu den attraktivsten Menschen auf der Welt. Menschen, die man gern näher kennenlernen würde, weil etwas an ihrer Ausstrahlung einen magisch anzieht. Menschen, die man am liebsten sofort zu seiner Geburtstagsparty einladen möchte, weil in ihrer Nähe einfach alles viel besser und schöner ist und man versucht ist, wieder an Happy Ends und Für-immer-und-ewig-Versprechen zu glauben. Normalerweise würde mir jetzt an dieser Stelle das Herz aufgehen und ich würde eine heimliche Glücksträne für die beiden vergießen.

Heute jedoch lässt mich das Glück der beiden kalt. Und das ist gut so. Ich sollte mir meine Schwäche für Heiratsanträge, Weihnachten und Chocolate Olivers endlich abgewöhnen. Wohin mich der ganze romantische Kram gebracht hat, erkennt man an meinen verheulten Augen, die trotz Schminke auffällig verquollen wirken, und daran, dass ich vorhin auf dem Weg zur Arbeit die halbe Jahresproduktion an Schokokeksen in mich hineingestopft habe.

Die Buchungszeit ist zu Ende, das Paar geht. Ich räume den ganzen Kitsch weg und frische mein Make-up in den Toiletten auf. Dann eile ich die Treppen in den 72. Stock hinauf. Mittlerweile ist die Plattform wieder für die Allgemeinheit freigegeben und ein Ansturm von Besuchern überrollt uns. Trish hat ebenfalls Dienst und winkt mir über die Fläche hinweg zu. Sie beendet ihre Unterhaltung mit der amerikanischen Reisegruppe und kommt auf mich zu.

„Hey, was ist los?“, fragt sie leise und tritt neben mich, den Blick auf die Besucher gerichtet und mit einem einnehmenden Willkommen-im-The-Shard-Lächeln auf den Lippen.

Wir sind geübt darin, gleichzeitig freundlich die Gäste zu begrüßen und uns zu unterhalten. Da wir keinen Augenkontakt miteinander haben, fällt niemandem auf, dass wir Privatgespräche führen.

„Du siehst furchtbar aus“, raunt mir Trish zu.

„Greg und ich haben Schluss gemacht", gebe ich mit einem Lächeln in Richtung unserer Besucher zurück und könnte gleich schon wieder losheulen.

„Was? Wie das denn? Ich dachte, es läuft gut zwischen euch?" Trish ist so geschockt, dass sie mir unwillkürlich den Kopf zudreht und mich für einen sehr langen Moment mustert, bevor sie wieder gerade nach vorne blickt und gut gelaunt mit der Hand winkt, wie es der Job verlangt.

In gedämpftem Ton erzähle ich ihr, was passiert ist.

„Auf Wiedersehen und fröhliche Weihnachten", ruft Trish und fügt dann leise hinzu: „Scheiße, Sally, das tut mir so leid für dich. Ich würde dich jetzt so gern in den Arm nehmen, aber ich fürchte, wir kriegen Ärger, wenn uns der Personalchef erwischt."

„Lass es besser", stimme ich ihr zu. „Ich habe heute so nah am Wasser gebaut, dass ich sofort wieder in Tränen ausbreche, wenn du versuchst, mich zu trösten."

„Kann ich etwas für dich tun?"

„Ich glaube nicht."

„Er war nicht der Richtige, Sally. Viel zu elitär, wenn du mich fragst. Denk doch nur mal daran, wie fürchterlich *posh* sein Akzent war."

„Hm …", brummle ich leise vor mich hin. Eigentlich mochte ich seinen Akzent. Ich hatte mich daran gewöhnt. Um ehrlich zu sein, fand ich ihn sogar ziemlich sexy.

„Im Ernst. Stell dir ihn mal zusammen mit unseren Freunden bei einer Quiz-Night im Pub vor. Das wäre in etwa so, als würdest du einen sündhaft teuren Koi in einen stinknormalen Karpfenteich werfen. Er würde allen anderen die Show stehlen, abgesehen davon, dass es ihm da nicht gefallen würde."

Irritiert runzle ich die Stirn. Irgendwie hinkt der Vergleich, aber womöglich liegt das daran, dass ich Fische nicht sonderlich mag.

„Außerdem hat er bestimmt ein schlimmes Nervenleiden. In den Illustrierten liest man immer wieder, dass das in höheren

Kreisen erblich ist. Weil alle miteinander blutsverwandt sind. Der Panikanfall war ein Warnzeichen. Du möchtest doch nicht mit einem Mann vor den Altar treten, der kurz vor dem Ja-Wort einen Ohnmachtsanfall bekommt?"

„Du übertreibst. Er hatte einen Schwindelanfall, weil er die Höhe nicht vertragen hat", behaupte ich. Im nächsten Moment schüttle ich den Kopf über mich selbst. Warum zur Hölle verteidige ich ihn? Trish hat völlig recht. Wir hätten nie im Leben zusammengepasst und es ist besser, dass ich es rechtzeitig bemerkt habe.

„Sollen wir nach der Schicht auf ein Bier gehen und deinen Kummer in Ale ertränken? Hey Süße, gefällt es dir bei uns?" Trish winkt einem kleinen Mädchen zu, das auf dem Arm seines Daddys sitzt und eine Weihnachtsmütze trägt.

„Lieb von dir, aber ich glaube, ich gehe nach Hause und schau mir traurige Weihnachtsfilme ohne Happy End an."

„Da kann ich dir *Die Hard* empfehlen."

„Das ist kein Weihnachtsfilm", gebe ich leise zurück.

„Oh doch. Er spielt an Weihnachten und dieser McClane verhält sich wie der Grinch."

„Vielleicht gehe ich einfach ins Bett und ziehe mir die Decke über den Kopf", erwidere ich kläglich. „Ich bin mir nicht sicher, ob meine Energie für Bruce Willis reicht."

„Mach das. Ich gehe jetzt mal nach da drüben und kümmere mich darum, dass die sich anständig benehmen." Unauffällig deutet sie auf eine Gruppe junger Männer, die etwas zu ausgelassen in Weihnachtsstimmung sind und dadurch die anderen Besucher stören. „Zweiundzwanzigster Dezember", seufzt sie bedeutungsschwer und wendet sich zum Gehen. „Ich bin froh, wenn die Feiertage vorbei sind. Irgendwie drehen gerade alle durch."

Ich sehe ihr hinterher und stimme ihr in Gedanken zu. So sehr ich Weihnachten liebe, wünsche ich mir ebenso, der ganze Rummel wäre vorbei. Vielleicht würde ich dann nicht ständig an Greg denken müssen. Momentan erinnert mich alles an ihn. Die Weihnachtsmusik im Hintergrund. Der glitzernde Weihnachtsbaum vor meiner Nase. Der Blick aus dem Fenster auf das festlich geschmückte London zu meinen Füßen. Und dann, wie könnte es anders sein, das Bermudadreieck links von mir. Die Stelle hinter der Säule, wo Greg und ich uns zum ersten Mal begegnet sind. Nicht gerade die romantischste aller Möglichkeiten, jemanden kennenzulernen, weil er eine Panikattacke erlitt und ich annahm, er ginge für einen Heiratsantrag in die Knie, aber ja, damit hat unsere Geschichte begonnen. Und nun ist sie vorbei.

Nach Ende der Schicht fühle ich mich so erschlagen, als hätte ich gerade den London-Marathon hinter mir. Was im übertragenen Sinne auch zutrifft. Ich kann keine Menschen mehr um mich ertragen und möchte mit niemandem reden. Erst recht nicht mit meiner Familie, und schon gar nicht über Greg.

Um meiner Schwester nicht aus Versehen in der Küche über den Weg zu laufen, lege ich auf dem Heimweg einen Zwischenstopp beim Automatenladen ein. Mit einer Sandwichpackung in der einen und dem Schlüssel in der anderen Hand öffne ich leise die Haustür. Im Flur ist es dunkel und still. Wahrscheinlich schlafen Lindsey und Brooke schon und Tante Patricia ist noch nicht von der Arbeit im Theater zurück. Erleichtert atme ich aus, lege den Schlüssel auf dem chinesischen Tisch im Flur ab und verziehe mich in Tante Patricias Nähzimmer. Dort schmeiße ich mich auf mein Bett und heule mich erst einmal richtig aus.

Mir ist flau im Magen. Da ich keinen Appetit habe, bleibt das Sandwich eingepackt auf dem Nachtkästchen liegen. Mein Körper hat den Schock über die Trennung noch nicht verarbeitet. Trotz aller Müdigkeit bin ich innerlich so unruhig, dass an Schlaf nicht zu denken ist. Allein mit mir und meinem Handy nimmt die Sehnsucht nach Greg überhand. Also versuche ich mich abzulenken. Ich höre mit Kopfhörern auf den Ohren laute Rock-Musik auf Spotify. Aber es ist wie verhext. Je mehr ich mir verbiete, an Greg zu denken, desto mehr beherrscht er mein Gehirn. Er ist der rosa Elefant mit den grünen Punkten und der Baseballkappe auf dem Kopf, dessen Bild mich auf Schritt und Tritt verfolgt.

Ich versuche mir einzureden, dass das, was ich gerade durchmache, normal ist. Auch wenn es sich anfühlt, als wäre ich auf Drogenentzug. Zumindest habe ich alle klassischen Symptome: die Unruhe, das Zittern, die Schweißausbrüche, die Verzweiflung, der fiese Herzschmerz, das hohle Gefühl in meiner Brust. *Zeit heilt alle Wunden*, murmle ich wie ein Mantra vor mich hin. Ich muss einfach zulassen, dass es so ist, dann wird es irgendwann besser.

Irgendwann.

Aber leider nicht jetzt.

Frustriert presse ich mir ein Kissen vors Gesicht, um nicht laut zu schreien.

Mein Kopf dröhnt und meine Hände zittern. So wird das nichts. Ich brauche dringend ein Glas Wein, um das Gedankenkarussell in meinem Kopf zu stoppen. Die Sehnsucht nach Greg kann ich dabei gleich mit ertränken.

Als ich leise die Tür aufziehe, um mich in die Küche zu schleichen, stoße ich um ein Haar mit Lindsey zusammen. Sie steht in Morgenmantel, Pyjama und Pantoffeln vor mir, das lange Haar zu einem Zopf geflochten, und mustert mich verwundert.

„Ach du guter Gott, hast du mich erschreckt!", entfährt es mir. „Wieso bist du wach? Ist etwas mit dem Baby?"

„Nein." Lindsey hebt eine Augenbraue. „Ich höre dich seit einer Stunde weinen. Was ist los?"

Ich merke, wie mir meine mühsam beherrschten Gesichtszüge entgleiten. „Es ist aus mit Greg", murmle ich. „Wir haben Schluss gemacht."

„Na, das sind ja tolle Nachrichten", seufzt Lindsey. „Also schön. Ab mit dir in die Küche." Mit einer Handbewegung scheucht sie mich vor sich her.

Lindsey kocht heiße Milch mit Honig für uns beide, dann sitzen wir uns am Esstisch gegenüber und stippen Shortbread in die Milch, genau wie früher. Als ich fertig bin mit Erzählen, lehnt sie sich zurück und schüttelt den Kopf. „Ich verstehe nicht, warum ihr euch getrennt habt. Eigentlich ist nichts passiert, worüber du dich aufregen musst."

„Na danke." Ich fühle mich unverstanden und verschränke die Arme vor der Brust. „Gerade von dir hätte ich mir mehr Mitgefühl erhofft. Du hast hautnah miterlebt, wie sehr mir die Sache mit Steve unter die Haut ging."

„Greg ist nicht Steve. Und Steve war ein Idiot."

„Und wenn sich Greg auch als Idiot entpuppt und mich zur Hauptfigur seines Romans macht?"

Lindsey legt die Hände um ihren gewaltigen Bauch und überlegt. Dann schnalzt sie mit der Zunge. „Warum sollte er das tun? Das hat er nicht nötig. Als Schriftsteller besitzt er ausreichend Fantasie, um Personen zu konstruieren. Wenn er das nicht tut, sollte er den Beruf wechseln."

„Hm." Ich kaue mit gesenktem Kopf auf meiner Unterlippe herum und lasse Lindseys Worte sacken. Ihre Argumentation *klingt* logisch. Ob sie es ist, weiß ich nicht.

„Und selbst wenn er das tut ...", fährt Lindsey fort. „... dann kannst du ihn immer noch auf Schadensersatz in Millionenhöhe verklagen, wenn der Roman ein Bestseller wird. Verletzung der Persönlichkeitsrechte und so. Sieh es mal so: Unterm Strich hast du keinen Grund zu jammern."

Vorsichtig schiele ich zu Lindsey hinüber. „Meinst du wirklich, ich hätte nicht Schluss machen sollen?"

„Keine Ahnung. Ich stecke nicht in deiner Haut, obwohl ich so kurz vor der Geburt nichts dagegen hätte, mit dir zu tauschen. Mein Rücken bringt mich um." Ächzend verlagert sie ihr Gewicht. „Aber was Greg angeht, das musst du selbst wissen. Auf mich hast du in den letzten Wochen jedenfalls ausgesprochen glücklich gewirkt."

„Findest du?"

„Ja, finde ich. Und Brooke mochte ihn auch. Sie mag nicht jeden, vergiss das nicht. Fremden gegenüber ist sie sehr zurückhaltend. Aber Greg hat es geschafft, ihr Herz im Sturm zu erobern."

Schweigend nicke ich. Bilder steigen in mir auf, wie Greg sic an der Eisbahn am Somerset House mit heißer Schokolade und Marshmallows überrascht. Wie er sich die Lamettagirlande von Brooke umhängen lässt und sich nicht ziert, damit über das Eis zu laufen, obwohl er weiß, dass es albern wirkt. Wie Brooke darauf besteht, dass er uns unbedingt zu Santas Grotte begleiten muss, weil es mit ihm einfach so viel mehr Spaß macht. Brooke hat recht. Mit Greg zusammen macht alles mehr Spaß. Schniefend wische ich mir eine Träne aus dem Augenwinkel. „Ich hätte mich nicht auf eine neue Beziehung einlassen sollen. Ich bin noch nicht so weit", presse ich hervor.

„Ich denke eher, es liegt an deiner Einstellung", sagt Lindsey.

„Was meinst du denn damit?"

„Erinnerst du dich noch, als wir Kinder waren?" Lindsey streicht sich bedächtig über den Bauch. „Es war wirklich seltsam. Wenn jemand eine Fliege im Salat hatte, dann warst das immer du. Hast du dich nie gefragt, warum?"

„Entschuldige, aber was hat das mit Greg und mir zu tun?"

„Einiges", sagt Lindsey. „Du hasst es, wenn Sandkörner an deinem Salat sind oder eine winzige Mücke sich darin versteckt. Mir hingegen macht das nichts aus. Ich finde es nicht so schlimm."

„Ich bin also zimperlich und deswegen landen alle Sandkörner bei mir?"

Lindsey schüttelt den Kopf. „Du hast nicht mehr oder weniger Sand im Salat als jeder andere Mensch auf der Welt. Das Problem ist, dass du von vorneherein davon ausgehst, dass da Sandkörner sind. Also suchst du gezielt danach und findest sie auch."

„Tue ich das?", frage ich unsicher.

„Ja, und in deiner Beziehung machst du gerade das Gleiche. Nach der Enttäuschung mit Steve gehst du im Vorfeld davon aus, dass es bei Greg ähnlich sein könnte. Du vertraust Greg nicht wirklich und suchst nach Beweisen dafür, die deine Theorie untermauern und du recht hast. Und dann findest du sie auch."

„Das beweist aber doch, dass es richtig war, danach zu suchen", sage ich leise.

„Aber nein. Es beweist nur, dass du dich in eine bestimmte Sichtweise verrannt hast. Durch *deine* Brille gesehen, hast du mit dem Notizbuch einen Beweis gefunden, dass Greg sich nicht an eure Abmachung hält, ergo, dein Misstrauen berechtigt ist. Aber objektiv gesehen, hat Greg nichts falsch gemacht. Er schreibt Tagebuch und du kommst darin vor. Das ist doch kein Verbrechen. Du kannst ihm schlecht einen Strick daraus drehen. Abgesehen davon, dass die meisten Menschen sich nichts dabei denken würden, wenn sie in einem Tagebuch vorkommen. Was wiederum zeigt, wie dünnhäutig du wegen der Sache mit Steve bist.

„Das ist wohl wahr." Mit einem Stöhnen stemme ich die Ellbogen auf den Tisch und stütze das Kinn in die Hände. Inzwischen habe ich begriffen, was Lindsey mir mit der Salatgeschichte sagen will. Wenn man bei einem Menschen Such-den-Fehler spielt, dann findet man auch Fehler. Niemand ist perfekt, das ist so. Selbst wenn der betreffende Mensch verdammt nahe dran ist. Ich drehe den Kopf und schiele hilfesuchend zu Lindsey hinüber. „Und jetzt?"

„Jetzt schläfst du dich erst einmal ordentlich aus. Und morgen sprichst du mit Greg."

Mit einem tiefen Atemzug hole ich Luft. Morgen Nachmittag arbeite ich im *Fair Brew*. Greg wird auch da sein. Er hat sich hinter meinem Namen im Schichtplan eingetragen. Was, wenn er nicht mit mir reden will? Der Gedanke macht mir Angst. Traurig schaue ich in das Gesicht meiner großen Schwester. „Und wenn es zu spät ist? Gregs Worte waren eindeutig. Er möchte nicht in einer Beziehung stecken, in der man sich misstraut."

„Was wohl der beste Beweis ist, dass er dich bezüglich des Notizbuchs nicht angelogen hat, sonst würde er so etwas nicht sagen", schlussfolgert Lindsey. Sie kann sich das Gähnen nicht verkneifen und blickt auf die Uhr an der Wand. „Höchste Zeit ins Bett zu gehen. Brooke wacht momentan jeden Morgen um sechs auf. Ich wette, an dem Tag, an dem sie eingeschult wird und früh aufstehen muss, entwickelt sie sich zum Langschläfer. Ich muss mich dringend ausruhen. Und du ebenfalls." Sie erhebt sich und küsst mich, bevor sie geht, sanft auf den Scheitel. Ein Duft von Schwangerschafts-Massageöl umschwebt mich. „Versuch zu schlafen. Es wird schon alles gut."

„Lindsey?"

Sie hat die Hand schon an der Klinke und dreht sich noch mal um. „Ja?"

„Danke, dass du für mich da warst. Das war wirklich lieb von dir."

„Ach, Sally." Sie macht einen Schritt auf mich zu und streicht mir das Haar hinter die Ohren, wie sie es früher oft getan hat, als wir klein waren und sie mich trösten wollte. Dabei blickt sie ernst. „Es tut mir leid. Ich bin manchmal mies zu dir, aber ich habe keine Kraft dafür, jetzt noch Höflichkeit aufzusetzen."

Zu meinem Erstaunen sehe ich, wie sie sich eine Träne von der Wange wischt.

„Und dann noch diese blöden Hormone. Ich muss mich Mum gegenüber schon immer zusammenreißen. Bei dir weiß ich, du kannst das aushalten. Wenn du gerade nicht nach Sandkörnern suchst, hast du diese Art, das Beste in Menschen zu sehen, auch wenn sie es selbst nicht sehen. Ich hoffe einfach, dass du mich trotzdem lieb hast, wie ich dich auch immer lieb haben werde."

„Aber natürlich habe ich dich lieb." Impulsiv schlinge ich die Arme um den Hals meiner großen Schwester, was ich schon ewig nicht mehr getan habe.

Wir lösen uns voneinander und Lindsey lächelt mir zu. „Es ist schön, dass du meine kleine Schwester bist. Jetzt aber gute Nacht. Ab ins Bett mit uns."

„Gute Nacht, Lindsey." Ich steh im Türrahmen und sehe ihr hinterher, wie sie schwerfällig die Treppe hinaufgeht.

Sie hat recht. Es ist schön, eine Schwester zu haben.

Kapitel 30

„Tut mir leid, Liebes, aber auf Greg wartest du heute vergeblich. Er kommt heute nicht.“ Ursula stapelt Pappbecher auf der Ablage der chromglänzenden Espressomaschine.

„Ist er krank?“, frage ich. Das Herz sackt mir bis in die Knie. Bis eben noch hatte ich gedacht, das Schlimmste, was an diesem dreiundzwanzigsten Dezember passieren könnte, wäre, dass Greg auf stur schaltet und sich weigert, mit mir zu reden. Damit, dass er nicht zur Schicht erscheint, hatte ich nicht gerechnet.

„Liebes, was ist los? Hattet ihr Streit?“ Ursula dreht sich zu mir um und mustert mich mitfühlend.

„Ähm … Wie kommst du denn darauf?“, stottere ich und laufe rot an, weil ich nicht mit dieser Frage gerechnet habe. Natürlich weiß die gesamte Belegschaft, dass wir zusammen sind. *Zusammen waren,* korrigiert mich das heftige Brennen in der Brust.

„Schätzchen, wenn alles zwischen euch in Ordnung wäre, dann müsstest du dich nicht nach ihm erkundigen, stimmts?“

„Du hast recht.“ Ich lasse die Schultern sacken. Leugnen hat keinen Zweck. Ursula hat ein sehr feines Gespür und würde ohnehin merken, dass etwas mit mir nicht stimmt. „Wir hatten Streit“, sage ich, was zwar nicht die ganze Wahrheit, aber auch nicht gelogen ist.

„Ist es wegen dieses scheußlichen Artikels, der gestern durch die Medien geisterte?“

„Unter anderem“, erwidere ich zögernd.

„Es muss sich schrecklich für dich anfühlen, in die Sache mit Greg und seinem Vater verwickelt zu werden. Die beiden sind es gewohnt, im Licht der Öffentlichkeit zu stehen, aber für dich ist es sicher belastend. Noch dazu, wo es sich um eine so reißerische Berichterstattung handelt.“

„Ich möchte lieber nicht darüber reden“, wehre ich ab, meine Knie zittern. Normalerweise habe ich keine Geheimnisse vor Ursula. In meiner Anfangszeit in London war sie mir eine große Stütze. Wir sind oft nach der Arbeit auf ein Glas Wein gegangen und haben geredet. Ursula kann wunderbar zuhören, das können heutzutage die wenigsten. Sie weiß viel von mir, auch das mit Steve. Und dennoch. Gerade bringe ich es nicht über mich, mich ihr anzuvertrauen. Was in den letzten achtundvierzig Stunden passiert ist, war alles ein bisschen viel. Ich muss die Tatsache, dass ganz England mein Gesicht aus der Presse kennt, erst für mich verarbeiten. Vor allem aber muss ich dringend mit Greg reden. Ich hatte gehofft, ihn nach der Arbeit um ein Gespräch bitten zu können, aber jetzt ist er nicht da.

„Natürlich, du musst nicht darüber sprechen, wenn du nicht willst, Liebes. Hier.“ Ursula geht an den Kühlschrank hinter der Theke und holt eine Schüssel Tomaten heraus. „Nachschub für Elijah. Er soll bitte noch eine Platte Tomaten-Mozzarella-Sandwiches vorbereiten. Wenn später viel los ist, kommen wir nicht hinterher.“

„Ist gut.“ Ich nicke mechanisch.

„Übrigens, zu deiner Beruhigung ...“ Sie schlägt den Kühlschrank hinter sich zu und zwinkert mir zu. „Greg ist nicht krank. Es geht ihm gut. Er steckt wohl mitten in einer kreativen Phase und meint, er müsse seine Gedanken dringend zu Papier bringen, sonst mache ihn das ganz verrückt.“

Erleichtert atme ich auf. Das klingt jetzt wirklich *sehr* nach Greg und nicht so sehr danach, dass er mir aus dem Weg geht und deshalb nicht hier ist. Denn das war es, was ich unwillkürlich angenommen habe.

„Und jetzt munter an die Arbeit." Ursula tätschelt mir sanft den Rücken. „Ablenkung ist das beste Rezept gegen Liebeskummer. Wenn du meinen Rat willst, dann zieh dir nach der Arbeit etwas Hübsches an, besorg eine Flasche Wein und geh zu Greg, damit ihr euch aussprecht. Das wird schon wieder. Ihr beiden seid sehr unterschiedlich, das macht eine Beziehung nicht unbedingt einfach. Aber Liebe ist eben alles andere als leicht. Und Liebe bedeutet auch, dass man bereit ist, an sich zu arbeiten."

Mit einem Seufzen reibe ich mir die Stirn und muss an das Gespräch gestern in der Küche mit meiner Schwester denken. Fast könnte man meinen, dass die zwei sich abgesprochen haben.

Ursula schweigt. Unsere Blicke begegnen sich. „Du bist bereits die Zweite, die mir das sagt", bemerke ich.

Sie lacht hell auf. „Dann muss wohl was dran sein. Nur Mut. Greg ist es wert. Er ist perfekt für dich."

Meine Augenbrauen schnellen in die Höhe. „Findest du?", stammle ich und weiß gar nicht, was ich dazu sagen soll.

„Musst du das wirklich erst von mir hören?" Ursula schüttelt die blonden Locken. Sie stemmt eine Hand in die Hüfte, mit der anderen lehnt sie sich gegen die Theke. „Ich weiß ja, dass es dir nach Steve nicht leichtfällt, dich wieder zu öffnen. Aber du und Greg, ihr beide gleicht einander aus, trotz aller Unterschiede, und das macht euch perfekt füreinander. Greg tut dir gut, Sally. Ihr funktioniert großartig zusammen. Jeder, der euch erlebt, spürt das. Geh zu ihm und rede mit ihm."

Ich schüttle den Kopf. „Ich kann doch nicht einfach so bei ihm aufkreuzen. Was, wenn er mich nicht sehen will?"

„Möchtest du ihn denn sehen?"

„Schon …" Mein Gesicht verzieht sich zu einer traurigen Grimasse.

„Dann solltest du zu ihm gehen. Streit lässt sich nicht am Telefon klären. Und nimm dein schweres Herz nicht mit in die Festtage. Führ dein Gespräch mit ihm so bald wie möglich. Am besten noch vor Weihnachten." Mit einem mütterlich besorgten Blick lässt sie mich stehen.

Meine Knie zittern. Ursula hat recht, das weiß ich. Je länger ich es vor mir herschiebe, umso schlimmer wird es. Benommen starre ich zur Decke. Mit einer Hand reibe ich mir die Stirn, während ich versuche, ehrlich mit mir zu sein. Habe ich Schiss vor der Aussprache? *Oh ja.* Riskiere ich, dass er mich rausschmeißt? *Ebenfalls ja.* Sollte ich es trotzdem wagen? *Noch mal ja.* Das Schlimmste wäre, mir irgendwann vorwerfen zu müssen, nicht für mein Glück gekämpft zu haben.

Ich schnappe mir die Schüssel und gehe zu Elijah hinüber, der bei meinem Anblick von einem Ohr bis zum anderen strahlt. Während ich darauf achte, dass er die Tomaten in möglichst gleichmäßige Scheiben schneidet, ziehe ich mein Handy hervor. Ganz zart regt sich eine Hoffnung in mir. Vielleicht hat sich Greg bei mir gemeldet? Es könnte doch sein, dass er ebenfalls reden will?

Aber als ich nachsehe, blinkt auf dem Display keine neue Benachrichtigung auf. Mit einem hohlen Gefühl im Bauch blicke ich auf ein Selfie von Greg und mir, das ich als Hintergrund benutze. Wir haben beide unsere Weihnachtspullover an und liegen auf einer dicken Decke neben dem geschmückten Baum auf dem Hausboot. Sehnsüchtig zieht es in meiner Brust, als ich an jenen Abend zurückdenke. Eigentlich hatten wir vor, gemeinsam neben dem Baum zu campen, weil es so auf der Liste stand und weil wir es uns romantisch vorgestellt hatten. Aber dann, nach einer Stunde, sind wir ins Schlafzimmer umgezogen, weil es auf dem harten Boden zu unbequem wurde. Mit einem tiefen Seufzer hole ich Luft. Ich weiß, ich sollte das Smartphone wegstecken und versuchen, Greg aus meinen Gedanken zu verdrängen. Aber stattdessen ertappe ich mich dabei, wie ich durch die Bildergalerie scrolle und mir Fotos von uns beiden ansehe, die mitten im Londoner Weihnachtstrubel entstanden sind. Auf den meisten der Bilder schneiden wir komische Grimassen. Wir wirken albern, aber glücklich.

Und dann bleibe ich bei dem Video von Greg hängen, das hier

im *Fair Brew* entstanden ist. Mit einem Brennen hinter den Augen denke ich daran, wie ich Greg damit spaßeshalber gedroht habe, es online zu stellen. Plötzlich vermisse ich ihn so sehr, dass es weh tut. Wie eine Suchtkranke drücke ich hektisch auf dem Display herum, bis die Aufnahme abspielt. Mit unruhig klopfendem Herzen sehe ich, wie Greg in dem Reel die Hüften schwingt und den Text von *Jingle Bells Rock* laut und schrecklich schief mitsingt.

„Das war cool." Mit einem breiten Lächeln drückt sich Elijah näher an mich, um auch einen Blick auf das Video zu erhaschen. Für ihn ist das mit seiner Sehbehinderung nicht einfach. „Kannst du das bitte größer machen und noch einmal abspielen?"

„Sicher, Elijah." Ich tue ihm den Gefallen und dann kichern wir beide wie die Kinder, als wir Gregs unbeholfene Tanzbewegungen in Großaufnahme verfolgen.

Ein vernehmliches Räuspern lässt mich aufblicken. Vor dem Tresen steht ein etwa vierzigjähriger Mann, mit Hornbrille und im Dufflecoat. Er lächelt entschuldigend. „Ich hoffe, es ist in Ordnung, wenn ich störe?"

Augenblicklich besinne ich mich darauf, dass ich zum Arbeiten und nicht zum Vergnügen hier stehe. Wobei ich es nicht unbedingt als Vergnügen bezeichnen würde, Videos von Greg auf dem Handy in Endlosschleife abzuspulen. Eher als Akt der Selbstquälerei. Rasch lasse ich das Handy in meiner Jeanstasche verschwinden und wende mich mit einem freundlichen Lächeln an den Mann vor mir. „Wie kann ich Ihnen helfen? Wenn Sie einen Coffee-to-go möchten, den bekommen Sie bei meiner Kollegin da drüben."

Ich beuge mich etwas vor und deute auf Preetee, die mit einem selbstbewussten Ausdruck im Gesicht neben der Kaffeemaschine steht, bereit, die Bestellung aufzunehmen. Mein Herz wird weit, als ich sehe, wie zufrieden sie wirkt. Sie hat in den letzten Wochen große Fortschritte gemacht und kommt jetzt allein mit dem Mahlen der Bohnen, dem Brühen und dem Aufschäumen der Milch zurecht. Von Ursula weiß ich, dass Preetee im neuen Jahr eine Stelle als Barista in einem Coffeeshop in Soho antreten wird. So traurig es ist, sie gehen zu lassen, so sehr freue ich mich für sie. Ach ja ... Wenn einer unserer Auszubildenden geht, ist es ein bisschen so wie mit Kindern, die das Elternhaus verlassen. Man vermisst sie schon jetzt und weiß gleichzeitig, dass dies der Schritt ist, auf den man die ganze Zeit hingearbeitet hat. Preetee wird sich prima schlagen, das weiß ich.

Der Kunde vor mir trommelt hektisch mit den Fingern über die Theke und reißt mich aus meinen Gedanken. „Es geht nicht um eine Bestellung. Ich würde gern mit Ihnen sprechen, wenn das möglich wäre."

„Mit mir?" Ich bekomme große Augen.

„Richtig. Sie sind Sally Thompson, richtig?"

Ich nicke.

„Ich komme öfters in Fair Brew, daher wusste ich, dass ich Sie hier finden würde. In letzter Zeit war auch Mr. Farrington meist hier, wenn Sie Dienst hatten. Heute allerdings nicht." Prüfend mustert er mich. „Gehe ich recht in der Annahme, dass es durch den Eklat am Trafalgar Square zur Trennung zwischen Ihnen und Mr. Farrington junior gekommen ist?"

Mit einem scharfen Geräusch ziehe ich Luft in meine Lungen. Ich fühle mich, als hätte dieser Fremde, mit dem ich kaum ein paar Worte gewechselt habe, mir den Boden unter den Füßen weggezogen. Woher weiß er davon? Hat Greg es ihm erzählt? Oder zählt er für sich eins und eins zusammen und klopft auf den Busch, um mir Informationen zu entlocken?

„Ich denke, das geht Sie nichts an", presse ich hervor.

„Vielleicht doch. Sam Donovan mein Name." Er hält mir einen Presseausweis unter die Nase, der besagt, dass er als Reporter bei einem der großen Klatschblätter arbeitet. Ohne Punkt und Komma redet er weiter auf mich ein. Ich komme kaum zum Nachdenken. „In dem ursprünglichen Artikel lautete es noch vor zwei Tagen, Sie wären mit Mr. Farrington liiert. Nun heißt es plötzlich, dass keinerlei persönliche Beziehung zwischen Ihnen besteht. Wie lautet Ihre Erklärung?"

Ich vermute, mir ist meine Bestürzung deutlich anzumerken. Es will mir nicht gelingen, so kühl und unbeteiligt zu tun, wie ich es gern würde. Angestrengt richte ich den Blick auf die Tomaten vor mir auf der Arbeitsfläche, während ich mir einen Moment nehme, um mich zu sammeln.

„Wie kommen Sie zu Ihrer Sicht der Dinge?“, gelingt es mir schließlich, den Spieß umzudrehen. Unsere Blicke begegnen sich.

„Ich komme gerade von einem Meeting mit Mrs. Hull, Mr. Farringtons Agentin. Er selbst verweigert jegliches Statement“, erklärt er mir. Seine Augen hinter den Brillengläsern wirken kühl. Die feinen Härchen an meinen Unterarmen stellen sich auf wie bei einem Hund, dem sich das Fell sträubt, weil er Gefahr wittert. Die penetrante Art des Reporters geht mir gegen den Strich. Ohne sich von meiner bemüht distanzierten Miene beeindrucken zu lassen, fährt er fort: „Dabei kam unter anderem auch die Frage auf, welche Rolle Sie in der Auseinandersetzung zwischen Vater und Sohn spielen. Mrs. Hull wollte keine Stellung dazu nehmen und als ich dann um Ihre Kontaktdaten bat, um direkt mit Ihnen zu reden, behauptete sie, es gäbe keine private Verbindung zwischen Ihnen und Mr. Farrington junior.“

Die Worte hallen in meinem Kopf wider, ohne Sinn zu ergeben.

Dann, endlose Sekunden später, beginne ich zu begreifen.

Es ist also offiziell.

Mit zitternden Knien stehe ich da und bringe kein Wort heraus.

„Dürfte ich Sie kurz um eine persönliche Stellungnahme bitten? Wie steht es in Wirklichkeit um Ihre Beziehung zu Mr. Farrington? Stimmen die Gerüchte, dass Mr. Farrington unter einer Schreibblockade leidet? Können wir demnächst mit einem weiteren brillanten Werk des ehemaligen Jungstars rechnen? Oder ist Mr. Farringtons Talent erloschen, die Leser mit Worten zu fesseln? Haben Sie Zeit für ein kurzes Interview?“, drängt er weiter.

Kraftlos atme ich ein. „Warten Sie …“ Ich streiche mir das Haar aus der Stirn, die sich kühl und gleichzeitig feucht anfühlt. „Ich muss das kurz mit meiner Vorgesetzten klären. Ursula …?“

Suchend blicke ich mich um. Sie steht an einem der Tische und passt auf, dass Courtney, unsere neue Auszubildende, mit dem Abstellen der Latte-macchiato-Gläser an Tisch drei zurechtkommt. Als Ursula mich bemerkt, winkt sie mich zu sich.

„Was ist los? Gibt es Ärger mit einem Kunden?“ Sie blickt über meine Schulter in Mr. Donovans Richtung. „Du siehst blass aus.“

„Er ist kein Kunde, sondern Reporter“, antworte ich gepresst. „Kann ich bitte kurz eine Pause machen? Es geht um ein kurzes Interview wegen ... wegen Greg.“ Die letzten Worte gehen mir schwer über die Lippen, ich muss schlucken.

„Möchtest du denn mit diesem Reporter sprechen?“ Ursula mustert mich eingehend.

„Ja, möchte ich.“ Ich nicke.

„Ich weiß nicht, ob das klug ist, Sally ...“ Sie schüttelt den Kopf und seufzt.

Mein Herz hämmert so fest gegen meine Rippen, dass ich kaum Luft bekomme. „Bitte. Es ist wichtig.“

„Natürlich, Liebes.“ Sie legt eine Hand auf meinen Arm und nickt.

„Danke.”

„Sally?“ Sie hält meinen Arm fest.

„Ja?“

„Ich vertraue der Presse nicht. Bitte tu nichts, was du später bereuen würdest.”

Kapitel 31

Draußen ist es mittlerweile dunkel geworden. Ich stehe frisch geduscht und mit einem Handtuch um den Oberkörper gewickelt vor meinem Kleiderschrank und ziehe wahllos eine saubere Jeans und einen Pullover heraus. Im Zimmer verstreut liegen die Sachen, die ich eben noch bei der Arbeit im *Fair Brew* anhatte. So wenig ich Unordnung mag, aber zum Aufräumen habe ich gerade keinen Nerv. Meine rechte Ferse hämmert unkontrolliert staccatoartig auf den Holzboden, so sehr zittern meine Knie. Einer von uns muss den ersten Schritt tun, das ist schon mal klar. Aber es kostet verdammt viel Mut, diejenige zu sein. Ich habe fürchterlich Schiss, es komplett zu vermasseln.

Hastig ziehe ich mir den Pullover über den Kopf. Eine Schulternaht knirscht verdächtig, als ich mich etwas zu forsch durch die Ärmel zwänge. Doch gerade kann ich keine Rücksicht darauf nehmen. Mein Herz rast. Was, wenn es zu spät ist? Wenn es ganz schlimm läuft, hat Greg uns inzwischen abgeschrieben. Ironischerweise wird mir erst jetzt bewusst, wie viel er mir bedeutete, wo ich ihn möglicherweise bereits verloren habe. Das ist doch bescheuert, oder? Ich bin reif für eine Therapie. Vielleicht hätte ich mein Herz nach der Enttäuschung mit Steve nicht hinter einer doppelt und dreifach gesicherten Stahltür wegsperren sollen.

Hektisch wühle ich zwischen den Kissen auf der Schlafcouch nach meinem Handy, aber da ist es nicht. Ich muss es auf dem Schränkchen neben der Duschkabine liegen lassen haben. Also noch mal zurück. Ich sprinte die Treppe hoch. Oben angekommen, stelle ich fest, dass Lindsey das Bad blockiert.

„Lindsey?“ Ungeduldig rüttle ich an der Klinke. „Lass mich rein. Ich brauch nur eben mein Handy. Es muss in Bad liegen.“

„Bin auf dem Klo. Warte.“

„Mach schnell“, flehe ich. „Bitte. Ich muss los.“

„Immer mit der Ruhe“, brummt meine Schwester. „Es geht ja nicht um Leben und Tod. Weißt du eigentlich, wie oft du früher das Bad blockiert hast, als ich ...“

„Lindsey!“ Ich stampfe entnervt mit dem Fuß auf. „Das ist doch jetzt völlig egal! Und zu deiner Info: Es *geht* um Leben und Tod!“

„Ha. Ha. Ha“, sagt sie trocken.

„Schön. Vielleicht nicht um Leben und Tod, aber um Greg, und darum, dass ich versuchen muss, meinen Fehler wiedergutzumachen, bevor es zu spät ist.“

Eine Pause entsteht. Aber immerhin höre ich gleich darauf, wie die Klospülung rauscht. „Verstehe. Wo hast du es denn hingelegt?“

„Keine Ahnung.“

„Soweit ich sehe, ist es hier nirgends.“

„Himmel, lass mich einfach rein, Lindsey, dann schau ich selbst.“

„Mist! Das darf doch jetzt nicht wahr sein.“ Der Ton meiner Schwester klingt alarmiert.

„Was? Alles gut da drin?“

„Meine Fruchtblase ist geplatzt.“

„Oh ... okay ...“ Nervös raufe ich mir mit der Hand durch das Haar. Ich habe keine Ahnung von Babys oder Geburten, außer dass beides wohl ziemlich anstrengend sein soll. „Ähm ... ist das jetzt eher gut oder schlecht?“

Nackte Füße tapsen über den Boden, dann geht die Tür auf. Meine Schwester steht vor mir. Ihre hellblaue Pyjamahose ist nass zwischen den Beinen. Sie sieht blass aus, hat aber gleichzeitig rote Flecken am Hals, was darauf schließen lässt, dass sie sich selbst ziemlich erschrocken hat. „Witzbold. Ich bin vierzehn Tage vor dem Termin.“

„Und jetzt?"

„Ich rufe meine Hebamme in Dorking an und frage sie, was ich machen soll."

„Ja. Guter Plan." Ich nicke eine Spur zu heftig. „Mach das."

„Ahhh …" Lindsey krallt sich mit den Händen am Waschbecken fest und atmet zischend ein.

„Was?"

„Ich … habe … Wehen", presst sie mit zusammengebissenen Zähnen hervor. Ihre Fingerknöchel treten weiß unter der Haut hervor.

„Wie? Jetzt?" Mit weiten Augen starre ich den Bauch meiner Schwester an, als wäre dieser eine Bombe, die jeden Moment in die Luft zu gehen droht. „Sagtest du nicht eben, du hast noch vierzehn Tage …?"

„Hör auf zu reden!", herrscht mich Lindsey an. „Tu etwas!"

„Was denn, Himmel noch mal? Ich kenne Geburten nur aus dem Fernsehen", kreische ich zurück. „Soll ich Wasser abkochen? Saubere Tücher holen?"

„Unsinn! Ruf Tom an und sag ihm, er soll seinen Hintern hierher bewegen."

„Okay, okay, ganz langsam, alles wird gut …", murmle ich, während ich wie ein Schlangenbeschwörer beschwichtigend mit den Händen durch die Luft gestikuliere.

„Und ruf ein Taxi." Lindseys Körper entspannt sich. Wie es aussieht, ist die Wehe vorbei. Sie lässt sich auf den kleinen blauen Plüschhocker sinken und legt die Hände schützend um ihren Bauch. Währenddessen habe ich mein Handy unter dem Spiegelschrank entdeckt und wähle schon Toms Nummer. Es klingelt, dann meldet sich die Stimme von der Voicemail. Der Teilnehmer ist gerade nicht zu erreichen.

Behutsam lege ich Lindsey eine Hand in den Rücken. „Er geht nicht ran. Was jetzt?"

„Versuche es bei Mum. Sie soll sich in den nächsten Zug setzen und kommen."

„Mum ist unterwegs“, verkünde ich gleich darauf. Es sind keine drei Minuten seit der letzten Wehe vergangen und Lindsey krümmt sich erneut. Besorgt beuge ich mich über sie. „Schon wieder?“

Sie nickt keuchend.

„Das ist jetzt aber verflixt schnell, oder?“, sage ich, während ich ihr sanft über den Rücken streiche. Ich weiß nicht viel, aber dass die Wehentätigkeit am Anfang langsam und unregelmäßig vor sich geht, mit viel Pausen dazwischen, ist sogar mir bewusst. Ich gerate allmählich in Panik.

„Ich muss ins Krankenhaus“, stöhnt sie. „Hol meine Tasche und meine Jogginghose aus dem Zimmer. Ich muss mich umziehen. In dem nassen Zeug kann ich nicht fahren! Aber leise, weck Brooke nicht auf.“

„Okay.“

„Beeil dich. Sonst bekomme ich das Baby hier im Bad.“

„Behalt es drin!“, flehe ich. „Taxi ist gleich da!“

Ich sprinte los und stehe kurz danach mit Tasche und frischen Klamotten neben ihr. Die Wehe lässt wohl gerade nach, denn Lindseys Mund sieht weniger verkniffen aus. „Ich habe die Tasche“, sage ich. „Wir können los!“

„Was ist mit Brooke? Wir können sie nicht allein lassen.“

„Stimmt ...“, murmle ich. Ich knie vor meiner Schwester und helfe ihr, dic nasse Hose aus- und die trockene anzuziehen. Dabei kommt mir eine Idee. Ich blicke zu ihr auf. „Warte ... Wie wäre es damit? Ich hole Mrs. Pembroke, unsere Nachbarin von gegenüber. Sie ist eine nette ältere Dame und hat bestimmt kein Problem damit, herüberzukommen und aufzupassen, bis Mum kommt oder Tante Patricia zurück ist.“

Es ist Lindsey anzusehen, dass der Gedanke, Brooke allein mit der Nachbarin zu lassen, sie nicht glücklich macht. Aber was hat sie für eine Wahl? Sie wischt sich mit dem Handrücken über die feuchte Stirn. „Gut, mach das. Aber du brauchst nicht mit ins Krankenhaus kommen. Ich zieh das allein durch.“

„Unsinn. Klar komme ich mit“, sage ich fest.

„Du wollest zu Greg, schon vergessen?“

„Das kann warten.“ Ich versuche, mein Unbehagen zu überspielen. Greg ist wichtig. Aber meine Schwester und das Baby sind es auch.

„Hey …“ Lindsey nimmt meine Hände und drückt sie. Ihr Blick ist sanft und eindringlich zugleich. „Du musst das nicht tun. Ich komme schon zurecht. Eben hast du mir noch erklärt, dass du es rasend eilig hast und dein ganzes Glück davon abhängt.“

„Das Glück muss auch mal warten können. Dein Baby kann es nicht. Ich komme mit, Ende der Diskussion“, entscheide ich. „Denk bloß nicht, ich lass dich jetzt allein.“

„Sturkopf.“ Sie lächelt schief.

„Sagt die Richtige“, gebe ich mit einem ebenso schiefen Gesichtsausdruck zurück. Ich spüre, dass wir nur deshalb grinsen, weil wir beide gerade sehr nahe am Wasser gebaut sind und das nicht zu unserem üblichen Schwestern-Modus passt. Zum Glück hupt in diesem Moment draußen das Taxi und bewahrt uns davor, rührselig zu werden. Ich sause los und hole Mrs. Pembroke, die nichts dagegen hat, ihren Fernsehabend in unser Wohnzimmer zu verlegen. Dann machen Lindsey und ich uns auf den Weg. Es will mir nicht in den Kopf gehen, dass wir ein Neugeborenes dabeihaben werden, wenn wir erneut vor dieser Haustür stehen.

Kapitel 32

Oh mein Gott. Sie ist so winzig. Und unglaublich perfekt. Sie hat so kleine Fäustchen, dass ich gar nicht aufhören kann, auf meine jüngste Nichte zu starren, die in eine Wolldecke gewickelt neben Lindsey auf dem Sofa in Tante Patricias Wohnzimmer liegt. Noch immer kann ich nicht begreifen, was für ein unglaubliches Wunder sich heute Nacht ereignet hat. Dabei war ich selbst dabei, als die kleine Emily zur Welt kam. Um 0:36, genau an Heiligabend, ist sie aus meiner Schwester herausgepurzelt. Oder eher herausgeschossen, denn am Ende ging alles ziemlich fix. Das meinte auch die Hebamme, die vor Lindsey kniete und die Kleine sicher auffing. Nie im Leben hätte ich es für möglich gehalten, vom Fleck weg eine so bedingungslose Liebe zu verspüren wie zu diesem kleinen Zauberwesen, dessen ersten Atemzug ich miterleben durfte.

Lindsey hat sich fantastisch geschlagen. Nur wenige Stunden nach der Entbindung durfte sie das Krankenhaus auf ihren Wunsch hin wieder verlassen. Sie ist der Meinung, dass sie beide zu Hause besser aufgehoben sind als in der Klinik, gerade weil das Bonding in den ersten Tagen so wichtig sei. Und mit dem Stillen klappt es daheim angeblich auch besser, weil es da viel ruhiger und entspannter zugeht als auf einer Station.

Wobei, so sehr entspannt ist es hier in Tante Patricias Wohnzimmer nicht, um ehrlich zu sein. Mit dem Tannenbaum und der gesamten Familie ist es hier drin sehr beengt und laut noch dazu.

Damit alle Platz zum Sitzen haben, mussten wir Stühle aus der Küche holen. Mum und Dad sind hier, zusammen mit Tom. Mum redet wie ein Wasserfall auf Lindsey ein und überhäuft sie mit Verhaltensregeln für frisch gebackene Mütter. Die meisten davon – *Du musst von Anfang an feste Stillzeiten einführen* – oder – *Man darf Babys nicht zu sehr verwöhnen* – klingen überholt, aber Lindsey besitzt das beneidenswerte Talent, Mums Sprüche an sich abprallen zu lassen und nur gelegentlich zu kommentieren. Tante Patricia sitzt in dem Sessel neben Mum, gleich vorm Weihnachtsbaum, und versucht schon eine ganze Weile krampfhaft wach zu bleiben. Ich sitze gegenüber von ihr auf einem Küchenstuhl, daher bekomme ich mit, wie sie gegen das Zufallen ihrer Augenlider ankämpft. Wir alle haben heute Nacht sehr wenig Schlaf abbekommen, das macht sich allmählich bemerkbar.

Dad ist das Gegenteil von Tante Patricia. Er ist völlig überdreht und diskutiert in voller Lautstärke mit Tom Vor- und Nachteile des Trainerwechsels unseres örtlichen Football Clubs. Dazu mampfen sie in schöner Eintracht Chips aus einer Schüssel. Toms Augen sind blutunterlaufen. Er sieht fertig aus, was zum Teil an seinem schlechten Gewissen Lindsey gegenüber liegt, und zum Teil daran, dass er einen ordentlichen Kater hat. Angeblich war er gestern Abend mit seinen Kumpels im Pub auf ein Bier und hat meinen Anruf deswegen nicht mitbekommen. Wer's glaubt.

„Also, Sally", sagt Mum unvermittelt mitten in die Gespräche hinein. Sie wirft mir einen auffordernden Blick zu. „Dann wollen wir mal. Ich hoffe, du hast frische Cranberrys gekauft. Eingefrorene haben nicht so viel Aroma."

Ich starre sie an und begreife nicht, was sie von mir will. Dann dämmert es mir.

Herrje. Das Weihnachtsessen.

An die Cranberrys habe ich überhaupt nicht mehr gedacht. Und auch sonst ist nichts vorbereitet.

Meine Wangen glühen so rot wie die Kugeln am Weihnachtsbaum.

Ich schlucke trocken. „Ich habe vergessen, welche zu kaufen."

Mum schaut mich an, als hätte ich erklärt, dass ich für die Abschaffung von Weihnachten plädiere.

„Truthahn ohne Cranberry-Soße?", fragt Mum ungläubig.

„Vermutlich." Ich beiße mir auf die Lippe. „Die Füllung habe ich leider auch noch nicht vorbereitet. Und auch sonst fehlt einiges."

„Ach, du liebes Lieschen", seufzt sie. „Dabei lernen wir doch morgen deinen jungen Mann kennen. Was für einen Eindruck bekommt er denn von uns, wenn wir ihm kein vernünftiges Essen vorsetzen?"

„Greg kommt nicht."

„Was?" Brooke, die auf dem Fußboden sitzt und ihrer Puppe Kleider anprobiert, quietscht so durchdringend, dass alle zusammenzucken. „Das ist doof. Ich will aber, dass Greg kommt."

Es ist so still, dass man die berühmte Stecknadel fallen hört. Alle starren zu mir herüber.

„Er kommt nicht." Ich bemühe mich, es nicht so kläglich klingen zu lassen, wie ich mich fühle.

„Ach, Sal ...", sagt Lindsey sehr leise und hinter meinen Augen brennen Tränen.

„Also los, husch, husch", übernimmt Mum das Kommando. Sie steht auf und klatscht wie ein Feldmarschall in die Hände. „Ab mit uns in die Küche, Sally. Wir können nicht hier sitzen und weiter rumtrödeln. Wenn wir die Ärmel hochkrempeln, kriegen wir das noch hin. Patricia, du hilfst uns."

Tante Patricia winkt ab und unterdrückt ein Gähnen. „Nicht jetzt. Ich muss mich dringend ein Stündchen hinlegen. Sonst bin ich zu nichts zu gebrauchen."

„Dann schläfst du jetzt eben und wir fangen schon mal an. Auf, auf, Sally." Mum scheucht mich vom Stuhl auf. Sie hat jetzt schon hektische Flecken am Hals, bevor wir überhaupt angefangen haben. „Du fängst schon mal mit der Füllung an und ich gehe zum Supermarkt und besorge Cranberrys. Wie sollen wir das bloß jetzt noch alles schaffen?"

„Mach mal halblang, Mabel. Kommt nicht in die Tüte, dass jetzt alles husch, husch gemacht wird, nur damit alles so läuft wie immer", sagt in dem Moment mein Vater und wieder ist es mucksmäuschenstill. Alle Blicke richten sich auf ihn. Dass Dad sich in Mums Küchenangelegenheiten einmischt, hat diese Familie noch nicht erlebt. „So etwas wie heute kommt nur einmal im Leben vor. Da können wir auch mal auf den Lieferservice ausweichen."

Er steht auf und rückt mit dem Stuhl näher an sein neugeborenes Enkelkind heran. Zärtlich streichen seine schwieligen, rauen Hände über die winzigen Fäustchen.

„Lieferservice", wiederholt Mum und seufzt. „Na schön. Dieses eine Mal."

Ich könnte aufspringen und Dad glatt niederknutschen. Ich bin aus dem Schneider! Niemand braucht mehr Sorge zu haben, dass der Truthahn außen verbrannt und innen halb roh ist. Was durchaus hätte passieren können, wenn ich für die Zubereitung zuständig gewesen wäre.

„Sally?" Brooke kommt auf mich zu gehüpft. Sie hält ihre Stoffpuppe im Arm, so wie sie es bei ihrer Mum und dem Baby gesehen hat. „Ich habe Hunger. Bestellen wir jetzt Pizza? Und wie lange dauert das?"

Ich ziehe sie auf meinen Schoß und streiche ihr über ihr Haar, das nach süßem Kindershampoo duftet. „Es geht bestimmt ganz schnell."

„Ich mag nicht mehr warten." Sie zieht einen Schmollmund und baumelt ungeduldig mit den Füßen.

„Das kann ich gut verstehen", flüstere ich ihr ins Ohr. „Ich verrate dir ein Geheimnis. Als ich so alt war wie du, war der Tag vor Weihnachten für mich der schrecklichste Tag des Jahres. Die Zeit dehnt sich wie Kaugummi und will einfach nicht vorbeigehen." Ich schlinge die Arme um sie und spüre die Wärme ihres kleinen Körpers.

Was ich ihr nicht verrate, ist, dass es mir am heutigen Weihnachtsabend nicht besser geht als früher. So glücklich ich über die kleine Emily bin und darüber, dass ich die Geburt miterleben durfte, das alles kann nicht verhindern, dass meine Gedanken unentwegt zu Greg wandern. Mein Blick gleitet zu der Tageszeitung auf dem Beistelltisch. Sie liegt aufgeschlagen und mit der Seite nach oben da, sodass mir das Interview mit der fetten Überschrift entgegenleuchtet. Angespannt nage ich an meiner Unterlippe. Ob Greg es schon gelesen hat? Und wenn ja, wie denkt er wohl darüber? Obwohl ich mittels intensiver Gedankenübertragung versucht habe, Greg dazu zu bringen, sich bei mir zu melden, ist keine Nachricht auf meinem Handy eingegangen. So langsam schwindet mein Mut, während das mögliche Happy End zwischen Greg und mir in unerreichbare Ferne rückt.

„Meinst du, Father Christmas ist schon auf dem Weg? Die App sagt, dass er schon ganz nah ist", wispert Brooke mir hinter vorgehaltener Hand zu. Ihr Blick wandert zu dem Fenster, das auf den Hinterhof führt. Draußen ist es längst dunkel und neben mir verströmt der Weihnachtsbaum seinen wunderbaren Duft. Vor dem Fenster fallen dichte Flocken.

„Ganz sicher", erwidere ich. „Wenn mich nicht alles täuscht, habe ich vorhin schon Schlittenglocken gehört. Er weiß genau, wo du wohnst und dass du ganz sehnsüchtig darauf wartest, morgen deinen gefüllten Strumpf zu entdecken."

„Hast du auch Rentiergetrappel gehört?" Brookes Augen glänzen vor Aufregung. Sie zappelt ungestüm auf meinem Schoß herum.

Ich tue, als müsse ich gründlich nachdenken und ziehe die Stirn in Falten. „Ich bin mir ziemlich sicher, dass ich Rudolphs rote Nase am Himmel blinken gesehen habe, als ich vorhin draußen Kaminholz geholt habe. Hast du daran gedacht, Mince Pies, ein Glas Milch und Cookies für Father Christmas vor die Tür zu stellen?"

„Na klar, was denkst denn du?" Brooke rollt die Augen, als könne sie nicht begreifen, wie ich auf eine so dumme Frage komme. „Ich habe auch Karotten für die Rentiere rausgelegt. Und mein Strumpf hängt seit heute Morgen am Kamin."

„Dann kann ja nichts mehr schiefgehen." Grinsend gebe ich ihr einen Stups auf das Näschen. „Verrätst du mir, was du dir gewünscht hast?"

„Ich darf dir nicht verraten, dass ich mir ein Pony aus Stoff, das so groß ist, dass ich darauf sitzen kann, und das wiehert, gewünscht habe", erklärt sie treuherzig. „Aber weißt du was? Ich bin überhaupt nicht traurig, wenn ich es nicht bekomme. Dafür habe ich jetzt ein Schwesterchen. Das ist viel besser." Sie hüpft von meinem Schoß und setzt sich wieder zu Lindsey und Emily aufs Sofa. Schulterzuckend erhebe ich mich und blicke in die Runde. „Ich mache mir einen Tee. Möchte noch jemand?"

Kopfschütteln ringsum. Alle scheinen vollkommen zufrieden mit ihrem Eierpunsch zu sein, und die Teezeit ist auch schon längst vorbei.

„Was ist mit deinem Freund, Liebes?" Mum dreht den Kopf zu mir und wirft mir einen fragenden Blick zu. „Warum kann er denn nicht kommen? Er hat sich doch hoffentlich keine schlimme Erkältung eingefangen?"

Lindsey sieht zu mir hinüber. Für den Bruchteil einer Sekunde verhaken sich unsere Blicke. Stillschweigend schließen wir ein Schwestern-Bündnis, dann beugt sie sich wieder über ihr Neugeborenes, um der Kleinen sanft über die Wange zu streichen.

„Nein, Mum, das hat er nicht", höre ich mich sagen. Ich wundere mich über mich selbst, wie gelassen mir der Satz über die Lippen geht. „Er hat einen wichtigen Termin, der sich nicht verschieben lässt."

„Schade", sagt Mum und nickt langsam. „Aber aufgeschoben ist nicht aufgehoben. Lade ihn doch zu Silvester ein. Dann kann er mit uns im neu renovierten Haus feiern."

„Mal sehen." Ich hüstle in meine Faust. „Ich glaube, da hat er schon was vor ..."

„Fragen kostet nichts", meint Mum. Da Lindsey sie dankenswerterweise in ein Gespräch verwickelt, ist das Thema fürs Erste vom Tisch.

Wenig später stehe ich neben der Spüle und halte die warme Teetasse in den Händen. Ich fühle mich verloren, allein mit mir, dem hohlen Gefühl in meinem Bauch und meinem Herzen, das sich nach Greg sehnt. Im Hintergrund spielt das Radio die gewohnte Mischung aus fröhlichen und besinnlichen Weihnachtsliedern. Obwohl ich das Fest liebe, fühle ich mich kein bisschen in Weihnachtsstimmung. Meinetwegen könnte das Fest schon vorbei sein. Die Besinnlichkeit und der Lichterglanz gehen mir auf den Keks.

Verflixt.

Erschrocken kaue ich an meiner Unterlippe herum. Ich bin zum Grinch mutiert. Wie ist das denn passiert?

Ein Klingeln an der Haustür reißt mich aus meinen Gedanken. Der Pizzaservice. Na endlich. Die sind ziemlich spät dran. Vermutlich hat ganz London beschlossen, dass die Küche kalt bleibt und stattdessen Fastfood auf den Tisch kommt. In Pantoffeln und Schlabberpulli schlurfe ich an die Tür. Unterwegs stecke ich meine Haare zu einem flüchtigen Knoten zusammen. Brooke hat sich mittlerweile sicher mit Chips aus der Schüssel ihres Daddys vollgestopft, sonst wäre sie als Erste an der Tür. „Ich gehe schon", rufe ich, als ich an der Wohnzimmertür vorbeikomme.

„In Ordnung, Liebes", ruft Dad zurück. „Mach bitte die Wohnzimmertür zu, damit die kalte Luft draußen bleibt. Mein Portemonnaie liegt auf der Anrichte. Die Pizzen zahle ich."

„Prima, danke!" Gewissenhaft schließe ich die Tür, dann schnappe ich mir im Flur den Geldbeutel.

Als ich aufmache, steht vor mir nicht der Pizzabote.

Es ist Greg.

Ungläubig starre ich ihn an. Zum Glück hatte ich nur ein Glas von dem Eierpunsch, sonst hätte ich glatt geglaubt, ich würde ihn mir nur einbilden.

Aber nein. Er steht da, in Wollmantel und Hut. Schneeflocken sammeln sich auf seinen Mantelkragen und in seinem Bart glitzern Wassertropfen von geschmolzenen Schneeflocken. Er wirkt unglaublich nervös, wie er so dasteht und einen Stapel Blätter auf Höhe seiner Brust in den Händen hält. Neben ihm stehen zwei Stofftaschen und von irgendwo klingt leise *It's the most wonderful time of the year*. Vermutlich hat Greg eine Spotify-Playlist auf dem Handy laufen. Meine Knie zittern, als ich das Lied höre, und mein Herz krampft sich schmerzhaft in meiner Brust zusammen. Gäbe es einen Soundtrack zu der Geschichte von Greg und mir, so wäre es dieser.

„Greg ... Was machst du hier?", flüstere ich, aber er bringt mich mit einer Handbewegung und einem verschwörerischen Grinsen zum Schweigen. Dann deutet er auf das erste der Blätter vor seiner Brust. Es ist leer, aber ich beginne zu begreifen.

Greg lässt das leere Blatt zu Boden fallen. Mit angehaltenem Atem lese ich, was er darunter in Druckbuchstaben mit schwarzem Filzstift geschrieben hat:

In dieser Straße
scheint es eine bestimmte
Tradition zu geben ...

Ich blicke zu ihm auf und lächle stumm, während er auch dieses Blatt wegnimmt.

Sag nichts
– ich weiß, es ist
unheimlich kitschig ...

Mein Grinsen wird breiter und ich muss mich zwingen, mich an die Anweisung zu halten und zu schweigen. Wieder segelt ein Blatt zu Boden.

... dabei mochte
ich den Film noch
nicht einmal ...

Ich nicke wissend. Er kann *Tatsächlich … Liebe* nicht leiden, weil er das mit dem Schriftsteller und dem ungesicherten Manuskript völlig unrealistisch fand. Außerdem gab es da diese eine Stelle, die ihn zu sehr an seine untreue Ex erinnert hat. Umso mehr berührt es mich, dass er hier steht, entschlossen, eine der Schlüsselszenen des Filmes nachzustellen. Es ist so ziemlich das Romantischste, was mir je passiert ist. Greg weiß, wie sehr ich diesen Film liebe. Ich habe ihn schon so oft in der Weihnachtszeit gesehen, dass ich die meisten Dialoge auswendig mitsprechen kann. Verstohlen blinzle ich eine Träne weg und lese weiter.

> Du weißt,
> was du jetzt
> tun musst?

„Ja“, hauche ich. Dann drehe ich mich um und rufe ins Haus: „Es sind die Sternsänger, nicht der Pizzabote.“

Als ich mich wieder umdrehe, hält Greg das nächste Blatt vor seiner Brust.

> Ich steige
> aus dem Vertrag aus.

„Was?“ Ich werfe Greg einen irritierten Blick zu. „Das kann nicht dein Ernst sein.“

> Ich werde
> Miranda darum bitten,
> alles zu regeln.

„Oh nein, Greg. Tu das nicht.“ Erschrocken schlage ich mir die Hand vor den Mund.

Mit ein wenig Glück werde ich das nächste Weihnachten mit dieser wundervollen Frau verbringen …

Wieder fällt ein Blatt. Ich starre auf ein Foto von mir, und in meiner Kehle brennt ein Kloß. Das Bild, das Greg in starker Vergrößerung ausgedruckt und auf den Papierbogen geklebt hat, verschwimmt vor meinen Augen. Auf dem Foto stehe ich mit einer Tasse Kakao in der Hand an der Schlittschuhbahn und lächle Greg zu. Eine Träne stiehlt sich aus meinen Augen und läuft über meine Wange.

Ich möchte dir sagen, dass mir unser Streit unglaublich leidtut …

„Mir auch", schniefe ich und reibe mit dem Handrücken über meine tränenfeuchte Wange. Das Brennen in meiner Kehle wird unerträglich.

Und weil man an Weihnachten die Wahrheit sagt, muss ich dir noch etwas sagen …

Langsam nimmt der das Blatt beiseite und lässt mich das nächste lesen.

Mit dir zusammen bin ich glücklicher, als ich es je war. Bitte gib uns nicht auf …

Das letzte Blatt fällt zu Boden.

„Das tue ich nicht, Greg, ich gebe uns nicht auf", flüstere ich tränenerstickt und dann liege ich plötzlich in Gregs Armen und spüre seine Lippen, die sanft meine Tränen wegküssen und sich dann auf meinen Mund legen.

Alle Anspannung fällt von mir ab. Das Glück breitet sich in meiner Brust aus wie ein warmes goldenes Licht und strömt von da aus weiter durch meinen ganzen Körper.

Greg hält mich fest, als wolle er mich nie wieder loslassen. Die Welt um uns herum versinkt und ich verliere mich in diesem salzigen Kuss, der vielleicht nie süßer geschmeckt hat.

„Ich hatte gehofft, dass du uns noch eine Chance gibst, wenn ich die Szene aus dem Film für uns umtexte", sagt er, als wir uns voneinander lösen. Ein schelmisches Grinsen zuckt um seine Mundwinkel. „Aber um sicherzugehen, habe ich noch etwas mitgebracht." Er verschränkt eine Hand mit meiner und deutet mit der anderen auf die Stofftaschen, in der sich Plastikboxen befinden. „Gute englische Tradition. Komm nie ohne Geschenke."

„Was ist da drin?" Ich beuge mich vor und will den Inhalt der Boxen genauer untersuchen, aber er schlingt die Arme um mich und hindert mich daran.

„Rate", fordert er grinsend.

„Dieses leckere italienische Zeugs, von dem ich ganze Wagenladungen essen könnte und von dem ich mir nie den Namen merken kann?"

„Cicchetti."

„Oh, wirklich? Hast du auch Tiramisu dabei?" Ich schlinge meine Arme um seinen Hals und genieße die Wärme seines Körpers und seinen vertrauten Geruch, den ich so sehr vermisst habe.

„Selbstverständlich."

„Na schön." Ich zwinkere ihm schelmisch zu, zum Zeichen, dass ich mir einen Spaß erlaube. „Dann denke ich ernsthaft darüber nach, ob ich das nächste Weihnachtsfest für dich reserviere."

„Das wäre toll." Greg nimmt mein Gesicht sanft zwischen seine Hände. Das Lächeln verschwindet, sein Blick wird ernst. „Ich möchte dich wirklich besser kennenlernen, Sally. Und es geht mir nicht darum, dass dieser blöde Roman mir im Nacken sitzt oder ich unter einer Schreibblockade leide. Es geht um dich und um mich, und darum, dass ich die wunderbarste Zeit überhaupt gemeinsam mit dir verbracht habe. Der Dezember mit dir war großartig. Lass uns herausfinden, ob die restlichen Monate des Jahres ebenso schön werden."

„Du meinst von Valentinstag über St Patrick's Day bis zu Bonfire Night? Das volle Programm?"

„Das volle Programm." Er nickt und sieht mich dabei so eindringlich an, dass ich am ganzen Körper Gänsehaut bekomme. „Aber vielleicht sollten wir diesmal mit einer Reihe romantischer Dates beginnen und nicht mit Flitterwochen auf Hawaii."

„Klingt wunderbar", seufze ich, um mich dann enger in seine Arme zu schmiegen. Mein Atem geht flach, es gibt etwas, das ich unbedingt loswerden muss. „Es tut mir so leid. Ich hätte nicht schnüffeln sollen."

„Und mir tut es leid, dass ich dir Anlass gegeben habe, mir zu misstrauen", murmelt er sanft in mein Haar. „Danke übrigens für das Interview. Du hast ziemlich nette Sachen über mich gesagt."

„Findest du? Es war nur die Wahrheit", spiele ich meinen Beitrag herunter, Gregs Image in der Presse wieder in ein positives Licht zu rücken.

„Die Welt hat einiges zu erwarten von einem der talentiertesten Schriftsteller unserer Zeit", zitiert Greg einen der Sätze aus dem Interview mit Sam Donovan.

„Gern geschehen. Fühl dich bloß nicht unter Druck gesetzt."

„Überhaupt nicht." Greg legt den Kopf in den Nacken und verzieht schmerzhaft das Gesicht. „Du weißt schon, dass ich unerträglich sein kann, wenn ich mit der Handlung des Romans nicht vorwärtskomme?"

„Tja ... Zum Glück bin ich ziemlich gut darin, Listen zu erstellen, die deiner Kreativität wieder auf die Sprünge helfen", erwidere ich mit einem frechen Grinsen.

„Na, dann können wir ja beruhigt ins neue Jahr starten." Er schiebt sich den Hut, der unter unserer stürmischen Umarmung gelitten hat, auf dem Kopf zurecht und löst sich aus der Umarmung. „Frohe Weihnachten, Sally. Melde dich, sobald du Zeit hast." Er wendet sich zum Gehen, und ich halte ihn rasch am Ärmel fest.

„Moment, du wirst doch jetzt nicht kneifen wollen?"

„Wie meinst du das?" Er wirft mir einen verständnislosen Blick zu.

„Kehr jetzt nicht wieder den Grinch raus", ermahne ich ihn und wackle warnend mit dem Zeigefinger. „Diese Liste ist erst dann vollständig abgehakt, wenn du mit mir nach drinnen kommst und Weihnachten zusammen mit mir und meiner chaotischen Familie verbringst."

Er legt den Kopf schräg und mustert mich. „Dieser Punkt existiert nicht auf der Liste. Da bin ich mir sicher."

„Ich habe ihn eben hinzugefügt."

Er blickt mir tief in die Augen. „Also schön. Könntest du eventuell damit leben, mich als den Mann vorzustellen, mit dem du an Silvester Punkt Mitternacht in einem gemütlichen Hotel in den Yorkshire Dales auf das neue Jahr anstößt?"

„Was?" Mit offenem Mund starre ich ihn an und begreife überhaupt nichts.

„Hawaii heben wir uns für die Flitterwochen auf." Er lässt seine Hand zärtlich durch mein Haar gleiten. „Aber ein wenig Abgeschiedenheit und ein knisterndes Kaminfeuer zum Jahreswechsel würden mich ziemlich glücklich machen. Das war es übrigens, was ich mir in dem Brief an den Weihnachtsmann gewünscht habe: einfach glücklich sein ... Was sagst du? Hättest du Lust, mit mir ins neue Jahr zu starten?"

Die Wärme in meinem Lächeln, das ich seufzend in seinen Mantel drücke, kann ich sogar selbst spüren. „Das ist das beste Weihnachtsgeschenk aller Zeiten."

Epilog

Vierundzwanzigster Dezember,
ein Jahr später …

„Auf gar keinen Fall. Wirklich nicht." Greg steht neben mir im Wohnzimmer meiner Eltern und wirft mir einen vernichtenden Blick zu. „Schlag es dir aus dem Kopf."

„Komm schon, Greg, mir zuliebe." Entschlossen, nicht so schnell aufzugeben, halte ich einen weißen Kapuzenpulli hoch, auf dem süße Hündchen aufgedruckt sind. Jedes von ihnen hat ein Weihnachtsmann-Mäntelchen an.

„Ernsthaft, Sally. Du setzt unsere Beziehung aufs Spiel, wenn du mich zwingst, einen derart lächerlichen Pullover zu tragen."

„Es ist kein Pulli. Es ist ein Hoodie. Kehr bitte nicht wieder den Grinch raus und …"

Mitten im Satz werde ich unterbrochen. Lindsey kommt aus der Küche gestürmt. Mit erhitzten Wangen bleibt sie vor mir stehen. Ihr Blick wandert zwischen dem Weihnachtspulli, Greg und mir hinterher. „Hör auf, den armen Greg in scheußliche Weihnachts-Sweater zu stecken. Ich brauche dich in der Küche. Mum rastet aus, weil ich gefrorene Cranberrys statt frischer gekauft habe. Du musst sie beruhigen. Sie ist kurz davor, sich ins Auto zu setzen und alle Supermärkte nach frischen Beeren abzuklappern. Und was wird dann mit dem Truthahn? Ich werde keinesfalls Füllung in den Vogel stopfen. Das ist eklig. Außerdem hat rohes Geflügel Salmonellen. Jetzt komm."

Ich atme tief ein. „Nein", höre ich mich dann ruhig und gelassen sagen. „Und ich sag dir auch, warum: Ich habe Mum schon den ganzen Vormittag in der Küche geholfen. Wir hatten ausgemacht, dass du am Nachmittag übernimmst."

Lindsey stöhnt genervt auf. „Na schön. Aber ich habe keine Ahnung, wie ich es schaffen soll, nebenbei noch Würstchen im Schlafrock zu machen. Gib mir nicht die Schuld, wenn alles schiefgeht. Ich bin bloß froh, dass die Kinder heute bei Tom sind. Sonst wäre das Chaos perfekt."

„Du kriegst das schon hin." Ich nicke aufmunternd.

„Falls nicht, lassen wir eben wieder den Pizzadienst kommen", springt Greg mir grinsend zur Seite. „Könnte eine neue Weihnachtstradition in dieser Familie werden."

„Tssss..." Lindsey wirft Greg einen genervten Blick zu und verschwindet wieder in der Küche. Mums überdrehte Stimme ist bis ins Wohnzimmer zu hören.

„Also ... Weihnachtspulli?", nehme ich den Faden wieder auf. Mit einer verführerischen Bewegung schwenke ich die Hüften und halte mir den Sweater vor die Brust. „Du kannst dich entscheiden. Entweder das oder noch mal unsere Weihnachtsanzüge."

Vielsagend deute ich auf das Foto von uns, das auf dem Kamin meiner Eltern neben den gerahmten Familienfotos steht. Greg trägt einen roten Weihnachtsanzug mit springenden Rentieren, Tannenbäumen und Schneemännern, ich das dazu passende Damenkostüm. An Trishs Verlobungsparty vor vier Wochen haben wir beide fabelhaft darin ausgesehen, auch wenn beides aus Polyester und nicht ganz ideal geschnitten war.

„Keines von beiden."

„Schnick, Schnack, Schnuck?" Ich grinse herausfordernd.

Er schüttelt den Kopf. „Das Risiko gehe ich nicht ein. Du mogelst bei jedem Spiel."

„Bei Schnick, Schnack, Schnuck kann man nicht mogeln."

„Du schon."

„Also den Hoodie?" Ich sehe ihm in die Augen.

„Meinetwegen." Greg seufzt und zieht sich den Pulli über. „Zufrieden?"

„Sehr."

„Wie schaffst du es, Sally Thompson, dass ich mich an jedem Weihnachten dir zuliebe zum Gespött der Menschheit mache und alberne Pullis trage?"

„Es ist cool und eine Abwechslung zu dem langweiligen Grau und Schwarz, das du sonst immer trägst."

„Was ist an Grau und Schwarz auszusetzen?" Dad kommt auf uns zu und reicht uns Tassen mit Eggnogg darin. „Ich finde, es passt zu Greg."

„Das schon, aber ... Ach egal", beschließe ich und stoße mit den beiden an. Nachdem Lindsey sich im vergangenen Jahr von Tom getrennt hat, ist Greg zum Lieblingsschwiegersohn meines Vaters aufgestiegen. Dabei spielt es keine Rolle, dass Greg momentan Dads einziger Schwiegersohn ist. Die beiden verstehen sich prächtig und Dad schleppt Greg sonntags ständig zu ungeheuer wichtigen Spielen irgendwelcher Footballteams, die es noch nicht einmal in die Football-Liga geschafft haben.

„Schön, dass ihr es von eurem Hausboot hierher geschafft habt", meint Dad. „Ich hatte schon befürchtet, dass Greg sich nicht von der Arbeit losreißen kann."

„Wir freuen uns, hier zu sein", erwidert Greg, bevor ich etwas sagen kann.

Greg weiß, dass ich den Weihnachtsabend lieber in eine dicke Decke gekuschelt, mit einem Glas Glühwein und ihm auf dem Deck des Hausboots verbracht hätte. Ich liebe die weihnachtliche Stimmung auf dem Kanal. Es sieht zauberhaft aus, wenn die Lichterketten der umliegenden Boote sich auf dem Wasser spiegeln. Kowalski findet das auch. Er steht dann immer freundlich grinsend neben uns und leistet uns Gesellschaft. Dass ich vor drei Monaten mein Zimmer bei Tante Patricia geräumt und zu Greg auf das Hausboot gezogen bin, war die richtige Entscheidung. Abgesehen von gelegentlichen Streitereien über das Fernsehprogramm – Greg will lieber politische Sendungen sehen und ich Liebeskomödien –, oder darüber, auf welcher Seite des Waschbeckens die Zahnpastatube zu stehen hat – manchmal kann er echt pingelig sein! –, kommen wir wunderbar miteinander aus.

„Wie kommst du mit dem neuen Roman voran?", erkundigt sich Dad bei Greg. „Bestimmt ganz schön viel Druck, was? Nach dem Erfolg, den *Trust Christmas* gerade hat, liegt die Latte hoch, oder?"

„Es läuft ganz gut", meint Greg vage. Ich kenne ihn und weiß, dass er ungern über den Stand seines Manuskripts spricht.

Im Oktober ist Gregs neuer Roman erschienen. Gleich in der ersten Woche landete er auf Platz 1 der Bestsellerlisten. Dort hält er sich bis heute. Sogar die Filmrechte wurden inzwischen verkauft. In dem Buch setzt Greg sich erneut kritisch mit Weihnachten auseinander und mit der Frage, was uns als Menschen ausmacht. Dabei vertritt er die Überzeugung, dass unsere heutige Welt Weihnachten nötiger denn je hat, eben weil es so viele Probleme gibt. Am Ende kommt er zu dem Schluss, dass es für uns alle stets nur um eines gehen kann, und zwar Liebe. Die Kritiker schreiben, dass es Greg gelungen sei, mit dem Buch einen belletristischen *Safe Place* zu schaffen, der einem Hoffnung gibt und es einem erleichtert, wieder ein bisschen mehr daran zu glauben, dass die Menschheit es doch verdient zu überleben.

Dad nippt an seinem Eierpunsch. Er zieht eine Augenbraue hoch und mustert Greg. „Keine Schreibblockade diesmal?"

„Ach, er macht das schon", versichere ich schnell und greife nach Gregs Hand.

„Ach ja?" Greg zwinkert mit grinsend zu.

„Na klar. Ich kenne dich. Du bist Greg. Und das ist ein Synonym für *Alles wird gut*", gebe ich gut gelaunt zurück.

Wir küssen uns auf den Mund.

„Im Moment ist es eher Sally, die sich von ihren Büchern nicht losreißen kann." Greg drückt meine Hand etwas fester. Ich weiß, dass er stolz auf mich ist. Ich bin ebenfalls stolz, und überglücklich. Es war nicht leicht, aber ich habe es geschafft, das Stipendium zu bekommen. Kaum zu glauben, dass innerhalb eines Jahres so viel passiert ist.

„Stress dich bloß nicht zu sehr, Kleines", mahnt mich Dad.

„Das tue ich nicht, aber ich möchte in drei Jahren einen wirklich guten Abschluss schaffen", erwidere ich. „Also hänge ich mich besser rein."

„Du wirst das schaffen." Dad tätschelt mir die Schulter. „Wenn nicht, kannst du immer noch bei Lindsey einsteigen. Von ihren Verkaufspartys kann sie gut leben."

„Mhm", mache ich und lächle schief. Zum Glück ist Dad bereits beim nächsten Thema.

„Was macht ihr an Silvester?", will Dad wissen und sieht dabei Greg an. „Ich nehme an, du wirst sicher auch deinen Vater besuchen?"

„Sally und ich haben andere Pläne für Silvester." Greg räuspert sich. „Mein Vater und ich treffen uns zwischen den Jahren auf einen Lunch in der City."

Ich atme tief aus. Nach dem Eklat letztes Weihnachten haben Greg und Mr. Farrington sich ausgesprochen. Zwar möchte ich nicht so weit gehen zu behaupten, dass sie sich eines Tages tatsächlich wieder näherstehen könnten, aber immerhin reden sie miteinander.

„Na, dann lass ich euch mal wieder allein, ihr Turteltäubchen." Dad leert seine Tasse und stellt sie auf den Wohnzimmertisch. „Ich nehme an, ihr habt nicht zufällig Lust, mit in den Pub zu kommen."

„Lieber nicht." Ich schürze die Lippen. „Es ist wohl besser, wir bleiben hier, bevor Mum und Lindsey sich in der Küche gegenseitig an die Gurgel gehen."

„Danke, Liebes. Das ist genau das Stichwort, weshalb ich mich jetzt verziehe", sagt Dad und geht.

„Was haben wir denn vor an Silvester?“, wende ich mich irritiert an Greg, denn ich wüsste nicht, dass etwas geplant ist.

„Es geht um unsere andere Weihnachtstradition.“ Er schlingt die Arme um meine Hüften und sieht mich mit diesem ganz besonderen Ausdruck in den Augen an, der mir bis tief unter die Haut geht.

Unsere Blicke verfangen sich ineinander. In meinem Unterleib prickelt es, die Anziehungskraft, die Greg auf mich ausübt, ist so stark wie am Anfang unserer Beziehung. Sein Grinsen verrät mir, dass es ihm genauso geht.

„Welche andere Tradition?“, frage ich leise.

„Weihnachtsurlaub. Was hältst du von Silvester in Venedig?“ Er hebt die Hand und streicht mir eine Haarsträhne hinter das Ohr. Seine Berührung löst augenblicklich Verlangen in mir aus. „Es muss ja nicht wieder Yorkshire sein. Obwohl es dort sehr schön war.“

„Klingt fantastisch“, sage ich lachend.

„Du bist fantastisch, Sally.“ Er zieht mich an sich. „Das Jahr mit dir war das beste meines Lebens. Der einzige Nachteil besteht darin, dass es fast vorbei ist.“

„Du möchtest also Verlängerung? Trotz schrecklicher Weihnachtspullover?“ Fragend wackle ich mit den Augenbrauen, mein Grinsen zieht sich von einem Ohr zum anderen.

„Ich könnte mir nichts Schöneres vorstellen“, erwidert er und legt die Stirn gegen meine. „Ich liebe dich, Sally Thompson.“

„Ich dich auch, Greg Farrington.“

Danke ...

Vielen herzlichen Dank, liebe Leserin, lieber Leser, dass du mich in das weihnachtliche London begleitet hast.

Es war mir eine ganz besondere Freude und Herzensangelegenheit, diesen Roman zu schreiben. Nicht nur, weil London zur Weihnachtszeit ein Traum ist und mir Sally und Greg sehr ans Herz gewachsen sind, sondern auch weil die Geschichte der beiden so besonders ist.

Ich hoffe, ich konnte dir ein wenig Weihnachtsstimmung ins Herz zaubern.

Besonderen Dank an Monika Böck ... Dieser Moment im Fondaco, als bei einem Amaretto sour auf einmal Greg neben uns stand ...

Ein ganz herzliches Dankeschön an meine wunderbare Lektorin Ina Solowij und an die wunderbare Ellen Rennen für das Korrektorat.

Wenn dir die Geschichte gefallen hat, freue ich mich über eine Bewertung oder eine kurze Rezension auf einer Buchplattform deiner Wahl. Dein Feedback bedeutet mir viel und trägt dazu bei, das Buch sichtbar zu machen.

Kennst du bereits meine anderen Serien „Verliebt auf Borkum", „Liebe auf Shetland" oder meine „Meerverliebt" - Reihe?

Wenn du keine meiner Neuerscheinungen oder Aktionen mehr verpassen, an meinen Buchverlosungen teilnehmen möchtest oder ganz einfach mit mir in Kontakt bleiben willst, um mehr zu den Hintergründen meiner Romane und auch zu mir zu erfahren, folge mir auf Social Media oder auf Amazon.

Du findest mich auf:
Facebook *https://www.facebook.com/AutorinCorneliaEngel*
Instagram *https://www.instagram.com/cornelia.engel.autorin*
und im Netz: *https://cornelia-engel.com*

Auf ein baldiges Wiedersehen bei einem meiner Romane.

Printed in Poland
by Amazon Fulfillment
Poland Sp. z o.o., Wrocław

27388297R00172